꼭 읽어야 할
우리 소설
1

꼭 읽어야 할

우리 소설

1

평 단

『꼭 읽어야 할 우리 소설』을 내면서

　『꼭 읽어야 할 우리 소설』 시리즈는 1900년대 개화기부터 2000년대까지 우리 소설 문학사의 대표작을 연대순으로 쉽게 감상하고 이해할 수 있게 엮은 것이다. 한국 소설의 흐름을 한눈에 파악할 수 있도록 했으며, 특히 수능과 논술에 대비해 국어와 문학 교과서에 실린 작품들을 낱낱이 조사해 실었다. 한 작가의 작품 중에서 시대성과 예술성을 지닌 대표작을 고르되, 기준에 부합하면 여러 작품을 실었다. 이처럼 국어와 문학 교과서에 실린 것을 기본으로 하되, 우리 소설 문학사의 주요 작품들도 폭넓게 다루었다. 수능과 논술 등 시험을 앞둔 학생은 물론이고, 오늘의 교양인이 읽어 마땅한 한국 소설 문학 선집이 되도록 꾸몄다.

　이 시리즈에는 단편과 중편 외에 한국 문학사에서 빠뜨려서는 안 될 장편과 대하소설도 골라 실었다. 어쩔 수 없이 전문을 싣지 못한 것은 그 작품의 면모와 특징을 잘 보여 주는 부분을 가려 실은 뒤에 전체 줄거리를 소개함으로써 작품의 이해를 도왔다. 개화기 작가들의 소설과 카프 계열 작가들의 소설도 균형 있게 싣는 한편, 요즘 활동하는 작가들의 소설도 비중 있게 실

4

어 좀 더 생생하고 현실감 있는 선집이 되도록 했다.

'서울대학교 선정 고교생 필독 도서'를 비롯한 갖가지 자료를 바탕으로 작품을 골랐으며, 이해와 사고 능력을 기를 수 있도록 작품마다 현행 수능과 논술 시험 스타일에 맞춘 통합 교과형 해설과 낱말풀이를 붙였다. 해설은 '핵심 정리', '주요 등장인물', '짜임', '줄거리', '이해와 감상', '생각 넓히기'로 나누어 작품을 감상하며 갖가지 시험에 대비할 수 있게 했다. 특히 수능, 논술, 내신에 대비해 생각하는 능력을 키울 수 있는 작품 해설이 되도록 힘썼다. 낱말풀이 또한 중고생 눈높이에 맞추어 작품의 이해와 감상에 모자람이 없게 했다. 아울러 우리 문학 작품에 대한 자료 가치 보존을 위하여 모든 작품에 출전을 밝혔으며, 알뜰한 작가 소개를 통하여 선집의 가치를 높일 수 있도록 애썼다.

문학은 시대의 흐름과 더불어 끊임없이 변하며, 그 중에서도 소설은 당대의 사회상을 가장 짙게 반영하는 갈래다. 일제 강점기와 분단 시대, 산업화와 지식 정보화 시대를 헤쳐 나오며 우리 소설 문학은 어느덧 100년이 넘는 나이테를 아로새기게 됐다. 아무쪼록 『꼭 읽어야 할 우리 소설』 선집이 수험생에게 큰 도움이 되고, 우리 소설을 사랑하는 모든 이에게 좋은 길잡이가 되었으면 한다.

차례

이인직 **혈의 누** 11 | **은세계** 79

안국선 **금수회의록** 107

이해조 **자유종** 145

최찬식 **추월색** 187

신채호 **꿈하늘** 223

현상윤 **핍박** 243

양건식 **슬픈 모순** 257

이광수 **무정** 275 | **무명** 307

李人稙

이
인
직

1862~1916

우리 문학사 최초의 신소설 작가로 꼽힌다. 언론인이자 이완용의 비서로 정치에도 관여해 친일 활동을 펼쳤다. 호는 국초(菊初). 유학을 공부한 뒤, 1900년 관비 유학생으로 일본에 가서 도쿄 정치학교 청강생으로 수학했다. 1906년 『만세보』 주필이 되면서 그 신문에 신소설 「혈의 누」를 연재했다. 1908년 「은세계」를 원각사 무대에 올림으로써 신극 운동에 불을 지피기도 했다. 언문일치에 가까운 문장으로 신소설과 신극을 개척하고 개화사상을 퍼뜨렸다.

이 밖의 주요 작품으로 「귀(鬼)의 성(聲)」, 「치악산」, 「모란봉」 등이 있다.

혈의 누 1906
은세계 1908

옥련이는 아무리 조선 계집아이이나 학문도 있고, 개명한 생각도 있고, 동서양으로 다니면서 문견이 높은지라. 서슴지 아니하고 혼인 언론 대답을 하는데, 구 씨의 소청이 있으니, 그 소청인즉 옥련이가 구 씨와 같이 몇 해든지 공부를 더 힘써 하여 학문이 유여한 후에 고국에 돌아가서 결혼하고, 옥련이는 조선 부인 교육을 맡아 하기를 청하는 유지한 말이라.

혈(血)의 누(淚)

　일청전쟁의 총소리는 평양 [1]일경이 떠나가는 듯하더니, 그 총소리가 그치매 사람의 자취는 끊어지고 산과 들에 비린 티끌뿐이라.

　평양성 외 모란봉에 떨어지는 저녁볕은 뉘엿뉘엿 넘어가는데, 저 햇빛을 붙들어 매고 싶은 마음에 붙들어 매지는 못하고 숨이 턱에 닿은 듯이 갈팡질팡하는 한 부인이 나이 삼십이 될락 말락 하고, 얼굴은 분을 따고 넣은 듯이 흰 얼굴이나 인정 없이 뜨겁게 내리쪼이는 가을볕에 얼굴이 익어서 선앵둣빛이 되고, 걸음걸이는 허둥지둥하는데 옷은 흘러내려서 젖가슴이 다 드러나고 치맛자락은 땅에 질질 끌려서 걸음을 걷는 대로 치마가 밟히니, 그 부인은 아무리 급한 걸음걸이를 하더라도 멀리 가지도 못하고 허둥거리기만 한다.

　남이 그 모양을 볼 지경이면 저렇게 어여쁜 젊은 여편네가 술 먹고 한길에 나와서 주정한다 할 터이나, 그 부인은 술 먹었다 하는 말은 고사하고 미

일경(一境) 한 나라. 또는 어떤 곳을 중심으로 한 일부 지역.

쳤다, 지랄한다 하더라도 그따위 소리는 귀에 들리지 아니할 만하더라.

무슨 2)소회가 그리 대단한지 그 부인더러 물을 지경이면 대답할 여가도 없이 옥련이를 부르면서 돌아다니더라.

"옥련아 옥련아, 옥련아 옥련아, 죽었느냐 살았느냐. 죽었거든 죽은 얼굴이라도 한 번 다시 만나 보자. 옥련아 옥련아, 살았거든 어미 애를 그만 쓰이고 어서 바삐 내 눈에 보이게 하여라. 옥련아, 총에 맞아 죽었느냐, 창에 찔려 죽었느냐, 사람에게 밟혀 죽었느냐. 어리고 고운 살에 가시가 박힌 것을 보아도 어미 된 이 내 마음에 내 살이 지겹게 아프던 내 마음이라. 오늘 아침에 집에서 떠나올 때에 옥련이가 내 앞에 서서 아장아장 걸어 다니면서, 어머니 어서 갑시다 하던 옥련이가 어디로 갔느냐."

하면서 옥련이를 찾으려고 골몰한 정신에, 옥련이보다 열 갑절 스무 갑절 더 소중하게 생각하는 사람을 잃고도 모르고 옥련이만 부르며 다니다가 목이 쉬고 기운이 탈진하여 산비탈 잔디 풀 위에 털썩 주저앉았다가, 혼잣말로 옥련 아버지는 옥련이 찾으려고 저 건너 산 밑으로 가더니 어디까지 갔누, 하며 옥련이를 찾던 마음이 졸지에 변하여 옥련 아버지를 기다린다.

기다리는 사람은 아니 오고, 인간 사정은 조금도 모르는 석양은 제 빛 다 가지고 저 갈 데로 가니 산 빛은 점점 먹장을 갈아 붓는 듯이 검어지고 대동강 물소리는 그윽한데, 전쟁에 죽은 더운 송장 새 귀신들이 어두운 빛을 타서 낱낱이 일어나는 듯 내 앞에 모여드는 듯하니, 3)규중에서 생장한 부인의 마음이라 무서운 마음에 간이 녹는 듯하여 숨도 크게 쉬지 못하고 앉았는데, 홀연히 언덕 밑에서 사람의 소리가 들리거늘, 그 부인이 가만히 들은즉 길 잃고 사람 잃고 애쓰는 소리라.

소회(所懷) 마음에 품고 있는 생각이나 정.
규중(閨中) 부녀자가 거처하는 곳. 규문(閨門).

12

"에그, 깜깜하여라. 이리 가도 길이 없고 저리 가도 길이 없으니 어디로 가면 길을 찾을까. 나는 사나이라 다리 힘도 좋고 겁도 없는 사람이건마는 이러한 산비탈에서 이 밤을 새고 사람을 찾아다니려 하면 이 고생이 이렇게 대단하거늘, 겁도 많고 다녀 보지 못하던 여편네가 이 밤에 나를 찾아다니느라고 오죽 고생이 될까."

하는 소리를 듣고 부인의 마음에 난리 중에 피란 가다가 부부가 서로 잃고 서로 종적을 모르니 ④살아생이별을 한 듯하더니 하늘이 도와서 다시 만나 본다 하여 반가운 마음에 소리를 질렀더라.

"여보, 나 여기 있소. 날 찾아다니느라고 얼마나 애를 쓰셨소."

하면서 급한 걸음으로 언덕 밑으로 향하여 내려가다가 비탈에 넘어져 구르니, 언덕 밑에서 올라오던 남자가 달려들어서 그 부인을 붙들어 일으키니, 그 부인이 정신을 차려 본즉 북두갈고리 같은 농군의 험한 손이 내 손에 닿으니 별안간에 선뜩한 마음에 소름이 끼치면서 가슴이 덜컥 내려앉고 겁결에 목소리가 나오지 못한다.

그 남자도 또한 난리 중에 제 계집 찾아다니는 사람인데, 그 계집인즉 피란 갈 때에 팔승 무명을 ⑤강풀 한 됫박이나 먹였던지 장작같이 풀 센 치마를 입고 나간 터이요, 또 그 계집은 호미 자루, 절굿공이, 다듬이 방망이, 그러한 ⑥셋궂은 일로 자라난 농군의 계집이라, 그 남자가 언덕에서 소리 하고 내려오는 계집이 제 계집으로 알고 붙들었는데, 그 언덕에서 부르던 부인의 손은 명주같이 부드럽고 옷은 십이승 아랫질 세모시 치마가 이슬에 눅었는데, 그 농군은 제 평생에 그 옷 입은 그런 손길을 만져 보기는 고사하고 쳐다보지도 못하던 위인이러라.

살아생이별(生離別) '생이별'을 강조하여 이르는 말.
강풀 물에 개지 않은 된풀.
셋궂다 매우 궂다. 거칠고 험하다.

부인은 자기 남편이 아닌 줄 깨닫고 사나이도 제 계집 아닌 줄 알았더라. 부인은 겁이 나서 간이 서늘하고 남자는 선녀를 만난 듯하여 7)흥김, 8)겁김에 가슴이 두근거리면서 숨소리는 크고 목소리는 아니 나온다. 그 부인의 마음에, 아까는 호랑이도 무섭고 귀신도 무섭더니, 지금은 호랑이나 와서 나를 잡아먹든지 귀신이나 와서 저놈을 잡아가든지 그런 뜻밖의 일을 기다리나, 호랑이도 아니 오고 귀신도 아니 오고, 눈에 보이는 것은 말 못 하는 하늘의 별뿐이요, 이 산중에는 죄 없고 힘없는 이 내 몸과 저 몹쓸 놈과 단 두 사람뿐이라.

사람이 겁이 나다가 오래되면 악이 나는 법이라. 겁이 날 때는 숨도 크게 못 쉬다가 악이 나면 반벙어리 같은 사람도 말이 물 퍼붓듯 나오는 일도 있는지라.

"여보, 웬 사람이오. 여보, 대답 좀 하오. 여보, 남을 붙들고 떨기는 왜 그리 떠오. 여보, 벙어리요 도둑놈이오? 도둑놈이거든 내 몸의 옷이나 벗어 줄 터이니 다 가져가오."

그 남자가 못생긴 마음에 9)어기뚱한 생각이 나서 말 한마디 엄두가 아니 나던 위인이 불같은 욕심에 말문이 함부로 열렸더라.

"여보, 웬 여편네가 이 밤중에 여기 와서 있소? 아마 시집살이 마다고 도망하는 여편네지. 도망꾼이라도 붙들어다가 데리고 살면 계집 없느니보다 날 터이니 데리고 갈 일이로구. 데리고 가기는 나중 일이어니와…… 내가 어젯밤 꿈에 이 산중에서 장가를 들었더니 꿈도 신통히 맞힌다."
하면서 무지막지한 놈의 행위라 10)불측한 소리가 점점 심하니, 그 부인이

흥김 흥에 겨운 바람.
겁김 겁이 나는 바람.
어기뚱하다 엉뚱하고 주제넘은 데가 있다. 말이나 행동 따위가 매우 교만하고 엉큼한 데가 있다.
불측(不測)하다 생각이나 행동 따위가 괘씸하고 엉큼하다.

죽어서 이 욕을 아니 보리라 하는 마음뿐이나, 어느 틈에 죽을 겨를도 없는지라.

사람이 생목숨을 버리는 것은 사람이 제일 설워하는 일인데, 죽으려 하여도 죽지도 못하는 그 부인 생각은 어떻다 형용할 수 없는 터이라.

빌어 보면 좋을까 생각하여 이리 빌고 저리 빌고 11)각색으로 빌어 보니 그놈의 귀에 비는 소리가 쓸데없고 12)하릴없을 지경이라. 언덕 위에서 웬 사람이 소리를 지르는데 무슨 소린지는 모르나 부인은 그 소리를 듣고 죽었던 부모가 살아온 듯이 기쁜 마음에 마주 소리를 질렀더라.

"사람 좀 살려 주오……."

하는 소리가 아무리 부인의 목소리라도 죽을힘을 다 들여서 지르는 13)밤소리라 산골이 울리니 언덕 위의 사람이 또 소리를 지른다. 언덕 위와 언덕 밑이 두 14)간 길이쯤 되나 지척을 불변하는 15)칠야에 서로 모양도 못 보고 또 서로 말도 못 알아듣는 터이라, 언덕 위의 사람이 총 한 방을 놓으니 밤중의 총소리라 산이 울리면서 사람이 모여드는데 일본 보초병들이러라. 누구는 겁이 많고 누구는 겁이 없다 하는 말도 알 수 없는 말이라. 세상에 죄 있는 사람같이 겁 많은 사람은 없고, 죄 없는 사람같이 16)다기있는 것은 없다. 부인은 총소리에도 겁이 없고 도리어 욕을 면한 것만 천행으로 여기는데, 그 남자는 제가 불측한 마음으로 불측한 일을 바라던 차이라, 총소리를 듣고 저를 죽이러 온 사람으로 알고 달아난다. 밝은 날 같으면 달아날 17)생의도 못 하였을 터이나, 깜깜한 밤이라 옆으로 비켜서기만 하여도 알 수 없는 고

각색(各色) 갖가지 빛깔. 각종(各種).
하릴없다 달리 어떻게 할 도리가 없다.
밤소리 밤에 내거나 나는 소리.
간 길이의 단위. 한 간은 여섯 자로, 1.81818미터에 해당한다.
칠야(漆夜) 아주 캄캄한 밤.
다기(多氣)**있다** 마음이 굳고 야무지다. 다기지다.
생의(生意) 어떤 일을 하려고 마음을 먹음. 또는 그 마음. 생심(生心).

로 종적 없이 달아났더라. 보초병이 부인을 잡아서 앞세우고 가는데 서로 말은 못 하고 벙어리가 소를 몰고 가는 듯하다.

[18]계엄(戒嚴) 총소리라 평양성 근처에 있던 헌병들이 낱낱이 모여들어서 총 놓은 군사와 부인을 데리고 헌병부로 향하여 가니, 그 부인은 어딘지 모르고 가나 성도 보이고 문도 보이는데, 정신을 차려 본즉 평양성 북문이라.

밤은 깊어 사람의 자취도 없고 사면에서 닭은 홰를 치며 울고 개는 여염집 평대문 개구멍으로 주둥이만 내어 놓고 짖는다. 닭 소리, 개 소리에 부인의 발이 땅에 떨어지지 못하여 걸음을 멈추고 섰는데 오장이 녹는 듯하고 눈물이 앞을 가린다. 개는 영물이라 밤 사람을 알아보고 반가워 뛰어나오다가 헌병이 칼을 빼어 개를 치려 하니 개가 쫓겨 들어가며 짖으나 사람도 말을 통치 못하거든 더구나 짐승이야…….

"개야, 너 혼자 집을 지키고 있구나. 우리가 피란 갈 때에 너를 부엌에 가두고 나왔더니 어디로 나왔느냐. 너와 같이 집에 있었더라면 이러한 일이 생기지 아니하였을 것을 살 곳 찾아가느라고 죽을 길 고생길로 들어갔다. 나는 살아와서 너를 다시 본다마는 서방님도 아니 계신다, 너를 귀애하던 옥련이도 없다. 내가 너와 같이 다리 힘이 좋으면 방방곡곡을 찾아다닐 터이나, 다리 힘도 없고 세상에 만만하고 불쌍한 것은 여편네라 겁나는 것 많아서 못 다니겠다. 닭도 주인 없는 집에서 혼자 울고, 개도 주인 없는 집에서 혼자 짖는구나. 개야, 이리 나오거라. 나는 어디로 잡혀가는지 내 발로 걸어가나 내 마음으로 가는 것은 아니다."

헌병이 소리를 질러 가기를 재촉하니 부인이 하릴없이 헌병부로 잡혀가는데 개는 멍멍 짖으며 따라오니 그 개 짖고 나오던 집은 부인의 집이러라.

계엄 일정한 곳을 병력으로 경계함. 군사적 필요나 사회의 안녕과 질서 유지를 위하여 일정한 지역의 행정권과 사법권의 전부 또는 일부를 군이 맡아 다스리는 일.

그날은 평양성에서 싸움 결말나던 날이요, 성중의 사람이 [19]진저리 내던 [20]청인이 그림자도 없이 다 쫓겨 나가던 날이요, [21]철환은 공중에서 우박 쏟아지듯 하고 총소리는 평양성 근처가 다 [22]두려빠지고 사람 하나도 아니 남을 듯하던 날이요, 평양 사람이 [23]일병 들어온다는 소문을 듣고 일병은 어떠한지, 임진 난리에 평양 싸움 이야기하며 별 공론이 다 나고 별 염려 다 하던 그 일병이 장마 통에 검은 구름 떠들어오듯 성내, 성외에 빈틈없이 들어와 박히던 날이라.

본래 평양성 중 사는 사람들이 청인의 [24]작폐에 견디지 못하여 산골로 피란 간 사람이 많더니, 산중에서는 청인 군사를 만나면 호랑이 본 것 같고 원수 만난 것 같다. 어찌하여 그렇게 감정이 사나우냐 할 지경이면, 청인의 군사가 산에 가서 젊은 부녀를 보면 겁탈하고, 돈이 있으면 빼앗아 가고, 제게 쓸데없는 물건이라도 놀부의 심사같이 장난하니, 산에 피란 간 사람은 난리를 한층 더 겪는다. 그러므로 산에 피란 갔던 사람이 평양성으로 도로 피란 온 사람도 많이 있었더라.

그 부인은 평양성 북문 안에 사는데 며칠 전에 산에 피란도 갔다가 산에도 있을 수 없고, 촌에 사는 일갓집으로 피란 갔다가 단칸방에서 주인과 손과 여덟 식구가 이틀 밤을 앉아 새우고 하릴없이 평양성 내로 도로 온 지가 불과 수일 전이라. 그때 마음에 다시는 죽어도 피란 가지 아니한다 하였더니, 오늘 새벽부터 총소리는 천지를 뒤집어 놓고 사면 산꼭대기들 가운데에 [25]불비가 쏟아지니 밝기를 기다려서 피란길을 떠났는데, 아무것도 가진 것

진저리 몹시 싫증이 나거나 귀찮아 떨쳐지는 몸짓. 차가운 것이 몸에 닿거나 무서움을 느낄 때에, 또는 오줌을 눈 뒤에 으스스 떠는 몸짓.
청인(淸人) 청나라 사람. 또는 중국 사람.
철환(鐵丸) 잘게 만든 총알. '처란'의 원말. 철탄환.
두려빠지다 한 곳을 중심으로 그 부근을 도려낸 것처럼 뭉떵 빠져나가다.
일병(日兵) 일본 군대의 병사.
작폐(作弊) 옳지 못한 경향이나 해로운 현상을 일으킴.

없고 젊은 내외와 어린 딸 옥련이와 단 세 식구 피란이라.

성중에는 울음 천지요, 성 밖에는 송장 천지요, 산에는 피란꾼 천지라. 어미가 자식 부르는 소리, 서방이 계집 부르는 소리, 계집이 서방 부르는 소리, 이렇게 사람 찾는 소리뿐이라. 어린아이를 내버리고 저 혼자 달아나는 사람도 있고, 두 내외 손을 맞붙들고 마주 찾는 사람도 있더니, 석양판에는 그 사람이 다 어디로 가고 없던지 보이지 아니하고, 모란봉 아래서 옥련이 부르고 다니는 부인 하나만 남아 있더라.

그 부인의 남편 되는 사람은 나이 스물아홉 살인데, 평양서 돈 잘 쓰기로 이름 있던 김관일이라. 피란길 26)인해 중에 서로 잃고 서로 찾다가 김관일은 저의 집으로 혼자 돌아와서 그날 밤에 빈집에 혼자 있다가 밤중에 개가 하도 몹시 짖거늘 일어나서 대문을 열고 보려 하다가 겁이 나서 열지는 못하고 문틈으로 내다보기도 하였으나 벌써 헌병이 그 부인을 앞세우고 가니, 김관일은 그 부인이 헌병에게 붙들려 가는 줄은 생각 밖이요, 그 부인은 그 남편이 집에 있기는 또한 꿈도 아니 꾸었더라.

김 씨는 혼자 빈집에 있어서 밤새도록 잠들지 못하고 별생각이 다 난다.

'북문 밖 넓은 들에 철환 맞아 죽은 송장과 죽으려고 숨 넘어가는 반송장들은 제각각 제 나라를 위하여 전장에 나와서 죽은 장수와 군사들이라 죽어도 제 직분이거니와, 엎들어지고 곱들어져서 봄바람에 떨어진 꽃과 같이 간 곳마다 발에 밟히고 눈에 걸리는 피란꾼들은 나라의 운수련가. 제 팔자 27)기박하여 평양 백성 되었던가. 땅도 조선 땅이요, 사람도 조선 사람이라. 고래 싸움에 새우 등 터지듯이, 우리나라 사람들이 남의 나라 싸움에 이렇게 참혹한 일을 당하는가. 우리 마누라는 대문 밖에 한 걸음 나가 보지 못한 사람

불비 비 퍼붓듯 쏟아지는 불덩어리를 비유적으로 이르는 말.
인해(人海) 사람의 바다라는 뜻으로, 수없이 많이 모인 사람을 이르는 말.
기박(奇薄)하다 팔자, 운수 따위가 사납고 복이 없다.

이요, 내 딸은 일곱 살 된 어린아이라 어디서 밟혀 죽었는가. 슬프다. 저러한 송장들은 피가 시내 되어 대동강에 흘러들어 28)여울목 치는 소리 무심히 듣지 말지어다. 평양 백성의 원통하고 설운 소리가 아닌가. 무죄히 죄를 받는 것도 우리나라 사람이요, 무죄히 목숨을 지키지 못하는 것도 우리나라 사람이라. 이것은 하늘이 지으신 일이런가, 사람이 지은 일이런가. 아마도 사람의 일은 사람이 짓는 것이다. 우리나라 사람이 제 몸만 위하고 제 욕심만 채우려 하고, 남은 죽든지 살든지, 나라가 망하든지 흥하든지 제 벼슬만 잘하여 제 살만 찌우면 제일로 아는 사람들이라.

평안도 백성은 염라대왕이 둘이라. 하나는 황천에 있고, 하나는 평양 선화당에 앉았는 29)감사이라. 황천에 있는 염라대왕은 나이 많고 병들어서 세상이 귀치 않게 된 사람을 잡아가거니와, 평양 선화당에 있는 감사는 몸 성하고 재물 있는 사람은 낱낱이 잡아가니, 인간 염라대왕으로 집집에 30)터주까지 겸한 31)겸관이 되었는지, 고사를 잘 지내면 탈이 없고 못 지내면 온 집안에 32)동토가 나서 다 죽을 지경이라. 제 손으로 벌어 놓은 제 재물을 마음 놓고 먹지 못하고 천생 타고난 제 목숨을 남에게 매어 놓고 있는 우리나라 백성들을 불쌍하다 하겠거든, 더구나 남의 나라 사람이 와서 싸움을 하느니 지랄을 하느니, 그러한 33)서슬에 우리는 34)패가하고 사람 죽는 것이 다 우리나라 강하지 못한 탓이라.

오냐, 죽은 사람은 하릴없다. 살아 있는 사람들이나 이후에 이러한 일을

여울목 강이나 바다의 바닥이 얕거나 폭이 좁아 물살이 세게 흐르는 곳의 턱진 자리.
감사(監司) 조선 시대에 둔, 각 도의 으뜸 벼슬. 관찰사(觀察使). 도백(道伯).
터주 집터를 지키는 지신(地神). 또는 그 자리.
겸관(兼官) 자기의 본디 벼슬 외에 다른 벼슬을 겸함.
동토(動土) 땅, 돌, 나무 따위를 잘못 건드려 지신(地神)을 화나게 하여 재앙을 받는 일. 또는 그 재앙. 건드려서는 안 될 것을 공연히 건드려서 스스로 걱정이나 해를 입음. 또는 그 걱정이나 피해를 비유적으로 이르는 말. 동티.
서슬 강하고 날카로운 기세.
패가(敗家)하다 재산을 다 써 버려 집안을 망치다.

또 당하지 아니하게 하는 것이 제일이다. 제 정신 제가 차려서 우리나라도 남의 나라와 같이 밝은 세상 되고 강한 나라 되어 백성 된 우리들이 목숨도 보전하고 재물도 보전하고, 각 도 선화당과 각 도 동헌 위에 35)아귀 귀신 같은 산 염라대왕과 산 터주도 못 오게 하고, 범 같고 곰 같은 타국 사람들이 우리나라에 와서 감히 싸움할 생각도 아니하도록 한 후이라야 사람도 사람인 듯싶고 살아도 산 듯싶고, 재물 있어도 제 재물인 듯하리로다.

처량하다, 이 밤이여. 평양 백성은 어디 가서 36)사생 중에 들었으며, 아귀 같은 염라대왕은 어느 구석에 박혔으며, 우리 처자는 어떻게 되었는고. 우리 내외 37)금실이 유명히 좋던 사람이요, 옥련이를 남다르게 귀애하던 가정이라. 그러나 세상에 뜻이 있는 남자 되어 처자만 구구히 생각하면 나라의 큰일을 못 하는지라. 나는 이 길로 천하 각국을 다니면서 남의 나라 구경도 하고 내 공부 잘한 후에 내 나라 사업을 하리라.'
하고 밝기를 기다려서 평양을 떠나가니, 그 발길 가는 데는 만리타국이라.

그 부인은 일본군 헌병부로 잡혀갔으나, 규중에서 생장한 부인이 그러한 난리 중에 그러한 풍파를 겪었다 하는 말을 듣는 자 누가 불쌍타 하지 아니하리오. 38)통변이 말을 전하는 대로 헌병장이 고개를 기울이고 불쌍하다 가이없다 하더니, 그 밤에는 39)군중에서 보호하고 그 이튿날 제 집으로 돌려보내니, 부인은 하룻밤 동안에 세상 풍파를 다 지내고 본집으로 돌아왔더라.

아침 날 서늘한 기운에 빈집같이 쓸쓸한 것은 없는데 그 부인이 그 집에

아귀(餓鬼) 계율을 어기거나 탐욕을 부려 아귀도에 떨어진 귀신. 염치없이 먹을 것을 탐하는 사람을 비유적으로 이르는 말.
사생(死生) 죽음과 삶.
금실(琴瑟) 거문고와 비파를 아울러 이르는 말로, 흔히 부부 사이를 일컬음.
통변(通辯) 통역(通譯).
군중(軍中) 군대 안.

들어와 보더니 처참한 마음이 새로이 나서 이 집 구석에서 나 혼자 살아 무엇 하리 하면서 마루 끝에 털썩 걸터앉더니 정신없이 모로 쓰러졌다.

'어젯날 피란 갈 때에 급하고 겁나는 마음에 밥도 먹지 아니하고 나섰다가 하룻날 하룻밤에 고생한 일은 인간에 나 하나뿐인가 싶은 마음에 배가 고픈지 다리가 아픈지 모르고 지냈더니, 내 집으로 돌아오니 남편도 소식 없고 옥련이도 간 곳 없고, 엉성한 네 기둥과 적적한 마루 위에 덧문 척척 닫힌 방을 보고 이 몸이 앉은 채로 쓰러져 없었으면 좋으련마는, 그렇지 아니하면 무슨 경황에 내 손으로 저 방문을 열고 내 발로 저 방으로 들어갈까' 하는 혼잣말을 다 마치지 못하고 정신을 잃었더라.

평 시절 같으면 이웃사람도 오락가락하고 [40]방물장수, 떡장수도 들락날락할 터인데, 그때는 평양성 중에 살던 사람들이 이번 불 소리에 다 달아나고 있는 것은 일본 군사뿐이라. 그 군사들이 까마귀 떼 다니듯 하며 이 집 저 집 함부로 들어간다.

본래 [41]전시 국제 공법에, 전장에서 피란 가고 사람 없는 집은 집도 점령하고 물건도 점령하는 법이라. 그런 고로 군사들이 빈집을 보면 일삼아 들어간다.

김 씨 집에 들어와서 보는 군사들은 마루 끝에 부인이 누웠는 것을 보고 도로 나갈 뿐이라. 아마도 부인을 구하여 줄 사람은 없었더라. 만일 엄동설한에 하루 동안을 마루에 누웠으면 얼어 죽었을 터이나, 다행히 일기가 더운 때라 종일 정신없이 마루에 누웠으나 관계치 아니하였더라.

밤이 되매 비로소 정신이 나기 시작하는데, 꿈 깨고 잠 깨이듯 별안간에 정신이 난 것이 아니라 모란봉에 안개 걷듯 차차 정신이 난다. 처음에 눈을

방물장수 화장품, 바느질 기구, 패물 따위의 물건을 파는 여자.
전시 국제 공법(戰時國際公法) 전쟁 시기에 필요한 국제간의 법규 관계를 규정한 법률.

떠서 보니 하늘에는 별이 총총하고, 다시 눈을 둘러보니 우중충한 집에 나 혼자 누웠으니 이곳은 어디며 이 집은 뉘 집인지, 나는 어찌하여 여기 와서 누웠는지 곡절을 모른다.

차차 본즉 내 집이요, 차차 생각한즉 여기 와서 걸터앉았던 생각도 나고, 어젯밤에 일본 헌병부로 가던 생각도 나고, 총소리에 사람 모여들던 생각도 나고, 도둑놈에게 욕을 볼 뻔하던 생각이 나면서 새로이 소름이 끼친다.

정신이 번쩍 나고 없던 기운이 번쩍 나서 벌떡 일어앉았으니, 새로 남편 생각과 옥련이 생각만 난다.

안방에는 옥련이가 자는 듯하고, 사랑방에는 남편이 있는 듯하다. 옥련이를 부르면 나올 듯하고, 남편을 부르면 대답을 할 것 같다. 어젯날 지낸 일은 정녕 꿈이라, 내가 악몽을 꾸었지, 지금은 깼으니 옥련이를 불러 보리라 하고 안방으로 고개를 두르고 옥련아, 옥련아, 옥련아, 부르다가 소름이 죽죽 끼치고 소리가 점점 움츠러진다. 일어서서 안방 문 앞으로 가니, 다리가 덜덜 떨리고 가슴이 두근두근한다. 방문을 왈칵 잡아당기니 방 속에서 벼락 치는 소리가 나며 부인은 외마디 소리를 지르고 주저앉았더라.

어제 아침에 이 방에서 피란 갈 때에는 방 가운데 아무것도 늘어놓은 것 없었더니, 오늘 아침에 김관일이가 외국에 가려고 결심하고 나갈 때에 무엇을 찾느라고 다락 속 벽장 속에 있는 42)세간을 낱낱이 내놓고 궤 문도 열어 놓고, 농문도 열어 놓고, 궤짝 위에 농짝도 놓고 농짝 위에 궤짝도 얹었는데, 단정히 놓인 것도 있지마는 곧 내려질 듯한 것도 있었더라. 방문은 무슨 정신에 닫고 갔던지 방 안의 벽장문, 다락문은 열린 채로 두었더라.

강아지만 한 큰 쥐가 다락에서 나와서 방 안에서 제 세상같이 있다가, 방문 여는 소리를 듣고 궤 위에서 방바닥으로 내려뛰는데, 그 궤가 43)안동하여

세간 집안 살림에 쓰는 온갖 물건.

떨어지니, 그 궤는 옥련의 궤라 조개껍질도 들고, 서양철 조각도 들고 방울도 들고 유리병도 들었으니, 궤가 떨어질 때는 소리가 조용치는 못하겠으나 부인이 겁결에 들은즉 벼락 치는 소리같이 들렸더라.

부인이 정신을 차려서 당성냥을 찾으려고 방 안으로 들어가니, 발에 걸리고 몸에 부딪치는 것이 무엇인지 무서운 마음에 도로 나와서 마루 끝에 앉았더라. 이 밤이 초저녁인지 밤중인지 샐녘인지 모르고 날 새기만 기다리는데, 부인의 마음에는 이 밤이 샐 때가 되었거니 하고 동편 하늘만 쳐다보고 있더라.

두 날개 탁탁 치며 꼬끼요 우는 소리는 첫닭이 분명한데 이 밤 새우기는 참 어렵도다. 그렇게 적적한 집에 그 부인이 혼자 있어서 하루, 이틀, 열흘, 보름을 지낼수록 경황없고 처량한 마음이 조금도 감하지 아니한다. 감하지 아니할 뿐 아니라 날이 갈수록 심란한 마음이 깊어 가더라. 그러면 무슨 까닭으로 세상에 살아 있는고. 한 가지 일을 기다리고 죽기를 참고 있었더라.

피란 갔던 이튿날 방 안에 세간이 늘어 놓인 것을 보고 남편이 왔던 자취를 알고 부인의 마음에는 남편이 옥련이와 나를 찾아다니다가 찾지 못하고 집에 돌아와서 보고 또 찾으러 간 줄로 알고, 그 남편이 방향 없이 나서서 오죽 고생을 할까 싶은 마음에 가이없으면서 위로는 되더니, 그날 해가 지고 저무니 남편이 돌아올까 기다리는 마음에 대문을 닫지 아니하고 앉아 밤을 새웠더라. 그 이튿날 또 다음날을, 날마다 밤마다 때마다 기다리는데, 사람의 소리가 들리면 뛰어나가 보고, 개가 짖으면 쫓아가서 본다.

고대하던 마음은 [44]진하고 [45]단망하는 마음이 생긴다. 어느 곳에서 사람이 많이 죽었다 하는 소문이 있으면 남편이 거기서 죽은 듯하고, 어느 곳에

안동(眼同)하여 따라서 함께.
진(盡)하다 다하여 없어지다.
단망(斷望)하다 희망이 끊어지다. 또는 희망을 끊어 버리다.

서는 어린아이 죽었다는 말이 들리면 내 딸 옥련이가 거기서 죽은 듯하다.

남편이 살아오거니 하고 고대할 때는 마음을 붙일 곳이 있어서 살아 있었거니와, 죽어서 못 오거니 하고 단망하니 잠시도 이 세상에 있기가 싫다.

부인이 죽기로 결심하고 대동강 물에 빠져 죽을 차로 밤 되기를 기다려 강가로 향하여 가니, 그때는 구월 보름이라 하늘은 씻은 듯하고 달은 초롱 같다. 은가루를 뿌린 듯한 백사장에 인적은 끊어지고 ⁴⁶⁾백구는 잠들었다. 부인이 탄식하여 가로되,

"달아 물어보자, 너는 널리 보리로다. 낭군이 소식 없고 옥련은 간 곳 없다. 이 세상에 있으면 집 찾아왔으련만 일거 무소식하니 ⁴⁷⁾북망객 됨이로다. 이 몸이 혼자 살면 일평생 근심이요, 이 몸이 죽었으면 이 근심 모르리라. 십오 년 부부 정과 일곱 해 모녀 정이 어느 때 있었던지 지금은 꿈같도다. 꿈같은 이내 평생 오늘날뿐이로다. 푸르고 깊은 물은 갈 길이 저기로다."

이러한 탄식을 마치매 치마를 걷어잡고 이를 악물고 두 눈을 딱 감으면서 물에 뛰어내리니, 그 물은 대동강이요 그 사람은 김관일의 부인이라. 물 아래 뱃나들이에 한 거룻배가 비꼈는데, 그 배 속에서 사공 하나와 평양성 내에 사는 고장팔이라 하는 사람과 단둘이 달밤에 ⁴⁸⁾밤윷을 노는데, 그 사공과 고가는 각 어미 자식이나 ⁴⁹⁾성정은 어찌 그리 똑같던지, 사공이 고가를 닮았는지 고가가 사공을 닮았는지, 벌어먹는 길만 다르나 일만 없으면 두 놈이 함께 붙어 지낸다.

무엇을 하느라고 같이 붙어 지내는고. 둘 중에 하나만 돈이 있으면 서로 꾸어 주며 ⁵⁰⁾투전을 하고, 둘이 다 돈이 없으면 담배내기 밤윷이라도 아니

놀고는 못 견딘다. 하루 밥을 굶어라 하면 어렵게 여기지 아니하나 하루 노름을 하지 말라 하면 병이 날 듯한 놈들이라. 그 밤에도 고가가 그 사공을 찾아가서 단둘이 밤윷을 놀다가 물 위에서 이상한 소리가 들리나 윷에 미쳐서 정신을 모르다가, 물 위에서 웬 사람이 떠내려 오다가 배에 걸려서 허덕거리는 것을 보고 급히 뛰어내려서 건진즉 한 부인이라. 본래 부인이 높은 언덕에서 뛰어내렸다면 물이 깊고 얕고 간에 살기가 어려웠을 터이나, 모래톱에서 물로 뛰어 들어가니 그 물이 한두 자 깊이가 될락 말락 한 물이라. 물이 낮아 죽지 아니하였으나 부인은 죽을 마음으로 빠진 고로 얕은 물이라도 죽을 작정만 하고 드러누우니 얼른 죽지는 아니하고 물에 떠서 내려가다가 배에 있던 사람에게 구원한 것이 되었더라.

화약 연기는 구름에 비 묻어 다니듯이 평양의 총소리가 의주로 올라가더니 백마산에는 철환 비가 오고 압록강에는 송장으로 다리를 놓는다.

평양은 난리 평정이 되고 의주는 새로 난리를 만났으니 가령 화재 만난 집에서 안방에는 불을 잡았으나 건넌방에는 불이 붙는 격이라. 안방이나 건넌방이나 집은 한집이언만, 안방 식구는 제 방에만 불 꺼지면 다행으로 안다. 의주서는 피비 오는데 평양 성중에는 차차 웃음소리가 난다. 피란 가서 어느 구석에 숨어 있던 사람들이 차차 모여들어서 성중에는 옛 모양이 돌아온다.

집집의 걸어 닫혔던 대문도 열리고, 골목골목에 사람의 자취가 없던 곳도 사람이 오락가락하고, 개 짖고 연기 나는 모양이 세상은 평화 된 듯하나, 북문 안의 김관일의 집에는 대문이 닫힌 대로 있고 그 집 문간에 사람이 와서 찾는 자도 없었더라. 하루는 어떠한 노인이 51)부담 말 타고 오다가 김 씨 집 앞에서 말께 내리더니, 김 씨 집 대문을 흔들어 본즉 문이 걸리지 아니하였

부담(負擔) 옷이나 책 따위의 물건을 담아서 말에 실어 운반하는 작은 농짝. 부담롱(負擔籠).

거늘 안으로 들어가더니 나와서 이웃집에 말을 묻는다.

"여보, 말 좀 물어봅시다. 저 집이 김관일 김 초시 집이오?"

"네, 그 집이오, 그 집에 아무도 없나 보오."

"나는 김관일의 장인 되는 사람인데, 내 사위는 만나 보았으나 내 딸과 외손녀는 피란 갔다가 집 찾아왔는지 아니 왔는지 몰라서 내가 여기까지 온 길이러니, 지금 그 집에 들어가서 본즉 아무도 없기로 궁금하여 묻는 말이오."

"우리도 피란 갔다가 돌아온 지가 며칠 되지 아니하였으니 이웃집 일이라도 자세히 모르겠소."

노인이 하릴없이 다시 김 씨 집에 들어가서 자세히 살펴보니 사람은 난리를 만나 도망하고 세간은 도둑을 맞아서 빈 농짝만 남았는데, 벽에 ⁵²⁾언문 글씨가 있으니, 그 글씨는 김관일 부인의 필적인데, 대동강 물에 빠져 죽으려고 나가던 날의 세상 ⁵³⁾영결하는 말이라.

노인이 그 필적을 보고 놀랍고 슬픈 마음을 진정치 못하였더라.

그 노인은 본래 평양성 내에서 살던 최 주사라 하는 사람인데 이름은 항래라. 십 년 전에 부산으로 이사하여 크게 장사하는데, 그때 나이 오십이라. 재산은 ⁵⁴⁾유여하나 아들이 없어서 ⁵⁵⁾양자하였더니 양자는 합의치 못하고, 소생은 딸 하나 있으니 그 딸은 편애할 뿐 아니라 그 딸을 기를 때에 최 주사는 애쓰고 마음 상하면서 길러 낸 딸이요 ⁵⁶⁾눈살 맞고 자라난 딸인데, 그 딸인즉 김관일의 부인이라.

최 씨가 그 딸 기를 때의 일을 말하자 하면 ⁵⁷⁾소진의 혀를 두셋씩 이어 놓

언문(諺文) 상말을 적는 문자라는 뜻으로, '한글'을 속되게 이르던 말.
영결하다 죽은 사람과 산 사람이 서로 영원히 헤어지다.
유여(裕餘)하다 모자라지 않고 넉넉하다.
양자(養子)하다 양자를 정하여 데려오다.
눈살 애정 있게 바라보는 눈.

26

고 삼사월 긴긴 해를 몇씩 포개 놓을지라도 다 말할 수 없는 일이러라. 그 부인의 이름은 춘애라. 일곱 살에 그 모친이 돌아가고 계모에게 길렸는데, 그 계모는 부인 범절에는 사사이 칭찬 듣는 사람이나 한 가지 결점이 있으니, 그 [58)흠절은 [59)전실 소생 춘애에게 몹시 구는 것이라. 세간 그릇 하나라도 전실 부인이 쓰던 것이면 무당 불러서 불살라 버리든지 깨뜨려 버리든지 하여야 속이 시원하여지는 성정이라. 그러한 계모의 성정에 사르지도 못하고 깨뜨리지도 못할 것은 전실 소생 춘애라. 최 씨가 그 딸을 옥같이 사랑하고 금같이 귀애하나 그 [60)후취 부인 보는 때는 조금도 귀애하는 모양을 보이면 춘애는 그 계모에게 [61)음해를 받을 터이라. 그런 고로 최 주사가 그 딸을 칭찬하고 싶은 때도 그 계모 보는 데는 꾸짖고 미워하는 상을 보이는 일도 많다.

그러면 최 주사가 그 후취 부인에게 쥐여 지내느냐 할 지경이면 그렇지도 아니하다.

그 후취 부인은 죽어 백골 된 전실에게 [62)투기하는 마음 한 가지만 아니면 아무 흠절이 없으니, 그러한 부인은 쇠사슬로 신을 삼아 신고 그 신이 날이 나도록 조선 팔도를 다 돌아다니더라도 그만한 아내는 얻기가 어렵다 하는 집안 공론이라. 최 씨가 후취 부인과 금실도 좋고 전취 소생 춘애도 사랑하니, 춘애를 위하여 주려 하면 후실 부인의 뜻을 맞추어 주는 일이 상책이라. 춘애가 어려서부터 총명하고 눈치 빠르기로는 어린아이로 볼 수가 없다. 계모에게 따르기를 생모같이 따르면서 혼자 앉으면 눈물을 씻고 죽은

소진(蘇秦) 중국 전국 시대의 유세가(遊說家). 뛰어난 말솜씨로 합종책(合從策)을 펴서 여섯 나라의 재상을 겸한다.
흠절(欠節) 부족하거나 잘못된 점.
전실(前室) 남의 전처(前妻)를 높여 이르는 말.
후취(後娶) 두 번째 장가가서 맞이한 아내.
음해(陰害) 몸을 드러내지 아니한 채 음흉한 방법으로 남에게 해를 가함.
투기(妬忌)**하다** 부부 사이나 사랑하는 이성(異性) 사이에서 상대되는 이성이 다른 이성을 좋아할 때에 지나치게 시기하다. 질투하다.

어머니 생각하더라. 춘애가 그러한 고생을 하고 자라나서 김관일의 부인이 되었는데, 최 씨는 그 딸을 출가한 딸로 여기지 아니하고 젖 먹이는 딸과 같이 안다.

평양의 난리 소문이 다른 사람 듣기에는 이웃집에 초상났다는 소문과 같이 심상히 들리나, 부산 사는 최항래 최 주사의 귀에는 소름이 끼치도록 놀랍고 심려되더니, 하루는 그 사위 김관일이가 부산 최 씨 집에 와서 난리 겪은 말도 하고, 외국으로 공부하러 가고자 하는 목적을 말하니, 최 씨가 학비를 주어서 외국에 가게 하고, 최 씨는 그 딸과 외손녀의 생사를 자세히 알고자 하여 평양에 왔더니, 그 딸이 대동강 물에 빠져 죽을 차로 벽상에 그 ⁶³⁾회포를 쓴 것을 보니, 그 딸 기를 때의 불쌍하던 마음이 새로이 나서, 일곱 살에 저의 어머니 죽을 때에 죽은 어미의 뺨을 대고 울던 모양도 눈에 선하고, 계모의 ⁶⁴⁾눈살을 맞아서 ⁶⁵⁾주접이 들던 모양도 눈에 선하고, 내가 부산 갈 때에 부녀가 다시 만나 보지 못하는 듯이 ⁶⁶⁾낙루하며 작별하던 모양도 눈에 선한 중에 해는 점점 지고 빈집에 쓸쓸한 기운은 날이 저물수록 형용하기 어렵더라.

최 씨가 데리고 온 하인을 부르는데 근력 없는 목소리로,

"이애 막동아, 부담 떼서 안마루에 갖다 놓아라."

"말은 어데 갖다 매오리까?"

"⁶⁷⁾마방집에 갖다 매어라."

"소인은 어디서 자오리까?"

회포(懷抱) 마음속에 품은 생각이나 정(情).
눈살 여기에서는 '눈총'의 뜻. 눈에 독기를 띠며 쏘아보는 시선.
주접 여러 가지 이유로 생물체가 제대로 자라지 못하고 쇠하여지는 일. 또는 그런 상태. 옷차림이나 몸치레가 초라하고 너절한 것.
낙루(落淚)하다 눈물을 흘리다.
마방(馬房)집 말을 두고 삯짐 싣는 일을 업으로 하는 집.

"마방집에 가서 밥이나 사서 먹고 이 집 ⁽⁶⁸⁾행랑방에서 자거라."

"나리께서도 무엇을 좀 사다가 잡숫고 주무시면 좋겠습니다."

"나는 술이나 먹겠다. 부담에 달았던 술 한 병 떼어 오고 찬합만 끌러 놓아라. 혼자 이 방에 앉아 술이나 먹다가 밤 새거든 새벽길 떠나서 도로 부산으로 가자. 난리가 무엇인가 하였더니 당하여 보니 인간에 지독한 일은 난리로구나. 내 혈육은 딸 하나 외손녀 하나뿐이러니 와서 보니 이 모양이로구나. 막동아, 너같이 무식한 놈더러 쓸데없는 말 같지마는 이후에는 자손 보존하고 싶은 생각 있거든 나라를 위하여라. 우리나라가 강하였더면 이 난리가 아니 났을 것이다. 세상 고생 다 시키고 길러 낸 내 딸자식, 나 젊고 무병하건마는 난리에 죽었구나. 역질 홍역 다 시키고 ⁽⁶⁹⁾잔주접 다 떨어 놓은 외손녀도 난리 중에 죽었구나."

"나라는 양반님네가 다 망하여 놓셨지요. 상놈들은 양반이 죽이면 죽었고, 때리면 맞았고, 재물이 있으면 양반에게 빼앗겼고, 계집이 어여쁘면 양반에게 빼앗겼으니, 소인 같은 상놈들은 제 재물 제 계집 제 목숨 하나를 위할 수가 없이 양반에게 매였으니, 나라 위할 힘이 있습니까. 입 한 번을 잘못 놀려도 죽일 놈이니 살릴 놈이니, ⁽⁷⁰⁾오금을 끊어라 귀양을 보내라 하는 양반님 서슬에 상놈이 무슨 사람값에 갔습니까. 난리가 나도 양반의 탓이올시다. 일청전쟁도 민영춘이란 양반이 청인을 불러왔답니다. 나리께서 난리 때문에 따님 아씨도 돌아가시고 손녀 아기도 죽었으니 그 원통한 귀신들이 민영춘이라는 양반을 잡아갈 것이올시다."

하면서 말이 이어 나오니, 본래 그 하인은 주제넘다고 최 씨 마음에 불합하나, 이번 난리 중 험한 길에 사람이 똑똑하다고 데리고 나섰더니 이러한 심

행랑방(行廊房) 대문간에 붙어 있는 방. 예전에, 대문 안에 죽 벌여서 지어 주로 하인이 거처하던 방.
잔주접 어릴 때의 잦은 잔병치레로 잘 자라지 못하는 탈.
오금 무릎의 구부러지는 오목한 안쪽 부분. 뒷무릎.

난 중에 주제넘고 버릇없는 소리를 함부로 하니 참 난리 난 세상이라. 난리 중에 꾸짖을 수도 없고 근심 중에 무슨 소리든지 듣기도 싫은 고로 돈을 내주며 하는 말이, 막동아 너도 나가서 술이나 싫도록 먹어라. 홧김에 먹고 보자 하니 막동이는 밖으로 나가고, 최 씨는 혼자 술병을 대하여 팔자 한탄하다가 술 한 잔 먹고, 세상 원망하다가 술 한 잔 먹고, 딸 생각이 나도 술 한 잔 먹고, 외손녀 생각이 나도 술 한 잔 먹고, 술이 얼큰하게 취하더니 이 생각 저 생각 없이 술만 먹다가 갓 쓴 채로 목침 베고 드러누웠더니 잠이 들면서 꿈을 꾸었더라. 모란봉 아래서 딸과 외손녀를 데리고 피란을 가다가 노략질꾼 도둑을 만나서 곤란을 무수히 겪다가 딸이 도둑을 피하여 가느라고 높은 언덕에서 떨어져 죽는 것을 보고 최 씨가 도둑놈을 원망하여 도둑놈을 때려죽이려고 지팡이를 들고 도둑을 때리니, 도둑놈이 달려들어 최 씨를 마주 때리거늘, 최 씨가 넘어져서 일어나려고 애를 쓰는데 도둑놈이 최 씨를 깔고 앉아서 멱살을 쥐고 칼을 빼니 최 씨가 숨을 쉴 수가 없어 일어나려고 애를 쓰니 최 씨가 분명 71)가위를 눌린 것이다.

곁에서 사람이 최 씨를 흔들며 아버지 여기를 어찌 오셨소, 아버지, 아버지, 하는 소리에 깜짝 놀라 깨치니 72)남가일몽이라. 눈을 떠서 자세히 본즉 대동강 물에 빠져 죽으려고 벽상에 회포를 써서 붙였던 딸이 살아온지라, 기쁜 마음에 정신이 번쩍 나서 생각한즉 이것도 꿈이 아닌가 의심난다.

"이애, 네가 죽으려고 벽상에 유언을 써서 놓은 것이 있더니 어찌 살아왔느냐. 아까 꿈을 꾸니 네가 언덕에서 떨어져 죽었더니 지금 너를 보니 이것이 꿈이냐, 그것이 꿈이냐? 이것이 꿈이어든 이 꿈을 이대로 깨지 말고 십 년, 이십 년이라도 이대로 지냈으면 그 아니 좋겠느냐."

가위 무서운 내용의 꿈. 또는 꿈에 나타나는 무서운 것.
남가일몽(南柯一夢) 꿈 한 자락. 꿈과 같이 헛된 한때의 부귀영화를 이르는 말.

하는 말이 최 씨 생각에는 그 딸 만나 보는 것이 정녕 꿈같고 그 딸이 참 살아온 73)사기는 자세히 모른다.

원래 최 씨 부인이 물에 빠져 떠내려갈 때에 뱃사공과 고장팔에게 구한 바이 되었는데, 장팔의 모와 장팔의 처가 그 부인을 74)교군에 태워서 저희 집으로 모시고 가서 수일을 극진히 구원하였다가 그 부인이 차차 75)완인이 되매 그날 밤 들기를 기다려서 부인이 장팔의 모를 데리고 집에 돌아온 길이라. 장팔의 모는 길가에서 무엇을 사 가지고 들어온다 하고 뒤떨어졌는데, 그 부인은 76)발씨 익은 내 집이라 앞서서 들어온즉 안마루에 부담 상자도 있고 안방에는 불이 켜서 밝은지라. 이전 마음 같으면 부인이 그 방문을 감히 열지 못하였을 터이나 별 풍상 다 지내고 지금은 겁나는 것도 없고 무서운 것도 없는지라, 내 집 내 방에 누가 와서 들어앉았는가 하면서 서슴지 아니하고 방문을 열어 보니 웬 사람이 자다가 가위를 눌러서 애를 쓰는 모양인데, 자세히 본즉 자기의 부친이라. 부인이 그때에 부친을 만나니 반가운 마음에 아무 말도 아니하고 나오느니 울음뿐이라.

뒤떨어졌던 고장팔의 모가 따라 들어오면서 덩달아 운다.

"에그, 나리 마님이 이 난리 중 여기 오셨네. 알 수 없는 것은 세상일이올시다. 나리께서 부산으로 이사 가실 때에 할미는 늙은것이라 살아서 다시 나리께 뵙지 못하겠다 하였더니 늙은것은 살았다가 또 뵈옵는데 어린 옥련 애기와 젊으신 서방님은 어디 가서 돌아가셨는지 나리 오신 것을 못 만나 뵈네."

하는 말은 속에서 솟아나오는 인정이라. 그 노파가 그 인정이 있을 만도 한

사기(事機) 일의 앞뒤 사정과 까닭. 일이 되어 가는 기틀.
교군(轎軍) 가마.
완인(完人) 병이 완전히 나은 사람.
발씨 길을 걸을 때 발걸음을 옮겨 놓는 모습.

사람이라.

　고장팔의 모가 본래 최 씨 집 종인데 삼십 전부터 77)드난은 아니하나 최 씨의 덕으로 살다가 최 씨가 이사 갈 때에 장팔의 모는 상전을 따라가고자 하나 장팔이가 노름꾼으로 최 씨의 눈 밖에 난 놈이라 최 씨를 따라가지 못 하고 끈 떨어진 뒤웅박같이 평양에 있었더니, 이번에는 노름 덕으로 대동강 배 속에서 밤잠 아니 자고 있다가 최 씨 부인을 구하여 살렸으니, 장팔이 지 금은 노름하는 칭찬도 들을 만하게 되었더라.

　김 씨 부인이 그 부친에게 남편 김 씨가 외국으로 유학하러 갔다는 말을 듣고 만리의 이별은 섭섭하나 난리 중에 목숨을 보전한 것만 천행으로 여겨 서, 부친의 말하는 입을 쳐다보면서 눈에는 눈물이 가득하나 얼굴에는 기쁜 빛을 띠더라.

　"이애 김집아, 네 집은 78)외무주장하니 여기서 고단하여 살 수 없을 것이 니 나를 따라 부산으로 내려가서 내 집에 같이 있으면 좋지 아니하겠느냐."

　"내가 물에 빠져 죽으려 하기는 가장이 죽은 줄로 생각하고 나 혼자 세상 에 살아 있기가 싫은 고로 대동강에 빠졌더니, 사람에게 건진 바이 되어 살 아 있다가 가장이 살아서 외국에 유학하러 갔다는 소식을 들었으니 나는 이 집을 지키고 있다가 몇 해 후가 되든지 이 집에서 다시 가장의 얼굴을 만나 보겠으니, 아버지께서는 딸 생각 말으시고 딸 대신 사위의 공부나 잘하도록 학비나 잘 대어 주시기를 바라나이다. 나는 이 집에서 장팔의 어미를 데리 고 박토 마지기에서 79)도짓섬 받는 것 가지고 먹고 있겠소. 그러나 옥련이가 있었더면 위로가 되었을 걸, 허구한 세월을 어찌 기다리나."

하는 소리에 최 주사가 80)흉격이 막히나 다사(多事)한 사람이 오래 있을 수

드난 임시로 남의 집 행랑에 붙어 지내며 그 집의 일을 도와줌. 또는 그런 사람.
외무주장(外無主張) 집안에 살림을 맡아 할 만큼 장성한 남자가 없음.
도짓섬 빌려 쓰는 논이나 밭에서 나오는 양식.

없는 고로 수일 후에 부산으로 내려가고 김 씨 부인은 장팔의 어미를 데리고 있으니, 행랑에는 늙은 과부요 안방에는 젊은 생과부가 있어서 김 씨를 오기만 기다리고 세월 가기만 기다린다. 밤에는 밤이 길고 낮에는 낮이 긴데 그 밤과 그 낮을 모아 달 되고 해 되니, 천하에 어려운 것은 사람 기다리는 것이라. 부인의 생각에는 인간의 고생이 나 하나뿐인 줄로 알고 있건마는, 그보다 더 고생하는 사람이 또 있으니, 그것은 부인의 딸 옥련이라.

당초에 옥련이가 피란 갈 때에 모란봉 아래서 부모의 간 곳 모르고 어머니를 부르면서 발을 동동 구르다가 난데없는 철환 한 개가 넘어오더니 옥련의 왼편 다리에 박혀 넘어져서 그날 밤을 그 산에서 목숨이 붙어 있었더니, 그 이튿날 일본 적십자 간호수가 보고 야전 병원으로 실어 보내니 군의(軍醫)가 본즉 중상은 아니라. 철환이 다리를 뚫고 나갔는데 군의 말이, 만일 청인의 철환을 맞았으면 철환에 독한 약이 섞인지라 맞은 후에 하룻밤을 지냈으면 독기가 몸에 많이 퍼졌을 터이나, 옥련이가 맞은 철환은 일인의 철환이라 치료하기 대단히 쉽다 하더니, 과연 삼 주일이 못 되어서 완연히 평일과 같은지라. 그러나 옥련이는 갈 곳이 없는 아이라, 병원에서 옥련의 집을 물은즉 평양 북문 안이라 하니 병원에서 옥련이가 나이 어리고 또한 [81]정경을 불쌍케 여겨서 [82]통사를 [83]안동하여 옥련의 집에 가서 보라 한즉, 그때는 옥련의 모친이 대동강 물에 빠져 죽으려고 벽상에 그 사정 써서 붙이고 간 후이라, 통변이 그 글을 보고 옥련을 불쌍히 여겨서 도로 데리고 야전 병원으로 가니, 군의 정상(井上: 이노우에) 소좌가 옥련의 정경을 불쌍히 여기고 옥련

흉격(胸膈) 가슴과 배 사이. 마음속.
정경(情景) 사람이 처하여 있는 모습이나 형편.
통사(通事) 통역(通譯).
안동(眼同)하다 사람을 데리고 함께 가거나 물건을 지니고 가다.

의 [84]자품을 기이하게 여겨 통변을 세우고 옥련의 뜻을 묻는다.

"이애, 너의 아버지와 어머니가 어디로 간지 모르냐?"

"……."

"그러면 네가 내 집에 가서 있으면 내가 너를 학교에 보내어 공부하도록 하여 줄 것이니, 네가 공부를 잘하고 있으면 아무쪼록 너의 나라에 탐지하여 너의 부모가 살았거든 너의 집으로 곧 보내 주마."

"우리 아버지 어머니가 살아 있는 줄을 알고 나를 도로 우리 집에 보내 줄 것 같으면 아무데라도 가고 아무것을 시키더라도 하겠소."

"그러면 오늘이라도 인천으로 보내서 [85]어용선을 타고 일본으로 가게 할 것이니, 내 집은 일본 [86]대판이라. 내 집에 가면 우리 마누라가 있는데, 아들도 없고 딸도 없으니 너를 보면 대단히 귀애할 것이니 너의 어머니로 알고 가서 있거라."

하면서 귀국하는 [87]병상병에게 부탁하여 일본 대판으로 보내니, 옥련이가 교군 바탕을 타고 인천까지 가서 인천서 유선을 타니, 등 뒤에는 부모 소식이 묘연하고 눈앞에는 타국 산천이 생소하다.

만일 [88]용렬한 아이가 일곱 살에 난리 피란을 가다가 부모를 잃었으면 어미 아비만 생각하고 낯선 사람이 무슨 말을 물으면 눈물이 비죽비죽하고 주접이 덕지덕지하고 묻는 말을 대답도 시원히 못 할 터이나, 옥련이는 어디 그러한 영리하고 숙성한 아이가 있었던지 혼자 있을 때는 부모를 보고 싶은 마음에 죽을 듯하나 사람을 대할 때는 어찌 그리 [89]천연하던지, 부모 생각하

자품(資稟) 사람의 타고난 바탕과 성품.

어용선(御用船) 임금이나 왕실에서 쓰던 배. 일본 왕가의 것을 일본 해군이 물려받아 쓰던 배.

대판(大阪) 일본 '오사카'를 우리 한자음으로 읽은 이름.

병상병(病傷兵) 싸움터에서 병들거나 다친 군인.

용렬(庸劣)**하다** 사람이 변변하지 못하고 졸렬하다.

천연(天然)**하다** 시치미를 뚝 떼어 겉으로는 아무렇지 아니한 듯하다. 생긴 그대로 조금도 꾸밈이 없다.

는 기색이 조금도 없더라. 옥련의 얼굴은 옥을 깎아서 연지분으로 단장한 것 같다.

옥련의 부모가 옥련 이름 지을 때에 옥련의 모양과 같이 아름다운 이름을 짓고자 하여 내외 공론이 무수하였더라. 옥같이 희다 하여 옥이라고 부르는 사람은 옥련이 모친이요, 연꽃같이 번화하다 하여 연화라고 부르는 사람은 옥련의 부친이라.

그 아이 이름 짓던 날은 의논이 부산하다가 [90]구화담판 되듯 옥 자, 연 자를 합하여 옥련이라고 지은 이름이라. 부모 된 사람이 제 자식 귀애하는 마음에 혹 시꺼면 괴석 같은 것도 옥같이 보는 일도 있고, 누렁퉁이나 호박꽃같이 생긴 것도 연꽃같이 보이는 일도 있기는 있지마는, 옥련이 같은 아이는 옥련의 부모의 눈에만 그렇게 아름다운 것이 아니라 어떠한 사람이든지 칭찬 아니하는 사람이 없고, 또 자식 없는 사람이 보면 빼앗아 갈 것같이 탐을 내서 하는 말에, 옥련이를 잡아가서 내 딸이 될 것 같으면 벌써 집어 갔겠다 하는 사람이 무수하였더라.

그러하던 옥련이가 부모를 잃고 만리타국으로 혼자 가니, 배 안에 들어 있는 사람들 [91]소일조로 옥련의 곁에 모여들어서 말 묻는 사람도 있고, 조선 말을 하지 못하는 사람들은 [92]행장에서 과자를 내주니, 어린아이가 너무 괴롭고 성이 가실만 하련마는 옥련이는 천연할 뿐이라.

만리 창해에 살같이 빠른 배가 인천서 떠난 지 나흘 만에 대판에 다다르니, 대판에서 내릴 선객들은 각기 제 행장을 수습하여 [93]삼판에 내려가느라고 [94]분요하나 옥련이는 행장도 없고 몸 하나뿐이라 혼자 가만히 앉았으니,

구화담판 강화를 맺는 데서 뜻이 맞아 결론을 내림.
소일(消日) 어떠한 것에 재미를 붙여 심심하지 아니하게 시간이나 세월을 보냄.
행장(行裝) 여행할 때 쓰는 물건과 차림.
삼판(三板) 항구 안에서 사람이나 짐을 실어 나르는 중국식의 작은 배. 삼판선(三板船).
분요(紛擾)**하다** 어수선하고 소란스럽다.

어린 소견에도 별생각이 다 난다.

'남은 제 집 찾아가건마는 나는 뉘 집으로 가는 길인고. 남들은 일이 있어서 대판에 오는 길이거니와 나 혼자 일 없이 타국에 가는 사람이라. 편지 한 장을 품에 끼고 가는 집이 뉘 집인고. 이 편지 볼 사람은 어떠한 사람이며, 이 내 몸 위하여 줄 사람은 어떠한 사람인가. 딸을 삼거든 딸 노릇 하고, 종을 삼거든 종노릇 하고, 고생을 시키거든 고생도 참을 것이요, 공부를 시키거든 일시라도 놀지 않고 공부만 하여 볼까.'

이런 생각 저런 생각, 생각만 하느라고 시름없이 앉았더니, 평양서부터 동행하던 병정이 옥련이를 부르는데 말을 서로 알아듣지 못하는 고로 눈치로 알아듣고 따라 내려가니, 그 병대는 평양 싸움에 오른편 다리에 총을 맞고 옥련이와 같이 야전 병원에서 치료하던 사람인데, 철환이 신경맥을 상한 고로 치료한 후에 그 다리가 불편하여 몽둥이에 의지하여 겨우 걸어 다니는지라. 그 병대는 앞에 서서 내려가는데, 옥련이가 뒤에 서서 보다가 하는 말이, 나도 다리에 총 맞았던 사람이라. 내가 만일 저 모양이 되었더라면 자결하여 죽는 것이 편하지 살아서 쓸데 있나, 하는 소리를 옥련의 말 알아듣는 사람이 없으니, 그런 말은 못 듣는 것이 좋건마는, 좋은 마디는 그뿐이라. 옥련이가 제일 답답한 것은 서로 말 모르는 것이라. 벙어리 심부름하듯 옥련이가 병정 손짓하는 대로만 따라간다.

옥련의 눈에는 모두 처음 보는 것이라. 항구에는 배 돛대가 삼대 들어서듯 하고, 저잣거리에는 이층 삼층집이 구름 속에 들어간 듯하고, 지네같이 기어가는 기차는 입으로 연기를 확확 뿜으면서 배는 천동 지동하듯 구르며 풍우같이 달아난다. 넓고 곧은 길에 갔다왔다하는 인력거 바퀴 소리에 정신이 없는데, 병정이 인력거 둘을 불러서 저도 타고 옥련이도 태우니 그 인력거들이 살같이 가는지라. 옥련이가 길에서 아장아장 걸을 때에는 인해 중에 넘어질까 조심되어 아무 생각이 없더니, 인력거 위에 올라앉으매 새로이 생각만 난다.

'인력거야, 천천히 가고지고. 이 길만 다 가면 남의 집에 들어가서 밥도 얻어먹고 옷도 얻어 입고, 마음도 불안하고 몸도 불편할 터이로구나. 인력거야, 어서 바삐 가고지고. 궁금하고 알고자 하는 일은 어서 바삐 눈으로 보아야 시원하다. 가품 좋고 인정 있는 사람인지, 집안에서 찬 기운 나고 사람에게서 독기가 똑똑 떨어지는 집이나 아닌지. 내 운수가 좋으려면 그 집 인심이 좋으련마는 ⁹⁵⁾조실부모하고 만리타국에 ⁹⁶⁾유리하는 내 운수에……'

그러한 생각에 눈물이 비 오듯 하며 흑흑 느끼며 우는데 인력거는 벌써 정상 군의 집 앞에 와서 내려놓는데, 옥련이가 인력거 그치는 것을 보고 이것이 정상 군의 집인가 짐작하고 조심되는 마음에 작은 몸이 더욱 작아진 듯하다.

슬픈 생각도 한가한 때를 타서 나는 것이다. 눈물이 뚝 그치고 아니 나온다. 옥련이가 눈을 이리 씻고 저리 씻고 부산히 씻는 중에 앞에 섰던 인력거꾼이 무슨 소리를 지르매 계집종이 나와서 문간방에 꿇어앉아서 공손히 말을 물으니 병정이 두어 말 하매 종이 안으로 들어가더니 다시 나와서 병정더러 들어오라 하니, 병정이 옥련이를 데리고 정상 군의 집 안으로 들어갔다.

병정은 정상 부인을 대하여 군의 소식을 전하고 옥련의 사기를 말하고 전지(戰地)의 소경력(小經歷)을 이야기하는데, 옥련이는 정상 부인의 눈치만 본다.

부인의 나인 삼십이 될락 말락 하니 옥련의 모친과 ⁹⁷⁾정동갑이나 아닌지, ⁹⁸⁾연기는 옥련의 모친과 그렇게 같으나 생긴 모양은 옥련의 모친과 반대만

조실부모(早失父母) 어려서 부모를 여읨.
유리(流離)**하다** 일정한 집과 직업이 없이 이곳저곳으로 떠돌아다니다.
정동갑(正同甲) 나이가 꼭 같음.
연기(年紀) 대강의 나이.

되었다. 옥련의 모친은 눈에 애교가 있더라. 정상 부인은 눈에 살기만 들었더라. 옥련의 모친은 얼굴이 희고 도화색을 띠었더니 정상 부인의 얼굴이 희기는 하나 청기가 돈다. 얌전도 하고 쌀쌀도 한데, 군의의 편지를 받아 보면서 옥련이를 흘끔흘끔 보다가 병정더러 무슨 말도 하는 것은 옥련의 마음에는 모두 내 말 하거니 하고 단정히 앉았는데, 병정은 할 말 다 하였는지 작별하고 나가고, 옥련이만 정상 군의의 집에 혼자 떨어져 있으니 옥련이가 새로이 생소하고 [99]비편한 마음뿐이라.

"이애 설자야, 나는 딸 하나 났다."

"아씨께서 자녀 간에 없이 고적하게 지내시더니 따님이 생겼으니 얼마나 좋으십니까. 그러나 오늘 낳으신 아기가 대단히 숙성하오이다."

"설자야, 네가 옥련이를 말도 가르치고 언문[假名]도 잘 가르쳐 주어라. 말을 알아듣거든 하루바삐 학교에 보내겠다."

"내가 작은아씨를 가르칠 자격이 되면 이 댁에 와서 종노릇을 하고 있겠습니까."

"너더러 어려운 것을 가르쳐 주라 하는 것이 아니다. [100]심상소학교 일년급 독본이나 가르쳐 주라는 말이다. 네 동생같이 알고 잘 가르쳐 다고. 말을 능통히 알기 전에는 집에서 네가 교사 노릇 하여라. 선생 겸 종 겸 어렵겠다. 월급이나 많이 받으려무나."

"월급은 더 바라지 아니하거니와 연희장 구경이나 자주 시켜 주시면 좋겠습니다."

"설자야, 우리 옥련이 데리고 잡점에 가서 옥련에게 맞는 부인 양복이나 사서 가지고 목욕집에 가서 목욕이나 시키고 조선 복색을 벗기고 양복이나

비편(非便)하다 순조롭지 아니하거나 편하지 아니하다. 부자연스럽고 느낌이 거북하다.
심상소학교(尋常小學校) 당시 일본의 초등학교.

입혀 보자."

정상 부인은 옥련이를 그렇게 귀애하나 말 못 알아듣는 옥련이는 정상 부인의 쓸쓸한 모양에 죽 기가 도야 고역 치르듯 따라다닌다.

말 못 하는 개도 사람이 귀애하는 것을 알거든, 하물며 사람이야. 아무리 어린아이기로 저를 사랑하는 눈치를 모를 리가 없는 고로 수일이 못 되어 옥련이가 옹그리고 자던 잠이 다리를 쭉 뻗고 잔다.

정상 부인이 갈수록 옥련이를 귀애하고 옥련이는 날이 갈수록 정상 부인에게 따른다.

옥련의 총명 재질은 조선 역사에는 그러한 여자가 있다고 전한 일은 없으니, 조선 여편네는 안방구석에 가두고 아무것도 가르치지 아니하였은즉, 옥련이 같은 총명이 있더라도 세상에서 몰랐든지, 이렇든지 저렇든지 옥련이는 조선 여편네에게는 비할 곳 없더라.

옥련의 재질은 누가 듣든지 거짓말이라 하고 참말로는 듣지 아니한다. 일본 간 지 반년도 못 되어 일본말을 어찌 그렇게 잘하던지, 정상 군의 집에 와서 보는 사람들이 옥련이를 일본 아이로 보고 조선 아이로는 보지를 아니한다. 정상 부인이 옥련이를 가르치며 저 아이가 조선 아이인데 조선서 온 지가 반년밖에 아니 된다 하는 말은 옥련이를 자랑코자 하여 하는 말이나, 듣는 사람은 정상 부인의 농담으로 듣다가 설자에게 자세한 말을 듣고 혀를 홰홰 내두르면서 칭찬하는 소리에 옥련이도 흥이 날 만하겠더라.

[101]호외, 호외, 호외라고 소리를 지르며 대판 저자 큰길로 달음박질하여 돌아다니는 사람들이 둘씩 셋씩 지나가니 옥련이가 학교에 갔다 오는 길에 문을 열고 들어오면서,

"여보, 어머니 저것이 무슨 소리요?"

호외(號外) 특별한 일이 있을 때에 임시로 발행하는 신문이나 잡지.

"네가 온갖 것을 다 알아듣더니 호외는 모르는구나. 그러나 무슨 큰일이 있는지 한 장 사 보자. 이애 설자야, 호외 한 장 사 오너라."

"네, 지금 가서 사 오겠습니다."

하면서 급히 나가니 옥련이가 달음박질하여 따라 나가면서, 이애 설자야, 그 호외를 내가 사 오겠으니 돈을 이리 달라 하니, 설자가 웃으면서 하는 말이 누구든지 먼저 가는 사람이 호외를 산다 하고 달아나니, 설자는 다리가 길고 옥련이는 다리가 짧은지라 설자가 먼저 가서 호외 한 장을 사 가지고 오는 것을 옥련이가 붙들고 호외를 달라 하여 기어이 빼앗아 가지고 와서 하는 말이,

"어머니 이 호외를 보고 나 좀 가르쳐 주오."

정상 부인이 웃으며 받아 보니 대판매일신문 호외라. 한 줄쯤 보고 깜짝 놀라더니 서너 줄쯤 보고 에그 소리를 하면서 호외를 던지고 아무 소리 없이 눈물이 비 오듯 한다.

"어머니, 어찌하여 호외를 보고 울으시오. 어머니 어머니……."

부인은 대답 없이 눈물만 흘리니, 옥련이가 설자를 부르면서 눈에 눈물이 가랑가랑하니, 설자는 방문 밖에 앉았다가 부인의 낙루하는 것을 못 보고 옥련의 눈만 보고 하는 말이,

"작은아씨가 울기는 왜 울어. 갓 낳은 어린아이와 같이."

"설자야, 사람 조롱 말고 들어와서 호외 좀 보고 가르쳐 다고. 어머니께서 호외를 보고 울으시니 호외에 무슨 말이 있는지 왜 울으시는지 자세히 보아라. 어서 어서."

"아씨, 호외에 무슨 일이 있습니까. 아씨께서만 보셨으면 좀 보겠습니다."

설자가 호외를 들고 보다가 쌩긋 웃더니 그 아래는 자세히 보지 아니하고 하는 말이,

"아씨, 이것 좀 보십시오. 요동 반도가 함락이 되었습니다. 아씨, 우리 일본은 싸움할 적마다 이기니 좋지 아니하옵니까. 에그, 우리나라 군사가 이렇게 많이 죽었나. 아씨, 이를 어찌하나. 우리 댁 영감께서 돌아가셨네. [102) 만국 공법에, 전시에서 적십자기 세운 데는 위태치 아니하다더니 영감께서는 군의시언마는 돌아가셨으니 웬일이오니까."

"무엇, 아버지가 돌아가셨어……."

옥련이는 소리쳐 울고 부인은 소리 없이 눈물만 떨어지고 설자는 부인을 쳐다보며 비죽비죽 우니 온 집안이 울음 빛이라.

호외 한 장이 온 집안의 [103)화기를 끊어 버렸더라. 정상 군의는 인간의 다시 오지 못하는 길을 가고, 정상 부인은 찬 베개 빈방에서 적적히 세월을 보내더라.

조선 풍속 같으면 [104)청상과부가 시집가지 아니하는 것을 가장 잘난 일로 알고 일평생을 근심 중으로 지내나, 그러한 도덕상의 죄가 되는 악한 풍속은 문명한 나라에는 없는 고로, 젊어서 과부가 되면 시집가는 것은 천하만국에 부끄러운 일이 아니라. 정상 부인이 어진 남편을 얻어 시집을 간다.

"이애 옥련아, 내가 젊은 터에 평생을 혼자 살 수 없고 시집을 가려 하는데 너를 거두어 줄 사람이 없으니 그것이 불쌍한 일이로구나……."

옥련의 마음에는 정상 부인이 시집가는 곳에 부인을 따라가고 싶으나, 부인이 데리고 가지 아니할 말을 하니 옥련이는 새로이 평양성 밑 모란봉 아래서 부모를 잃고 발을 구르며 울던 때 마음이 별안간에 다시 난다. 옥련이가 부인의 무릎 위에 푹 엎디며 목이 메어 하는 말이,

"어머니, 어머니가 가시면 나는 누구를 믿고 사나."

만국 공법(萬國公法) '국제법'의 전 용어.
화기(和氣) 따스하고 화창한 기온. 온화한 기색 또는 화목한 분위기.
청상과부(靑孀寡婦) 젊어서 남편을 잃고 홀로 된 여자.

"오냐, 나는 죽은 셈만 치려무나."

"어머니 죽으면 나도 같이 죽지."

그 소리 한 마디에 부인 가슴이 답답하여 무슨 생각을 하고 있더라. 그때 부인이 중매더러 말하기를, 내 한 몸뿐이라 하였는데, 남편 될 사람도 그리 알고 있으니 이제 새로이 딸 하나 있다 하기도 어렵고, 옥련이가 따르는 모양을 보니 차마 떼치기도 어려운 마음이 생긴다.

"이애 옥련아, 울지 말아라. 내가 시집가지 아니하면 그만이로구나. 내가 이 집에서, 네 공부나 시키고 있다가 십 년 후에는 내가 네게 의지하겠으니 공부나 잘하여라."

"어머니가 참 시집 아니 가고 집에 있어서 날 공부시켜 주시겠소?"

"오냐, 염려 말아라. 어린아이더러 거짓말 하겠느냐."

옥련이가 그 말을 듣고 기쁜 마음을 이기지 못하여 여인의 무릎 위에 앉아서 뺨을 대고 어리광을 하더라.

그 후로부터 옥련이가 부인에게 따르는 마음이 더욱 간절하여 학교에 가면 집에 돌아오고 싶은 마음만 있다가 하학 시간이 되면 달음박질하여 집에 와서 부인에게 안겨서 어리광만 한다. 그 어리광이 며칠 못 되어 눈치꾸러기가 된다.

부인이 처음에는 옥련이의 어리광을 잘 받더니, 무슨 까닭인지 옥련이가 어리광을 피면 핀잔을 주고 찬 기운이 돈다. 날이 갈수록 옥련이가 고생길로 들고 근심 중으로 지낸다.

본래 부인이 시집가려 할 때에 옥련의 사정이 불쌍하여 중지하였으나 젊은 부인이 공방에서 고적한 마음이 있을 때마다 옥련이가 미운 마음이 생긴다. 어디서 얻어 온 자식 말고 제 속으로 나온 자식일지라도 귀치 아니한 생각이 날로 더하는 모양이라.

옥련이가 부인에게 귀염 받을 때에는 문밖에 나가기를 싫어하더니, 부인에게 미움 받기 시작하더니 문밖에 나가며 들어오기를 싫어하더라.

부인이 옥련이를 귀애할 때에는 옥련이가 어디 가서 늦게 오면 문에 의지하여 기다리더니, 옥련이를 미워하는 마음이 생기더니 옥련이가 오는 것을 보면,

"에그, 저 원수의 것이 무슨 연분이 있어서 내 집에 왔나!"
하면서 눈살을 아드득 찌푸리더라.

옥련이가 앉아도 그 눈살 밑, 서도 그 눈살 밑, 밥을 먹어도 그 눈살 밑, 잠을 자도 그 눈살 밑, 눈살 밑에서 자라나는 옥련이가 눈치만 늘고 눈물만 흔하더라. 하루가 105)삼추 같은 그 세월이 삼 년이 되었는데, 옥련이는 심상 소학교 입학한 지 사 년이라. 옥련의 졸업식을 당하여 학교에서 옥련이가 우등생이 된 고로 사람마다 칭찬하는 소리가 옥련의 귀에는 조금도 기뻐 들리지 아니한다. 기뻐 들리지 아니할 뿐 아니라 귀가 아프고 듣기 싫더라.

듣기 싫은 중에 더구나 듣기 싫은 소리가 있으니 무슨 소리런가.

"저 아이는 정상 군의 양녀지. 군의는 요동 반도 함락될 때에 죽었다지. 그 부인은 그 양녀 옥련이를 불쌍히 여겨서 시집도 아니 가고 있다지. 에그, 갸륵한 부인일세. 저 철없는 옥련이가 그 은혜를 다 아는지. 알기는 무엇을 알아. 남의 자식이라는 것이 쓸데없나니 참 갸륵한 일일세. 정상 부인이 남의 자식을 길러 공부를 시키려고 젊은 터에 시집을 아니 가고 있으니 드문 일이지."

졸업식에 모인 사람들이 옥련이 재주 있는 것을 106)추다가 옥련의 107)의모 되는 부인의 칭찬을 시작하더니, 108)받고차기로 말이 끊어지지 아니하

삼추(三秋) 세 해의 가을 또는 가을의 석 달. 긴 시간을 비유적으로 이르는 말.
추다 다른 사람의 기분을 맞추느라 훌륭하거나 뛰어나다고 말하다.
의모(義母) 의붓어머니. 수양어머니.
받고차기 서로 말을 빠르게 주고받는 일. 서로 머리로 받고 발길질하는 짓.

니, 옥련이는 그 소리를 들을 적마다 남모르는 설움이 생기더라.

옥련이가 집에 돌아와서 문 열고 들어오면서,

"어머니, 나는 졸업장 맡았소."

"이제는 공부 다 하였으니 어미를 먹여 살려라. 공부를 네가 한 듯하냐? 내가 시키지 아니하였으면 공부가 다 무엇이냐. 네가 조선서 자랐으면 곧 공부하는 구경도 못 하였을 것이다. 네 운수 좋으려고 일청전쟁이 난 것이다. 네 운수 좋았으나 내 운수만 글렀다. 너 하나 공부시키려고 허구한 세월에 이 고생을 하고 있다."

부인이 109)덕색의 말이 퍼부어 나오니 옥련이가 고개를 숙이고 가만히 생각한즉, 겨우 소학교 졸업한 계집아이가 제 힘으로는 정상 부인을 공양할 수도 없고, 정상 부인의 힘을 또 입으면서 공부하기도 싫고 한 가지 생각만 난다. 이 세상을 얼른 버려 정상 부인의 눈에 보이지 말고 하루바삐 황천에 가서 난리 중에 죽은 부모를 만나리라 결심하고 천연한 모양으로 부인에게 좋은 말로 대답하고, 그날 밤에 물에 빠져 죽을 차로 대판 항구로 나가다가 항구에 사람이 많은 고로 사람 없는 곳을 찾아간다.

어스름 달밤은 가깝게 있는 사람을 알아볼 만한데, 이리 가도 사람이 있고 저리로 가도 사람이라. 옥련이가 동으로 가다가 돌쳐서서 서쪽으로 향하다가 도로 돌쳐서서 머뭇머뭇하는 모양이 대단히 수상한지라.

등 뒤에서 웬 사람이 이애 이애 부르는데, 돌아다본즉 110)순검이라. 옥련이가 소스라쳐 놀라 얼른 대답을 못 하니 순검이 더욱 의심이 나서 앞에 와서 말을 묻는다. 옥련이가 대답할 말이 없어서 억지로 꾸며 대답하되, 111)권공장(勸工場)에 무엇을 사러 나왔다가 집을 잃고 찾아다닌다 하니, 순검이

덕색(德色) 남에게 조금 고마운 일을 하고 그것을 자랑하는 말이나 태도.
순검(巡檢) 순찰하여 살핌. 또는 그런 일을 하는 사람.
권공장 상품 전시 판매장. 백화점의 전신에 해당함.

다시 의심 없이 옥련의 집 통수를 묻더니 옥련이를 데리고 옥련이 집에 와서 정상 부인에게 옥련이가 집 잃었던 사기를 말하니, 부인이 순검에게 사례하여 작별하고 옥련이를 방으로 불러 앉히고 말을 묻는다.

"이애, 네가 무슨 일이 있어서 이 밤중에 항구에 나갔더냐. 미친 사람이 아니어든 동으로 가다 서으로 가다 남으로 북으로 온 대판을 헤매더라 하니 무엇 하러 나갔더냐. 너 같은 딸 두었다가 망신하기 쉽겠다. 신문 거리만 되겠다."

그러한 꾸지람을 눈이 빠지도록 듣고 있으나 옥련이는 한번 정한 마음이 있는 고로 설움이 더할 것도 없고 내일 밤 되기만 기다린다.

그날 밤에 부인은 과부 설움으로 잠이 들지 못하여 누웠다가 일어나서 껐던 불을 다시 켜고 소설 한 권을 보다가 그 책을 놓고 우두커니 앉아서 무슨 생각을 하는 모양이라.

윗목에서 112)상직 잠자던 노파가 벌떡 일어나더니 하는 말이,

"아씨, 왜 주무시다가 일어나셨습니까?"

"팔자 사납고 근심 많은 사람이 잠이 잘 오나."

"아씨께서 팔자 한탄하실 것이 무엇 있습니까. 지금도 좋은 도리를 하시면 좋아질 것이올시다. 이때까지 혼자 고생하신 것도 작은아씨 하나를 위하여 그리하신 것이 아니오니까."

"글쎄 말일세. 남의 자식을 위하여 이 고생을 하고 있는 것이 내가 병신이지."

"그러하거든 작은아씨가 아씨를 고마운 줄이야 알면 좋지마는, 고마워하기는 고사하고 아씨 보면 곁눈질만 살살 하고 아씨를 진저리를 내는 모양이올시다."

상직(上直) 집 안에 살면서 시중을 듦.

"글쎄 말일세. 내가 저 하나를 위하여 가려 하던 시집도 아니 가고 삼 년, 사 년을 이 고생을 하고 있으니 아무리 어린것일지라도 나를 고마운 줄 알 터인데 고것 그리 113)발칙하게 구네그려. 오늘 밤 일로 말하더라도 이상한 일이 아닌가. 어린것이 이 밤중에 무엇 하러 항구에를 나갔단 말인가. 물에나 빠져 죽으려고 갔던지 모르겠지마는, 내가 제게 무엇을 그리 몹시 굴어서 제가 설운 마음이 있어 죽으려 하였단 말인가. 아무리 생각하여도 모를 일일세. 만일 죽고 보면 세상 사람들은 내가 구박이나 한 줄로 알겠지. 그런 못된 것이 있나."

"죽기는 무엇을 죽어요. 죽을 터이면 남 못 보는 곳에 가서 죽지, 이리 가다가 저리 가다가 대판 바닥을 다 다니다가 순검의 눈에 띄겠습니까. 아씨의 몹쓸 흠만 드러낼 마음으로 그러한 것이올시다. 아씨께서는 고생만 하시고 댁에 계셔도 쓸데없습니다. 아씨께서 가시려면 진작 가셔야지, 한 나이라도 젊으셨을 때에 가셔야 합니다. 할미는 나이 오십이 되고 머리가 희뜩희뜩하여 생각하면 어느 틈에 나이를 이렇게 먹었는지, 세월같이 무정하고 덧없는 것은 없습니다."

"남도 저렇게 늙었으니 낸들 아니 늙고 평생에 이 모양으로만 있겠나. 어디든지 내 몸 하나 가서 고생 아니할 곳이 있으면 내일이라도 가고 모레라도 가겠다."

부인과 노파는 옥련이가 잠이 든 줄 알고 하는 말인지, 잠이 들었든지 아니 들었든지 말을 듣든지 말든지 관계없이 하는 말인지, 부인이 옥련이를 버리고 시집가기로 결심하고 하는 말이다.

옥련이는 그날 밤에 물에 빠져 죽으러 나갔다가 죽지도 못하고 순검에게 붙들려 들어와서 정상 부인 앞에서 잠을 자는데, 소리를 삼키고 눈물을 흘

발칙하다 하는 짓이나 말이 매우 버릇없고 막되어 괘씸하다.

46

리다가 정신이 혼혼하여 잠이 잠깐 들었는데 일몽을 얻었더라.

옥련이가 죽으려고 평양 대동강으로 찾아 나가는데 걸음이 걸리지 아니하여 대동강이 보이면서 갈 수가 없어서 애를 무수히 쓰는데, 홀연히 등 뒤에서 옥련아 옥련아 부르는 소리가 들리거늘 돌아다보니 옥련의 어머니라. 별로 반가운 줄도 모르고 하는 말이, 어머니는 어디로 가시오, 나는 오늘 물에 빠져 죽으러 나왔소 하니, 옥련의 모친이 하는 말이 이애 죽지 말아라, 너의 아버지께서 너 보고 싶다 하는 편지를 하셨더라, 하는 말끝을 마치지 못하여, 정상 부인의 앞에서 노파가 자다가 일어나면서, 아씨 왜 주무시다가 일어났습니까 하는 소리에 옥련이가 잠이 깨었는데, 그 잠이 다시 들어서 그 꿈을 이어 꾸었으면 좋겠다 하는 생각을 하나 정상 부인과 노파가 받고차기로 옥련이 말만 하니, 정신이 번쩍 나고 잠이 다 달아나서 그 꿈을 이어 보지 못할지라.

불빛을 등지고 드러누웠는데, 귀에 들리나니 가슴 아픈 소리라. 노파는 부인의 마음 좋도록만 말하니, 부인은 하룻밤 내에 노파와 어찌 그리 정이 들었던지, 노파더러 하는 말이,

"여보게, 내가 어디로 가든지 자네는 데리고 갈 터이니 그리 알고 있으라."

하니 노파의 대답이,

"아씨께서 가실 것은 무엇 있습니까. 서방님이 이 댁에로 오시지요. 아씨는 시댁 간다 하지 말고 서방님이 장가오신다 합시오. 아씨께서 재물도 있고 이러한 좋은 집도 있으니, 서방님 되시는 이가 재물은 있든지 없든지 마음만 착하시면 좋겠습니다. 작은아씨는 어디로 쫓아 보내시면 그만이지요. 할미는 죽기 전에 아씨만 모시고 있겠으니 구박이나 맙시오."

부인이 할미더러 포도주 한 병을 가져오라 하면서 하는 말이,

"자네 말을 들으니 내 속이 시원하고 내 근심이 다 어디로 가는지 모르겠

네. 내가 아무리 무정한들 자네 구박이야 하겠나. 술이나 먹고 잠이나 자세."

하더니 포도주 한 병을 둘이 다 따라 먹고 드러눕더니 부인과 노파가 잠이 깊이 드는 모양이러라. 자명종은 새로 세 시를 땅땅 치는데, 노파의 코고는 소리는 [114]반자를 울린다. 옥련이가 일어나서 한참을 가만히 앉아서 노파의 드러누운 것을 흘겨보며 하는 말이,

"이 몹쓸 늙은 여우야, 사람을 몇이나 잡아먹고 이때까지 살았느냐. 나는 너 보기 싫어 급히 죽겠다. 너는 저 모양으로 백 년만 더 살아라."

하더니 다시 머리 들어 정상 부인을 보며 하는 말이,

"내 몸을 낳은 사람은 평양 아버지 평양 어머니요, 내 몸을 살려서 기른 사람은 정상 아버지와 대판 어머니라. 내 팔자 기박하여 난리 중에 부모 잃고, 내 운수 불길하여 전쟁 중에 정상 아버지가 돌아가니, 어리고 약한 이내 몸이 만리타국에서 대판 어머니만 믿고 살았소. 내 몸이 어머니의 그러한 은혜를 입었는데, 내 몸을 인연하여 어머니 근심되고 어머니 고생되면 그것은 옥련의 죄올시다. 옥련이가 살아서는 어머니 은혜를 갚을 수가 없소. 하루바삐, 한시바삐, 바삐 죽었으면 어머니에게 걱정되지 아니하고 내 근심도 잊어 모르겠소. 어머니, 나는 가오. 부디 근심 말고 지내시오."

하면서 눈물이 비 오듯 하다가 한참 진정하여 일어나더니 문을 열고 나가니, 가려는 길은 황천이라.

항구에 다다르니 넓고 깊은 바닷물은 하늘에 닿은 듯한데, 옥련이 가는 곳은 저 길이라. 옥련이가 그 물을 바라보고 하는 말이,

"오냐, 반갑다. 오던 길로 도로 가는구나. 일청전쟁이 일어났을 때에 그 전쟁은 우리 집에서 혼자 당한 듯이 내 부모는 죽은 곳도 모르고, 내 몸에는

반자 지붕 밑이나 위층 바닥 밑을 편평하게 하여 치장한 각 방의 윗면.

48

총을 맞아 죽게 된 것을 정상 군의 손에 목숨이 도로 살아나서 어용선을 타고 저 바다로 건너왔구나. 오기는 물 위의 길로 왔거니와 가기는 물 속 길로 가리로다. 내 몸이 저 물에 빠지거든 이 물에서 썩지 말고 물결 바람결에 몸이 둥둥 떠서 신호(神戶) 마관(馬關) 지나가서 대마도 앞으로 조선해협 바라보며 살같이 빨리 가서 진남포로 들어가서 대동강 하류에서 역류하여 올라가면 평양 북문 볼 것이니 이 몸이 썩더라도 대동강에서 썩고지고. 물아 부탁하자, 나는 너를 쫓아간다."

하는 소리에 바닷물은 대답하는 듯이 물소리가 솟아쳐서 천하가 다 물소리 속에 있는 것 같은지라. 옥련이가 정신이 아뜩하여 푹 고꾸라졌다. 설고 원통한 맺힌 마음에 115)기색을 하였다가 그 기운이 조금 돌면서 그대로 잠이 들어 또 꿈을 꾸었더라.

　뒤에서 옥련아 옥련아 부르는 소리만 들리고 사람은 보이지 아니하는데 옥련의 마음에는 옥련의 어머니라. 이애 죽지 말고 다시 한 번 만나 보자 하는 소리에 옥련이가 대답하려고 말을 냅뜨려 한즉, 소리가 나오지 아니하여 애를 쓰다가 소리를 버럭 지르면서 옥련이가 정신이 나서 눈을 떠 보니 하늘의 별은 총총하고 물소리는 그윽한지라. 기색을 하였던지 잠이 들었던지 정신이 황홀하다. 옥련이가 다시 생각하되, 내가 오늘 밤에 꿈을 두 번이나 꾸었는데 우리 어머니가 나더러 죽지 말라 하였으니, 우리 어머니가 살아 있는가 의심이 나서 마음을 진정하여 고쳐 생각한다.

　'어머니가 이 세상에 살아 있어서 평생에 내 얼굴 한 번 보고자 하는 마음으로 하늘이 감동되고 귀신이 돌아보아 내 꿈에 116)현몽하니 내가 죽으면 부모에게 불효라. 고생이 되더라도 참는 것이 옳은 일이요, 근심이 있더

기색(氣塞) 어떠한 원인으로 인하여 기의 소통이 원활하지 못하고 막힘. 또는 그런 상태.
현몽(現夢)하다 죽은 사람이나 신령 따위가 꿈에 나타나다.

라도 잊어버리는 것이 옳은 일이라. 오냐, 일곱 살부터 지금까지 고생으로 살았으니 죽지 말고 살았다가 부모의 얼굴이나 한 번 다시 보고 죽으리라.'

하고 돌쳐서서 대판으로 다시 들어가니, 그때는 날이 새려 하는 때라. 걸음을 바삐 걸어 정상 군의 집 앞에 가서 들어가지 아니하고 가만히 들은즉, 노파의 목소리가 들리는지라.

"아씨 아씨, 작은아씨가 어디 갔습니까?"

"응 무엇이야, 나는 한잠에 내쳐 자고 이제야 깨었네. 옥련이가 어디로 가. 뒷간에 갔는지 불러 보게."

"내가 지금 뒷간에 다녀오는 길이올시다. 안으로 걸었던 대문이 열렸으니, 밖으로 나간 것이올시다."

하는 소리에 옥련이가 들어갈 수 없어서 도로 돌쳐서서 갈 곳이 없는지라.

정한 마음 없이 정거장으로 나가니, 그때 일 번(一番) 기차에 떠나려 하는 행인들이 정거장으로 모여드는지라. 옥련의 마음에 117)동경이나 가고 싶으나 동경까지 갈 기차표 살 돈은 없고 다만 이십 전이 있는지라. 옥련이가 대판만 떠나서 어디든지 가면 남의 집에 118)봉공하고 있을 터이라 결심하고 119)자목 정거장까지 가는 기차표를 사서 일 번 기차를 타니, 삼등차에 사람이 너무 많이 들어서 옥련이가 앉을 곳을 얻지 못하고 섰는데 등 뒤에서 웬 120)서생이 조선말로 혼자 중얼중얼하는 말이,

"웬 계집아이가 남의 앞에 와 섰다."

하는 소리에 옥련이가 돌아다보니 나이 열칠팔 세 되고 얼굴은 볕에 그을려 익은 복숭아 같고 코는 우뚝 서고 눈은 만판 정신기 있는데, 입기는 양복을

동경(東京) 일본 '도쿄'를 우리 한자음으로 읽은 이름.
봉공(奉公) 나라나 사회를 위하여 힘써 일함. 여기에서는 '식모살이'를 뜻한다.
자목(茨木) 일본 '이바라키'를 우리 한자음으로 읽은 이름. 오사카 북부 요도가와 강의 북안에 있는 공업 도시.
서생(書生) 유학을 공부하는 사람. 글만 읽어 세상일에 서투른 선비를 비유적으로 이르는 말.

입었으나 양복은 처음 입은 사람같이 서툴러 보이는지라. 옥련이가 돌아다 보는 것을 보더니 또 조선말로 혼자 하는 말이,

"그 계집아이 똑똑하다. 재주 있겠다. 우리나라 계집아이 같으면 저러한 것들이 판판이 놀겠지. 여기서는 저런 것들도 모두 공부를 한다 하니 저것은 무엇 하는 계집아이인지."

그러한 소리를 곁의 사람이 아무도 못 알아들으나 옥련의 귀는 알아들을 뿐이 아니라, 대판 온 지 몇 해 만에 고국 말소리를 처음 듣는지라. 반갑기가 측량없으나, 계집아이 마음이라 먼저 말하기도 부끄러운 생각이 있어서 말을 못 하고, 옥련이도 혼잣말로 서생의 귀에 들리도록 하는 말이,

"어디 가 좀 앉을 곳이 있어야지, 서서 갈 수가 있나."

하는 소리에, 뒤에 있던 서생이 이상히 여겨서 하는 말이,

"그 아이가 조선 사람인가, 나는 일본 계집아이로 보았더니 조선말을 하네."

하더니 서슴지 아니하고 말을 묻는다.

"이애, 네가 조선 사람이 아니냐?"

"네, 조선 사람이오."

"그러면 몇 살에 와서 몇 해가 되었느냐?"

"일곱 살에 와서 지금 열한 살이 되었소."

"와서 무엇 하였느냐?"

"심상소학교에서 공부하고 어제가 졸업식 하던 날이오."

"너는 나보다 낫구나. 나는 이제 공부하러 미국으로 가려 하는데, 말도 다르고 글도 다른 미국을 가면 글자 한 자 모르고 말 한 마디 모르는 사람이 어찌 고생을 할는지. 너는 일본에 온 지가 사오 년이 되었다 하니 이제는 고생을 다 면하였겠구나. 어린아이가 공부하러 여기까지 왔으니 참 갸륵한 노릇이다."

"당초에 여기 올 때에 공부할 마음으로 왔으면 칭찬을 들어도 부끄럽지 아니하겠으나, 운수불행하여 고생길로 여기까지 왔으니 칭찬을 들어도……."

하면서 목이 메는 소리로 눈에 눈물이 가랑가랑하여 고개를 살짝 수그린다.

서생이 물끄러미 보고 서로 아무 말이 없는데, 정거장 호각 한 소리에 기차 화통에서 흑운(黑雲) 같은 연기를 훅훅 내뿜으면서 기차가 달아난다.

옥련의 마음에 자목 정거장에 가면 내려야 할 터인데, 어떠한 집에 가서 어떠한 고생을 할지 앞의 길이 망연한지라.

옥련이가 가고자 하는 길을 갈 지경이면 자목 가는 동안이 대단히 더딘 듯하련마는, 기차표대로 자목 외에는 더 갈 수 없는 고로 싫어도 내릴 곳이라. 형세 좋게 달아나는 기차의 서슬은 오늘 해 전에 하늘 밑까지 갈 듯한데, 자목 정거장이 멀지 아니하다.

"이애, 네가 어디까지 가는지 서서 가면 다리가 아파 가겠느냐?"

"자목까지 가서 내릴 터이오."

"자목에 아는 사람이 있느냐."

"없어요."

"그러면 자목은 왜 가느냐?"

옥련이가 수건으로 눈을 씻고 대답을 아니하는데, 서생이 말을 더 묻고 싶으나 곁의 사람들이 옥련이와 서생을 유심히 보는지라, 서생이 새로이 시치미를 떼고 창밖으로 머리를 두르고 먼 산을 바라보나 정신은 옥련의 눈물 나는 눈에만 있더라.

빠르던 기차가 차차 천천히 가다가 딱 멈추면서 반동되어 뒤로 물러나니 섰던 옥련이가 넘어지며 손으로 서생의 다리를 잡으니, [121]공교히 서생 다

___

공교(工巧)히 생각지 않았거나 뜻하지 않았던 사실이나 사건과 우연히 마주치는 것이 매우 기이하게.

리의 신경맥을 짚은지라. 그때 서생은 창밖만 보고 앉았다가 입을 딱 벌리면서 깜짝 놀라 돌아다보니 옥련이가 무심중에 일본말로 실례라 하나, 그 서생은 일본말을 모르는 고로 알아듣지 못하나 외양으로 가엾어 하는 줄로 알고 그 대답은 없이 좋은 얼굴빛으로 딴말을 한다.

"네 오는 곳이 이 정거장이냐?"

하던 차에 [122]장거수가 돌아다니면서 자목 자목, 자목 자목, 자목 자목이라 소리를 지르며 문을 여니 옥련이는 어린 몸에 일본 풍속에 젖은 아이라 서생에게 향하여 허리를 굽히며 또 일본말로 작별 인사 하면서 기차에 내려가니, 구름같이 내려가는 행인 중에 나막신 소리뿐이라. 서생은 정신이 얼떨한데, 옥련이 가는 모양을 보고자 하여 창밖으로 내다보니 사람에 섞이어서 보이지 아니하는지라. 서생이 가방을 들고 옥련이를 쫓아 나가다가 정거장 나가는 어귀에서 만난지라. 옥련이가 이상히 보면서 말없이 나가니 서생도 또한 아무 말 없이 따라 나가더라.

옥련이가 정거장 밖으로 나가더니 갈 바를 알지 못하여 우두커니 섰거늘, 벌어먹기에 눈에 돈 [123]동록이 앉은 인력거꾼은 옥련의 뒤를 따라가며 인력거를 타라 하니, 돈 없고 갈 곳 모르는 옥련이는 거들떠보지도 아니하고 섰다.

"이애, 내가 네게 청할 일이 있다. 나는 일본에 처음으로 오는 사람이라 네게 물어볼 일이 있으니, 주막으로 잠깐 들어갔으면 좋겠으니 네 생각에 어떠하냐."

"그러면 저기 여인숙이 있으니 잠깐 들어가서 할 말을 하시오."

하면서 앞서 가니, 자목에 처음 오기는 서생이나 옥련이나 일반이건마는,

장거수(掌車手) 예전에, 기차나 전차 차장을 이르던 말.
동록(銅綠) 구리의 표면에 녹이 슬어 생기는 푸른빛의 물질. 독이 있다. 돈에 대한 욕심을 비유적으로 이르는 말.

옥련이는 자목에 몇 번이나 와서 본 사람과 같이 [124]익달한 모양으로 여인숙으로 들어가더라.

여인숙 하인이 삼층집 제일 높은 방으로 인도하고 내려가니, 서생은 모두 처음 보는 것이라. 정신이 황홀하여 옥련이 만난 것을 다행히 여긴다.

"이애, 내가 여기만 와도 이렇듯 답답하니 미국에 가면 오죽하겠느냐. 너는 타국에 와서 오래 있었으니 별 물정 다 알겠구나. 우선 네게 좀 배울 것도 많거니와, 만리타국에서 뜻밖에 만났으니 서로 있는 곳이나 알고 헤어지자. 나는 공부하고자 하는 마음으로 부모도 모르게 미국에 갈 차로 나섰더니, 불과 여기를 와서 이렇듯 답답한 생각만 나니 어찌하면 좋을지 모르겠다."

하는 소리에 옥련이는 심상한 고국 사람을 만난 것 같지 아니하고 친부모나 친형제나 만난 것 같다.

모란봉 아래서 발을 구르고 울던 일부터 대판 항구에서 물에 빠져 죽으려던 일까지 낱낱이 말한다.

"그러면 우리 둘이 미국으로 건너가서 공부나 하고 있다가 너의 부모 소식을 듣거든 네 먼저 고국으로 가게 하여 주마."

"……."

"오냐, 학비는 염려 말아라. 우리들이 나라의 백성 되었다가 공부도 못하고 야만을 면치 못하면 살아서 쓸데 있느냐. 너는 일청전쟁을 너 혼자 당한 듯이 알고 있나 보다마는, 우리나라 사람이 누가 당하지 아니한 일이냐. 제 곳에 아니 나고 제 눈에 못 보았다고 태평성세로 아는 사람들은 밥벌레라. 사람이 밥벌레가 되어 세상을 모르고 지내면 몇 해 후에는 우리나라에서 일청전쟁 같은 난리를 또 당할 것이라. 하루바삐 공부하여 우리나라의

익달하다 여러 번 겪어 매우 능숙하거나 익숙하다.

부인 교육은 네가 맡아 문명 길을 열어 주어라."

하는 소리에 옥련의 첩첩한 근심이 씻은 듯이 다 없어졌는지라. 그 길로 [125]횡빈까지 가서 배를 타니, 태평양 넓은 물에 [126]마름같이 떠서 화살같이 밤낮없이 달아나는 [127]화륜선이 삼 주일 만에 [128]상항에 이르러 닻을 주니 이곳부터 미국이라. 조선서 낮이 되면 미국에는 밤이 되고 미국에서 밤이 되면 조선서는 낮이 되어 주야가 상반되는 별천지라. 산도 설고 물도 설고 사람도 처음 보는 인물이라. 키 크고 코 높고 노랑머리 흰 살빛에, 그 사람들이 도덕심이 배가 툭 처지도록 들었더라도 옥련의 눈에는 무섭게만 보인다.

서생과 옥련이가 육지에 내려서 갈 바를 알지 못하여 공론이 부산하다.

"이애 옥련아, 네가 영어를 할 줄 아느냐. 조금도 모르느냐. 한 마디도…… 그러면 참 딱한 일이로구나. 어디인지 물어볼 수가 없구나."

사오 층 되는 높은 집은 구름 속 하늘 밑에 닿은 듯한데, 물 끓듯 하는 사람들이 돌아들고 돌아나는 모양은 주막집 같은 곳도 많이 보이나 언어를 통치 못하는 고로 어린 서생들이 어찌하면 좋을지 알지 못하여 옥련이가 지향 없이 사람을 대하여 일어로 무슨 말을 물으니, 서생의 마음에는 옥련이가 영어를 조금 알면서 [129]겸사로 모른다 한 줄로 알고 알아듣지도 못하는 소리를 바싹 들어서서 듣는다. 옥련의 키로 둘을 포개 세워도 치어다볼 듯한 키 큰 부인이 얼굴에는 새그물 같은 것을 쓰고 무 밑동같이 깨끗한 어린아이를 앞세우고 지나가다가 옥련의 말하는 소리 듣고 무엇이라 대답하는지, 서생과 옥련의 귀에는 바바…… 하는 소리 같고 말하는 소리 같지는 아니한

횡빈(橫濱) 일본 '요코하마'를 우리 한자음으로 읽은 이름.
마름 물풀의 한 가지. 세모꼴의 잎이 줄기 꼭대기에 뭉쳐나며, 잎자루에 공기가 들어 있는 불룩한 부낭(浮囊)이 있어서 물 위에 뜬다.
화륜선(火輪船) 예전에, '기선(汽船)'을 이르던 말. 증기 기관의 동력으로 움직이는 배.
상항(桑港) 미국 '샌프란시스코(San Francisco)'의 음역어.
겸사(謙辭) 겸손의 말.

지라.

그 부인이 뒤의 프록코트 입은 남자를 돌아보면서 또 바바바…… 하니, 그 남자는 청국말을 하는 양인이라. 청국말로 무슨 말을 하는데, 서생과 옥련의 귀에는 '또바' 하는 소리 같고 말소리 같지 아니하다.

서생은 옥련이가 그 말을 알아들은 줄로 알고,

"이애, 그것이 무슨 말이냐?"

"……."

"그 남자의 말도 못 알아들었느냐……."

그렇듯 곤란하던 차에 청인 노동자 한 패가 지나거늘 서생이 쫓아가서 130)필담하기를 청하니, 그 노동자 중에는 한문자 아는 사람이 없는지 손으로 눈을 가리더니 그 손을 다시 들어 회회 내젓는 모양이 무식하여 글자를 못 알아본다 하는 눈치다.

그때 마침 어떠한 청년이 햇빛에 윤이 질 흐르고 흐르는 비단옷을 입고 마차를 타고 풍우같이 달려가는데, 서생이 그 청인을 가리키며 옥련이더러 하는 말이, 저러한 청인은 무식할 리가 만무하다 하면서 소리를 버럭 지르니, 마차 탄 사람은 그 소리를 들었으나 차 메고 달아나는 말은 그 소리를 듣고 아니 듣고 간에 네 굽을 모아 달아나는데, 서생의 소리가 다시 마차에 들릴 수 없는지라. 마차 탄 청인이 차부더러 마차를 멈추라 하더니 선뜻 뛰어내려서 서생의 앞으로 향하여 오니 서생이 연필을 가지고 무엇을 쓰려 하는데, 청인이 옥련이 옷을 본즉 일복이라 일본 사람으로 알고 옥련에게 향하여 일어로 말을 물으니, 옥련이가 기쁜 마음을 이기지 못하여 청인 앞으로 와서 말대답을 하는데 서생은 연필을 멈추고 섰더라.

원래 그 청인은 일본에 잠시 유람한 사람이라, 일본말을 한두 마디 알아

필담(筆談) 말이 통하지 아니하거나 말을 할 수 없을 때에, 글로 써서 서로 묻고 대답함.

들으나 장황한 수작은 못 하는지라. 옥련이가 첩첩한 말이 나올수록 그 청인의 귀에는 점점 알아들을 수 없고 다만 조선 사람이라 하는 소리만 알아들은지라.

청인이 다시 서생을 향하여 필담으로 대강 사정을 듣고 명함 한 장을 내더니 어떠한 청인에게 부탁하는 말 몇 마디를 써서 주는데, 그 명함을 본즉 청국 개혁당의 유명한 [131]강유위라. 그 명함을 전할 곳은 일어도 잘하는 청인인데, 다년 상항에 있던 사람이라. 그 사람의 주선으로 서생과 옥련이가 미국 [132]화성돈에 가서 청인 학도들과 같이 학교에 들어가서 공부를 하고 있더라.

옥련이가 미국 화성돈에 다섯 해를 있어서 하루도 학교에 아니 가는 날이 없이 다니며 공부를 하는데, 재주 있고 부지런한 사람으로, 그 학교 여학생 중에는 제일 칭찬을 듣는지라.

그때 옥련이가 고등소학교에서 졸업 우등생으로 옥련의 이름과 옥련의 사적이 화성돈 신문에 났는데, 그 신문을 보고 이상히 기뻐하는 사람 하나가 있는데, 어찌 그렇게 기쁘던지 부지중 눈물이 쏟아진다. 기쁜 마음을 이기지 못하여 도리어 의심을 낸다. 의심 중에 혼잣말로 중얼중얼한다.

"조선 사람의 일을 영서로 번역한 것이라 혹 번역이 잘못되었나. 내가 미국에 온 지가 십 년이나 되었으나 영문에 서툴러서 보기를 잘못 보았나."

그렇게 다심하게 생각하는 사람의 성명은 김관일인데, 그 딸의 이름이 옥련이라. 일청전쟁 났을 때에 그 딸의 사생을 모르고 미국에 왔는데, 그때 화성돈 신문에는, 말은 옥련의 학교 성적과, 평양 사람으로 일곱 살에 일본 대판 가서 심상소학교를 졸업하고 그 길로 미국 화성돈에 와서 고등소학교에

강유위(康有爲) 캉유웨이. 중국 청나라 말기에서 중화민국 초기의 학자이자 정치가. 변법자강(變法自强) 운동을 주도한 혁신파의 지도자였다.
화성돈(華盛頓) 미국 '워싱턴(Washington)'의 음역어.

서 졸업하였다 한 간단한 말이라. 김 씨가 분명히 자기의 딸이라고는 [133]질언할 수 없으나, 옥련이라 하는 이름과 평양 사람이라는 말과 일곱 살에 집 떠났다 하는 말은 김관일의 마음에 정녕 내 딸이라고 생각 아니할 수도 없는지라. 김 씨가 그 학교에 찾아가니, 그때는 그 학교에서 학도 졸업식 후의 [134]서중 휴학이라, 학교에 아무도 없는 고로 물을 곳이 없는지라, 김 씨가 옥련을 만나지 못하고 돌아왔더라.

옥련이가 졸업하던 날에 학교 졸업장을 가지고 호텔로 돌아가니, 주인은 치하하면서 옥련의 얼굴빛을 이상히 보더라.

옥련이가 수심이 첩첩한 모양으로 저녁 요리도 먹지 아니하고 서산에 떨어지는 해를 치어다보며 탄식하더라.

그때 마침 밖에 손이 와서 찾는다 하는데, 명함을 받아 보더니 옥련이가 얼굴빛을 천연히 고치고 손을 들어오라 하니, 그 손이 [135]보이를 따라 들어오거늘 옥련이가 선뜻 일어나며 그 사람의 손을 잡아 인사하고 테이블 앞에서 마주 향하여 의자에 걸터앉으니, 그 손은 옥련이와 일본 대판서 동행하던 서생인데 그 이름은 구완서라.

"네 졸업은 감축한다. 허허, 계집의 재주가 사나이보다 나은 것이로구나. 너는 미국 온 지 일 년 만에 영어를 대강 알아듣고 학교에까지 들어가서 금년에 졸업을 하였는데, 나는 미국 온 지 두 해 만에 중학교에 들어가서 내년에 졸업이라. 네게는 백기를 들고 항복 아니할 수가 없다."

옥련이가 대답을 하는데, 일본에서 자라난 사람이라 말을 하여도 일본 말투가 많더라.

"내가 그대의 은혜를 받아서 오늘 이렇게 공부를 하였으니 심히 고맙소."

질언(質言)하다 사실을 있는 대로 딱 잘라서 말하다.
서중(暑中) 여름의 더운 때.
보이(boy) 식당이나 호텔 같은 곳에서 접대하는 남자.

하니 일본 풍속에 젖은 옥련이는 제 습관으로 말하거니와, 구 씨는 조선서 자란 사람이라 조선 풍속으로 옥련이가 아이인 고로 해라를 하다가 생각한즉 저도 또한 아이이라.

"허허허, 우리들이 조선 사람인즉 조선 풍속대로만 수작하자. 우리 처음 볼 때에 네가 나이 어린 고로 내가 해라를 하였더니 지금은 나이 열여섯 살이 되어 저렇게 [136]체대하니 해라하기가 서먹서먹하구나."

"조선 풍속대로 말하자 하시면서 아이를 보고 해라하시기가 서먹서먹하셔요?"

"허허허, 요절할 일도 많다. 나도 지금까지 장가를 아니 든 아이라, 아이는 일반이니 너도 나더러 해라하는 것이 좋은 일이니 [137]숫접게 너도 나더러 해라하여라. 그리하면 내가 너더러 해라하더라도 불안한 마음이 없겠다."

"그대는 부인이 계신 줄로 알았더니…… 미국에 오실 때 십칠 세라 하셨으니 조선같이 혼인을 일찍 하는 나라에서 어찌하여 그때까지 장가를 아니 들으셨소."

"너는 나더러 종시 해라 소리를 아니하니 나도 마주 하오를 할 일이로구, 허허허. 그러나 말대답은 아니하고 딴소리만 하여서 대단히 실례하였다. 내가 우리나라에 있을 때에 우리 부모가 내 나이 열두서너 살부터 장가를 들이려 하는 것을 내가 마다하였다. 우리나라 사람들이 조혼하는 것이 옳은 일이 아니라. 나는 언제든지 공부하여 학문 지식이 넉넉한 후에 아내도 학문 있는 사람을 구하여 장가들겠다. 학문도 없고 지식도 없고 입에서 젖내가 모락모락 나는 것을 장가 들이면 짐승의 자웅같이 아무것도 모르고 [138]

체대(體大) 몸집이 큼. 또는 큰 몸집.
숫접다 순박하고 진실하다.

음양배합의 낙만 알 것이라. 그런 고로 우리나라 사람들이 짐승같이 제 몸이나 알고 제 계집 제 새끼나 알고 나라를 위하기는 고사하고 나라 재물을 도둑질하여 먹으려고 눈이 벌겋게 뒤집혀서 돌아다니는 것이 다 어려서 학문을 배우지 못한 연고라. 우리가 이 같은 문명한 세상에 나서 나라에 유익하고 사회에 명예 있는 큰 사업을 하자 하는 목적으로 만리타국에 와서 [139]쇠공이를 갈아 바늘 만드는 [140]성력을 가지고 공부하여 남과 같은 학문과 남과 같은 지식이 나날이 달라 가는 이때에 장가를 들어서 [141]색계상에 정신을 허비하면 [142]유지한 대장부가 아니라. 이애 옥련아, 그렇지 아니하냐."

구 씨의 활발한 말 한 마디에 옥련의 근심하던 마음이 풀어져서 웃으며,

"저러한 의논을 들으면 내 속이 시원하오. 혼자 있을 때는 참……."

말을 멈추고 구 씨를 치어다보는데, 구 씨가 옥련의 근심 있는 기색을 언뜻 짐작하였으나 구 씨는 본래 활발한 사람이라. 시계를 내어 보더니 선뜻 일어나며 작별 인사하고 저벅저벅 내려가는데, 옥련이는 의구히 의자에 걸터앉아서 먼 산을 보며 잊었던 근심을 다시 한다. 한숨을 쉬고 혼자 신세타령을 하며 옛일도 생각하고 앞일도 걱정하는데 뜻을 정치 못한다.

"어— 세월도 쉽구나. 일본서 미국으로 건너오던 날이 어제 같구나. 내가 일본 대판 있을 때에 심상소학교 졸업하던 날은 하룻밤에 두 번을 죽으려고 하였더니 오늘 또 어떠한 팔자 사나운 일이나 없을는지. 내가 죽기가 싫어서 죽지 아니한 것도 아니요, 공부하고자 하여 이곳에 온 것도 아니라. 대판항에서 죽기로 결심하고 물에 떨어지려 할 때에 한 되는 마음으로 꿈이 되어 그랬던지, 우리 어머니가 나더러 죽지 말라 하시던 소리가 아무리 꿈일

음양배합(陰陽配合) 남녀가 서로 어울림.
쇠공이 절구나 방아확에 든 물건을 찧거나 빻는, 쇠로 만든 기구.
성력(誠力) 정성과 힘을 아울러 이르는 말. 성실한 노력.
색계(色界) 여색(女色)의 세계.
유지(有志)**하다** 어떤 일에 뜻이 있거나 관심이 있다.

지라도 역력하기가 생시 같은 고로 슬픈 마음을 진정하고 이 목숨이 다시 살아나서 넓은 천지에 붙일 곳이 없는지라. 지향 없이 동경 가는 기차를 타고 가다가 [143)천우신조하여 고국 사람을 만나서 [144)일동일정을 남에게 신세를 지고 오늘까지 있었으니 허구한 세월을 남의 덕만 바랄 수는 없고, 만일 그 신세를 아니 지을 지경이면 하루 한시라도 여비를 어찌 써서 있을 수도 없으니 어찌하여야 좋을는지……. 우리 부모는 세상에 살아 있는지, 부모의 사생도 모르니 헐헐한 이 한 몸이 살아 있은들 무엇 하리오. 차라리 대판서 죽었더면 이 근심을 몰랐을 것인데 어찌하여 살았던가. 사람의 일평생이 이렇듯 근심만 할진대 죽어 모르는 것이 제일이라. 그러나 지금 여기서는 죽으려도 죽을 수도 없구나. 내가 죽으면 구 씨는 나를 대단히 그르게 여길 터이라. 구 씨의 태산 같은 은혜를 입고 그 은혜를 갚지 못하고 죽으면 남의 은혜를 저버리는 것이라. 어찌하면 좋을꼬."

그렇듯 탄식하고 그 밤을 의자에 앉은 채로 새우다가 정신이 혼혼하여 잠이 들며 꿈을 꾸었더라.

꿈에는 팔월 추석인데, 평양성 중에서 일 년 제일가는 명절이라고 와글와글하는 중이라. 아이들은 추석빔으로 새 옷을 입고 떡 조각 실과개를 배가 툭 터지도록 먹고 어깨로 숨을 쉬는 것들이 가로도 뛰고 세로도 뛴다.

어른들은 이 세상이 웬 세상이냐 하도록 술 먹고 주정을 하면서 한길을 쓸어 지나가고, 거문고 줄 [145)양금 채는 꾀꼬리 소리 같은 [146)여청 시조를 어울려서 이 골목 저 골목, 이 사랑 저 사랑에서 어디든지 그 소리 없는 곳이 없다. 성중이 그렇게 흥치로 지내는데, 옥련이는 꿈에도 흥치가 없고 비창

천우신조(天佑神助) 하늘이 돕고 신령이 도움. 또는 그런 일.
일동일정(一動一靜) 하나하나의 동정. 또는 모든 동작.
양금(洋琴) 현악기의 하나. 사다리꼴의 오동나무 겹 널빤지에 받침을 세우고 놋쇠로 만든 줄을 열네 개 매어 대나무로 만든 채로 쳐서 소리를 낸다.
여청 여자의 목청.

한 마음으로 부모 산소에 다니러 간다.

북문 밖에 나가서 모란봉에 올라가니 147)고려장같이 큰 148)쌍분이 있는데, 옥련이가 묘 앞으로 가서 앉으며 허리춤에서 능금 두 개를 집어내며 하는 말이,

"여보 어머니, 이렇게 큰 능금 구경하셨소? 내가 미국서 나올 때에 사 가지고 왔소. 한 개는 아버지 드리고 한 개는 어머니 잡수시오."

하면서 묘 앞에 하나씩 놓으니, 홀연히 쌍분은 간 곳 없고 송장 둘이 일어앉아서 그 능금을 먹는데, 본래 살은 다 썩고 뼈만 앙상한 송장이라. 능금을 먹다가 위아랫니가 149)모짝 빠져서 앞에 떨어지는데, 박 씨 말려 늘어놓은 것 같은지라. 옥련이가 무서운 생각이 더럭 나서 소리를 지르다가 가위를 눌렸더라.

그때 날이 새어서 다 밝은 후이라. 이웃방에 있는 여학생이 일어나서 뒷간으로 내려가는 길에 옥련의 방 앞으로 지나다가 옥련의 가위눌리는 소리를 들었으나 남의 방으로 함부로 들어갈 수는 없고, 망단한 마음에 급히 전기초인종을 누르니 보이가 오는지라. 여학생이 보이를 보고 옥련의 방을 가리키며 이 방에서 괴상한 소리가 난다 하니, 보이가 옥련의 방문을 여는데 문소리에 옥련이가 잠을 깨어 본즉 남가일몽이라.

무서운 꿈을 깰 때는 시원한 생각이 있더니, 다시 생각하니 비창한 마음을 이기지 못하여 탄식하는 소리가 무심중에 나온다.

"꿈이란 것은 무엇인고. 꿈을 믿어야 옳은가. 믿을 지경이면 어젯밤 꿈은 우리 부모가 다 이 세상에는 아니 계신 꿈이로구나. 꿈을 아니 믿어야 옳은

고려장(高麗葬) 예전에, 늙고 쇠약한 사람을 구덩이 속에 산 채로 버려두었다가 죽은 뒤에 장사 지냈다는 일. 여기에서는 크고 잘 지은 무덤을 말한다.
쌍분(雙墳) 같은 묏자리에 합장하지 않고 나란히 쓴 부부의 두 무덤.
모짝 한 번에 있는 대로 다 몰아서.

가. 아니 믿을진대 대판서 꿈을 꾸고 부모가 생존하신 줄로 알고 있던 일이 허사로구나. 꿈이 맞아도 내게는 불행한 일이요, 꿈이 맞히지 아니하여도 내게는 불행한 일이라. 그러나 다시 생각하여 보니 꿈은 정녕 허사라. 우리 아버지는 난리 중에 돌아가셨으니, 가령 친척이 있더라도 송장 찾을 수가 없는 터이라. 더구나 [150)]사고무친한 우리 집에 목숨이 붙어 살아 있는 것은 그때 일곱 살 먹은 불효의 딸 옥련이뿐이라. 우리 아버지 송장 찾을 사람이 누가 있으리오. 모란봉 저녁볕에 훌훌 날아드는 까마귀가 긴 창자를 물어다가 고목나무 높은 가지에 척척 걸어 놓은 것은 전쟁에 죽은 송장의 창자이라. 세상에 어떠한 고마운 사람이 있어서 우리 아버지 송장을 찾아다가 고려장같이 [151)]기구 있게 장사를 지낼 수가 있으리오. 우리 어머니는 대동강 물에 빠져 죽으려고 벽상에 영결서를 써서 붙인 것을 평양 야전 병원의 통변이 낙루를 하며 그 글을 읽어서 내 귀에 들려주던 일이 어제같이 생각이 나면서, 대판항에서 꿈을 꾸고 우리 어머니가 혹 살아서 이 세상에 있을까 하는 생각이 다 쓸데없는 생각이라. 우리 어머니는 정녕히 물에 빠져 돌아가신 것이라. 대동강 흐르는 물에 고깃밥이 되었을 것이니, 어찌 모란봉에 그처럼 기구 있게 장사를 지냈으리오."

옥련이가 부모 생각은 아주 단념하기로 작정하고 제 신세는 운수 되어 가는 대로 두고 보리라 하고 정신을 가다듬어서 공부하던 책을 내어 놓고 마음을 붙이니, 이삼 일 지낸 후에는 다시 서책에 [152)]착미가 되었더라.

하루는 보이가 신문지 한 장을 가지고 옥련의 방으로 오더니 그 신문을 옥련의 앞에 펼쳐 놓고 보이의 손가락이 신문지 광고를 가리킨다.

옥련이가 그 광고를 보다가 깜짝 놀라서 눈물이 펑펑 쏟아지면서 얼굴은

사고무친(四顧無親) 의지할 만한 사람이 아무도 없음.
기구(器具) 예법에 필요한 것이 골고루 갖추어져 있는 형세.
착미(着味) 맛을 붙임. 또는 취미를 붙임.

발개지고 웃음 반 눈물 반이라.

옥련이가 좋은 마음에 띄어서 광고를 끝까지 다 보지 못하고 우두커니 앉 았다가 또 광고를 본다. 옥련의 마음에 다시 의심이 난다. 일전 꿈에 모란봉 에 가서 우리 부모 산소에 갔던 일이 그것이 꿈인가, 오늘 신문지의 광고를 보는 것이 꿈인가. 한 번은 영어로 보고 한 번은 조선말로 보다가 필경은 한 문과 조선 언문을 섞어 번역하여 놓고 보더라.

> 광고
>
> 지나간 열사흗날 황색신문 잡보에 한국 여학생 김옥련이가 아무 학
> 교 졸업 우등생이라는 기사가 있기로 그 [153)]유하는 호텔을 알고자
> 하여 이에 광고하오니, 누구시든지 옥련의 유하는 호텔을 이 고백인
> 에게 알려 주시면 상당한 금으로 [154)]10류(留)를 앙정할 사.
> 한국 평안도 평양인 김관일 고백
> 헌수…….

의심 없는 옥련의 부친이 한 광고다.

"여보 보이, 이 신문을 가지고 날 따라가면 우리 부친이 10류의 상금을 줄 것이니 지금으로 갑시다."

"내가 상금 탈 공은 없으니 상금은 원치 아니하나 [155)]귀양을 [156)]배행하여 가서 부녀 서로 만나 기뻐하시는 모양 보았으면 나도 이 호텔에서 몇 해 간 귀양을 모시고 있던 정분에 귀양을 따라 기뻐하고자 합니다."

유(留)하다 어떤 곳에 머물러 묵다.
10류 10달러.
귀양(貴孃) 여자를 높여 부르는 말.
배행(陪行) 윗사람을 모시고 따라감.

옥련이가 그 말을 듣고 더욱 기뻐하여 보이를 데리고 그 부친 있는 처소를 찾아가니 십 년 풍상에서 서로 [157]환형이 된지라, 서로 보고 서로 알아보지 못할 지경이라. 옥련이가 신문 광고와 명함 한 장을 가지고 그 부친 앞으로 가서 남에게 처음 인사하듯 대단히 [158]서어한 인사를 하다가 서로 분명한 말을 듣더니, 옥련이가 일곱 살에 응석하던 마음이 새로이 나서 부친의 무릎 위에 얼굴을 폭 숙이고 소리 없이 우는데, 김관일의 눈물은 옥련의 머리 뒤에 떨어지고, 옥련의 눈물은 그 부친의 무릎이 젖는다.

"이애 옥련아, 그만 일어나서 너의 어머니 편지나 보아라."

"응, 어머니 편지라니, 어머니가 살았소?"

무슨 변이나 난 듯이 깜짝 놀라는 모양으로 고개를 번쩍 드는데, 그 부친은 제 눈물 씻을 생각은 아니하고 수건을 가지고 옥련의 눈물을 씻으니, 옥련이가 그리 어려졌던지 부친이 눈물 씻어 주는데 고개를 디밀고 있더라. 김관일이가 가방을 열더니 휴지 뭉치를 내놓고 뒤적뒤적하다가 편지 한 장을 집어 주며 하는 말이,

"이애, 이 편지를 자세히 보아라. 이 편지가 제일 먼저 온 편지다."

옥련이가 그 편지를 받아 보니, 옥련이가 그 모친의 글씨를 모르는지라. 가령 옥련이가 정신이 좋으면 그 모친의 얼굴은 생각할는지 모르거니와, 옥련이 일곱 살에 언문도 모를 때에 모친을 떠났는지라. 지금 그 편지를 보며 하는 말이,

"나는 우리 어머니 글씨도 모르지. 어머니 글씨가 이렇던가."

하면서 부친의 앞에 펼쳐 놓고 본다.

환형(換形) 모양이 이전과 아주 달라짐.
서어(齟齬)**하다** 익숙하지 아니하여 서름서름하다. 뜻이 맞지 아니하여 조금 서먹하다.

떠나신 지 삼 [160)]삭이 못 되었으나 평양에 계시던 일은 전생 일 같삽. 만리타국에서 [161)]수토불복이나 되시지 아니하고 기운 평안하 시온지 궁금하옵기 측량없삽나이다. 이곳의 지낸 풍상은 말씀하기 [162)]신신치 아니하오나 대강 소식이나 알으시도록 말씀하옵나이다. 옥련이는 어디 가서 죽었는지 다시 소식이 묘연하고, 이곳은 죽기로 결심하여 대동강 물에 빠졌더니 뱃사공과 고장팔에게 건진 바 되어 살았다가 부산서 이곳 친정아버님이 평양에 오셔서 사랑에서 미국 가셨다는 말씀을 전하여 주시니, 그 후로부터 마음을 붙여 살아 있 삽. 세월이 어서 가서 고국에 돌아오시기만 기다리옵나이다.

그러나 사랑에서는 몇십 년을 아니 오시더라도 이 세상에 계신 줄을 알고 있사오니 위로가 되오나, 옥련이는 만나 보려 하면 황천 에 가기 전에는 못 볼 터이오니 그것이 한 되는 일이압. 말씀 무궁하 오나 이만 그치옵나이다.

옥련이가 그 편지를 보고 뼈가 녹는 듯하고 몸이 스러지는 듯하여 가만히 앉았다가,

"아버지, 나는 내일이라도 우리 집으로 보내 주시오. 날개가 돋쳤으면 지 금이라도 날아가서 우리 어머니 얼굴을 보고 우리 어머니 한을 풀어 드리고 싶소."

"네가 고국에 가기가 그리 바쁠 것이 아니라 우선 네가 고생하던 이야기

상장(上狀) 공경하는 뜻이나 조상(弔喪)하는 뜻을 나타내어 올리는 편지.
삭(朔) 달. 개월(個月).
수토불복(水土不服) 물이나 풍토가 몸에 맞지 않아 위장이 나빠짐.
신신(新新)**하다** 마음에 들게 시원스럽다.

나 어서 좀 하여라. 네가 어떻게 살아났으며 어찌 여기를 왔느냐?"

옥련이가 얼굴빛을 천연히 하고 고쳐 앉더니, 모란봉에서 총 맞고 야전 병원으로 가던 일과, 정상 군의의 집에 가던 일과, 대판서 학교에서 졸업하던 일과, 불행한 사기로 대판을 떠나던 일과, 동경 가는 기차를 타고 구완서를 만나서 [163) 절처봉생 하던 일을 낱낱이 말하고, 그 말을 마치더니 다시 얼굴빛이 변하며 눈물이 도니, 그 눈물은 부모의 정에 관계한 눈물도 아니요, 제 신세 생각하는 눈물도 아니요, 구완서의 은혜를 생각하는 눈물이라.

"아버지, 아버지께서 나 같은 불효의 딸을 만나 보시고 기쁘신 마음이 있거든 구 씨를 찾아보시고 치사의 말씀을 하여 주시면 좋겠습니다."

김관일이 그 말을 듣더니, 그 길로 옥련이를 데리고 구 씨의 유하는 처소로 찾아가니, 구 씨는 김관일을 만나 보매 옥련의 부친을 본 것 같지 아니하고 제 부친이나 만난 듯이 반가운 마음이 있으니, 그 마음은 옥련의 기뻐하는 마음이 내 마음 기쁜 것이나 다름없는 데서 나오는 마음이요, 김 씨는 구 씨를 보고 내 딸 옥련을 만나 본 것이나 다름없이 반가우니, 그 두 사람의 마음이 그러할 일이라. 김 씨가 구 씨를 대하여 하는 말이 간단한 두 마디뿐이라.

한 마디는 옥련이가 신세 지은 치사요, 한 마디는 구 씨가 고국에 돌아간 뒤에 옥련으로 하여금 구 씨의 기치를 받들고 백년가약 맺기를 원하는지라.

구 씨는 본래 활발하고 거칠 것 없이 수작하는 사람이라 옥련이를 물끄러미 보더니,

"이애 옥련아, 어— [164) 실체하였구. 남의 집 처녀더러 또 해라하였구나. 우리가 입으로 조선말은 하더라도 마음에는 서양 문명한 풍속이 젖었으니,

---

절처봉생(絕處逢生) 오지도 가지도 못할 막다른 판에 요행히 살길이 생김.
실체다(失體)**하다** 체면이나 면목을 잃다.

우리는 혼인을 하여도 서양 사람과 같이 부모의 명령을 좇을 것이 아니라, 우리가 서로 부부 될 마음이 있으면 서로 직접 하여 말하는 것이 옳은 일이다. 그러나 우선 말부터 영어로 수작하자. 조선말로 하면 입에 익은 말로 ¹⁶⁵⁾외짝해라 하기 불안하다."

하면서 구 씨가 영어로 말을 하는데, 구 씨의 학문은 옥련이보다 대단히 높으나 영어는 옥련이가 구 씨의 선생 노릇이라도 할 만한 터이라. 그러나 구씨는 서투른 영어로 수작을 하는데, 옥련이는 조선말로 단정히 대답하더라.

　김관일은 딸의 혼인 언론을 하다가 구 씨가 서양 풍속으로 직접 언론하자하는 서슬에 옥련의 혼인 언약에 좌지우지할 권리가 없이 가만히 앉았더라.

　옥련이는 아무리 조선 계집아이이나 학문도 있고, 개명한 생각도 있고, 동서양으로 다니면서 문견이 높은지라. 서슴지 아니하고 혼인 언론 대답을 하는데, 구 씨의 소청이 있으니, 그 소청인즉 옥련이가 구 씨와 같이 몇 해든지 공부를 더 힘써 하여 학문이 유여한 후에 고국에 돌아가서 결혼하고, 옥련이는 조선 부인 교육을 맡아 하기를 청하는 유지한 말이라. 옥련이가 구 씨의 권하는 말을 듣고 조선 부인 교육할 마음이 간절하여 구 씨와 혼인 언약을 맺으니, 구 씨의 목적은 공부를 힘써 하여 귀국한 뒤에 우리나라를 독일국같이 ¹⁶⁶⁾연방도를 삼되, 일본과 만주를 한데 합하여 문명한 강국을 만들고자 하는 ¹⁶⁷⁾비사맥 같은 마음이요, 옥련이는 공부를 힘써 하여 귀국한 뒤에 우리나라 부인의 지식을 넓혀서 남자에게 압제받지 말고 남자와 동등 권리를 찾게 하며, 또 부인도 나라에 유익한 백성이 되고 사회상에 명예 있는 사람이 되도록 교육할 마음이라.

외짝해라 한쪽에서만 '해라'로 반말하기.

연방(聯邦) 자치권을 가진 다수의 나라가 공통의 정치 이념 아래에서 연합하여 구성하는 국가.

비사맥(比斯麥) '비스마르크'의 음역어. 독일 제국을 건설한 프로이센의 외교관이자 정치인. 독일의 통일을 위한 전쟁을 강행한 끝에 승리로 이끌어 '철혈 재상'으로 불렸다.

세상에 제 목적을 제가 [168]자기하는 것같이 즐거운 일은 다시없는지라. 구완서와 옥련이가 나이 어려서 외국에 간 사람들이라. 조선 사람이 이렇게야만 되고 이렇게 용렬한 줄을 모르고, 구 씨든지 옥련이든지 조선에 돌아오는 날은 조선도 유지한 사람이 많이 있어서, 학문 있고 지식 있는 사람의 말을 듣고 이를 찬성하여 구 씨도 목적대로 되고 옥련이도 제 목적대로 조선 부인이 일제히 내 교육을 받아서 낱낱이 나와 같은 학문 있는 사람들이 많이 생기려니 생각하고, 일변으로 기쁜 마음을 이기지 못하는 것은 제 나라 형편 모르고 외국에 유학한 소년 학생 의기에서 나오는 마음이라.

구 씨와 옥련이가 그 목적대로 되든지 못 되든지 그것은 후의 일이거니와, 그날은 두 사람의 마음에는 혼인 언약의 좋은 마음은 오히려 둘째가 되니, 옥련 [169]낙지(落地) 이후에는 이러한 즐거운 마음이 처음이라.

김관일은 옥련을 만나 보고 구완서를 사윗감으로 정하고, 구 씨와 옥련의 목적이 그렇듯 기이한 말을 들으니, 김 씨의 좋은 마음도 측량할 수 없는지라.

미국 화성돈의 어떠한 호텔에서는 옥련의 부녀와 구 씨가 [170]솥발같이 늘어앉아서 그렇듯 희희낙락한데, 세상이 고르지 못하여 조선 평양성 북문 안에 게딱지같이 낮은 집에서 삼십 전부터 남편 없고 자녀 간에 혈육 없고 재물 없이 지내는 부인이 있으되, 십 년 풍상에 남보다 많은 것 한 가지가 있으니, 그 많은 것은 근심이라.

그 부인이 남편이 죽고 없느냐 할 지경이면 죽지도 아니한 터이라. 죽고 없는 터이면 단념하고 생각이나 아니하련마는 육만 리를 이별하여 망부석

자기(自期)**하다** 마음속으로 스스로 기약하다.
낙지 땅에 떨어진다는 뜻으로, 사람이 세상에 태어남을 이르는 말.
솥발 솥 밑에 달린 세 개의 발. 이때의 솥은 전장이나 들로 다니면서 세워 놓고 쓸 수 있는 솥이다.

이인직 혈의 누 **69**

이 될 듯한 정경이요, 자녀 간에 혈육이 없는 것은 생산을 못 하였느냐 물을진대 딸 하나를 두고 아들 겸 딸 겸하여 금옥같이 귀애하다가 일곱 살 되던 해에 잃었더라.

눈앞에 171)참척을 보았느냐 물을진대 그 부인은 말없이 눈물만 흘리더라. 눈앞에 보이는 데서나 죽었으면 한이나 없으련마는, 어디서 죽었는지 알지도 못하니 그것이 한이더라.

마침 까마귀 한 마리가 지붕 위에 내려앉더니 까악까악 깍깍 짖는 소리가 흉측하게 들리거늘, 부인이 감았던 눈을 떠서 장팔 어미를 보며 하는 말이,

"여보게, 저 까마귀 소리 좀 들어 보게. 또 무슨 흉한 일이 생기려나 베. 까마귀는 영물이라는데 무슨 일이 또 있을는지 모르겠네. 팔자 기박한 여편네가 오래 살았다가 험한 일을 더 보지 말고 오늘이라도 죽었으면 좋겠네. 요사이는 미국서 편지도 아니 오고 웬일인고."

기운 없는 목소리로 설움 없이 탄식하는 모양은 아무가 보든지 좋은 마음은 아니 날 터인데, 늙고 청승스러운 장팔 어미가 부인의 그 모양을 보고 부인이 죽으면 따라 죽을 듯한 마음도 있고 까마귀를 쳐 죽이고 싶은 마음도 생겨서 마당으로 펄펄 뛰어 내려가서 지붕 위를 쳐다보면서 까마귀에게 172) 헛팔매질을 하며 욕을 한다.

"수여- 이 경칠 놈의 까마귀, 포수들은 다 어디로 갔노. 소금장수- 네 어미."

조선 풍속에 까마귀 보고 하는 욕은 장팔 어미가 모르는 것 없이 주워섬기며 소리를 버럭버럭 지르니, 그 까마귀가 펄쩍 날아 공중에 높이 뜨더니 깍깍 지르며 모란봉으로 향하거늘, 부인의 눈은 까마귀를 따라서 모란봉으

참척(慘慽) 자손이 부모나 조부모보다 먼저 죽는 일.
헛팔매질 손에 쥔 것 없이 팔을 휘저어 무엇을 던지는 시늉만 하는 짓.

로 가고, 노파의 욕하는 소리는 까마귀 소리를 따라간다.

우자 쓴 [173]벙거지 쓰고 감장 [174]홀태바지 저고리 입고 가죽 주머니 메고 문밖에 와서 안중문을 기웃기웃하며 편지 받아 들여가오, 편지 받아 들여가오, 두세 번 소리하는 것은 우편군사라. 장팔의 어미가 까마귀에게 열이 잔뜩 났던 차에 어떠한 사람인지 자세히 듣지도 아니하고 [175]질부등거리 깨어지는 소리 같은 목소리로 우편군사에게 까닭 없는 화풀이를 한다.

"웬 사람이 남의 집 안마당을 함부로 들여다보아. 이 댁에는 [176]사랑양반도 아니 계신 댁인데, 웬 젊은 녀석이 양반의 댁 안마당을 들여다보아."

"여보, 누구더러 이 녀석 저 녀석 하오. [177]체전부는 그리 만만한 줄로 아오. 어디 말 좀 하여 봅시다. 이리 좀 나오시오. 나는 편지 전하러 온 것 외에는 아무것도 잘못한 것 없소."

"여보게 할멈, 자네가 누구와 그렇게 싸우나. 우체사령이 편지를 가지고 왔다 하니 미국서 서방님이 편지를 부치셨나 베. 어서 받아 들여오게."

"옳지, 우체사령이로구. 늙은 사람이 눈 어두워서…… 어서 편지나 이리 주오. 아씨께 갖다 드리게."

우체사령이 처음에 노파가 소리를 지를 때는 늙은 사람 망령으로 알고 말을 예사로 하더니, 노파가 잘못한 줄을 깨닫고 말하는 눈치를 보더니 그때는 우체사령이 목을 쓰고 대어든다.

"이런 제 어미…… 내가 체전부 다니다가 이런 꼴은 처음 보았네. 남더러 무슨 턱으로 욕을 하오. 내가 아무리 바빠도 말 좀 물어보고 갈 터이오."

하면서 소리를 버럭버럭 지르고 대어들며, 편지 달라 하는 말은 대답도 아

벙거지 조선 시대에 무관이 쓰던 모자의 하나. 전립(戰笠). '모자'를 속되게 이르는 말.
홀태바지 통이 매우 좁은 바지.
질부등거리 질그릇으로 만든, 아궁이의 불을 담아 낼 때 쓰는 도구의 하나.
사랑양반(舍廊兩班) 바깥양반. 그 집의 남자 주인을 하인 앞에서 이르는 말.
체전부(遞傳夫) '우편집배원'의 전 용어.

니하니, 평양 사람의 싸움하러 대드는 서슬은 금방 죽어도 몸을 아끼지 아니하는 성정이라.

노파가 까마귀에게 화풀이할 때 같으면 우체사령에게 몸부림을 하고 죽어도 그 화가 풀어지지 아니할 터이나, 미국서 편지 왔다 하는 소리에 그 화가 다 풀어졌더라. 그 화만 풀어질 뿐이 아니라, 우체사령의 떼거리까지 받고 있는데, 부인은 어서 바삐 편지 볼 마음이 있어서 ¹⁷⁸⁾내외하기도 잊었던지 중문간에로 뛰어나가서 노파를 꾸짖고 우체사령을 달래고, 옥련의 묘에 가지고 가려 하던 술과 실과를 내어다 먹인다.

우체사령이 금방 살인할 듯하던 위인이 노파더러 할머니 할머니 하며 풀어지는데, 그 집에서 부리던 하인과 같이 친숙하더라.

노파가 편지를 받아서 부인에게 드리니, 부인이 그 편지를 들고 겉봉 쓴 것을 보더니 깜짝 놀라서 의심을 한다.

"아씨, 무엇을 그리 하십니까?"

"응, 가만히 있게."

"서방님께서 부치신 편지오니까?"

"아닐세."

"그러면 부산서 주사 나리께서 하신 편지오니까?"

"아니."

"에그, 어서 말씀 좀 시원히 하여 주십시오."

"글씨는 처음 보는 글씨일세."

본래 옥련이가 일곱 살에 부모를 떠났는데, 그때는 언문 한 자 모를 때라. 그 후에 일본 가서 심상소학교 졸업까지 하였으나 조선 언문은 구경도 못 하였더니, 그 후에 구완서와 같이 미국 갈 때에 태평양을 건너가는 동안에

내외(內外)하다 남의 남녀 사이에 서로 얼굴을 마주 대하지 않고 피하다.

구완서가 가르친 언문이라 옥련의 모친이 어찌 옥련의 글씨를 알아보리오.
부인이 편지를 받아 보니 겉면에는,

한국 평안남도 평양부 북문 내 김관일 실내 179)친전

한편에는,

미국 화성돈 ○○○호텔
옥련 180)상사리.

181)진서 글자는 부인이 한 자도 알아보지 못하고 다만 '옥련 상사리'라
한 글자만 알아보았으나, 글씨도 모르는 글씨요, 옥련이라 한 것은 볼수록
의심만 난다.

"여보게 할멈, 이 편지 가지고 왔던 우체사령이 벌써 갔나. 이 편지가 정
녕 우리 집에 오는 것인지 자세히 물어보았더면 좋을 뻔하였네."

"왜 거기 쓰이지 아니하였습니까?"

"한 편은 진서 한 편에는 진서도 있고 언문도 있는데, 진서는 무엇인지
모르겠고, 언문에는 옥련 상사리라 썼으니, 이상한 일도 있네. 세상에 옥련
이라 하는 이름이 또 있는지, 옥련이라 하는 이름이 또 있더라도 내게 편지
할 만한 사람도 없는데……."

"그러면 작은아씨의 편지인가 보이다."

"에그, 꿈같은 소리도 하네. 죽은 옥련이가 내게 편지를 어찌하여……."

친전(親展) 편지를 받을 사람이 직접 펴 보라고 편지 겉봉에 적는 말. 몸소 펴 봄.
상사리 사뢰어 올린다는 뜻으로, 웃어른에게 드리는 편지의 첫머리나 끝에 쓰는 말.
진서(眞書) 예전에, 우리글을 언문(諺文)이라고 낮춘 데에 상대하여 진짜 글이라는 뜻으로 '한문'을 높여 이르던 말.

하면서 또 한숨을 쉬더니 얼굴에 처량한 빛이 다시 난다.

"아씨 아씨, 두 말씀 말고 그 편지를 뜯어 보십시오."

부인이 홧김에 편지를 박박 뜯어 보니 옥련의 편지라.

모란봉에서 지낸 일부터 미국 화성돈 호텔에서 옥련의 부녀가 상봉하여 그 모친의 편지 보던 모양까지 그린 듯이 자세히 한 편지라.

그 편지 부쳤던 날은 [182]광무 육 년 (음력) 칠월 십일일인데, 부인이 그 편지 받아 보던 날은 임인년 음력 팔월 십오일이러라.

『만세보』 1906. 7.~10.

광무(光武) 대한제국 고종 때 쓰던 연호(1897~1906).

핵심 정리   갈래   신소설

배경   청일전쟁(1894~1895년) 때와 그 뒤의 평양, 일본(오사카), 미국(워싱턴)

경향   교훈적, 계몽적

시점   전지적 작가 시점

문체   묘사체, 산문체, 구어체(일부 문어체 사용)

글감   개화기 어느 일가의 기구한 운명

주제   새로운 결혼관과 신교육, 개화 의식의 고취

출전   『만세보』(1906)

주요 등장인물   옥련   어릴 때 부모와 헤어진 뒤 우여곡절 끝에 일본, 미국으로 유학 가서 신교
육을 받는 주인공.

구완서   외국 물정을 모르는 서생으로 옥련과 함께 미국 유학을 갔다가 뒷날 약
혼하게 됨.

김관일   옥련의 아버지. 난리 중에 가족과 헤어져 미국으로 유학을 떠남.

최춘애   옥련의 어머니. 모성애 지극한 전통적인 여인상.

정상(이노우에) 소좌와 그 부인   옥련을 구해 주고 양딸로 삼는 일본 군의관과 그
아내.

짜임   발단   전쟁 통에 피란에 나섰다가 뿔뿔이 흩어지는 옥련 일가.

전개   일본인 군의관의 도움으로 위험을 넘기고 양딸이 되어 일본에 가서 사는
옥련.

위기   군의관이 전사하고 그 부인이 구박하자 집에서 나와 자살을 하려는 옥련.

절정   구완서를 따라 미국으로 간 옥련이 아버지와 극적으로 만나고 구완서와
약혼함.

결말   평양에 있던 옥련의 어머니가 죽은 줄 알았던 딸의 편지를 받음.

줄거리   청일전쟁으로 피비린내가 진동하는 평양 모란봉 근처. 최춘애는 피란길에서

헤어진 남편 김관일과 어린 딸 옥련이를 찾아 헤매다 낯선 남자에게 봉변을 당할 뻔한다. 남편 김관일은 부인과 딸이 집에 돌아오지 않자 외국으로 떠나 버린다. 부인 최 씨는 남편이 떠난 다음날에야 집에 도착한다. 딸과 남편의 소식을 알 길 없어 낙담한 최 씨는 대동강에 몸을 던져 죽으려 하지만, 때마침 배에 타고 있던 사람들에 의해 구조된다.

한편, 주인공 옥련은 피란길에서 왼쪽 다리에 유탄을 맞아 부상을 당한다. 옥련은 일본 군의관 정상의 치료로 완쾌된다. 정상 소좌는 옥련을 양녀로 삼고, 부인이 있는 일본 오사카의 집으로 보낸다. 그곳에서 옥련은 정상 부인의 사랑을 받으며 일본식 교육을 받는다. 하지만 군의관 정상이 전사하자 그 부인은 재혼에 걸림돌이 되는 옥련을 구박한다. 옥련은 한때 죽으려고도 하지만 마음을 고쳐먹고 집에서 나온다. 이때 미국으로 가다가 오사카에 잠깐 들른 조선인 청년 구완서를 만난다. 그리고 그와 함께 미국 유학길에 오른다. 총명한 옥련은 우등생으로 졸업을 하고, 이 소식이 미국 신문에 보도된다. 아버지 김관일이 그 기사를 보고 옥련을 찾는다. 아버지는 그곳에서 만난 구완서를 딸 옥련의 신랑감으로 받아들인다.

옥련은 아버지를 통해 어머니가 살아 있다는 소식을 접한다. 평양 집에서 최춘애는 죽은 줄만 알았던 딸 옥련의 편지를 받는다.

이해와 감상 「혈의 누」는 1906년 7월부터 10월까지 『만세보』에 연재된 이인직의 첫 소설이다. '피눈물'이라는 뜻의 이 소설은 우리 문학 최초의 신소설로 평가된다. 하편에 해당하는 「모란봉」은 1913년 2월부터 6월까지 『매일신보』에 총 65회 연재되었으나 미완성으로 끝난다.

전쟁 통에 부모와 헤어진 여주인공이 고생 끝에 일본과 미국에서 교육을 받아 신여성으로 자란 뒤 부모와 다시 만난다는 것이 작품의 큰 줄거리다. 자유연애와 결혼, 신교육 등 개화파 지식인의 주된 관심사가 주제로 다뤄지고 있다. 이는 당시로서는 퍽 파격이었다. 형식도 고소설에서 보던 것과는 달라서 근대 문학으로 나아가는 과도기의 특징이 묻어난다. 고소설에서 쓰던 문어체에서 완전히 벗어나지는 못했지만, 언문일치의 구어체에 한 걸음 다가서는 모습을 보여 준다.

하지만 여주인공 옥련이 위기 때마다 우연한 도움을 받아서 행복한 결말에 이르는 내용은 이 작품이 고소설의 틀에서 크게 벗어나지 못했음을 말해 주는 대목이다. 또 「혈의 누」에는 지식인 몇 사람의 힘으로 부국강병을 이룰 수 있다는 지나치게 이상적이고 현실성이 결여된 인물상이 나온다. 아울러 이 소설은 새로운 풍습과 지식, 문물을 동경과 선망의 대상으로만 바라봄으로써 문명개화에 대한 소박한 낙관주의를 보여 준다. 정치 소설을 쓰고 싶어 하던 친일 개화파 이인직의 성향도 엿볼 수 있는 작품이다.

생각 넓히기   「혈의 누」는 우리 문학 최초의 신소설로 여겨지고 있다. 우리 문학사에서 신소설의 의의는 무엇일까?

본디 '신소설'이라는 용어는 일본에서 쓰던 것이었다. 그런데 『만세보』에 연재되었던 「혈의 누」를 단행본으로 출간하면서 "신소설(新小說) 혈(血)의 누(淚)"라고 신문에 광고함으로써 이 용어가 알려졌다. 그 뒤부터 예전의 소설과는 다른 내용과 형식을 보여 주는 개화파 지식인의 소설 작품을 흔히 신소설이라고 불렀다.

신소설은 개화기를 배경으로 우리 소설이 고소설에서 근대 소설로 나아가는 과도기에 나온 것이다. 내용 측면에서 신소설은 신분제 타파, 신교육, 여권 존중, 자유 결혼, 자주 독립, 자아 각성에 따른 현실 고발 등을 담아 근대 계몽사상을 전파하는 구실을 했다. 형식 측면에서도 예전의 규격성에서 벗어나 시간의 흐름을 거스르거나 사건과 장면이 엇갈리는 구성 방법을 시도했다. 고소설에 비해 사실적 묘사가 두드러진 것도 눈에 띈다. 문장 또한 구어체에 가까워짐으로써 언문일치의 근대 문학으로 나아가는 데 징검다리 구실을 했다.

그러나 신소설은 고소설과 마찬가지로 권선징악의 주제를 되풀이하고 있다는 점, 등장인물들의 선악 구도가 두드러진다는 점, 줄거리에 우연성과 작위성이 적지 않게 남아 있다는 점, 아직 완전한 언문일치에 이르지 못했다는 점 등에서 고소설의 한계를 마저 벗어나지는 못했다.

혈의 누 1906
은세계 1908

우리나라에서는 녹피에 가로 왈 자같이 법을 써서 죽이고 싶은 사람
이 있으면 없는 죄를 만들어 뒤집어씌우고, 살리고 싶은 사람이 있
으면 있는 죄도 벗겨 주는 세상이라. 이러한 세상에 재물을 가진 백
성이 있으면, 그 백성 다스리는 관원이 그 재물을 뺏어 먹으려고 없
는 죄를 만들어서 남을 망해 놓고 재물을 뺏어 먹는 세상이니 그런
줄이나 알고 지내오.

은세계(銀世界)

　겨울 추위 저녁 기운에 푸른 하늘이 새로이 [1)]취색하듯이 더욱 푸르렀는데, 해가 뚝 떨어지며 [2)]북새풍이 슬슬 불더니 먼 산 뒤에서 검은 구름 한 장이 올라온다. 구름 뒤에 구름이 일어나고, 구름 옆에 구름이 일어나고, 구름 밑에서 구름이 치받쳐 올라오더니, 삽시간에 그 구름이 하늘을 뒤덮어서 푸른 하늘은 볼 수 없고 시커먼 구름 천지라. 해끗해끗한 눈발이 공중으로 회회 돌아 내려오는데, 떨어지는 배꽃 같고 날아오는 버들가지같이 힘없이 떨어지며 간 곳 없이 스러진다. 잘던 눈발이 굵어지고, 드물던 눈발이 아주 떨어지기 시작하며 공중에 가득 차게 내려오는 것이 눈뿐이요, 땅에 쌓이는 것이 하얀 눈뿐이라. 쉴 새 없이 내리는데, 굵은 체 구멍으로 하얀 떡가루 쳐서 내려오듯 솔솔 내리더니 하늘 밑에 땅덩어리는 하얀 [3)]흰무리 떡 덩어리같이 되었더라.

취색(取色) 낡은 세간 따위를 닦고 손질하여 윤을 냄.
북새풍(北塞風) 북쪽에서 불어오는 찬바람. 북풍.
흰무리 시루떡의 한 가지. 백설기.

사람이 발 디디고 사는 땅덩어리가 참 떡 덩어리가 되었을 지경이면 사람들이 먹을 것 다툼 없이 평생에 떡만 먹고 조용히 살았을는지도 모를 일이나, [4]눈구멍 얼음덩어리 속에서 꿈적거리는 사람은 다 [5]구복(口腹)에 [6]계관(係關)한 일이라. 대체 이 세상에 [7]허유(許由)같이 표주박만 걸어 놓고 욕심 없이 사는 사람은 보두리 있다더라.

강원도 강릉 대관령은 바람도 유명하고 눈도 유명한 곳이라. 겨울 한철에 바람이 심할 때는 기왓장이 훌훌 날린다는 바람이요, 눈이 많이 올 때는 지붕 처마가 파묻힌다는 눈이라. 대체 바람도 굉장하고 눈도 굉장한 곳이나, 그것은 대관령 서편의 서강릉이라는 곳을 이른 말이요, 대관령 동편의 동강릉은 [8]잔풍향양(潺風向陽)하고 겨울에 눈도 좀 덜 쌓이는 곳이라. 그러나 일기도 망령을 부리던지 그날 눈과 바람은 서강릉도 이보다 더할 수는 없지 싶을 만하게 대단하였는데, 갈모봉[帽峯]이 짜그라지게 되고 경금 동네가 폭 파묻히게 되었더라. 경금은 강릉에서 부촌으로 이름난 동네이라, 산 두메 사는 사람들이 제가 부지런하여 손톱 발톱이 닳도록 땅이나 뜯어먹고 사는데, 푼돈 모아 [9]양돈 되고, 양돈 모아 [10]궷돈 되고, 송아지 길러 큰 소 되고, 박토 긁어 옥토를 만들어서 그렇게 모은 재물로 부자 된 사람이 여럿이라. 그 동네 최본평 집이 있는데, 동네 사람들의 말이,

"저 집은 소문 없는 부자라. 최본평의 내외가 억척으로 벌어서 생일이 되어도 고기 한 점 아니 사 먹고 모으기만 하는 집이라, 불과 몇 해 동안에 형

눈구멍 눈이 많이 쌓인 가운데. 눈구덩이.
구복 먹고살기 위하여 음식물을 섭취하는 입과 배.
계관하다 사람들이 서로 꺼리거나 어려워하다.
허유 고대 중국의 전설상의 인물. 요임금이 왕위를 물려주려 하였으나 받지 않고 도리어 자신의 귀가 더러워졌다고 하여 강물에 귀를 씻고 산에 들어가서 숨었다고 한다.
잔풍향양하다 잔잔하게 바람이 불고 햇볕을 마주 받다.
양(兩)돈 한 냥 정도의 돈.
궷돈 궤에 넣을 만큼의 돈.

세가 버썩 늘었다. 우리도 그 집과 같이 부지런히 모아 보자."

하며 남들이 부러워하고 본받으려 하는 사람이 많은 터이라.

　대체 최본평 집은 먹을 것 걱정 입을 것 걱정은 아니하는 집이라. 겨울에 눈이 암만 많이 오더라도 방 덥고, 배부르고, 등에 솜조각 두둑한 터이라. 그 눈이 내년 여름까지 쌓여 있더라도 한 해 농사 못 지어서 굶어 죽을까 겁 날 것은 없고, 다만 겁나는 것은 염치없는 11)불한당이나 들어올까 그 염려뿐 이라. 바람은 지동 치듯 불고 최본평 집 12)사립문 안에서 개가 콩콩 짖는데, 밤사람의 자취로 아는 사람은 알았으나, 털 가진 짐승이라도 얼어 죽을 만 하게 춥고 눈보라치는 밤이라, 누가 내다보는 사람은 없고 짖는 개만 목이 쉴 지경이라. 두메 부잣집도 좀 얌전히 잘 지은 집이 많으련마는 경금 최본 평 집은 참 돈만 모으려고 지은 집인지 울타리를 너무 의심스럽게 하였는 데, 높이가 13)길반이나 되는 참나무로 틈 하나 없이 튼튼하게 한 울타리가 옛날 각 골 옥담 쌓듯이 뺑 둘렀는데 앞에 사립문만 닫치면 송곳같이 뾰족 한 수가 있는 도적놈이라도 뚫고 들어갈 수가 없이 되었더라. 그 울안에 14) 행랑이 있고 그 행랑 앞으로 지나가면 사랑이 있으나, 사립문 밖에서 보면 행랑이 가려서 사랑은 보이지 아니하니 여간 15)발씨 익은 과객이 아니면 그 집에 사랑 있는 줄은 모르고 지나가게 된 집이러라.

　밤은 16)이경이 될락 말락 하였는데 웬 사람 오륙 인이 최본평 집 사립문 을 두드리며 문 열어 달라 소리를 지르나, 앞에서 부는 바람이라 사람의 목 소리가 떨어지는 대로 바람에 싸여서 덜미 뒤로만 간다. 주인은 듣지 못한

불한당(不汗黨) 떼를 지어 돌아다니며 재물을 마구 빼앗는 사람들의 무리. 남 괴롭히는 것을 일삼는 파렴치한 사람들 의 무리.

사립문 나뭇가지를 엮어서 만든 문.

길반 한 길하고 반.

행랑(行廊) 대문간에 붙어 있는 방. 예전에, 대문 안에 죽 벌여서 지어 주로 하인이 거처하던 방.

발씨 길을 걸을 때 발걸음을 옮겨 놓는 모습.

이경(二更) 하룻밤을 오경(五更)으로 나눈 둘째 부분. 밤 아홉 시부터 열한 시 사이.

고로 대답이 없건마는 문밖에서는 문 열어 달라 하는 사람은 17)골이 어찌 대단히 났던지 악을 써서 주인을 부르는데 악 쓰는 아가리 속으로 눈 섞인 바람이 한 입 가득 들어가며 기침이 절반이라. 사립문이나 부술 듯이 발길로 걷어차니 사립문 위에 얹혔던 눈과 문틈에 잔뜩 끼었던 눈이 푹 쏟아지며 사람의 덜미 위로 눈사태가 내려온다. 행랑방에서 기침 소리가 쿨룩쿨룩 나며 개를 꾸짖더니 무엇이라고 두덜두덜하며 나오는 것은, 최본평 집에서 두 내외 머슴 들어 있는 자이라. 바지춤 움켜쥐고 버선 벗은 발에 나막신 신고 나가서 사립문을 여니 문밖에 섰던 사람이 골이 잔뜩 나서 누구든지 닥치는 대로 분풀이를 하려던 판이라. 와락 들어오며, 머슴 놈을 18)훔쳐때리며 발길로 걷어차며, 무슨 19)토죄를 하는데, 머슴이 눈 위에 가로 떨어져서 살려 달라고 빈다.

머슴의 계집은 웬 영문인지도 모르고 겁에 띠여서 행랑방 뒷문을 열고 버선발로 뛰어 나서서 눈이 정강이까지 푹푹 빠지는 마당으로 엎드러지며 곱드러지며 안으로 들어가니 그때 안중문은 걸려 있는지라. 안뒤껍으로 들어가서 안방 뒷문을 두드리며,

"본평 아씨, 본평 아씨, 불한당이 들어와서 천쇠를 때려서 죽게 되었습니다."

하는 소리에 본평 부인이 베틀 위에서 베를 짜다가 20)북을 탁 던지고 일어나려 하나, 허리에 찬 베틀 끈이 걸려서 빨리 내려오지 못하고 21)겁결에 잠든 딸을 부른다.

"옥순아, 옥순아! 어서 일어나거라. 불한당이 들어온다!"

골 비위에 거슬리거나 언짢은 일을 당하여 벌컥 내는 화.
훔쳐때리다 들이덤비어 여무지게 때리다.
토죄(討罪) 저지른 죄목을 들어 엄하게 꾸짖음.
북 베틀에서, 날실의 틈으로 왔다 갔다 하면서 씨실을 푸는 기구.
겁(怯)결 갑자기 겁이 나서 어쩔 줄 몰라 당황한 판. 또는 그런 기색.

하며 [22]일변으로 허리에 매인 베틀 끈을 끄르더니 방문을 열고 나가니, 자다가 깨인 옥순이는 어머니를 부르며 우나 부인이 대답도 아니하고 버선 바닥으로 뛰어나가서 사랑문을 두드리며 남편을 부르는데, 본평 부인이 어렸을 때에 그 친정에서 듣고 보고 자라나던 말투이라.

"옥순 아버지, 옥순 아버지, 불한당이 들어온다 하니 이를 어찌한단 말이오?"

하며 벌벌 떠는 소리로 감히 크게 못 하더라. 원래 그 집 사랑방에서 안으로 들어오는 문이 있는데 그 문은 앞뒤로 종이를 어찌 두껍게 많이 발랐던지, 문밖에서 가만히 하는 소리는 방 안에서 자세히 들리지 아니하는지라 그 남편이 대답을 아니하고 부인이 그 말을 거푸거푸 한다. 그때 최본평은 덧문을 척척 닫고 자리 펴 놓고 들기름 등잔에서 그을음이 꺼멓게 오르도록 돋워 놓고 앉아서 집뼘 한 뼘씩이나 되는 [23]숫가지 늘어놓고 한 [24]짐 두 [25]뭇이니 두 짐 닷 뭇이니 하며 [26]구실돈 셈을 놓다가 문 두드리는 소리를 듣고 정신없이 아니 놓을 수 한 가지를 덜컥 더 놓으며 고개를 번쩍 드는데 부인의 말소리가 최본평의 귓구멍으로 쏙 들어갔다.

"응, 불한당이라니, 불한당이 어데로 들어와?"

하며 벌떡 일어나서 안으로 난 문을 와락 여는데, 부인은 문에 얼굴을 대고 섰다가, 문이 얼굴에 부딪쳐서 부인이 에쿠 소리를 하며 푹 고꾸라지니, 최씨가 [27]문설주를 붙들고 내다보며 당황히 어, 어, 소리만 하고 섰는데, 그때 마침 행랑 앞에서 머슴을 치던 사람들이 사랑 앞으로 와서 마루 위로 올라

일변(一邊)**으로** 한편.
숫가지 예전에, 수효를 셈하는 데에 쓰던 막대기. '산(算)가지'의 사투리.
짐 논밭 넓이의 단위. 예전에 세금을 계산할 때 씀.
뭇 세금을 계산할 때 쓰던, 논밭 넓이의 단위.
구실돈 예전에, 온갖 세납을 통틀어 이르던 말.
문설주 문짝을 끼워 달기 위하여 문의 양쪽에 세운 기둥.

서던 차이라. 안으로 난 문 여는 소리를 듣고 주인이 도망하려는 줄로 알고,

"듣거라!"

소리를 하며 마루를 쾅쾅 구르고 들어오며 사랑문을 열어젖히더니, 제비같이 날쌘 놈이 번개같이 달려들어 오니 본래 최본평은 도망하려는 생각이 아니라 불한당이 들어오는 줄로만 알고 안으로 들어가서 집안사람들이 놀라지 아니하게 안심시키려던 차에, 부인이 얼굴을 다치고 넘어진 것을 보고 나가서 일으키려 하다가 사랑방에 그 광경 나는 것을 보고 도로 사랑으로 들어서며,

"웬 사람들이냐?"

묻는데 그 사람들은 대답도 없고 최 씨를 잡아 묶어 놓으며 사람의 정신을 빼는데, 최 부인은 그 남편이 곤경당하는 소리를 듣고 얼굴 아픈 생각도 없고 [28] 내외할 경황도 없이 사랑방을 들여다보며 벌벌 떨고 섰는데, 나이 이십칠팔 세쯤 된 어여쁜 부인이라.

그날 밤에, 최본평 집에 들어와서 야단치던 사람들은 강원[29] 감영 [30] 장차(將差)인데 [31] 영문 [32] 비관(秘關)을 가지고 강릉 경금 사는 최병도(崔秉陶)를 잡으러 온 것이라. 최병도의 자는 주삼(朱三)이니 강릉서 수 대 사는 양반이라. 시골 풍속에 동네 백성들이 벼슬 못 한 양반의 집은 그 양반의 장가 든 곳으로 [33] 택호(宅號)를 삼는 고로, 최본평 댁이라 하니 본평은 최병도 부인의 친정 동네이라. 그때 강원 감사의 성은 정 씨인데, 강원 감사로 내려오던 날부터 강원 일도 백성의 재물을 긁어 들이느라고 눈이 벌게서 날뛰는 판에 영

내외(內外)하다 남의 남녀 사이에 서로 얼굴을 마주 대하지 않고 피하다.
감영(監營) 조선 시대에, 관찰사가 직무를 보던 관아.
장차(將差) 고을 원이나 감사(監司)가 심부름으로 보내던 사람.
영문(營門) 감영(監營).
비관 상관이 아랫사람에게 몰래 보내던 공문.
택호 집주인의 벼슬 이름이나 처가나 본인의 고향 이름 따위를 붙여서 그 집을 부르는 말.

문 장차들이 각 읍의 밥술이나 먹는 백성을 잡으러 다니느라고 이십육 군 방방곡곡에 늘어섰는데, 그런 ³⁴⁾출사 한 번만 나가면 우선 장차들이 수나는 자리라.

장차가 최병도를 잡아 놓고 ³⁵⁾차사례(差使例)를 추어 내는데 염라국 ³⁶⁾사자 같은 영문 장차의 눈에 여간 최병도 같은 양반은 개 팔아 두 냥 반만치도 못하게 보고 마구 다루는 판이라 두 손목에 고랑을 잔뜩 채우고 차사례를 달라 하는데, 최 씨가 차사례를 아니 주려는 것이 아니라, 여간 돈을 주마 하는 말은 장차의 귀에 들어가지도 아니하고, 제 욕심을 다 채우려 든다.

대체 영문 비관을 가지고 사람 잡으러 다니는 놈의 욕심은 남의 묘를 파서 해골 감추고 돈 달라는 도적놈보다 몇 층 더 극악한 사람들이라. 가령 남의 묘를 파러 다니는 도적놈은 겁이 많지마는 영문 장차들은 겁 없는 불한당이라. 더구나 그때 강원감영 장차들은 불한당 ³⁷⁾괴수 같은 감사를 만나서 ³⁸⁾장교와 ³⁹⁾차사들은 좋은 세월을 만나 신이 나는 판이라. 말끝마다 ⁴⁰⁾순사도(巡使道)를 내세우고 말끝마다 죄인 잡으러 온 ⁴¹⁾자세를 하며 장차의 신발값을 달라고 하는데, 말이 신발값이지 남의 재물을 있는 대로 다 빼앗아 먹으려 드는 욕심이라. 열 냥을 주마 하여도 코웃음이요, 백 냥을 주마 하여도 코웃음이요, 이백 냥 삼백 냥을 주마 하여도 코웃음인데, 그때는 엽전 시절이라 새끼 밴 큰 암소 한 필을 팔아도 칠십 냥을 받기가 어렵고 좋은 ⁴²⁾봇돌 논 한 마지기를 팔아도 삼사십 냥이 넘지 아니할 때이라.

출사(出使) 조선 시대에, 벼슬아치가 지방에 출장 가던 일. 또는 그 벼슬아치.
차사례 감사나 고을 원이 죄인을 잡으려고 내보내던 관아의 하인에게 하는 관례나 의례를 통틀어 이르는 말.
사자(使者) 죽은 사람의 혼을 저승으로 잡아간다는 귀신.
괴수(魁首) 못된 짓을 하는 무리의 우두머리.
장교(將校) 조선 시대에, 각 군영과 지방 관아의 군무에 종사하던 낮은 벼슬아치.
차사(差使) 감사나 고을 원이 죄인을 잡으려고 내보내던 관아의 하인. 임금이 중요한 임무를 위하여 파견하던 임시 벼슬. 또는 그런 벼슬아치.
순사도 '관찰사'를 높여 이르던 말. '순사또'의 원말.
자세(藉勢) 어떤 권력이나 세력 또는 특수한 조건을 믿고 세도를 부림.

최 씨가 악이 버썩 나서 장차에게 돈 한 푼 아니 주고 배기려만 든다. 장차는 죄인에게 [43]전례돈 **뺏어** 먹기에 졸업한 놈들이라, 장교가 최 씨의 그 눈치를 채고 [44]사령을 건너다보며,

"이애 김달쇠야, 네가 명색이 사령이냐 무엇이냐? 우리가 비관을 메고 올 때에 순사도 분부에 무엇이라 하시더냐? 막중 죄인을 잡으러 가서, 만일 [45]실포(失捕)할 지경이면 너희들은 목숨을 바치리라 하셨는데, 지금 죄인을 잡아서 저렇게 [46]헐후(歇后)히 하다가 죄인을 잃으면, 우리들은 순사도께 목숨을 바치잔 말이냐? 우리들이 이런 [47]장설(壯雪)을 맞고 이 밤중에 대관령을 넘어올 때 무슨 일로 왔느냐? 오늘밤에 우리가 곤하게 잠든 후에 죄인이 도망할 지경이면, 우리들은 죽는 놈이다. 잘 알아차려라."

그 말이 뚝 떨어지며 사령이 [48]맞넉수가 되어 신이 나서 그 말대답을 하며 달려들더니, 역적 죄인이나 잡은 듯이 최병도를 꼼짝 못 하게 결박을 하는데 장차의 어미나 아비나 쳐 죽인 원수같이 최 씨의 입에서 쥐 소리가 나도록, 두 눈이 툭 솟도록, 은근히 골병이 들도록 동여매느라고 사랑방에서 새로이 [49]살풍경이 일어나는데 안마당에서 본평 부인의 울음소리가 난다.

"애고! 이것이 웬일인고! 이를 어찌하잔 말인고? 애고 애고, 평생에 남에게 싫은 소리 한번 아니하고 사는 사람이 무슨 죄가 있어서 이 지경을 당하노? 애고 애고, 하느님 하느님, 죄 없는 사람을 살게 하여 줍시사! 애고 애고 여보, 옥순 아버지, 돈이 다 무엇이란 말이오? 영문 장차가 달라는 대로 주

봇돌논 봇도랑이 있어서 물을 대기 좋은 논.
전례(錢例)돈 뇌물로 주는 돈.
사령(使令) 조선 시대에, 각 관아에서 심부름하던 사람.
실포하다 잡았던 죄인이나 짐승 따위를 놓치다.
헐후히 대수롭지 않게.
장설 아주 많이 오는 눈.
맞넉수 '맞적수'의 사투리. 힘, 재주, 기량 따위가 서로 비슷하여 우열을 가리기 어려운 상대. 맞수.
살풍경(殺風景) 살기를 띤 광경. 보잘것없이 메마르고 스산한 풍경.

고 몸이나 성하게 잡혀가시오.”

하며 우는데 옥순이는 어머니를 부르며 50)악머구리같이 따라 운다. 최병도가 제 몸 고생하는 것보다 그 부인과 어린 딸의 마음을 위로하기 위하여 장차에게 돈 칠백 냥을 주기로 작정이 되었는데, 장차들의 욕심이 51)흠쭉하게 찼던지 결박하였던 것도 끌러 놓을 뿐만 아니라, 52)맹세지거리를 더럭더럭하며 말을 함부로 하던 입에서 말이 너무 공손히 나온다.

“최 서방님, 아무 염려 말으시오. 우리가 영문에 가서 순사도께 말씀만 잘 아뢰면 아무 탈 없이 될 터이니 걱정 마시오. 들어앉으신 순사도께서 무엇을 알으시겠습니까? 53)염문(廉問)하여 바친 놈들이 몹쓸 놈이지요. 우리가 들어가거든 54)호방(戶房) 55)비장(裨將) 나리께도 말씀을 잘 여쭙고 56)수청 기생 계화더러도 말을 잘하여서 서방님이 무사히 곧 놓여 오시게 할 터이니 우리만 믿으시오. 아따, 일만 잘 되게 만들 터이니 호방 비장 나리께 약이나 좀 쓰고 계화란 년은 옷 하여 입으라고 돈 백 냥이나 주시구려. 아따, 요새 그년이 뽐내는 57)서슬에 호사 한번 잘 시키고 그 김에 계화란 년 58)상관이나 한번 하시구려. 촌에 사는 양반이 그런 때 호강을 좀 못 해 보고 언제 하시겠소? 그러나 딴 구멍으로 청할 생각 말으시오. 원주 감영 놈들이란 것은 남의 것을 막 떼어먹으려 드는 놈들이오. 누가 무엇이라 하든지 당초에 상관을 마시오. 서방님 같은 양반이 영문에 가시면 못된 놈들이 공연히 와서 59)

악머구리 잘 우는 개구리라는 뜻으로, '참개구리'를 이르는 말. 아주 시끄럽게 소리를 내는 것을 비유적으로 이르는 말.
흠쭉 '흠씬'의 사투리. 아주 꽉 차고도 남을 만큼 넉넉한 상태.
맹세(盟誓)지거리 매우 잡스러운 말로 하는 맹세. 또는 그런 말씨.
염문하다 사정이나 형편 따위를 몰래 물어보다.
호방 조선 시대에, 각 지방 관아에 속한 육방(六房) 가운데 호전(戶典)에 관한 일을 맡아 보던 부서.
비장 조선 시대에, 감사(監司)·유수(留守)·병사(兵使)·수사(水使)·견외 사신(使臣)을 따라다니며 일을 돕던 무관 벼슬.
수청(守廳) 아녀자나 기생이 높은 벼슬아치에게 몸을 바쳐 시중을 들던 일. 또는 그 아녀자나 기생.
서슬 강하고 날카로운 기세.
상관(相關) 서로 관련을 가짐. 남자와 여자가 육체관계를 맺음.

지분지분할 터이니 부디 속지 마시오."

하더니 다시 사령을 건너다보며,

　"이애, 사령들아! 너희들도 영문에 들어가거든 꼭 내가 시키는 대로 이렇게만 말하여라. 강릉 경금 사는 최본평이란 양반은 아까운 재물을 ⁶⁰⁾결딴냈더라. 그 어림없는 양반이 서울 가서 누구 꼬임에 빠졌던지? 지금 세상에 쩡쩡거리는 ⁶¹⁾공사청(公事廳) ⁶²⁾내시들의 노름하는 축에 가서 무엇을 얻어먹겠다고 그런 살얼음판에 들어앉아서 노름을 하였던지, 부자득명하고 살던 재물을 죄 잃어버리고 아무것도 없다네. 대체 노름빚이 얼마나 되었던지 내시 집에서 노름빚을 받으려고 최본평이라는 그 양반 집으로 사람을 내려 보내서 ⁶³⁾전장문서(田莊文書)를 전부 뺏어 가고 남은 것은 한 이십 간 되는 초가집 하나와 황소 한 필뿐이라 하니, 아무리 시골 양반이 만만하기로 남의 재물을 그렇게 뺏어 먹는 법이 있느냐? 하면서 ⁶⁴⁾풍을 치고 다니어라. 그러면, 나는 호방 비장 나리께 들어가서 어떻게 말씀을 여쭙던지 열기(熱氣) 없이 속여 넘길 터이다. 이애, 우리끼리 말이지 우리 영문 사또 귀에 최 서방님이 패가하셨다는 소문이 연방 들어갈 지경이면 당장에 ⁶⁵⁾백방(白放)하실 터이다. 또 요사이는 죄인이 어찌 많던지, 옥이 툭 터지게 되었으니 쓸데없는 죄인은 곧잘 놓아 주신다. 이애, 일전에도 울진 사는 부자 하나 잡혀 왔을 때 너희들도 보았지? 그때 옥이 좁아서 가둘 데가 없다고 아뢰었더니 사또 분부에 ⁶⁶⁾허물한 죄인은 더러 내놓으라고 하시더니, 죄는 있고 없고 간에 거지

같은 놈은 다 내놓았더라. 이애들, 별말 말고 우리가 최 서방님 일만 잘 보아 드리자. 우리들이 서방님 일을 이렇게 잘 보아 드리는데 서방님께서 무슨 처분이 계시지, 설마 그저 계시겠느냐?"

그렇게 제게 [67]당길심 있는 말을 하면서 최 씨를 위하여 줄 듯이 말을 하나, 최 씨가 도망 못 하도록 잡아 두라 하는 것은 처음과 조금도 다를 것이 없는지라.

그날 밤에는 그런 [68]소요로 그럭저럭 밤을 새우고, 그 이튿날 장차의 전례돈을 다 [69]구처(區處)하여 원주 감영으로 [70]환전(換錢)을 붙인 후에 최 씨를 앞세우고 곧 떠나려 하는데, 본래 최병도는 경금 동네에서 [71]득인심(得人心)한 사람이라 양반 상인 없이 최 씨의 소문을 듣고 최 씨를 보러 온 사람이 많으나, 장차들이 최 씨를 [72]수직하고 앉아서, 누구든지 그 방에 사람이 들어가지 못하게 하는 터이라. 본평 부인이 그 남편 떠나는 것을 좀 보고자 하여 그 종 복녜를 사랑으로 내보내서 장차에게 전갈로 청을 하는데 촌 양반의 집종이 영문 장차를 어찌 무서워하던지 사랑 뜰에 우두커니 서서 말을 못 한다. 그때 마침 동네 사람들이 최 씨를 보러 왔다가 보지 못하고 떠나갈 때에, 길에서 얼굴이나 본다 하고 최 씨 집 사립문 밖에서 서성거리고 있는 사람도 많은 터이라.

그 중에 웬 젊은 양반 하나가 [73]정자관(程子冠) 쓰고 시골 촌에서는 물표 다를 만한 가죽신 신고 [74]서양목(西洋木) 옥색 두루마기에 명주로 안을 받쳐

허물하다 허물을 들어 꾸짖다.
당길심 자기에게로만 끌어당기려는 욕심.
소요(騷擾) 여럿이 떠들썩하게 들고일어남. 또는 그런 술렁거림과 소란.
구처 변통하여 처리함. 또는 그런 방법.
환전(換錢) 환표로 보내는 돈.
득인심 남에게 인심을 얻음.
수직(守直) 사람이나 물건 또는 건물 따위를 맡아서 지킴. 또는 그런 사람.
정자관 예전에, 선비들이 평상시에 머리에 쓰던, 말총으로 만든 관(冠).

입고, 얼굴은 [75]회오리밤 벗듯 하고, 눈은 샛별 같고, 나이는 삼십이 막 넘은 듯한 사람이 담뱃대 물고 마당에 섰다가, 복녜의 모양을 보고 복녜를 불러 묻는다.

"이애 복녜야, 너 왜 거기 우두커니 서서 주저주저하느냐?"

"아씨께서 서방님께 좀 뵈옵겠다고 사랑에 나가서 그 말씀 좀 하라셔요."

관 쓴 양반이 그 말을 듣더니 사랑마루 위로 썩 올라서면서 기침 한 번을 점잖게 하며 사랑방 지게문을 뚝뚝 두드리며, 영문 장교더러 할 말이 있으니 잠깐 좀 내다보라 하니, 본래 영문 장차가 감사의 비관을 가지고 촌 양반을 잡으러 나가면, [76]암행어사 출두나 한 듯이 기승스럽게 날뛰는 것들이라 장교가 [77]불미한 소리로,

"웬 사람이 어데를 와서 함부루 그리하느냐?"

하며 내다보기는 고사하고 사령더러 [78]잡인들을 다 내쫓으라 하니 사령 하나가 문을 열어젖히며 와락 나오더니, 관 쓴 양반의 가슴을 내밀며 [79]갈범같이 소리를 지르는데 관 쓴 양반이 눈에서 불이 뚝뚝 떨어지도록 부릅뜨고 호령 한마디를 하더니, 다시 마당에 섰는 웬 사람을 내려다보며,

"이애 천쇠야, 너 지금 내로 이 동네 백성들을 몇이 되든지 빨리 모아 데리고 오너라."

하는데, 천쇠는 어젯밤에 장차들에게 얻어맞던 원수를 갚는다 싶은 마음에 신이 나서 목청이 떨어지도록 소리를 지른다.

서양목 두 가닥 이상의 가는 실을 되게 한 가닥으로 꼰 무명실로 나비가 넓고 발이 곱게 짠 피륙. 광목보다 실이 가늘고 하얗다. 당목(唐木).

회오리밤 밤송이 속에 외톨로 들어앉아 있는, 동그랗게 생긴 밤.

암행어사(暗行御史) 조선 시대에, 임금의 특명을 받아 지방관의 치적과 비위를 탐문하고 백성의 어려움을 살펴서 개선하는 일을 맡아 하던 임시 벼슬.

불미(不美)하다 아름답지 못하고 추잡하다.

잡인(雜人) 일정한 장소나 일에 아무 관계가 없는 사람. 잡스러운 사람.

갈범 '칡범'의 사투리. 몸에 칡덩굴 같은 어룽어룽한 무늬가 있는 범.

"아랫말 김 진사 댁 서방님께서 동네 백성들을 모으라신다. 빨리 모여들어라."

하면서 사립문 밖으로 나가는데, 그때는 눈이 길길이 쌓인 때라. 일 없는 농군들이 최본평 집에 영문 장차가 나와서 야단을 친다 하는 소리를 듣고 구경을 하러 왔다가 장차가 못 들어오게 하는 서슬에 겁이 나서 못 들어오고 이웃 농군의 집에 들어앉아서 까마귀 떼같이 지껄이고 있는 터이라.

"본평 댁 서방님이 영문에 잡혀가신다지?"

"그 양반이 무슨 죄가 있어서 잡아가누?"

"죄는 무슨 죄, 돈이 있는 것이 죄이지."

"요새 세상에 양반도 돈만 있으면 저렇게 잡혀가니 우리 같은 상놈들이야 논마지기나 있으면 편히 먹고 살 수 있나?"

"이런 놈의 세상은 얼른 망하기나 했으면…… 우리 같은 만만한 백성만 죽지 말고 원이나 감사나 하여 내려오는 서울 양반까지 다 같이 죽는 꼴 좀 보게."

"원도 원이요 감사도 감사어니와, 저런 장차들부터 누가 다 때려죽여 없애 버렸으면."

하면서 남의 일에 분이 잔뜩 나서 지껄이고 앉았던 차에, 천쇠의 소리를 듣고 우우 몰려나오면서 무슨 일이 있느냐 묻는데, 천쇠는 본래 호들갑스럽기로 유명한 놈이라, 영문 장차가 김 진사 댁 서방님을 죽이는 듯이 호들갑을 부리며 어서 본평 댁으로 들어가자 소리를 어찌 황당하게 하던지, 농군들이,

"자아, 들거라!"

소리를 지르고 최본평 집 사랑 마당에 들어오는데, 제 목소리에 제가 정신을 못 차릴 지경이라.

경금 동네가 별안간에 발끈 뒤집으며, 최본평 집에 무슨 야단났다 소문이 퍼지며, 양반 상인 아이 어른 없이 달음질을 하여 최본평 집에 몰려오는데,

마당이 좁아서 나중에 오는 사람은 들어오지 못하고 사립문 밖에 서서 궁금증이 나서 서로 말 묻느라고 야단이라.

그때 최본평 집 사랑 마당에서는 참 야단이 난 터이라. 김 씨의 일호령에 원주 감영 장차들을 마당에 꿇려 앉혔는데, 김 씨의 호령이 서리 같다.

"너희들이 명색이 영문 장차라는 거냐? 영문 기세만 믿고 [80]행악을 할 대로 하던 놈들은 내 손에 좀 죽어 보아라. [81]민요(民擾)가 나면 원과 감사가 민요에 죽는 일도 있고, [82]군요(軍擾)가 나면 [83]세도재상이 군요에 죽는 일이 있는 줄을 너희들이 아느냐? 내가 너희들에게 실례하기는 하였다. 너희들에게 할 말이 있으면 내 집 사랑에서 너희들을 불러서 이를 일이나, 지금 당장에 이 댁 최 서방님이 영문으로 잡혀가시는 터에, 급히 너희들더러 청할 말이 있는 고로, 내가 여기 서서 방에 있는 너더러 좀 나오라 하였다가 내가 너희들에게 욕을 보았다. 오냐, 여러 말 할 것 없다. 너희들 같은 놈은 어데 가서 기승을 부리다가 남에게 맞아 죽는 일이 더러 있어야, 이후에 다른 장차들이 촌에 나가서 조심하는 일이 생길 터이니, 오늘 너희들은 살려 보낼 수 없다."

하더니 다시 동네 백성들을 내려다보며,

"이애, 이 동네 백성들 들어 보아라. 나는 오늘 민요 [84]장두(長頭)로 나서서 원주 감영 장차 몇 놈을 때려죽일 터이니, 너희들이 내 말을 들을 터이냐?"

경금 백성들이 신이 나서 대답을 하는데 마당이 와글와글한다.

"네에, 소인들이 내일 감영에 다 잡혀가서 죽더라도 서방님 분부 한마디

행악(行惡) 모질고 나쁜 짓을 행함. 또는 그런 행동.
민요 포악한 정치 따위에 반대하여 백성들이 일으킨 폭동이나 소요. 민란(民亂).
군요 군대가 일으키는 소요나 난리. 군란(軍亂).
세도재상(勢道宰相) 정치상의 권세를 쥐고 나라의 대권을 마음대로 움직이는 재상.
장두 우두머리. 주동자.

만 있으면 무슨 일이든지 하라시는 대로 거행하겠습니다.”

“응, 민요를 꾸미는 놈이 살 생각을 하여서는 못 쓰는 법이라. 누구든지 죽기를 겁내는 사람이 있거든 여기 있지 말고 나가고, 나와 같이 강원감영에 잡혀가서 죽을 작정 하는 사람만 나서서 몽둥이 하나씩 가지고 장차들을 막 패 죽여라.”

그 소리 뚝 떨어지며 동네 백성들이 몽둥이는 들었든지 아니 들었든지 [85] 아우성 소리를 지르며 장차에게로 달려드는데, 장차의 목숨은 뭇발길에 떨어질 모양이라.

사랑방에 앉았던 최병도는 발바닥으로 뛰어내려오고, 안중문 안에서 중문을 [86] 지치고 서서 내다보던 본평 부인은 내외가 다 무엇인지 불고염치하고 뛰어나와서 장차들을 가리고 서고, 최 씨는 동네 백성을 호령하여 나가라 하나, 호령은 한 사람의 목소리요, 아우성 소리는 여러 사람의 목소리라. 앞에 선 백성은 멈추고 섰으나, 뒤에서는 물밀듯 밀고 들어오는데 장차들은 어찌 위급하던지 본평 부인의 뒤에 가 서서 벌벌 떨며 살려 달라 소리만 한다. 최병도가 동네 백성이 손에 들고 있는 지게 작대기를 쑥 뺏어 들고 백성를 후려 때리려는 시늉을 하나 백성들이 피할 생각은 아니하고 섰으니, 그때 마루 위에 섰던 김 씨가 동네 백성들을 내려다보며,

“이애, 그리하여서는 못 쓰겠다. 장차들을 이 댁 사랑 마당에서 때려죽일 것이 아니라, 내 집 사랑 마당으로 잡아다가 죽이든지 살리든지 하자.”

마당에 섰던 백성들이 일변 대답을 하며 그 대답 소리에 이어서 소리를 지른다.

“저놈들을 잡아 가지고 김 진사 댁 마당으로 가자!”

아우성 떠들썩하게 기세를 올려 지르는 소리.
지치다 문을 잠그지 아니하고 닫아만 두다.

하더니 장차를 붙들러 우우 달려드니, 장차가 최본평 집 안중문으로 뛰어 들어가는데, 본평 부인이 뒤에 따라 들어가며 중문을 닫아건다. 최 씨가 사 랑마루 위로 올라가며 김 씨의 손목을 턱 붙들고 웃으면서,

"여보게 치일이, 자네가 무슨 [87]해거(駭擧)를 이렇게 하나? 동네 백성들을 내보내고 방으로 들어가세."

하더니 최 씨가 일변 동네 사람들더러 다 나가라고 하고 다시 천쇠를 불러 서 사립문을 안으로 걸라 하고, 장차들은 행랑방에 들여앉히라 하고 최 씨 는 김 씨와 같이 사랑방으로 들어가는데, 장차들은 목숨 산 것만 다행히 여 겨서 최 씨의 하라는 대로만 하는 터이라. 천쇠를 따라 행랑방으로 나가 앉 아서, 감히 사립문 밖으로 나갈 생각을 못 하고 천쇠에게 [88]첨을 하느라고 죽을 애를 쓴다. 그때 김 씨는 최 씨의 사랑방에 앉아서 단둘이 공론이 부산 하다.

"여보게 주삼이, 자네나 나나 여기 있다가는 며칠이 못 되어 큰일이 날 터이니 우리들이 서울이나 가서 있다가 이 감사 갈린 후 내려오세."

"자네는 이번에 일을 장만한 사람이니 불가불 좀 피하여야 쓰려니와, 나 는 어데 갈 생각은 조금도 없으니 자네만 어데로 피하게."

"자네가 아니 피할 까닭이 무엇인가?"

"응, 자네는 이번에 이 일을 석 삭 동안만 피하면 그만이라, 자네같이 논 한 마지기 없이 가난으로 [89]패호(悖戶)한 사람을 감영에서 무엇을 얻어먹겠 다고 두고두고 찾겠나? 나는 돈냥이나 있다고 이름 듣는 사람이라, 이 감사 가 갈려 가더라도 또 감사가 내려오고, 내가 타도에 가서 살더라도 그 도에 도 감사가 있는 터이라, 돈푼이나 있는 백성은 죄가 있든지 없든지 다 망하

해거 괴상하고 얄궂은 짓.
첨(諂) 아첨.
패호하다 좋지 못한 별명이 붙다.

94

는 이 세상에 내가 가면 어데로 가며, 피하면 어느 때까지 피하겠나, 응? 뺏으면 뺏기고, 죽이면 죽고, 당하는 대로 앉아 당하지. 말이 났으니 말이지, 백성이 이렇게 살 수 없이 된 나라가 아니 망할 수 있나, 응? 말을 하자 하면 하루 이틀 한 달 두 달에 다 못 할 일이라. 그 말은 그만두고 우리들의 일 조처할 말이나 하세. 자네는 돈 한 푼 변통하기 어려운 사람인데, 이번에 90)망나니 같은 감사에게 미움 받을 짓을 하고 여기 있을 수야 있나? 그러나 어데로 가든지 돈 한 푼 없이 어찌 나서겠나? 내가 표 하나를 써서 줄 터이니 내 91)마름을 불러서 이 돈을 찾아 가지고 어데든지 잘 가 있게. 나는 이 길로 장차를 따라서 영문으로 잡혀갈 터일세."

하면서 엽전 천 냥 표를 써서 김 씨를 주고 벌떡 일어나며,

"응, 친구도 작별하려니와 우리 마누라도 좀 작별하여야 하겠네."

하더니 안으로 들어가는데, 김 씨는 앞에 놓인 돈표를 거들떠보지도 아니하고 고개를 푹 수그리고 한참 동안을 앉았다가 고개를 번쩍 들며,

"응, 그럴 일이야. 주삼이 떠나는 꼴은 보아 무엇 하게?"

하더니 돈표를 집어서 92)부시쌈지 속에 넣고 안으로 향하여 소리 한 마디를 꽥 지른다.

"여보게 주삼이, 나는 먼저 가네. 죽는 놈은 죽거니와 사는 놈은 살아야 하느니, 세상이 망할 듯하거든 흥할 도리 하는 사람이 있어야 쓰는 법이라. 다 각각 제 생각 도는 대로 하여 보세."

하면서 나가는데, 최 씨는 안에서 목소리를 크게 하여 외마디 대답이라,

"어이, 알아들었네, 잘 가게그려!"

망나니 언동이 몹시 막된 사람을 비난조로 이르는 말. 예전에, 사형을 집행할 때에 죄인의 목을 베던 사람. 주로 중죄인 가운데서 뽑아 썼다.
마름 지주를 대리하여 소작권을 관리하는 사람.
부시쌈지 부시, 담배, 돈 따위를 넣어서 주머니 속에 넣어 가지고 다니는 작은 쌈지.

하는 말이 최 씨와 김 씨 두 사람만 서로 알아들을 뿐이라. 김 씨는 어데든지 멀리 달아날 작정이요, 최 씨는 감영으로 잡혀갈 마음으로 작별하는데, 부인이 울며,

"여보 옥순 아버지, 무슨 죄가 있어서 원주 감영에서 잡으러 내려왔소?"

"응, 죄는 많이 지었지."

부인이 깜짝 놀라면서,

"여보, 그것이 무슨 말씀이오? 무슨 죄를 그렇게 많이 지으셨단 말이오? 열 길 물속은 알아도 한 길 사람의 속은 모른다더니 나는 내외간이라도 그러실 줄은 몰랐소그려. 93)삼순구식(三旬九食)을 못 얻어먹는 사람이라도 제 마음만 옳게 가지고 그른 일만 아니하고 있으면, 어느 때든지 한 때가 있을 것이오. 만일 그른 마음 먹고 남에게 94)적악을 하든지 나라에 죄 될 일을 할 지경이면 하늘이 미워하고 95)조물이 시기하여, 필경 그 죄를 받을 것이니 사람이 죄를 짓고 죄 받는 것을 어찌 한탄한단 말이오? 말으시오, 말으시오. 무슨 죄를 짓고 저 지경을 당하시오?"

"응, 죄를 나 혼자 지었다구? 두 내외 같이 지었지."

"여보, 남의 애매한 말 말으시오. 나는 철난 후로 죄 될 일을 한 것 없소. 손톱 발톱이 닳도록 벌어 놓은 재물을 애껴 먹고 애껴 쓰면서, 배고픈 사람을 보면 내 배를 덜 채우고 한 술 밥이라도 먹여 보내고 동지섣달에 살을 가리지 못하고 얼어 죽게 된 사람을 보면 내가 입던 옷 한 가지라도 입혀 보내고 손톱만치도 사람을 속여 본 일도 없고 털끝만치도 남을 해치려는 마음을 먹은 일이 없소. 없소, 없소, 죄 될 일은 아무것도 한 것 없소. 여보시오, 여편네라고 업신여기지 말으시고 내 말 좀 들어 보시오. 죄 될 일을 하실 때에

삼순구식(三旬九食) 삼십 일 동안 아홉 끼니밖에 먹지 못한다는 뜻으로, 몹시 가난함을 이르는 말.
적악(積惡) 남에게 악한 짓을 많이 함.
조물(造物) 우주의 만물을 만들고 다스리는 신. 조물주(造物主).

하느님 96)버력도 무섭지 아니하고 귀신의 97)앙화도 겁나지 아니하더라도 처자가 부끄러워서 죄 될 일을 어찌 하셨단 말이오? 영문에서까지 알고 잡으러 온 터인데 나 하나만 98)기이면 무엇 하오?"

"응, 마누라는 죄를 지어도 알뜰하게 잘 지었지. 우리 죄는 두 가지 죄이라, 한 가지는 재물 모은 죄요, 한 가지는 세력 없는 죄."

"여보, 그것이 무슨 죄란 말이오?"

"응, 우리나라에서는 99)녹피에 가로 왈 자같이 법을 써서 죽이고 싶은 사람이 있으면 없는 죄를 만들어 뒤집어씌우고, 살리고 싶은 사람이 있으면 있는 죄도 벗겨 주는 세상이라. 이러한 세상에 재물을 가진 백성이 있으면, 그 백성 다스리는 관원이 그 재물을 뺏어 먹으려고 없는 죄를 만들어서 남을 망해 놓고 재물을 뺏어 먹는 세상이니 그런 줄이나 알고 지내오. 그러나 마누라가 지금 100)태중이라지? 언제가 101)산월이오?"

"……."

"아들이나 낳거든 공부나 잘 시켜야 할 터인데……."

"여보, 그런 말씀은 지금 할 말이 아니오. 몇 달 후에 낳을 어린아이의 말과 몇 해 후에 그 아이 공부시킬 일을 왜 지금 말씀하신단 말이오? 옥순 아버지가 영문에 잡혀가시더라도 죄 없는 사람이라, 가시는 길로 놓여나오실 터이니 102)왕환(往還)하는 동안이 불과 며칠이 되겠소? 집의 일은 걱정 말으시고 부디 몸조심하여 속히 다녀오시오."

버력 지은 죄의 앙갚음으로 받는 재앙. 하늘이나 신령이 사람의 죄악을 징계하려고 내린다는 벌.
앙화(殃禍) 지은 죄의 앙갚음으로 받는 재앙. 어떤 일로 인하여 생기는 재난.
기이다 어떤 일을 숨기고 바른 대로 말하지 않다.
녹피(鹿皮)에 가로 왈(曰) 사슴 가죽에 쓴 가로 왈 자는 가죽을 당기는 대로 일(日) 자도 되고 왈(曰) 자도 된다는 뜻으로, 사람이 일정한 주견 없이 남의 말을 좇아 이랬다저랬다 함을 비유적으로 이르는 말.
태중(胎中) 아이를 배고 있는 동안.
산월(産月) 아이를 낳을 달. 해산달.
왕환 갔다가 돌아옴. 왕복(往復).

"응, 그도 그러하지. 그러나, 내가 [103]객기(客氣)가 많고 이상한 사람이야. 요새 세상에 돈만 많이 쓰면 쉽게 놓여나오는 줄은 알지마는 나라를 망하려고 기를 버럭버럭 쓰는 놈의 턱밑에 돈표를 써서 들이밀고 살려 달라, 놓아 달라, 그따위 청을 하고 싶은 마음은 없는걸. 죽이거나 살리거나 제 할 대로 하라지."

"여보시오, 그것이 무슨 말씀이오? 쉽게 놓여나올 도리만 있으면 영문에 잡혀가던 그날 그 시로 놓일 도리를 하실 일이지, 딴생각을 하실 까닭이 있소? 재물이 다 무엇이란 말이오? 우리 재물을 있는 대로 다 떨어 주더라도 무사히 놓여나올 도리만 하시오. 여보, 재물은 없더라도 부지런히 벌기만 하면 굶어 죽지는 아니할 터이니 재물을 아끼지 말고 몸조심만 잘하시오. 만일 우리 [104]세간을 다 떨릴 지경이어든 사랑에서는 [105]기직도 매고 짚신도 삼으시고, 나는 베도 짜고 방아품도 팔았으면 [106]호구(糊口)하기는 염려 없을 터이니, 먹고 살 걱정을 말으시고 영문에서 [107]횡액(橫厄)만 아니 당할 도리만 하시오."

"허허허, 좋은 말이로구. 마누라는 마음을 그렇게 먹어야 쓰지. 내 마음은 어떻게 들어가든지 되어 가는 대로 두고 봅시다. 자, 두말 말고 잘 지내오, 나는 원주 감영으로 가오."

하면서 벌떡 일어나서 나가더니 영문 장차들을 불러서 당장에 길을 떠나자 하니 장차들은 혼이 떴던 끝이라, 최 씨 덕에 살아난 듯하여 별안간에 소인을 [108]개올리며 말을 한다.

객기 객쩍게 부리는 혈기나 용기.
세간 집안 살림에 쓰는 온갖 물건. 여기에서는 '재산'의 뜻.
기직 왕골껍질이나 부들 잎으로 짚을 싸서 엮은 돗자리.
호구 입에 풀칠을 한다는 뜻으로, 겨우 끼니를 이어 감을 이르는 말.
횡액 뜻밖에 닥쳐오는 불행.
개올리다 상대편을 높이어 대하다. 자기 몸을 낮추어 말하다.

"소인들은 이번에 서방님 덕택에 살았습니다. 소인 등이 서방님을 못 잡아가고 소인 등이 영문 사또 [109]장하에 죽는 수가 있더라도 소인들만 들어갈 터이오니 이 동네에서 무사히 잘 나가도록만 하여 주십시오."

"너희 말도 [110]고이치 아니한 말이다마는 그렇게 못 될 일이 있다. 너희들이 나를 잡아가지 아니할 지경이면 너희들이 발뺌을 하느라고 경금 동네 백성들이 소요 부리던 말을 다 할 터이니 너희 영문 사또께서 그 말을 들으시면 경금 동네는 뿌리가 빠질 터이라. 차라리 나 한 몸이 잡혀가서 죽든지 살든지 당할 대로 당하고 동네 백성들이나 [111]부지하게 하는 일이 옳은 일이라. 너희들이 나를 고맙게 여길진대 이 동네 백성들을 부지하게 하여 다고. 또 실상으로 말할진대 경금 동네 백성들이야 무슨 죄가 있느냐? 김 진사 댁 서방님이 시키신 일인데, 그 양반은 벌써 어데로 도망하였을는지 이 동네에 있을 리가 만무한 터이라. 죄 지은 사람은 어데로 도망하였는데 무죄한 여러 사람에게 그 죄가 미쳐서야 쓰느냐? 그러나 [112]관속이라는 것은 믿을 수가 없는 것이라. 너희들이 이 동네 있을 때는 좋은 말로 내 앞에서 대답을 하였더라도 영문에 들어가면 필경 만만한 경금 동네 백성들을 결딴내려 들 줄을 내가 짐작한다. 만일 너희들이 내 말대로 아니할 지경이면 나는 너희들이 내 집에 와서 [113]작폐(作弊)하던 말을 낱낱이 하고, 내가 너희들에게 차사례 뺏기던 일도 낱낱이 하여 너희들을 순사도 눈 밖에 나도록 말할 터이니 너희들은 너희 몸의 이해를 생각하여 나 하나만 잡아가고 경금 동네 백성들에게는 일 없도록만 하여 다고. 그러나 너희들이 하룻밤이라도 이 동

장하(杖下) 예전에, 곤장으로 매를 맞는 그 자리.
고이하다 '괴이(怪異)하다'의 사투리. 이상야릇하다.
부지(扶持)하다 상당히 어렵게 보존하거나 유지하여 나가다.
관속(官屬) 지방 관아의 아전과 하인을 통틀어 이르던 말.
작폐(作弊)하다 옳지 못한 경향이나 해로운 현상을 일으키다.

네 있는 것이 부끄러운 일이니, 날이 저물었더라도 지금으로 떠나가자."

하더니 장차는 앞에 서고 최 씨는 뒤에 서서 사랑 마당으로 나가는데 안중
문간에서 부인과 옥순의 울음소리가 난다. 부인이 한참 동안을 정신없이 울
다가 옥순이를 데리고 사립문 밖으로 나가더니, 그 남편 간 곳을 우두커니
바라보고 섰는데 남편은 간 곳 없고 대관령만 높았더라.

〈후략〉

『은세계』 동문사 1908. 11. 20.

핵심 정리   **갈래** 신소설, 정치 소설

                    배경 갑신정변 무렵부터 일제 강점기 직전의 조선과 미국

                    경향 현실 참여적

                    시점 전지적 작가 시점

                    문체 언문일치에 가까운 구어체, 묘사체

                    글감 학정과 탐관오리에 대한 민중의 항거

                    주제 봉건 체제 개혁을 위한 개화사상 고취

                    출전 『은세계』(1908)

주요 등장인물 **최병도** 강릉 경금 동네에서 자수성가로 부농이 되지만, 재산을 노린 탐관오리에게 억울하게 희생된다.

                    본평 부인 최병도의 아내로 남편을 섬기고 자식을 위해 희생하는 전통적인 여인상. 남편이 죽자 정신 이상이 된다.

                    김정수 최병도의 친구이자 재산 관리인. 제 아들이 그 재산을 탕진해 버리자 술로 세월을 보내다가 죽는다.

                    옥순, 옥남 최병도의 딸과 아들로 고생 끝에 미국 유학을 마치고 돌아온다.

짜임   **발단** 최병도는 재산을 빼앗으려는 관찰사의 흉계에 맞서다가 갖은 고초 끝에 죽고, 그 부인은 정신 이상이 된다.

                    전개 최병도의 재산 관리인 김정수가 최병도의 자식들인 옥순, 옥남 남매를 데리고 미국으로 유학을 떠난다.

                    위기 돈을 가지러 귀국한 김정수는 제 아들에게 맡긴 최병도 집안의 재산이 결딴난 것을 알고 화병으로 죽는다.

                    절정 미국에 남겨진 옥순과 옥남은 고생 끝에 공부를 마치고 십여 년 만에 고향에 돌아와 어머니와 재회한다.

                    결말 옥순과 옥남이 정신을 되찾은 어머니와 함께 불공을 드리러 절에 갔다가 의병들에게 잡혀간다.

강원도 강릉의 경금 동네에 사는 최병도. 그는 김옥균을 만난 뒤 근검절약으로 부자가 된 시골 양반이다. 그런데 새로 부임한 강원 관찰사가 난데없이 그를 붙잡아 들인다. 최병도는 재산을 빼앗으려는 탐관오리 무리에게 매질을 당하지만, 끝까지 저항하다가 초주검이 되어 풀려난다. 그는 집으로 돌아가는 길에 결국 숨지고 만다. 최병도의 부인은 그 충격으로 정신 이상이 된다. 최병도의 유산은 유언에 따라 그와 뜻을 같이하던 개화인 김정수가 맡아 관리하여 곱절로 늘어난다. 김 씨는 최병도의 강릉 집과 재산을 제 아들에게 맡기고 최병도의 자식들인 옥순, 옥남 남매를 데리고 미국 유학을 떠난다.

오 년 뒤 학자금이 떨어지자 김정수가 일시 귀국한다. 그러나 김정수의 아들은 강릉 군수와 강원 관찰사에게 재산을 거의 다 뜯긴 상태다. 이에 책임을 느낀 김정수는 술로 화를 달래다가 숨진다.

한편, 옥순과 옥남 남매는 학비가 끊기고 살 길이 막막해지자 죽기로 마음먹고 철길에 뛰어든다. 자살 직전 순경에게 구출된 남매는 한 예수교 신자의 후원으로 학업을 잇는다. 두 사람은 '한국 대개혁'이라는 신문 기사를 보고 십여 년 만에 귀국해 고향에 있는 어머니를 찾아간다. 어머니는 자식들을 만난 기쁨에 정신이 돌아오고, 남매와 함께 최병도를 위해 절에 불공을 드리러 간다. 그곳에서 세 사람은 고종 폐위에 반대하여 일어난 의병들을 만난다. 옥남은 그들 앞에서 고종 양위와 의병 해산을 주장하다가 친일 정부의 관리로 오해받아 옥순과 함께 의병들에게 붙들려 간다.

이 작품은 크게 최병도 이야기를 중심으로 하는 전반부와 옥남과 옥순의 이야기를 중심으로 하는 후반부로 나뉘어 있다. 「은세계」의 전반부는 판소리계 소설의 양상을 띤다. '최병두 이야기'에서 비롯된 '최병두 타령'을 이인직이 신소설로 개작한 것이다. 구전 가요가 많이 나오고 그것이 판소리 사설 형태를 취하고 있는 것은 여기에서 비롯된다. 이와 달리 이인직의 창작에 의한 것으로 보이는 후반부는 영웅 소설을 바탕으로 한 신소설의 일반 유형을 따르고 있다.

「은세계」는 봉건 체제의 모순과 학정을 탐관오리의 패악과 잔혹성을 통해 보여 줌으로써 정치 소설의 성격을 띤다. 지식인 이인직의 정치의식과 개화사상은 친일 활동으로 귀결되지만, 작가로서 당대의 사회 현실에 대한 고발과 비판 의식을 보여 준 작품이다. 강원 관찰사에 대한 최병도의 항거는 그 시대 백성들의 절박한 요구와 불만을 대변하고 있다.

　한편, 「은세계」는 1908년 원각사에서 공연된 최초의 신극 대본이 된 소설이라는 점에서 문학사만이 아니라 우리 연극사에서도 중요한 작품으로 평가된다.

생각 넓히기　「은세계」는 이인직의 신소설 중에서 주제 의식이 가장 강한 작품으로 평가되지만, 한계 또한 지적된다. 그 무렵의 역사와 연관하여 이 작품에 담긴 작가 의식의 한계를 알아보자.

　무엇보다 역사 인식과 민족 주체 의식이 모자라는 점이 눈에 띈다. 즉 현실 고발과 민중 저항 그리고 신학문 고취 등이 드러나되, 말미에서 옥남의 현실 인식이 의병들과 대립하며 고종의 강제 폐위(1907) 등을 옹호함으로써 외세에 의존하려던 작가 이인직의 친일 성향이 짙게 묻어난다.

安
國
善

안
국
선

1878~1926

개화기를 대표하는 지식인의 한 사람이자 신소설 작가다. 초기에는 민족의식을 고취하는 작품을 썼
으나 뒤에는 친일 성향을 보였다. 호는 천강(天江). 1895년 관비 유학생으로 일본에 건너가서 정치학
을 공부하고 돌아왔다. 강단에서 정치와 경제를 가르치면서 교재로 쓰기 위하여 『외교통의』와 『정치
원론』 등을 썼으며, 당시 유행하던 사회 계몽 수단인 연설 토론의 교본으로 『연설법방(演說法方)』을
짓기도 했다.

1908년에 내놓은 『금수회의록』은 우리나라 최초의 판매 금지 소설이 되었다. 1915년 우리 문학 사상
최초의 근대적 단편 소설집으로 꼽히는 『공진회(共進會)』를 펴내기도 했다.

금수회의록 1908

사람들은 학문을 이용하여 화학이니 물리학이니 배워서 사람의 도리에 유익한 옳은 일에 쓰는 것은 별로 없고, 각색 병기를 발명하여 군함이니 대포니 총이니 탄환이니 화약이니 칼이니 활이니 하는 등물을 만들어서 재물을 무한히 내버리고 사람을 무수히 죽여서, 나라를 만들 때의 만반 경륜은 다 남을 해하려는 마음뿐이라.

금수회의록
(禽獸會議錄)

서언(序言)

머리를 들어 하늘을 우러러보니 일월(日月)과 성신(星辰)이 [1]천추(千秋)의 빛을 잃지 아니하고, 눈을 떠서 강을 굽어보니 강해(江海)와 산악(山岳)이 만고(萬古)의 형상을 변치 아니하도다. 어느 봄에 꽃이 피지 아니하며, 어느 가을에 잎이 떨어지지 아니하리오.

우주(宇宙)는 의연히 백대(百代)에 한결같거늘, 사람의 일은 어찌하여 고금(古今)이 다르뇨? 지금 세상 사람을 살펴보니 애닯고, 불쌍하고, 탄식하고, 통곡할 만하도다.

전인의 말씀을 듣든지 역사를 보든지 옛적 사람은 양심이 있어 천리를 순종하여 하나님께 가까웠거늘, 지금 세상은 인문이 [2]결딴나서 도덕도 없어지

천추 오래고 긴 세월. 또는 먼 미래.
결딴나다 어떤 일이나 물건 따위가 아주 망가져서 도무지 손을 쓸 수 없는 상태가 되다.

고 염치도 없어지고 의리도 없어지고 절개도 없어져서, 사람마다 더럽고 흐린 풍상에 빠지고 헤어 나올 줄 몰라서 온 세상이 다 악한 고로, 그름 옳음을 분별치 못하여 악독하기로 유명한 [3]도척이 같은 도적놈은 청천백일에 [4]사마(士馬)를 달려 왕궁 극도에 횡행하되 사람이 보고 이상히 여기지 아니하고, [5]안자같이 착한 사람이 [6]누항(陋巷)에 있어서 한 도시락밥을 먹고 한 표주박 물을 마시며 가난을 견디지 못하되 한 사람도 불쌍히 여기지 아니하니, 슬프다! 착한 사람과 악한 사람이 거꾸로 되고 충신과 역적이 바뀌었도다. 이같이 천리가 어기어지고 덕의가 없어서 더럽고 어둡고 어리석고 악독하여 금수(禽獸)만도 못한 이 세상을 장차 어찌하면 좋을꼬? 나도 또한 인간의 한 사람이라, 우리 인류 사회가 이같이 악하게 됨을 근심하여 매양 성현의 글을 읽어 성현의 마음을 본받으려 하더니, 마침 서창에 곤히 든 잠이 춘풍에 이익한 바 되매 유흥을 금치 못하여 [7]죽장망혜로 녹수를 따르고 청산을 찾아서 한 곳에 다다르니, 사면에 [8]기화요초는 우거졌고, 시냇물 소리는 종종하며 인적이 고요한데, 흰 구름 푸른 수풀 사이에 현판(懸板) 하나가 달렸거늘, 자세히 보니 다섯 글자를 크게 썼으되 '금수회의소'라 하고 그 옆에 문제를 걸었는데 '인류를 논박할 일'이라 하였고, 또 광고를 붙였는데, '하늘과 땅 사이에 무슨 물건이든지 의견이 있거든 의견을 말하고 방청을 하려거든 방청하되 각기 자유로 하라.' 하였는데, 그곳에 모인 물건은 길짐승 날짐승 버러지 물고기 풀 나무 돌 [9]등물(等物)이 다 모였더라. 혼자 마음으로 가만히 생각하여 보니, 대저 사람은 만물지중에 가장 귀하고 제일 신령하여

도척(盜跖) 중국 춘추 시대의 큰 도적. 몹시 악한 사람을 비유적으로 이르는 말.
사마(士馬) 병사(兵士)와 군마(軍馬)를 아울러 이르는 말. 병마(兵馬).
안자(顔子) 중국 춘추 시대의 유학자이자 공자의 수제자이던 안회(顔回)를 높여 부르는 말.
누항 좁고 지저분하며 더러운 거리.
죽장망혜(竹杖芒鞋) 대지팡이와 짚신이란 뜻으로, 먼 길을 떠날 때의 아주 간편한 차림새를 이르는 말.
기화요초(琪花瑤草) 옥같이 고운 풀에 핀 구슬같이 아름다운 꽃.
등물 같은 종류의 물건.

천지의 화육을 도우며 하나님을 대신하여 세상 만물의 금수 초목까지도 다 맡아 다스리는 권능이 있고, 또 사람이 만일 패악한 일이 있으면 천히 여겨 금수 같은 행위라 하며, 사람이 만일 어리석고 하는 일이 없으면 초목같이 아무 생각도 없는 물건이라고 욕하나니, 그러면 금수 초목은 천하고 사람은 귀하며, 금수 초목은 아무것도 모르고 사람은 신령하거늘, 지금 세상은 바뀌어서 금수 초목이 도리어 사람의 무도 패덕함을 공격하려 하니, 괴상하고 부끄럽고 절통(切痛) 분하여 열었던 입을 다물지도 못하고 정신없이 섰더니,

개회 취지(開會趣旨)

별안간 뒤에서 무엇이 와락 떠다밀며,

"어서 들어갑시다, 시간 되었소."

하고 바삐 들어가는 10)서슬에 나도 따라 들어가서 방청석에 앉아 보니, 각색 길짐승 날짐승, 모든 버러지 물고기 등물이 꾸역꾸역 들어와서 그 안에 빽빽하게 서고 앉았는데, 모인 물건은 형형색색이나 좌석은 11)제제창창한데 장차 개회하려는지 규칙 방망이 소리가 똑똑 나더니, 회장인 듯한 한 물건이 머리에는 금색이 찬란한 큰 관을 쓰고 몸에는 오색이 영롱한 의복을 입은 이상한 태도로 회장석에 올라서서 한 번 12)읍하고, 위의가 엄숙하고 형용이 단정하게 딱 서서 여러 회원을 대하여 하는 말이,

"여러분이여, 내가 지금 여러분을 청하여 만고에 없던 일대 회의를 열 때에 한 마디 말씀으로 개회 취지를 베풀려 하오니 재미있게 들어 주시기를

서슬 강하고 날카로운 기세.
제제창창(濟濟蹌蹌)하다 몸가짐이 위엄이 있고 질서가 정연하다.
읍(揖)하다 두 손을 맞잡아 얼굴 앞으로 들어 올리고 허리를 앞으로 공손히 구부렸다가 몸을 펴면서 손을 내리다. 인사하는 예(禮)의 하나.

바라오.

　대저 우리들이 거주하여 사는 이 세상은 당초부터 있던 것이 아니라 지극히 거룩하시고 지극히 전능하신 하나님께서 조화로 만드신 것이라. 세계 만물을 창조하신 조화주를 곧 하나님이라 하나니, 일만 이치의 주인 되시는 하나님께서 세계를 만드시고 또 만물을 만들어 각색 물건이 세상에 생기게 하셨으니, 이같이 만드신 목적은 그 영광을 나타내어 모든 생물로 하여금 인자한 은덕을 베풀어 영원한 행복을 받게 하려 함이라. 그런 고로 세상에 있는 모든 물건은 사람이든지 짐승이든지 초목이든지 무슨 물건이든지 다 귀하고 천한 분별이 없은즉, 어떤 것은 높고 어떤 것은 낮다 할 이치가 있으리오. 다 각각 천지의 기운을 타고 생겨서 이 세상에 사는 것인즉, 다 각기 천지 본래의 이치만 좇아서 하나님의 뜻대로 본분을 지키고 한편으로는 제 몸의 행복을 누리고 한편으로는 하나님의 영광을 나타낼지니, 그 중에도 사람이라 하는 물건은 당초에 하나님이 만드실 때에 특별히 영혼과 도덕심을 넣어서 다른 물건과 다르게 하셨은즉, 사람들은 더욱 하나님의 뜻을 순종하여 천리 정도를 지키고 착한 행실과 아름다운 일로 하나님의 영광을 나타내어야 할 터인데, 지금 세상 사람의 하는 행위를 보니 그 하는 일이 모두 악하고 부정하여 하나님의 영광을 나타내기는 고사하고 도리어 하나님의 영광을 더럽게 하며 은혜를 배반하여 13)제반악증이 많도다. 외국 사람에게 아첨하여 벼슬만 하려 하고, 제 나라가 다 망하든지 제 동포가 다 죽든지 14)불고하는 역적 놈도 있으며, 15)인군을 속이고 백성을 해롭게 하여 나랏일을 결딴내는 소인 놈도 있으며, 부모는 자식을 사랑치 아니하고 자식은 부모를 효도로 섬기지 아니하며 형제간에 재물로 인연하여 16)골육상잔하기를 일삼

제반악증(諸般惡症) 여러 가지 악한 증세.
불고(不顧)하다 돌아보지 아니하다. 돌보지 아니하다.
인군(人君) 군주 국가에서 나라를 다스리는 우두머리. 임금.

고 부부간에 음란한 생각으로 화목치 아니한 사람이 많으니, 이 같은 인류에게 좋은 영혼과 제일 귀하다 하는 특권을 줄 것이 무엇이오. 하나님을 섬기던 천사도 악한 행실을 하다가 떨어져서 마귀가 된 일이 있거든 하물며 사람이야 더 말할 것 있소. 태고 적 맨 처음에 사람을 내실 적에는 영혼과 덕의심을 주셔서 만물 중에 제일 귀하다 하는 특권을 주셨으되 저희들이 그 권리를 내버리고 그 성품을 잃어버리니 몸은 비록 사람의 형상이 그대로 있을지라도 만물 중에 가장 귀하다 하는 인류의 자격은 있다 할 수가 없소.

여러분 금수라 초목이라 하여 사람보다 천하다 하나, 하나님이 정하신 법대로 행하여 기는 자는 기고 나는 자는 날고 굴에서 사는 자는 깃들임을 침노치 아니하며, 깃들인 자는 굴을 빼앗지 아니하고, 봄에 생겨서 가을에 죽으며 여름에 나와서 겨울에 들어가니, 하나님의 법을 지키고 천지 이치대로 행하여 정도에 어김이 없은즉, 지금 여러분 금수 초목과 사람을 비교하여 보면 사람이 도리어 낮고 천하며, 여러분이 도리어 귀하고 높은 지위에 있다 할 수 있소. 사람들이 이같이 제 자격을 잃고도 거만한 마음으로 오히려 만물 중에 제가 가장 귀하다 높다 신령하다 하여 우리 족속 여러분을 멸시하니 우리가 어찌 그 횡포를 받으리오. 내가 여러분의 마음을 찬성하여 하나님께 아뢰고 본 회의를 소집하였는데, 이 회의에서 결의할 안건은 세 가지 문제가 있소.

제일, 사람 된 자의 책임을 의논하여 분명히 할 일.

제이, 사람의 행위를 들어서 옳고 그름을 의논할 일.

제삼, 지금 세상 사람 중에 인류 자격이 있는 자와 없는 자를 조사할 일.

이 세 가지 문제를 토론하여 여러분과 사람의 관계를 분명히 하고, 사람들이 여전히 악한 행위를 하여 회개치 아니하면 그 동물의 사람이라 하는

골육상잔(骨肉相殘)하다 가까운 혈족끼리 서로 해치고 죽이다.

이름을 빼앗고 이등 마귀라 하는 이름을 주기로 하나님께 [17]상주할 터이니, 여러분은 이 뜻을 본받아 이 회의에서 결의한 일을 진행하시기를 바라옵나이다."

회장이 개회 취지를 연설하고 회장석에 앉으니, 한 모퉁이에서 우렁찬 소리로 회장을 부르고 일어서서 연단으로 올라간다.

제일석, 반포의 효(反哺之孝)- 까마귀

프록코트를 입어서 전신이 새까맣고 똥그란 눈이 말똥말똥한데, 물 한 잔 조금 마시고 연설을 시작한다.

"나는 까마귀올시다. 지금 인류에 대하여 [18]소회를 진술할 터인데 [19]반포의 효라 하는 문제를 가지고 잠깐 말씀하겠소. 사람들은 만물 중에 제가 제일이라 하지마는, 그 행실을 살펴볼 지경이면 다 천리에 어기어져 하나도 그 취할 것이 없소. 사람들의 옳지 못한 일을 모두 다 들어 말씀하려면 너무 지루하겠기에 다만 사람들의 불효한 것을 가지고 말씀할 터인데, 옛날 동양 성인들이 말씀하기를 효도는 덕의 근본이라, 효도는 일백 행실의 근원이라, 효도는 천하를 다스린다 하였고, 예수교 계명에도 부모를 효도로 섬기라 하였으니, 효도라 하는 것은 자식 된 자가 고연한 직분으로 당연히 행할 일이올시다. 우리 까마귀의 족속은 먹을 것을 물고 돌아와서 어버이를 기르며 효성을 극진히 하여 망극한 은혜를 갚아서 하나님이 정하신 본분을 지키어 자자손손이 천만 대를 내려가도록 가법(家法)을 변치 아니하는 고로 옛적에 [20]백낙천이라 하는 분이 우리를 가리켜 새 중의 [21]증자라 하였고, 『본초강

상주(上奏)하다 임금처럼 높은 이에게 말씀을 아뢰다.
소회(所懷) 마음에 품고 있는 생각이나 정(情).
반포 까마귀 새끼가 자라서 늙은 어미에게 먹이를 물어다 주는 일. 자식이 커서 부모를 봉양하는 일. 안갚음.

목』에는 자조(慈鳥)라 일컬었으니, 증자라 하는 양반은 부모에게 효도 잘하기로 유명한 사람이요, 자조라 하는 뜻은 사랑하는 새라 함이니, 부모는 자식을 사랑하고, 자식은 부모에게 효도함이 하나님의 법이라.

우리는 그 법을 지키고 어기지 아니하거늘, 지금 세상 사람들은 말하는 것을 보면 낱낱이 효자 같으되, 실상 하는 행실을 보면 [22]주색잡기에 침혹하여 부모의 뜻을 어기며, 형제간에 재물로 다투어 부모의 마음을 상케 하며, 제 한 몸만 생각하고 부모가 주리되 돌아보지 아니하고, 여편네는 학식이라고 조금 있으면 주제넘은 마음이 생겨서 온화 유순한 부덕을 잊어버리고 시집가서는 시부모 보기를 아무것도 모르는 어리석은 물건같이 대접하고 심하면 원수같이 미워하기도 하니, 인류 사회에 효도 없어짐이 지금 세상보다 더 심함이 없도다. 사람들이 일백 행실의 근본 되는 효도를 알지 못하니 다른 것은 더 말할 것 무엇 있소. 우리는 천성이 효도를 주장하는 고로 출천지효성(出天之孝誠) 있는 사람이면 우리가 감동하여 [23]노래자를 도와서 종일토록 그 부모를 즐겁게 하여 주며, 증자의 갓 위에 모여서 효자의 이름을 천추에 전케 하였고, 또 우리가 효도만 극진할 뿐 아니라 자고이래로 사기(史記)에 빛난 일이 한두 가지가 아니오니 대강 말씀하오리다.

우리가 떼를 지어 논밭으로 내려갈 때 곡식을 해하는 버러지를 없애려고 가건마는 사람들은 미련한 생각에 그 곡식을 파먹는 줄로 아는도다! 서양 책력 일천팔백칠십사 년의 미국 조류 학자 삐이루라 하는 사람이 우리 까마귀 족속 이천이백오십팔 마리를 잡아다가 배를 가르고 오장을 꺼내어 해부하여 보고 말하기를, 까마귀는 곡식을 해하지 아니하고 곡식에 해되는 버러

백낙천(白樂天) 중국 당나라 때의 시인 백거이(白居易)의 성(姓)과 자(字)를 함께 이르는 이름.
증자(曾子) 중국 노나라 때의 유학자 증삼(曾參)을 높여 부르는 말.
주색잡기(酒色雜技) 술과 여자와 노름을 아울러 이르는 말.
노래자(老萊子) 중국 춘추 시대 초나라의 은사(隱士). 일흔 나이에 어린애 장난을 하여 늙은 부모를 위안하였다고 한다.

지를 잡아먹는다 하였으니, 우리가 곡식밭에 가는 것은 곡식에 이가 되고 해가 되지 아니하는 것은 분명하고, 또 우리가 밤중에 우는 것은 공연히 우는 것이 아니요, 나라에서 법령이 아름답지 못하여 백성이 24)도탄에 침륜하여 천하에 큰 병화가 일어날 징조가 있으면 우리가 아니 울 때에 울어서 사람들이 깨닫고 허물을 고쳐서 세상이 태평무사하기를 희망하고 권고함이요, 강소성(江蘇省) 한산사(寒山寺)에서 달은 넘어가고 서리 친 밤에 쇠북을 주둥이로 쪼아 소리를 내서 25)대망에게 죽을 것을 살려 준 은혜를 갚았고, 한나라 효문제가 아홉 살 되었을 때에 그 부모는 26)왕망의 난리에 죽고 효문제 혼자 달아날새 날이 저물어 길을 잃었거늘 우리들이 가서 인도하였고, 연(燕) 태사 단이 진(秦)나라에 27)볼모 잡혀 있을 때에 우리가 머리를 희게 하여 그 나라로 돌아가게 하였고, 진 문공(晉文公)이 28)개자추를 찾으려고 면산에 불을 놓으매 우리가 연기를 에워싸고 타지 못하게 하였더니 그 후에 진나라 사람이 그 산에 '은연대'라 하는 집을 짓고 우리의 은덕을 기념하였으며, 당나라 이의부는 글을 짓되 상림에 나무를 심어 우리를 준다 하였었고, 또 물병에 돌을 던지니 29)이솝이 상을 주고, 탁자의 포도주를 다 먹어도 프랭클린이 사랑하도다. 우리 까마귀의 사적이 이러하거늘, 사람들은 우리 소리를 듣고 흉한 징조라 길한 징조라 함은 저희들 마음대로 하는 말이요, 우리에게는 상관없는 일이라. 사람의 일이 흉하든지 길하든지 우리가 울 일이 무엇 있소? 그것은 사람들이 무식하고 어리석어서 저희들이 좋지 아니한 때에

도탄(塗炭) 진구렁에 빠지고 숯불에 탄다는 뜻으로, 몹시 곤궁하여 고통스러운 지경을 이르는 말.
대망 이무기. 아주 큰 구렁이.
왕망(王莽) 중국 전한의 정치가.
볼모 예전에, 나라 사이에 조약 이행을 담보로 상대국에 억류하여 두던 왕자나 그 밖의 유력한 사람. 약속 이행의 담보로 상대편에 잡혀 두는 사람이나 물건.
개자추(介子推) 중국 춘추 시대의 은사(隱士).
이솝 옛 그리스의 우화 작가.

114

흉하게 듣고 하는 말이로다. 사람들이 염병이니 괴질이니 앓아서 죽게 될 때에 우리가 어찌하여 그 근처에 가서 울면, 사람들은 못생겨서 저희들이 약도 잘못 쓰고 위생도 잘못하여 죽는 줄은 알지 못하고 우리가 울어서 죽는 줄로만 알고, 저희끼리 욕설하려면 염병에 까마귀 소리라 하니 아, 어리석기는 사람같이 어리석은 것은 세상에 또 없도다. 요순(堯舜) 적에도 봉황이 나왔고 왕망이 때도 봉황이 나오매, 요순 적 봉황은 30)상서라 하고 왕망 때 봉황은 흉조처럼 알았으니, 물론 무슨 소리든지 사람이 근심 있을 때에 들으면 흉조로 듣고 좋은 일 있을 때에 들으면 상서롭게 듣는 것이라. 무엇을 알고 하는 말은 아니요, 길하다 흉하다 하는 것은 듣는 저희에게 있는 것이요, 하는 우리에게 있는 것이 아니거늘, 사람들은 말하기를 까마귀는 흉한 일이 생길 때에 와서 우는 것이라 하여 듣기 싫어하니, 사람들은 이렇듯 이치를 알지 못하는 어리석은 동물이라, 책망하여 무엇 하겠소. 또 우리는 아침에 일찍 해뜨기 전에 집을 떠나서 사방으로 날아다니며 먹을 것을 구하여 부모 봉양도 하고 나뭇가지를 물어다가 집도 짓고 곡식에 해되는 버러지도 잡아서 하나님 뜻을 받들다가, 저녁이 되면 반드시 내 집으로 돌아가되 나가고 돌아올 때에 일정한 시간을 어기지 않건마는, 사람들은 점심때까지 자빠져 잠을 자고 한번 집을 떠나서 나가면 혹은 협잡질하기 혹은 31)술장 보기 혹은 계집의 집 뒤지기 혹은 노름하기, 세월이 가는 줄을 모르고 저희 부모가 진지를 잡수었는지 처자가 기다리는지 모르고 쏘다니는 사람들이 어찌 우리 까마귀의 족속만 하리오. 사람은 일 아니하고 놀면서 잘 입고 잘 먹기를 좋아하되, 우리는 제가 벌어 제가 먹는 것이 옳은 줄 아는 고로 결단코 우리는 사람들 하는 행위는 아니하오. 여러분도 다 아시거니와 우리가 사람

상서(祥瑞) 복되고 길한 일이 일어날 조짐.
술장 술자리가 베풀어지는 곳. 술마당.

에게 업수이 여김을 받을 까닭이 없음을 살피시오."

손뼉 치는 소리에 연단을 내려가니, 또 한편에서 아리땁고도 밉살스러운 소리로 회장을 부르면서 강똥강똥 연설단을 향하여 올라가니, 어여쁜 태도는 남을 가히 홀릴 만하고 갸웃거리는 모양은 본색이 드러나더라.

제이석, 호가호위(狐假虎威) - 여우

여우가 연설단에 올라서서 기생이 시조를 부르려고 목을 가다듬는 것처럼 기침 한 번을 캑 하더니 간사한 목소리로 연설을 시작한다.

"나는 여우올시다. 점잖으신 여러분 모이신 데 감히 나와서 연설하옵기는 방자한 듯하오나, 저 인류에게 대하여 소회가 있삽기 호가호위라 하는 문제를 가지고 두어 마디 말씀을 하려 하오니, 비록 학문은 없는 말이나 용서하여 들어 주시기를 바라옵니다.

사람들이 옛적부터 우리 여우를 가리켜 말하기를 요망한 것이라 간사한 것이라 하여 저희들 중에도 요망하든지 간사한 자를 보면 여우같은 사람이라 하니, 우리가 그 더럽고 괴악한 이름을 듣고 있으나 우리는 참 요망하고 간사한 것이 아니요, 정말 요망하고 간사한 것은 사람이오. 지금 우리와 사람의 행위를 비교하여 보면 사람과 우리와 명칭을 바꾸었으면 옳겠소.

사람들이 말하기를 간교하다 하는 것은 다름 아니라 『전국책』이라 하는 책에 기록하기를, 호랑이가 일백 짐승을 잡아먹으려고 구할새 먼저 여우를 얻은지라. 여우가 호랑이더러 말하되, 하나님이 나로 하여금 모든 짐승의 어른이 되게 하였으니 지금 자네가 나의 말을 믿지 아니하거든 내 뒤를 따라와 보라. 모든 짐승이 나를 보면 다 두려워하느니라. 호랑이가 여우의 뒤를 따라가니 과연 모든 짐승이 보고 벌벌 떨며 두려워하거늘, 호랑이가 여우의 말을 정말로 알고 잡아먹지 못한지라. 이는 저들이 여우를 보고 두려

위한 것이 아니라 여우 뒤의 호랑이를 보고 두려워한 것이니 여우가 호랑이의 위엄을 빌려서 모든 짐승으로 하여금 두렵게 함인데, 사람들은 이것을 빙자하여 우리 여우더러 간사하니 교활하니 하되, 남이 나를 죽이려 하면 어떻게 하든지 죽지 않도록 [32]주선하는 것은 당연한 일이라. 호랑이가 아무리 산중 영웅이라 하지마는 우리에게 속은 것만 어리석은 일이라. 속인 우리야 무슨 불가한 일이 있으리오.

지금 세상 사람들은 당당한 하나님의 위엄을 빌려야 할 터인데, 외국의 세력을 빌려 의뢰하여 몸을 보전하고 벼슬을 얻어 하려 하며 타국 사람을 [33]부동하여 제 나라를 망하고 제 동포를 압박하니, 그것이 우리 여우보다 나은 일이오? 결단코 우리 여우만 못한 물건들이라 하옵네다(손뼉 치는 소리 천지진동).

또 나라로 말할지라도 대포와 총의 힘을 빌려서 남의 나라를 위협하여 속국도 만들고 보호국도 만드니, 불한당이 칼이나 [34]육혈포를 가지고 남의 집에 들어가서 재물을 탈취하고 부녀를 겁탈하는 것이나 다를 것이 무엇 있소? 각국이 평화를 보전한다 하여도 하나님의 위엄을 빌려서 도덕상으로 평화를 유지할 생각은 조금도 없고 전혀 [35]병장기의 위엄으로 평화를 보전하려 하니, 우리 여우가 호랑이의 위엄을 빌려서 제 몸의 죽을 것을 피한 것과 어떤 것이 옳고 어떤 것이 그르오? 또 세상 사람들이 구미호를 요망하다 하나 그것은 대단히 잘못 아는 것이라. 옛적 책을 볼지라도 꼬리 아홉 있는 여우는 상서라 하였으니, 『잠학거류서』라 하는 책에는 말하였으되, 구미호가 도(道) 있으면 나타나고 나올 적에는 글을 물어 상서를 주문에 지었다 하였

주선(周旋)**하다** 일이 잘되도록 여러 가지 방법으로 힘쓰다.
부동(附同)**하다** 줏대 없이 남의 의견에 따라 움직이다. 부화뇌동(附和雷同)하다.
육혈포(六穴砲) 탄알을 재는 구멍이 여섯 개 있는 권총.
병장기(兵仗器) 예전에, 병사들이 쓰던 온갖 무기.

고, 왕포 『사자강덕론』이라 하는 책에는 주(周)나라 문왕(文王)이 구미호를 응하여 동편 오랑캐를 돌아오게 하였다 하였고, 『산해경』이라 하는 책에는 청구국(靑丘國)에 구미호가 있어서 덕이 있으면 오느니라 하였으니, 이런 책을 볼지라도 우리 여우를 요망한 것이라 할 까닭이 없거늘, 사람들이 무식하여 이런 것은 알지 못하고 여우가 천 년을 묵으면 요사스러운 여편네로 화한다 하고 혹은 말하기를 옛적에 음란한 계집이 죽어서 여우로 태어났다 하니, 이런 거짓말이 어디 또 있으리오. 사람들은 음란하여 별일이 많되 우리 여우는 그렇지 않소. 우리는 분수를 지켜서 다른 짐승과 교통하는 일이 없고, 우리뿐 아니라 여러분이 다 그러하시되, 사람이라 하는 것들은 음란하기가 짝이 없소. 어떤 나라 계집은 개와 36)통간한 일도 있고 말과 통간한 일도 있으니, 이런 일은 천하만국에 한두 사람뿐이겠지마는 한 숟가락 국으로 온 솥의 맛을 알 것이라. 근래에 덕의가 끊어지고 인도가 없어져서 세상이 결딴난 일을 이루 다 말할 수 없소. 사람의 행위가 그러하되 오히려 하나님을 두려워하지 아니하며 짐승을 부끄러워하지 아니하고, 대갓집 37)규중 여자가 38)논다니로 놀아나서 이 사람 저 사람 호리기와, 각부 39)아문 공청에서 기생 불러 노름 놀기, 40)전정이 만리 같은 각 학교 학도들이 41)청루(靑樓) 방에 다니기와, 제 혈육으로 난 자식을 돈 몇 푼에 욕심나서 논다니로 내놓기, 이런 행위를 볼짝시면 말하는 내 입이 더러워지오. 에 더러워, 천지간에 더럽고 요망하고 간사한 것은 사람이오. 우리 여우는 그렇지 않소. 저들끼리 간사한 사람을 보면 여우라 하니, 그러한 사람을 여우라 할진댄 지금 세상

통간(通奸)**하다** 부정한 성관계를 맺다.
규중(閨中) 부녀자가 거처하는 곳. 규문(閨門).
논다니 웃음과 몸을 파는 여자를 속되게 이르는 말.
아문(衙門) 관원들이 정무를 보는 곳을 통틀어 이르는 말.
전정(前程) 앞길.
청루(靑樓) 창기(娼妓)나 창녀들이 있는 집.

사람 중에 여우 아닌 사람이 몇몇이나 있겠소? 또 저희들은 서로 여우같다 하여도 가만히 듣고 있으되 만일 우리더러 사람 같다 하면 우리는 그 이름이 더러워서 아니 받겠소. 내 소견 같으면 이후로는 사람을 사람이라 하지 말고 여우라 하고, 우리 여우를 사람이라 하는 것이 옳은 줄로 아나이다."

제삼석, 정와어해(井蛙語海) – 개구리

여우가 연설을 그치고 할금할금 돌아보며 제자리로 내려가니, 또 한편에서 회장을 부르고 아장아장 걸어와서 연단 위에 깡충 뛰어 올라간다. 눈은 툭 불거지고 배는 똥똥하고 키는 작달막한데 눈을 깜작깜작하며 입을 벌죽벌죽하고 연설한다.

"나의 성명은 말씀 아니하여도 여러분이 다 아시리다. 나는 출입이라고는 미나리논밖에 못 가 본 고로 세계 형편도 모르고, 또 맹꽁이를 이웃하여 산 고로 구학문의 맹자 왈 공자 왈은 대강 들었으나 신학문은 아는 것이 변변치 아니하나, 지금 [42]정와의 어해라 하는 문제로 대강 인류 사회를 논란코자 하옵네다.

사람들은 거만한 마음이 많아서 저희들이 천하에 제일이라고, 만물 중에 저희가 가장 귀하다고 자칭하지마는, 제 나라 일도 잘 모르면서 [43]양비대담 하고 큰소리 탕탕 하고 주제넘은 말 하는 것들 우습디. 우리 개구리를 가리켜 말하기를, 우물 안 개구리와 바다 이야기 할 수 없다 하니, 항상 우물 안에 있는 개구리는 우물이 좁은 줄만 알고 바다에는 가 보지 못하여 바다가 큰지 작은지 넓은지 좁은지 긴지 짧은지 깊은지 얕은지 알지 못하나 못

정와 우물 안 개구리라는 뜻으로, 견문이 좁고 세상 형편에 어두운 사람을 비유적으로 이르는 말.
양비대담(攘臂大談) 소매를 걷어 올리고 큰소리를 침. 양비대언(攘臂大言).

본 것을 아는 체는 아니하거늘, 사람들은 좁은 소견을 가지고 외국 형편도 모르고 천하대세도 살피지 못하고 공연히 떠들며 무엇을 아는 체하고 나라는 다 망하여 가지마는 썩은 생각으로 갑갑한 말만 하는도다. 또 어떤 사람들은 제 나라 안에 있어서 제 나랏일을 다 알지 못하면서 보도 듣도 못 한 다른 나라 일을 다 아노라고 추척대니 가증하고 우습도다. 연전에 어느 나라 어떤 대관이 외국 대관을 만나서 수작할새 외국 대관이 묻기를,

'대감이 지금 내무대신으로 있으니 전국의 인구와 호수가 얼마나 되는지 아시오?'

한데 그 대관이 묵묵 무언하는지라, 또 묻기를,

'대감이 전에 탁지 대신을 지내었으니 전국의 [44]결총과 국고의 세출 세입이 얼마나 되는지 아시오?'

한데 그 대관이 또 아무 말도 못 하는지라, 그 외국 대관이 말하기를,

'대감이 이 나라에 나서 이 정부의 대신으로 이같이 모르니 귀국을 위하여 [45]가석하도다.'

하였고, 작년에 어느 나라 내부에서 각 읍에 훈령하고 부동산을 조사하여 보아라 하였더니 어떤 군수는 [46]보하기를, '이 고을에는 부동산이 없다.' 하여 일세의 웃음거리가 되었으니, 이같이 제 나라 일도 크나 적으나 도무지 아는 것 없는 것들이 일본이 어떠하니, [47]아라사가 어떠하니, 구라파가 어떠하니, 아메리카가 어떠하니, 제가 가장 아는 듯이 지껄이니 기가 막히오. 대저 천지의 이치는 무궁무진하여 만물의 주인 되시는 하나님밖에 아는 이가 없는지라. 『논어』에 말하기를, 하나님께 죄를 얻으면 빌 곳이 없다 하였는

결총(結摠) 조선 시대에, 토지세 징수의 기준이 된 논밭 면적의 전체 수.
가석(可惜)하다 몹시 아깝다.
보(報)하다 알리다.
아라사(俄羅斯) '러시아'의 음역어.

데, 그 주(註)에 말하기를 하나님은 곧 이치라 하였으니 하나님이 곧 이치요, 하나님이 곧 만물 이치의 주인이라. 그런 고로 하나님은 곧 조화주요, 천지 만물의 48)대주재시니 천지만물의 이치를 다 아시려니와, 사람은 다만 천지 간의 한 물건인데 어찌 이치를 알 수 있으리오. 여간 좀 연구하여 아는 것이 있거든 그 아는 대로 세상에 유익하고 사회에 효험 있게 아름다운 사업을 영위할 것이어늘, 조그만치 남보다 먼저 알았다고 그 지식을 이용하여 남의 나라 빼앗기와 남의 백성 학대하기와 군함 대포를 만들어서 악한 일에 종사 하니, 그런 나라 사람들은 당초에 사람 되는 영혼을 주지 아니하였더면 도 리어 좋을 뻔하였소. 또 더욱 도리에 어기어지는 일이 있으니, 나의 지식이 저 사람보다 조금 낫다고 하면 남을 가르쳐 준다 하고 실상은 해롭게 하며, 남을 인도하여 준다 하고 제 욕심 채우는 일만 하여, 어떤 사람은 제 나라 형편도 모르면서 타국 형편을 아노라고 외국 사람을 부동하여 인군을 속이 고 나라를 해치며 백성을 위협하여 재물을 도둑질하고 벼슬을 도둑하며 개 화하였다 자칭하고, 양복 입고 단장 짚고 권련 물고 시계 차고 49)살죽경 쓰 고 인력거나 자행거 타고 제가 외국 사람인 체하여 제 나라 동포를 압제하 며, 혹은 외국 사람 상종함을 영광으로 알고 아첨하며 제 나라 일을 변변히 알지도 못하는 것을 가르쳐 주며, 여간 월급냥이나 벼슬낱이나 얻어 하느라 고 남의 나라 정탐꾼이 되어 애매한 사람 모함하기, 어리석은 사람 위협하 기로 능사를 삼으니, 이런 사람들은 안다 하는 것이 도리어 큰 병통이 아니 오? 우리 개구리의 족속은 우물에 있으면 우물에 있는 분수를 지키고, 미나 리논에 있으면 미나리논에 있는 분수를 지키고, 바다에 있으면 바다에 있는 분수를 지키나니, 그러면 우리는 사람보다 상등이 아니오니까(손뼉 소리 짤각

대주재(大主宰) 모든 일을 중심이 되어 맡아 처리하는 존재.
살죽경 타원형으로 생긴 안경. 샐쭉경.

짤깍).

또 무슨 동물이든지 자식이 아비 닮는 것은 하나님의 정하신 뜻이라. 우리 개구리는 대대로 자식이 아비 닮고 손자가 할아비를 닮되, 형용도 똑같고 성품도 똑같아서 추호도 틀리지 않거늘, 사람의 자식은 제 아비 닮는 것이 별로 없소. 요 임금의 아들이 요 임금을 닮지 아니하고, 순 임금의 아들이 순 임금과 같지 아니하고, 하우 씨와 은왕 성탕(成湯)은 성인이로되 그 자손 중에 포학하기로 유명한 걸(桀)·주(紂) 같은 이가 났고, 왕건 태조는 영웅이로되 왕우(王禑)·왕창(王昌)이가 생겼으니, 일로 보면 개구리 자손은 개구리를 닮으되 사람의 새끼는 사람을 닮지 아니하도다. 그러한즉 천지자연의 이치를 지키는 자는 우리가 사람에게 비교할 것이 아니요, 만일 아비를 닮지 아니한 자식을 마귀의 자식이라 할진대 사람의 자식은 다 마귀의 자식이라 하겠소.

또 우리는 관가 땅에 있으면 관가를 위하여 울고 사사(私私) 땅에 있으면 사사를 위하여 울거늘, 사람은 한 번만 벼슬자리에 오르면 50)붕당을 세워서 권리 다툼하기와 51)권문세가에 아첨하러 다니기와 백성을 잡아다가 52)주리 틀고 돈 빼앗기와 무슨 일을 당하면 53)청촉 듣고 뇌물 받기와 나랏돈 도적질하기와 인민의 54)고혈을 빨아먹기로 종사하니, 날더러 도적놈 잡으라 하면 벼슬하는 관인들은 거반 다 감옥서 감이요, 또 우리들의 우는 것이 울 때에 울고 길 때에 기고 잠잘 때에 자는 것이 천지 이치에 합당하거늘, 불란서라 하는 나라 양반들이 우리 개구리의 우는 소리를 듣기 싫다고 백성들을 불러

붕당(朋黨) 조선 시대에, 이념과 이해에 따라 이루어진 사람의 집단을 이르던 말.
권문세가(權門勢家) 벼슬이 높고 권세가 있는 집안.
주리 죄인의 두 다리를 한데 묶고 다리 사이에 끼우는 두 개의 긴 막대기. 주릿대.
청촉(請囑) 청을 들어주기를 부탁함.
고혈(膏血) 사람의 기름과 피.

개구리를 다 잡으라 하다가 마침내 혁명당이 일어나서 난리가 되었으니, 사람같이 무도한 것이 세상에 또 있으리오? 당나라 때에 한 사람이 우리를 두고 글을 짓되, 개구리가 도의 맛을 아는 것 같아 연꽃 깊은 곳에서 운다 하였으니, 우리의 도덕심 있는 것은 사람도 아는 것이라. 우리가 어찌 사람에게 굴복하리오. 동양 성인 공자께서 말씀하시기를 아는 것은 안다 하고 알지 못하는 것은 알지 못한다 하는 것이 정말 아는 것이라 하였으니, 저희들이 천박한 지식으로 남을 속이기를 능사로 알고 천하만사를 모두 알은체하니, 우리는 이같이 거짓말은 하지 아니하오. 사람이란 것은 하나님의 이치를 알지 못하고 악한 일만 많이 하니 그대로 둘 수 없으니, 차후는 사람이라 하는 명칭을 주지 마는 것이 대단히 옳은 줄로 생각하오."

넙죽넙죽 하는 말이 [55]소진 · [56]장의가 오더라도 당치 못할러라. 말을 그치고 내려오니 또 한편에서 회장을 부르고 나는 듯이 연설단에 올라간다.

제사석, 구밀복검(口蜜腹劍) − 벌

허리는 잘록하고 체격은 조그마한데 두 어깨를 떡 벌리고 청량한 소리로 머리를 까딱까딱하면서 연설한다.

"나는 벌이올시다. 지금 [57]구밀복검이라 하는 문제를 가지고 잠깐 두어 마디 말씀할 터인데, 먼저 서양서 들은 이야기를 잠깐 하오리다.

당초에 천지개벽할 때에 하나님이 에덴동산을 준비하사 각색 초목과 각색 짐승을 그 안에 두고 사람을 만들어 거기서 살게 하시니, 그 사람의 이름은 아담이라 하고 그 아내는 하와라 하였는데, 지금 온 세상 사람들의 조상

소진(蘇秦) 중국 전국 시대의 말 잘하던 정치가.
장의(張儀) 중국 전국 시대 위(魏)나라의 모사(謀士).
구밀복검 입에는 꿀이 있고 배 속에는 칼이 있다는 뜻으로, 말로는 친한 듯하나 속으로는 해칠 생각이 있음을 이르는 말.

이라. 사람은 특별히 모양이 하나님과 같고 마음도 하나님과 같게 하였으니 사람은 곧 하나님의 아들이라 하는 뜻을 잊지 말고 하나님의 마음을 본받아 지극히 착하게 되어야 할 터인데, 아담과 하와가 죄를 짓고 에덴동산에서 쫓겨난지라. 우리 벌의 조상은 죄도 아니 짓고 하나님의 뜻대로 순종하여 각색 초목의 꽃으로 우리의 전답을 삼고 꿀을 농사하여 양식을 만들어 복락을 누리니, 조상 적부터 우리가 사람보다 나은지라. 세상이 오래되어 갈수록 사람은 하나님과 더욱 멀어지고, 오늘날 와서는 거죽은 사람의 형용이 그대로 있으나 실상은 ⁵⁸⁾시랑과 마귀가 되어 서로 싸우고 서로 죽이고 서로 잡아먹어서, 약한 자의 고기는 강한 자의 밥이 되고 큰 것은 작은 것을 압제하여 남의 권리를 ⁵⁹⁾늑탈하여 남의 재산을 속여 빼앗으며 남의 토지를 앗아가며 남의 나라를 위협하여 망케 하니, 그 흉칙하고 악독함을 무엇이라 이르겠소? 사람들이 우리 벌을 독한 사람에게 비유하여 말하기를, 입에 꿀이 있고 배에 칼이 있다 하나 우리 입의 꿀은 남을 꾀려 하는 것이 아니라 우리 양식을 만드는 것이요, 우리 배의 칼은 남을 공연히 쏘거나 찌르는 것이 아니라 남이 나를 해치려 하는 때에 정당방위로 쓰는 칼이오. 사람같이 입으로는 꿀같이 말을 달게 하고 배에는 칼 같은 마음을 품은 우리가 아니오. 또 우리의 입은 항상 꿀만 있으되 사람의 입은 변화가 무쌍하여 꿀같이 단 때도 있고 고추같이 매운 때도 있고 칼같이 날카로운 때도 있고 ⁶⁰⁾비상같이 독한 때도 있어서, 맞대하였을 때는 꿀을 들어붓는 것같이 달게 말하다가 돌아서면 흉보고 욕하고 노여워하고 악담하며, 좋아지낼 때에는 깨소금 항아리같이 고소하고 맛있게 수작하다가 조금만 미흡한 일이 있으면 죽일 놈 살릴 놈하며 ⁶¹⁾무성포(無聲砲)가 있으면 곧 놓아 죽이려 하니, 그런 악독한 것

시랑(豺狼) 승냥이와 이리를 아울러 이르는 말.

늑탈(勒奪)하다 폭력이나 위력을 써서 강제로 빼앗다.

비상(砒霜) 비석(砒石)에 열을 가하여 승화시켜 얻은 결정체. 독성이 강하다.

이 어디 또 있으리오. 에, 여러분, 여보시오, 그래, 우리 짐승 중에 사람들처럼 그렇게 악독한 것들이 있단 말이오?(손뼉 소리 귀가 막막)

사람들이 서로 욕설하는 소리를 들으면 참 귀로 들을 수 없소. 별 흉악망측한 말이 많소. '[62]빠가', '[63]까뎀' 같은 욕설은 오히려 관계치 않소. '네밀 붙을 놈', '염병에 땀도 못 낼 놈' 하는 욕설은 제 입을 더럽히고 제 마음악한 줄을 모르고 얼씬하면 이런 욕설을 함부로 하니 어떻게 흉악한 소리오. 에, 사람의 입에는 도덕상 좋은 말은 별로 없고 못된 소리만 지저귀니 그것들을 사람이라고? 그것들을 만물 중에 가장 귀한 것이라고? 우리는 천지간의 미물이로되 그렇지는 않소. 또 우리는 인군을 섬기되 충성을 다하고 장수를 뫼시되 군령이 분명하여 다 각각 직업을 지켜 일을 부지런히 하여 주리지 아니하거늘, 어떤 나라 사람들은 제 인군을 죽이고 역적의 일을 하며 제 장수의 명령을 복종치 아니하고 [64]난병도 되며, 백성들은 게을러서 아무 일도 아니하고 공연히 쏘다니며 놀고먹고 놀고 입기 좋아하며 술이나 먹고 노름이나 하고 계집의 집이나 찾아다니고 협잡이나 하고 그렁저렁 세월을 보내어 집이 구차하고 나라가 가난하니, 사람으로 생겨나서 우리 벌들보다 낫다 하는 것이 무엇이오? 서양의 어느 학자가 우리를 두고 노래를 지었으니,

아침 이슬 저녁볕에
이곳저곳 찾아가서
부지런히 꿀을 물고

무성포 쏘아도 소리가 나지 않는 총.
빠가 일본말로 '바보', '멍청이' 정도의 뜻.
까뎀(God damn) 영어 비속어로 '제기랄', '젠장' 정도의 뜻.
난병(亂兵) 규율이 잡히지 아니한 병사 집단이나 군대. 난군(亂軍).

제 집으로 돌아와서

반은 먹고 반은 두어

겨울 양식 저축하여

무한 복락 누릴 때에

하나님의 은혜라고

빛난 날개 좋은 소리

아름답게 찬미하네

　그래, 사람 중에 사람스러운 것이 몇이나 있소? 우리는 사람들에게 시비들 것 조금도 없소. 사람들의 악한 행위를 말하려면 끝이 없겠으나 시간이 부족하여 그만둡네다.”

제오석, 무장공자(無腸公子)— 게

　벌이 연설을 그치고 미처 연설단을 내려서기 전에 또 한편에서 회장을 부르고 나오니, 모양이 기괴하고 눈에 65)영채가 있어 힘센 장수같이 두 팔을 쩍 벌리고 어깨를 추썩추썩 하며 하는 말이,

　“나는 게올시다. 지금 무장공자라 하는 문제로 연설할 터인데, 무장공자라 하는 말은 창자 없는 물건이라 하는 말이니, 옛적에 66)포박자라 하는 사람이 우리 게의 족속을 가리켜 무장공자라 하였으니 대단히 무례한 말이로다. 그래, 우리는 창자가 없고 사람들은 창자가 있소. 시방 세상 사는 사람 중에 옳은 창자 가진 사람이 몇 명이나 되겠소? 사람의 창자는 참 썩고 흐리고 더럽소. 의복은 67)능라주의로 지르르 흐르게 잘 입어서 외양은 좋아도 다

영채(映彩) 환하게 빛나는 고운 빛깔.
포박자(抱朴子) 중국 동진(東晉)의 도사 갈홍(葛洪)의 호. 평생 신선도(神仙道)를 수행하였다.

126

가죽만 사람이지 그 속에는 똥밖에 아무것도 없소. 좋은 칼로 배를 가르고 그 속을 보면 구린내가 물큰물큰 나오. 지금 어떤 나라 정부를 보면 깨끗한 창자라고는 아마 몇 개 없으리다. 신문에 그렇게 나무라고 사회에서 그렇게 시비하고 백성이 그렇게 원망하고 외국 사람이 그렇게 욕들을 하여도 모르는 체하니, 이것이 창자 있는 사람들이오? 그 정부에 옳은 마음먹고 벼슬하는 사람 누가 있소? 한 사람이라도 있거든 있다고 하시오. [68]만판 [69]경륜이 인군 속일 생각, 백성 잡아먹을 생각, 나라 팔아먹을 생각밖에 아무 생각 없소. 이같이 썩고 더럽고 똥만 들어서 구린내가 물큰물큰 나는 창자보다는 우리의 없는 것이 도리어 낫소. 또 욕을 보아도 성낼 줄을 모르고 좋은 일을 보아도 기뻐할 줄 알지 못하는 사람이 많이 있소. 남의 압제를 받아 살 수 없는 지경에 이르되 깨닫고 분한 마음 없고, 남에게 그렇게 욕을 보아도 노여워할 줄 모르고 종노릇하기만 좋게 여기고 달게 여기며, 관리의 무례한 압박을 당하여도 자유를 찾을 생각이 도무지 없으니, 이것이 창자 있는 사람들이라 하겠소? 우리는 창자가 없다 하여도 남이 나를 해치려 하면 죽더라도 가위로 집어 한 놈 물고 죽소. 내가 한번 어느 나라에 지나다 보니 외국 병정이 지나가는데, 그 나라 부인을 건드려 젖퉁이를 만지려 하매 그 부인이 소리를 지르고 욕을 한즉, 그 병정이 발로 차고 손으로 때려서 [70]행악이 무쌍한지라, 그 나라 사람들이 모여 서서 그것을 구경만 하고 한 사람도 대들어 그 부인을 도와주고 구원하여 주는 사람이 없으니, 그 사람들은 그 부인이 외국 사람에게 당하는 것을 상관없는 줄로 알아서 그러한지 겁이 나서 그러한지, 결단코 남의 일이 아니라 저희 동포가 당하는 일이니 저희들

능라주의(綾羅紬衣) 비단옷과 명주옷을 아울러 이르는 말.
만판 다른 것은 없이 온통 한가지로. 마음껏 넉넉하고 흐뭇하게.
경륜(經綸) 일정한 포부를 가지고 일을 조직적으로 계획함. 또는 그 계획이나 포부.
행악(行惡) 모질고 나쁜 짓을 행함. 또는 그런 행동.

이 당함이어늘, 그것을 보고 분낼 줄 모르고 도리어 웃고 구경만 하니, 그 부인의 오늘날 당하는 욕이 내일 제 어미나 제 아내에게 또 돌아올 줄을 알지 못하는가? 이런 것들이 창자 있다고 사람이라 자긍하니 허리가 아파 못 살겠소. 창자 없는 우리 게는 어찌하면 좋겠소? 나라에 경사가 있으되 기뻐할 줄을 알지 못하여 국기 하나 내어 꽂을 줄 모르니 그것이 창자 있는 것이오? 그런 창자는 부럽지 않소.

　창자 없는 우리 게의 행한 [71]사적을 좀 들어 보시오. 송나라 때 추호라 하는 사람이 채경에서 사로잡혀 소주(蘇州)로 귀양 갈 때 우리가 구원하였으며, 산주구세라 하는 때에 한 처녀가 죽게 된 것을 살려 내느라고 큰 뱀을 우리 가위로 잘라 죽였으며, 산신과 싸워서 호인의 배를 구원하였고, 객사한 송장을 드러내어 음란한 계집의 죄를 발각하였으니, 우리의 행한 일은 다 옳고 아름다운 일이오. 사람같이 더러운 일은 하지 않소. 또 사람들도 우리의 행위를 자세히 아는 고로 '게도 제 구멍이 아니면 들어가지 아니한다.'는 속담이 있소. 참 그러하지요. 우리는 암만 급하더라도 들어갈 구멍이라야 들어가지, 부당한 구멍에는 들어가지 않소. 사람들을 보면 부당한 데로 들어가는 사람이 많소. 부모처자를 내버리고 중이 되어 산속으로 들어가는 이도 있고, 여염집 부인네들은 음란한 생각으로 불공한다 핑계하고 절간 [72]초막으로 들어가는 이도 있고, 명예 있는 신사라 자칭하고 쓸데없는 돈 내버리러 기생집에 들어가는 이도 있고, 옳은 길 내버리고 그른 길로 들어가는 사람, 옳은 종교 싫다 하고 이단으로 들어가는 사람, 돌을 안고 못으로 들어가는 사람, 섶을 지고 불로 들어가는 사람, 이루 다 말할 수 없소. 당연히 들어갈 데와 못 들어갈 데를 분별치 못하고 못 들어갈 데를 들어가서 화를 당

사적(事跡) 이제껏 한 일의 자취.
초막(草幕) 절 근처에 있는 승려의 집. 풀이나 짚으로 지붕을 이어 조그마하게 지은 막집.

하고 패를 보고 해를 끼치니, 이런 사람들이 무슨 창자 있노라고 우리의 창자 없는 것을 비웃소? 지금 사람들을 보면 그 창자가 다 썩어서 [73]미구(未久)에 창자 있는 사람은 한 개도 없이 다 무장공자가 될 것이니, 이다음에는 사람더러 무장공자라고 불러야 옳겠소.”

제육석, 영영지극(營營之極) – 파리

게가 입에서 거품이 부걱부걱 나오며 [74]수용산출로 하던 말을 그치고 엉금엉금 기어 내려가니, 파리가 또 회장을 부르고 나는 듯이 연단에 올라가서 두 손을 싹싹 비비면서 말을 한다.

“나는 파리올시다. 사람들이 우리 파리를 가리켜 말하기를, 파리는 간사한 소인이라 하니, 대저 사람이라 하는 것들은 저의 흉은 살피지 못하고 다만 남의 말은 잘하는 것들이오. 간사한 소인의 성품과 태도를 가진 것들은 사람들이오. 우리는 결단코 소인의 성품과 태도를 가진 것이 아니오. 『시전(時傳)』이라 하는 책에 말하기를 [75]‘영영한 푸른 파리가 횃대에 앉았다.’ 하였으니, 이것은 우리를 가리켜 한 말이 아니라 사람들을 비유한 말이오. 옛글에 ‘방에 가득한 파리를 쫓아도 없어지지 않는다.’ 하는 말도 우리를 두고 한 말이 아니라 사람 중의 간사한 소인을 가리켜 한 말이오. 우리는 결코 간사한 일은 하지 아니하였소마는, 인간에는 참 소인이 많습디다. 사슴을 가리켜 말이라 하여 인군을 속인 것이 비단 [76]조고 한 사람뿐 아니라 지금 망하여 가는 나라 조정을 보면 온 정부가 다 조고 같은 간신이요, 천자를 끼

미구에 얼마 오래지 아니하여.
수용산출(水湧山出) 물이 샘솟고 산이 솟아나온다는 뜻으로, 생각과 재주가 샘솟듯 풍부하여 시나 글을 즉흥적으로 훌륭하게 짓는 것을 비유적으로 이르는 말.
영영(營營)**하다** 세력이나 이익 따위를 얻기 위하여 몹시 분주하고 바쁘다.
조고(趙高) 중국 진나라의 내시. 거짓 조서를 꾸며 시황제의 맏아들 부소와 장군 몽염을 자결하게 하였다.

고 제후에게 호령함이 또한 [77]조조 한 사람뿐 아니라 지금은 도덕은 떨어지고 [78]효박한 풍기를 보면 온 세계가 다 조조 같은 소인이라. 웃음 속에 칼이 있고 말 속에 총이 있어 친구라고 사귀다가 저 잘되면 차 버리고, 동지라고 상종타가 남 죽이고 저 잘되기, 누구누구는 [79]빈천지교 저버리고 [80]조강지처 내쫓으니 그것이 사람이며, 아무아무 [81]유지지사(有志之士) 고발하여 감옥서에 몰아넣고 저 잘되기 희망하니 그것도 사람인가? 쓸개에 가 붙고 간에 가 붙어 요리조리 알씬알씬하는 사람 정말 밉기도 밉습디다. 여러분도 다 아시거니와 그래 [82]공담으로 말하자면 우리가 소인이오, 사람들이 [83]간물(奸物)이오? 생각들 하여 보시오. 또 우리는 먹을 것을 보면 혼자 먹는 법 없소. 여러 족속을 청하고 여러 친구를 불러서 화락한 마음으로 한가지로 먹지마는, 사람들은 이(利) 끝만 보면 형제간에도 의가 상하고 일가 간에도 정이 없어지며 심한 자는 서로 골육상쟁하기를 예사로 아니, 참 기가 막히오. 동포끼리 서로 구제하는 것은 하나님의 이치어늘 사람들은 과연 저의 동포끼리 서로 사랑하는가? 저들끼리 서로 빼앗고 서로 싸우고 서로 시기하고 서로 흉보고 서로 총을 쏘아 죽이고 서로 칼로 찔러 죽이고 서로 피를 빨아 마시고 서로 살을 깎아 먹되, 우리는 그렇지 않소. 세상에 제일 더러운 것은 똥이라 하지마는, 우리가 똥을 눌 때 남이 다 보고 알도록 흰 데는 검게 누고 검은 데는 희게 누어서 남을 속일 생각은 하지 않소. 사람들은 똥보다 더 더러운 일을 많이 하지마는 혹 남의 눈에 보일까 남의 입에 오르내릴까 겁

조조(曹操) 삼국 시대 위나라의 시조(始祖). 권모에 능하고 시문을 잘하였다.
효박(淆薄)하다 인정이나 풍속이 어지럽고 아주 각박하다.
빈천지교(貧賤之交) 가난하고 천할 때 사귄 사이. 또는 그런 벗.
조강지처(糟糠之妻) 지게미와 쌀겨로 끼니를 이을 때의 아내라는 뜻으로, 몹시 가난하고 천할 때에 고생을 함께 겪어 온 아내를 이르는 말.
유지지사 어떤 일에 뜻이 있거나 관심이 있는 사람.
공담(公談) 공평한 말.
간물 간사한 사람.

을 내어 은밀히 하되, [84)]무소부지하신 하나님은 먼저 아시고 계시오. 옛적에 유형이라 하는 사람은 부채를 들고 참외에 앉은 우리를 쫓고, 왕사라 하는 사람은 칼을 빼어 먹을 먹는 우리를 쫓을새, 저 사람들이 그렇게 쫓되 우리가 가지 아니함을 성내어 하는 말이 파리는 쫓아도 도로 온다며 미워하니, 저희들이 쫓을 것은 쫓지 아니하고 아니 쫓을 것은 쫓는도다. 사람들은 우리를 쫓으려 할 것이 아니라 불가불 쫓아야 할 것이 있으니, 사람들아, 부채를 놓고 칼을 던지고 잠깐 내 말을 들어라. 너희들이 당연히 쫓을 것은 너희 마음을 수고롭게 하는 마귀니라. 사람들아 사람들아, 너희들은 너희 마음속에 있는 물욕을 쫓아 버려라. 너희 머릿속에 있는 썩은 생각을 내쫓으라. 너희 조정에 있는 간신들을 쫓아 버려라. 너희 세상에 있는 소인들을 내쫓으라. 참외가 다 무엇이며 먹이 다 무엇이냐? 사람들아 사람들아, 우리 수십억만 마리가 일제히 손을 비비고 비나니, 우리를 미워하지 말고 하나님이 미워하시는, 너희를 해치는 여러 마귀를 쫓으라. 손으로만 빌어서 아니 들으면 발로라도 빌겠다."

의기가 양양하여 사람을 저희 똥만치도 못하게 나무라고 겸하여 충고의 말로 권고하고 내려간다.

제칠석, 가정 맹어호(苛政猛於虎)- 호랑이

웅장한 목소리로 회장을 부르니 산천이 울린다. 연단에 올라서서 머리를 설레설레 흔들고 좌중을 내려다보니 눈알이 등불 같고 위풍이 늠름한데, 주홍 같은 입을 떡 벌리고 어금니를 부지직 갈며 연설하는데, 좌중이 [85)]종용하다.

무소부지(無所不知)하다 모르는 것이 없다.

"본원의 이름은 호랑인데 별호는 산군이올시다. 여러분 중에도 혹 아시는 이도 있을 듯하오. 지금 [86]가정이 맹어호라 하는 문제를 가지고 두어 마디 할 터인데, 이것은 여러분 아시는 것과 같이 옛적 유명한 성인 공자님이 하신 말씀이라. 가정이 맹어호라 하는 뜻은 까다로운 정사(政事)가 호랑이보다 무섭다 함이니, 양자(楊子)라 하는 사람도 이와 같은 말이 있는데 혹독한 관리는 날개 있고 뿔 있는 호랑이와 같다 한지라, 세상에 사람들이 말하기를 제일 포악하고 무서운 것은 호랑이라 하였으니, 자고이래로 사람들이 우리에게 해를 받은 자가 몇 명이나 되느뇨? 도리어 사람이 사람에게 해를 당하며 살육을 당한 자가 몇억만 명인지 알 수 없소. 우리는 설사 포악한 일을 할지라도 깊은 산과 깊은 골과 깊은 수풀 속에서만 횡행할 뿐이요, 사람처럼 청천 백일지하에 왕궁 국도에서는 하지 아니하거늘, 사람들은 대낮에 사람을 죽이고 재물을 빼앗으며 죄 없는 백성을 감옥서에 몰아넣어서 돈 바치면 내놓고 세 없으면 죽이는 것과, 인군은 아무리 인자하여 [87]사전을 내리더라도 법관이 [88]용사하여 공평치 못하게 죄인을 조종하고, 돈을 받고 벼슬을 내어서 그 벼슬한 사람이 그 밑천을 뽑으려고 음흉한 수단으로 정사를 까다롭게 하여 백성을 못 견디게 하니, 사람들의 악독한 일을 우리 호랑이에게 비하여 보면 몇만 배가 되는지 알 수 없소. 또 우리는 다른 동물을 잡아먹더라도 하나님이 만들어 주신 발톱과 이빨로 하나님의 뜻을 받아 천성의 행위를 행할 뿐이어늘, 사람들은 학문을 이용하여 화학이니 물리학이니 배워서 사람의 도리에 유익한 옳은 일에 쓰는 것은 별로 없고, 각색 병기를 발명하여 군함이니 대포니 총이니 탄환이니 화약이니 칼이니 활이니 하는 등물을

종용(從容)하다 성격이나 태도가 차분하고 침착하다. 조용하다.
가정(苛政) 가혹한 정치.
사전(赦典) 국가적인 경사가 있을 때 죄인을 용서하여 놓아주던 일.
용사(用事)하다 권세를 부리다. 용권(用權)하다.

만들어서 재물을 무한히 내버리고 사람을 무수히 죽여서, 나라를 만들 때의 만반 경륜은 다 남을 해하려는 마음뿐이라. 그런 고로 영국 문학 박사 판스라 하는 사람이 말하기를 '사람이 사람에게 대하여 잔인한 까닭으로 수천만 명 사람이 참혹한 지경에 들어갔도다.' 하였고, 옛날 진회왕이 초회왕을 청하매 초회왕이 진나라에 들어가려 하거늘 그 신하 굴평이 간하여 가로되, '진나라는 호랑이 나라이라 가히 믿지 못할지니 가시지 말으소서.' 하였으니, 호랑이의 나라가 어찌 진나라 하나뿐이리오. 오늘날 오대주(五大洲)를 둘러보면, 사람 사는 곳곳마다 어느 나라가 욕심 없는 나라가 있으며 어느 나라가 포학하지 아니한 나라가 있으며 어느 인간에 고상한 천리(天理)를 말하는 자가 있으며 어느 세상에 진정한 인도를 의론하는 자가 있느뇨? 나라마다 진나라요, 사람마다 호랑이라. 세상 사람들이 말하기를, 호랑이는 포학 무쌍한 것이라 하되, 이것은 알지 못하는 말이로다. 우리는 원래 [89]천품이 은혜를 잘 갚고 의리를 깊이 아나니, 글자 읽은 사람은 짐작할 듯하오. 옛적에 진나라 곽무자라 하는 사람이 호랑이 목구멍에 걸린 뼈를 빼내어 주었더니 사슴을 드려 은혜를 갚았고, 영윤 자문을 나서 몽택에 버렸더니 젖을 먹여 길렀으며, 양위의 효성을 감동하여 몸을 물리쳤으니, 이런 일을 보면 우리가 은혜를 감동하고 의리를 아는 것이라. 사람들로 말하면 은혜를 알고 의리를 지키는 사람이 몇몇이나 되겠소? 옛적 사람이 말하기를, 호랑이를 기르면 후환이 된다 하여 지금까지 양호유환이라 하는 문자를 쓰지마는, 되지 못한 사람의 새끼를 기르는 것이 도리어 정말 후환이 되는지라. 호랑이 새끼를 길러서 돈을 모으는 사람은 있으되 사람의 자식을 길러서 덕을 보는 사람은 별로 없소. 또 속담에 이르기를, '호랑이 죽음은 껍질에 있고, 사람의 죽음은 이름에 있다.' 하니 지금 세상 사람에 정말 명예 있는 사람이 몇

천품(天稟) 타고난 기품.

명이나 있소? 90)인생 칠십 고래희라 한세상 살 동안이 얼마 되지 아니한데 옳은 일만 할지라도 다 못하고 죽을 터인데, 꿈결 같은 이 세상을 구구히 살려 하여 못된 일 할 생각이 시꺼멓게 있어서 앞문으로 호랑이를 막고 뒷문으로 승냥이를 불러들이는 자도 있으니 어찌 불쌍치 아니하리오. 옛적 사람은 호랑이의 가죽을 쓰고 도적질하였으나 지금 사람들은 껍질은 사람의 껍질을 쓰고 마음은 호랑이의 마음을 가져서 더욱 험악하고 더욱 흉포(凶暴)한지라. 하나님은 91)지공무사하신 하나님이시니, 이같이 험악하고 흉포한 것들에게 제일 귀하고 신령하다는 권리를 줄 까닭이 무엇이오? 사람으로 못된 일 하는 자의 종자를 없애는 것이 좋은 줄로 생각하옵네."

제팔석, 쌍거쌍래(雙去雙來) - 원앙

호랑이가 연설을 그치고 내려가니, 또 한편에서 형용이 단정하고 태도가 신중한 어여쁜 원앙새가 연단에 올라서서 92)애연한 목소리로 말을 한다.

"나는 원앙이올시다. 여러분이 인류의 악행을 공격하는 것이 다 93)절당한 말씀이로되, 인류의 제일 94)괴악한 일은 음란한 것이오. 하나님이 사람을 내실 때에 한 남자에 한 여인을 내셨으니, 한 사나이와 한 여편네가 서로 저버리지 아니함은 천리(天理)에 정한 인륜(人倫)이라. 사나이도 계집을 여럿 두는 것이 옳지 않고 여편네도 서방을 여럿 두는 것이 옳지 않거늘, 세상 사람들은 다 생각하기를 사나이는 계집을 많이 두고 호강하는 것이 좋은 것인

인생 칠십 고래희(人生七十古來稀) 예부터 사람이 일흔 살까지 살기는 드문 일이라는 뜻. 중국 당(唐)나라의 시인 두보(杜甫)의 「곡강시(曲江詩)」에 나오는 한 구절이다.
지공무사(至公無私)하다 지극히 공정하여 사사로움이 없다.
애연(譪然)하다 화기롭고 온화하다.
절당(切當)하다 사리에 꼭 들어맞다.
괴악(怪惡)하다 말이나 행동이 이상야릇하고 흉악하다.

134

줄로 알고 처첩을 두셋씩 두는 사람도 있으며, 어떤 사람은 오륙 명 두는 자도 있으며, 혹은 장가든 뒤에 그 아내를 돌아다보지 아니하고 두 번 세 번 장가드는 자도 있으며, 혹은 아내를 ⁹⁵⁾소박하고 첩을 사랑하다가 패가망신하는 자도 있으니, 사나이가 두 계집 두는 것은 천리에 어기어짐이라. 계집이 두 사나이를 두면 변고로 알고 사나이가 두 계집 두는 것은 예사로 아니 어찌 그리 ⁹⁶⁾편벽되며, 사나이가 남의 계집 도적함은 꾸짖지 아니하고 계집이 남의 사나이를 상관하면 큰 변인 줄 아니 어찌 그리 ⁹⁷⁾불공하오? 하나님의 천연한 이치로 말할진대 사나이는 아내 한 사람만 두고 여편네는 남편한 사람만 좇을지라. 무론, 남녀 무론하고 두 사람을 두든지 섬기는 것은 옳지 아니하거늘, 지금 세상 사람들은 괴악하고 음란하고 박정하여 길가의 한 가지 버들을 꺾기 위하여 백년해로(百年偕老)하려던 사람을 잊어버리고, 동산의 한 송이 꽃을 보기 위하여 조강지처를 내쫓으며, 남편이 병이 들어 누웠는데 의원과 간통하는 일도 있고, 복을 빌어 불공한다 ⁹⁸⁾가탁하고 중 서방 하는 일도 있고, 남편 죽어 사흘이 못 되어 서방 ⁹⁹⁾해갈 주선하는 일도 있으니, 사람들은 계집이나 사나이나 인정도 없고 의리도 없고 다만 음란한 생각뿐이라 할 수밖에 없소. 우리 원앙새는 천지간에 지극히 적은 물건이로되 사람과 같이 그런 더러운 행실은 아니하오. 남녀의 법이 유별하고 부부의 ¹⁰⁰⁾윤기가 지중한 줄을 아는 고로 음란한 일은 결코 없소. 사람들도 우리 원앙새의 역사를 짐작하기로 이야기하는 말이 있소. 옛날에 한 사냥꾼이 원앙새 한 마리를 잡았더니 암원앙새가 수원앙새를 잃고 수절하여 과부로 있

소박(疏薄)하다 처나 첩을 박대하다.
편벽(偏僻)되다 한쪽으로 치우쳐 공평하지 못하다.
불공(不公)하다 한쪽으로 치우쳐 고르지 못하다. 불공평하다.
가탁(假託)하다 거짓 핑계를 대다. 어떤 사물을 빌려 감정이나 사상 따위를 표현하다. 어떤 일을 그 일과 무관한 다른 대상과 관련짓다.
해갈(解渴) 목마름을 해소함. 갈증을 풀어 버림.
윤기(倫紀) 윤리와 기강(紀綱)을 아울러 이르는 말.

은 지 일 년 만에 또 그 사냥꾼의 화살에 맞아 잡힌 바 된지라, 사냥꾼이 원앙새를 잡아 가지고 집으로 돌아와서 털을 뜯을새, 날개 아래 무엇이 있거늘 자세히 보니 거년(去年)에 자기가 잡아온 수원앙새의 대가리라. 이것은 암원앙새가 수원앙새와 같이 있다가 수원앙새가 사냥꾼의 화살을 맞아서 떨어지니, 그 [101]창황 중에도 수원앙새의 대가리를 집어 가지고 숨어서 일시의 난을 피하여 짝 잃은 한을 잊지 아니하고 서방의 대가리를 날개 밑에 끼고 슬피 세월을 보내다가 또한 사냥꾼에게 잡힌 바 된지라, 그 사냥꾼이 이것을 보고 정절이 지극한 새라 하여 먹지 아니하고 정결한 땅에 장사를 지낸 후에 그때부터 다시는 원앙새는 잡지 아니하였다 하니, 우리 원앙새는 짐승이로되 절개를 지킴이 이러하오. 사람들의 행위를 보면 추하고 [102]비루하고 음란하여 우리보다 귀하다 할 것이 조금도 없소. 사람들의 행사를 대강 말할 터이니 잠깐 들어 보시오. 부인이 죽으면 불쌍히 여기는 남편이 몇이나 되겠소? 상처(喪妻)한 후에 사나이가 수절하였다는 말은 들어 보도 못하였소. 낱낱이 [103]재취(再娶)를 하든지 첩을 얻든지, 자식에게 못할 노릇하고 집안에 화근을 일으키어 화기(和氣)를 손상케 하고, 계집으로 말하면 남편 죽은 후에 수절하는 사람은 많으나 속으로 서방질 다니며 상부(喪夫)한 지 며칠이 못 되어 개가할 길 찾느라고 분주한 계집도 있고, 또 자식을 낳아서 개구멍이나 다리 밑에 내버리는 것도 있으며, 심한 계집은 간부에게 혹하여 산 서방을 두고 도망질하기와 약을 먹여 죽이는 일까지 있으니, 저희들의 별별 괴악한 일은 이루 다 말할 수 없소. 세상에 제일 더럽고 괴악한 것은 사람이라, 다 말하려면 내 입이 더러워질 터이니까 그만두겠소."

원앙새가 연설을 그치고 연단을 내려오니, 회장이 다시 일어나서 말한다.

창황(蒼黃) 미처 어찌할 사이 없이 매우 급작스러움. 창졸(倉卒).
비루(鄙陋)하다 행동이나 성질이 너절하고 더럽다.
재취 아내를 여의었거나 아내와 이혼한 사람이 다시 장가가서 아내를 맞이함.

폐회(閉會)

"여러분 하시는 말씀을 들으니 다 옳으신 말씀이오. 대저 사람이라 하는 동물은 세상에 제일 귀하다 신령하다 하지마는, 나는 말하자면 제일 어리석고 제일 더럽고 제일 괴악하다 하오. 그 행위를 들어 말하자면 한정이 없고, 또 시간이 104)진하였으니 그만 폐회하오."

하더니 그 안에 모였던 짐승이 일시에 나는 자는 날고, 기는 자는 기고, 뛰는 자는 뛰고, 우는 자도 있고, 짖는 자도 있고, 춤추는 자도 있어, 다 각각 돌아가더라.

슬프다! 여러 짐승의 연설을 듣고 가만히 생각하여 보니, 세상에 불쌍한 것이 사람이로다. 내가 어찌하여 사람으로 태어나서 이런 욕을 보는고! 사람은 만물 중에 귀하기로 제일이요 신령하기도 제일이요 재주도 제일이요 지혜도 제일이라 하여 동물 중에 제일 좋다 하더니, 오늘날로 보면 제일로 악하고 제일 흉괴하고 제일 음란하고 제일 간사하고 제일 더럽고 제일 어리석은 것은 사람이로다. 까마귀처럼 효도할 줄도 모르고, 개구리처럼 분수 지킬 줄도 모르고, 여우보다도 간사하고, 호랑이보다도 포악하고, 벌과 같이 정직하지도 못하고, 파리같이 동포 사랑할 줄도 모르고, 창자 없는 일은 게보다 심하고, 부정한 행실은 원앙새가 부끄럽도다. 여러 짐승이 연설할 때 나는 사람을 위하여 변명하려 하나 105)현하지변을 가지고도 쓸데가 없도다. 사람이 떨어져서 짐승의 아래가 되고 짐승이 도리어 사람보다 상등이 되었으니 어찌하면 좋을꼬? 예수 씨의 말씀을 들으니 하나님이 아직도 사람을 사랑하신다 하니, 사람들이 악한 일을 많이 하였을지라도 회개(悔改)하면

진(盡)하다 다하여 없어지다.
현하지변(懸河之辯) 물이 거침없이 흐르듯 잘하는 말. 현하구변(懸河口辯).

구원 얻는 길이 있다 하였으니, 이 세상에 있는 여러 형제자매는 깊이깊이
생각하시오.

『금수회의록』 황성서적업조합 1908

핵심 정리 **갈래** 신소설, 우화 소설, 액자 소설, 계몽 소설

배경 개화기 '나'의 꿈속 금수회의소

경향 비판적, 풍자적, 우화적

시점 내부– 일인칭 관찰자 시점, 외부– 일인칭 주인공 시점

문체 산문체, 연설체

글감 동물 회의

주제 인간 사회의 모순과 비리, 타락상에 대한 비판과 풍자

출전 『금수회의록』(1908)

주요 등장인물 **나** 일인칭 관찰자. 꿈속에서 인간의 비리를 성토하는 동물들의 연설을 들음.

동물들 회장, 까마귀, 여우, 개구리, 벌, 게, 파리, 호랑이, 원앙.

짜임 **도입** 꿈을 꾸다.

발전(액자) **서 언** 인간 사회 개탄– 금수회의소 방청.

제1석 반포지효(反哺之孝), 까마귀– 인간들의 불효 비판.

제2석 호가호위(狐假虎威), 여우– 외세에 의존하려는 정치의식 비판.

제3석 정와어해(井蛙語海), 개구리– 바깥 정세에 어두운 인간들을 비판.

제4석 구밀복검(口蜜腹劍), 벌– 서로 속이고 싸우는 인간들을 비판.

제5석 무장공자(無腸公子), 게– 지조와 절개 없는 인간들을 비판.

제6석 영영지극(營營之極), 파리– 간사하고 동포애 없는 인간들을 비판.

제7석 가정맹어호(苛政猛於虎), 호랑이– 가혹하고 포악한 정치와 폭력 비판.

제8석 쌍거쌍래(雙去雙來), 원앙– 인간들의 음란함을 비판.

폐 회 동물보다 못한 인간 세상의 타락상을 한탄.

결말 구원의 길을 생각하다.

'나'는 악에 물든 인간 사회를 한탄하다가 잠이 드는데, 꿈속에서 난데없이 '금수회의소'에 떼밀려 들어간다. '나'는 그곳에서 동물들의 회의를 방청하게 된다. 먼저 회장 동물이 나와 인간의 책임, 인간 행위의 옳고 그름, 인간의 자격에 대해 토론하자고 제의한다. 그러자 까마귀, 여우, 개구리, 벌, 게, 파리, 호랑이, 원앙의 여덟 동물이 차례대로 나와 저마다 제 종족을 옹호하는 한편 인간의 악행을 성토하는 연설을 한다.

까마귀는 인간들의 불효를 꼬집고, 여우는 외세에 기대어 출세하려는 사람들의 의식을 까발린다. 개구리는 바깥 정세에 어두운 사람들을 비웃고, 벌은 겉과 속이 달라 서로 속이고 싸우는 인간들을 고발한다. 게는 인간들의 지조와 절개 없음을 나무라고, 파리는 인간들의 간사함과 동포애 없음을 지적한다. 호랑이는 인간들의 포악한 정치와 폭력을 규탄하고, 원앙은 인간들의 음란함을 꾸짖는다.

사회자는 인간이야말로 가장 어리석고 더러운 존재라고 결론 내리면서 폐회를 선언하고, 이를 지켜본 '나'는 인간의 반성과 회개를 촉구하는 한편 구원의 길을 생각한다.

이 작품은 그 무렵에 유행하던 연설 회의 형식과 우화 기법을 통해 타락한 인간상을 고발하고 정치 현실을 비판한 소설이다. 각기 소제목이 달린 동물들의 연설은 모두 고사성어를 차용하고 있어서 전근대적 분위기를 풍긴다. 그러나 실제로 그 내용은 당시의 잘못된 개화사상을 바로 잡으려는 작가의 의지가 강하게 반영되어 있어서 근대성이 뚜렷하다. 동물들은 연설에서 주로 인간의 타락상을 고발하고 있지만, 작가 안국선이 좀 더 초점을 맞추고 있는 지점은 당대 사회의 정치 현실이다. 일제는 이와 같은 현실 참여를 문제 삼아 1909년에 들어 치안 방해를 이유로 『금수회의록』에 대해 판매 금지 처분을 한다.

표현 면에서 이 작품은 우화 기법과 연설문 형식을 결합해 비판과 풍자의 효과를 두드러지게 하고 있다. 구성상의 특징으로는 일인칭 관찰자인 '나(화자)'가 꿈속에서 인간 사회의 타락상을 성토하는 동물들의 연설을 듣는 형식으로 되어 있다는 점이다. 이는 「금수회의록」이 액자 소설임과 아울러 전대의 '몽유록계 소설'과 연속 관계에 놓여 있음을 말해 준다.

이 작품에는 기독교와 유교의 가치관이 함께 깔려 있다. 작가는 개회 취지에서 만물을 창조한 조화주를 하나님이라고 밝히고 폐회 부분에서 사람들이 악한 일을 많이 저질렀더라도 회개하면 구원을 얻을 수 있다고 했는데, 이는 기독교 사상의 반영이다. 그런가 하면 '반포지효'에서 효 사상을, '무장공자'에서 지조와 절개를 강조하는 등 전통적 윤리관인 유교 사상의 영향 또한 드러난다.

생각 넓히기 이 작품에서는 동물들이 나와 인간들의 악행을 비판하는 연설을 한다. 작가가 「금수회의록」에서 이처럼 우화 기법을 쓴 까닭은 무엇일까?

우화 소설은 주로 동물들의 언행을 빌려 인간들의 우매함과 타락을 풍자하고 이를 계도하려는 목적으로 창작되는 서사 문학이다. 우화 소설은 부조리한 현실을 비판하고 교훈이 담긴 내용을 담기에 알맞을 뿐 아니라 동물들의 말을 통해 에둘러서 주제를 드러낼 수 있는 양식이다. 일제를 비롯한 외세에 국권이 휘둘리던 시기에 작가 안국선은 이런 우화 기법으로 「금수회의록」을 씀으로써 자신의 현실 인식과 정치의식을 강하게 드러낸 것이다.

李海朝

이
해
조

1869~1927

신소설의 개척자 가운데 한 사람이다. 호는 동농(東濃), 열재(悅齋). 구한말 『제국신문』 기자, 대한협
회 간부 등을 지내며 국채 보상 운동에 참여하고 여성의 권리 신장에도 나서는 등 다양한 활동을 했
다. 초기에는 애국 계몽 운동과 맞닿은 작품 활동을 했으나 후기 작품들은 흥미와 오락 위주로 흘렀
다. 『제국신문』, 『황성신문』 같은 매체에 이름을 밝히지 않고 여러 신소설을 연재했으며, 쥘 베른의
『인도 왕녀의 5억 프랑』을 『철세계』로 번안해 내기도 했다. 판소리계 고대 소설인 「춘향전」, 「심청
전」, 「별주부전」을 「옥중화」, 「강상련」, 「토의 간」 같은 신소설로 고쳐 썼다.
이 밖의 주요 작품으로 「월하가인」, 「탄금대」, 「봉선화」 등이 있다.

자유종 1910

오늘 우리나라는 어떠한 비참 지경이오? 세월은 물같이 흘러가고
풍조는 날로 닥치는데, 우리 비록 아홉 폭 치마는 둘렀으나 오늘만
도 더 못한 지경을 또 당하면 상전벽해(桑田碧海)가 눈결에 될지라.
하늘을 부르면 대답이 있나, 부모를 부르면 능력이 있나, 가장을 부
르면 무슨 방책이 있나, 고대광실 뉘가 들며 금의옥식 내 것인가?
이 지경이 이마에 당도했소.

자유종(自由鐘)

설헌 "천지간 만물 중에 동물 되기 [1]희한하고, 천만 가지 동물 중에 사람 되기 [2]극난하다. 그같이 희한하고 그같이 극난한 동물 중 사람이 되어 [3]압 제를 받아 자유를 잃게 되면 하늘이 주신 사람의 직분을 지키지 못함이어 늘, 하물며 사람 사이에 여자 되어 남자의 압제를 받아 자유를 빼앗기면 어 찌 희한코 극난한 동물 중 사람의 권리를 스스로 버림이 아니라 하리오.

여보, 여러분, 나는 옛날 태평 시대에 [4]숙부인(淑夫人)까지 바쳤더니 지금 은 가련한 민족 중의 한 몸이 된 신설헌이올시다. 오늘 이매경 씨 생신에 청 첩을 인하여 왔더니 마침 홍국란 씨와 강금운 씨와 그 외 여러 귀중하신 부 인들이 [5]만좌하셨으니 두어 말씀 하오리다.

희한(稀罕)하다 매우 드물거나 신기하다.
극난(極難)하다 몹시 어렵다.
압제(壓制) 권력이나 폭력으로 남을 꼼짝 못하게 강제로 누름.
숙부인(淑夫人) 조선 시대에, 정삼품 당상 문무관의 아내에게 주던 외명부의 품계. 고종 2년(1865)부터 문무관과 종친의 아내에게 주던 봉작으로도 함께 사용하였다.
만좌(滿座)하다 여러 사람이 자리에 차서 가득하다.

이전 같으면 오늘 이러한 잔치에 취하고 배부르면 무슨 걱정 있으리까마는, 지금 시대가 어떠한 시대며 우리 민족은 어떠한 민족이오? 내 말이 연설 체격과 흡사하나 우리 ⑥규중 여자도 결코 모를 일이 아니올시다.

일본도 삼십 년 전 형편이 우리나라보다 ⑦우심하여 혹 천하대세라 혹 자국전도라 말하는 자는, 미친 자라 ⑧괴악한 사람이라 지목하고 인류로 치지 않더니, 점점 연설이 크게 열리매 전도하는 교인같이 거리거리 떠드나니 국가 형편이요, 부르나니 민족 ⑨사세라, 이삼 인 ⑩모꼬지라도 술잔을 대하기 전에 ⑪소회를 말하고 마시니, 전국 남녀들이 십여 년을 한담도 끊고 잡담도 끊고 언필칭 국가라 민족이라 하더니, 지금 동양에 제일 제이 되는 일대 강국이 되었습니다.

오늘 우리나라는 어떠한 비참 지경이오? 세월은 물같이 흘러가고 풍조는 날로 닥치는데, 우리 비록 아홉 폭 치마는 둘렀으나 오늘만도 더 못한 지경을 또 당하면 ⑫상전벽해(桑田碧海)가 ⑬눈결에 될지라. 하늘을 부르면 대답이 있나, 부모를 부르면 능력이 있나, 가장을 부르면 무슨 방책이 있나, ⑭고대광실 뉘가 들며 ⑮금의옥식 내 것인가? 이 지경이 이마에 당도했소. 우리 삼사 인이 모였든지 오륙 인이 모였든지 어찌 심상한 말로 좋은 음식을 먹으리까? ⑯승평 무사할 때에도 ⑰유의유식(遊衣遊食)은 금법(禁法)이어든 이

규중(閨中) 부녀자가 거처하는 곳. 규문(閨門).
우심(尤甚)하다 더 심하다.
괴악(怪惡)하다 말이나 행동이 이상야릇하고 흉악하다.
사세(事勢) 일이 되어 가는 형세.
모꼬지 여러 사람이 놀이나 잔치 또는 그 밖의 일로 모이는 일.
소회(所懷) 마음에 품고 있는 생각이나 정.
상전벽해 뽕나무밭이 변하여 푸른 바다가 된다는 뜻으로, 세상일의 변천이 심함을 비유적으로 이르는 말.
눈결에 눈에 슬쩍 뜨이는 잠깐 동안에.
고대광실(高臺廣室) 매우 크고 좋은 집.
금의옥식(錦衣玉食) 비단옷과 흰쌀밥이라는 뜻으로, 호화롭고 사치스러운 생활을 이르는 말.
승평(昇平) 나라가 태평함.
유의유식 하는 일 없이 놀면서 입고 먹음.

시대에 두 눈과 두 귀가 남과 같이 총명한 사람이 어찌 국가 의식만 축내리까? 우리 재미있게 학리상으로 토론하여 이날을 보냅시다."

매경 "절당(切當) 18)절당하오이다. 오늘이 참 어떠한 시대요? 이 같은 19)수참하고 통곡할 시대에 나 같은 20)요마한 여자의 생일잔치가 왜 있겠소마는 변변치 못한 술잔으로 여러분을 청하기는 심히 부끄럽고 죄송하나 본의인즉 첫째는 여러분 만나 뵈옵기를 위하고, 둘째는 좋은 말씀을 듣고자 함이올시다.

남자들은 자주 상종하여 지식을 교환하지마는 우리 여자는 한번 만나기 21)졸연하오니이까? 『예기(禮記)』에 가로되 여자는 안에 있어 밖의 일을 말하지 말라 하였고, 『시전(詩傳)』에 가로되 오직 술과 밥을 마땅히 할 뿐이라 하였기로 충암절벽 같은 네 기둥 안에서 나고 자라고 늙었으니, 비록 22)사마자장의 재주 있을지라도 보고 듣는 것이 있어야 아는 것이 있지요.

이러므로 신체 연약하고 지각이 몽매하여 쌀이 무슨 나무에 열리는지, 도미를 어느 산에서 잡는지 모르고, 다만 가장의 비위만 맞춰 앉으라면 앉고 서라면 서니, 23)진소위(眞所謂) 밥 먹는 24)안석이요 옷 입은 25)퇴침이라, 어찌인류라 칭하리까? 그러나 그는 오히려 26)현철한 부인이라, 27)행검(行檢) 있는부인이라 하겠지마는, 성품이 괴악하고 행실이 불미하여 시앗에 투기하기, 친척에 이간하기, 무당 불러 굿하기, 절에 가서 불공하기, 제반 28)악징은 소

절당하다 사리에 꼭 들어맞다.
수참(愁慘)하다 몹시 비참하다. 또는 을씨년스럽고 구슬프다.
요마(幺麽)하다 변변하지 못하다. 작은 상태다.
졸연(卒然)하다 쉽게 할 수 있는 상태에 있다. 어떤 일의 상태가 갑작스럽다.
사마자장(司馬子長) 사마천(司馬遷)의 성과 자를 함께 이르는 말. 중국 전한 시대의 역사가이며 『사기(史記)』의 저자다.
진소위 정말 그야말로.
안석(案席) 벽에 세워 놓고 앉을 때 몸을 기대는 방석.
퇴침(退枕) 서랍이 있는 목침. 속에는 빗과 같은 화장 도구를 넣으며 거울을 붙여 만들기도 한다.
현철(賢哲)하다 어질고 사리에 밝다.
행검 품행이 점잖고 바름. 또는 그 품행.
악징(惡徵) 불길한 징조. 흉조(凶兆).

위 대갓집 부인이 더합디다. 가도가 무너지고 29)수욕이 자심하니 이것이 제 한 집안일인 듯하나 그 영향이 실로 전국에 미치니 어찌 한심치 않으리까?

그런 부인이 생산도 잘 못 하고 혹 생산하더라도 어찌 쓸 자식을 낳으리오? 태내 교육부터 가정교육까지 없으니 제가 생지(生知)의 바탕이 아닌 바에 맹모(孟母)의 삼천(三遷)하시던 교육이 없이 무슨 사람이 되리오? 그러나 재상도 그 자제요 관찰·군수도 그 자제니 국가의 정치가 무엇인지, 법률이 무엇인지 어찌 알겠소? 우리 비록 여자나 무식을 면치 못함을 항상 한탄하더니, 다행히 오늘 여러분 고명하신 부인께서 왕림하여 좋은 말씀을 들려주시니 대단히 기꺼운 일이올시다."

설헌 "변변치 못한 구변이나 내 먼저 말씀하오리다. 우리 대한의 정계가 부패함도 학문 없는 연고요, 민족의 부패함도 학문 없는 연고요, 우리 여자도 학문 없는 연고로 기천 년 금수 대우를 받았으니 우리나라에도 제일 급한 것이 학문이요, 우리 여자 사회도 제일 급한 것이 학문인즉, 학문 말씀을 먼저 하겠소. 우리 이천만 민족 중에 일천만 남자들은 응당 고명한 학교를 졸업하여 정치·법률·군제·농·상·공 등 만 가지 사업이 족하겠지마는, 우리 일천만 여자들은 학문이 무엇인지 도무지 모르고 유의유식으로 남자만 의뢰하여 먹고 입으려 하니 국세가 어찌 빈약치 아니하겠소? 옛말에 백지장도 맞들어야 가볍다 하였으니 우리 일천만 여자도 일천만 남자의 사업을 백지장과 같이 거들었으면 백 년에 할 일을 오십 년에 할 것이요, 십 년에 할 일을 다섯 해면 할 것이니 그 이익이 어떠하고, 나라의 독립도 거기 있고 인민의 자유도 거기 있소.

세계 문명국 사람들은 남녀의 학문과 기예가 차등이 없고, 여자가 남자보다 30)해산하는 재주 한 가지가 더하다 하며, 혹 전쟁이 있어 남자가 다 죽어

수욕(羞辱) 부끄럽고 욕됨.

도 겨우 반구비(半具備)라 하니, 그 여자의 창법 검술까지 [31]통투(通透)함을 가히 알겠도다.

　사람마다 대성인 공부자(孔夫子) 아니거든 어찌 [32]생이지지(生而之知)하리오. 법국[佛蘭西] 파리 대학교에서 토론회를 열매, [33]가편은 사람을 가르치지 못하면 금수와 같다 하고, [34]부편은 사람이 천생 한 성질이니 비록 가르치지 아니할지라도 어찌 금수와 같으리오 하여 경쟁이 대단하되 귀결치 못하였더니, 학도들이 실지를 시험코자 하여 무부모한 아이들을 사다가 심산궁곡에 집 둘을 짓되 네 벽을 다 막고 문 하나만 뚫어 음식과 대소변을 통하게 하고 그 아이를 각각 그 속에서 기를새, 칠팔 년이 된 후 그 아이를 학교로 데려오니 제가 평생에 사람 많은 것을 보지 못하다가 육칠 층 양옥에 인산인해 됨을 보고 크게 놀라 서로 돌아보며 하나는 꼬꼬댁 꼬꼬댁 하고 하나는 끼익 끼익 하니, 이는 다름 아니라 제 집에 아무것도 없고 다만 닭과 돼지만 있는데, 닭이 놀라면 꼬꼬댁 하고 돼지가 놀라면 끼익 끼익 하는 고로 그 아이가 지금 놀라운 일을 보고, 그 소리가 각각 본 대로 난 것이니 그것도 닭과 돼지의 교육을 받음이라. 학생들이 이것을 본 후에 사람을 가르치지 아니하면 금수와 다름없음을 깨달아 가편이 득승하였다 하니, 이로 보건대 우리 여자가 그와 다름이 무엇이오? 일용 범절에 여간 안다는 것이 저 아이의 꼬꼬댁 끼익보다 얼마나 낫소이까? 우리 여자가 기천 년을 [35]암매하고 비참한 경우에 빠져 있었으니 이렇고야 자유권이니 자강력이니 세상에 있는 줄이나 알겠소? 일생에 생사고락이 다 남자 압제 아래 있어, 말하는 [36]제

해산(解産)**하다** 아이를 낳다.
통투하다 사리를 꿰뚫어 환히 알다.
생이지지하다 배우지 않아도 도(道)를 스스로 깨닫다.
가편(可便) 회의에서 안건을 표결할 때 찬성하는 편.
부편(否便) 회의에서 안건을 표결할 때 반대하는 편.
암매(暗昧)**하다** 어리석어 생각이 어둡다.

웅과 숨 쉬는 송장을 면치 못하니 옛 성인의 법제가 어찌 이러하겠소. 『예기』에도 여인 스승이 있고 유모를 택한다 하였고 『소학(小學)』에도 여자 교육이 첫 편이니, 어찌 우리나라 여자 같은 [37]자고송(自枯松)이 있단 말이오?

우리나라 남자들이 아무리 정치가 밝다 하나 여자에게는 대단히 [38]적악(積惡)하였고, 법률이 밝다 하나 여자에게는 대단히 득죄하였습니다. 우리는 기왕이라 말할 것 없거니와 [39]후생이나 불가불 교육을 잘하여야 할 터인데 권리 있는 남자들은 꿈도 깨지 못하니 답답하오. 남자들 마음에는 아들만 귀하고 딸은 귀치 아니한지 [40]일분자라도 귀한 생각이 있으면 사지 오관(四肢五官)이 구비한 자식을 어찌 차마 금수와 같이 길러 이 같은 고해에 빠지게 하는고? 그 아들 가르치는 법도 별수는 없습니다. 『사략통감(史略通鑑)』으로 제일등 교과서를 삼으니 자국 정신은 간 데 없고 중국 혼만 길러서 언필칭 좌전(左傳)이라 강목(綱目)이라 하여 남의 나라 기천 년 흥망성쇠만 의논하고 내 나라 빈부강약은 꿈도 아니 꾸다가 오늘 이 지경을 하였소.

이태리국 역비다산에 올차학이라는 구멍이 있어 해수로 통하였더니 홀연 산이 무너져 구멍 [41]어구가 막힌지라, 그 속이 칠야같이 캄캄한데 본래 있던 고기들이 나오지 못하고 수백 년을 생장하여 눈이 있으나 쓸 곳이 없더니, 어구의 막혔던 흙이 해마다 바닷물에 패어 가며 일조에 궁기 도로 열리매, 밖의 고기가 들어와 수없이 잡아먹되, 그 안에 있던 고기는 눈을 멀뚱멀뚱 뜨고도 [42]저해하려는 것을 전연 모르고 절로 밀려 어구 밖을 혹 나왔으나 못 보던 눈이 졸지에 태양을 당하매 현기가 나며 정신이 없어 어릿어릿

제웅 짚으로 만든 사람 모양의 물건. 초인(草人).
자고송 저절로 말라 죽은 소나무.
적악하다 남에게 악한 짓을 많이 하다.
후생(後生) 뒤에 태어나거나 뒤에 생김. 또는 그런 사람.
일분자(一分子) 어떤 조직체를 이루는 무리 속의 한 구성원.
어구 '어귀'의 사투리. 드나드는 목의 첫머리.
저해하다(沮害)하다 막아서 못하도록 해치다.

하더라 하니, 그와 같이 대문·중문 꽉꽉 닫고 밖에 눈이 오는지 비가 오는지 도무지 알지 못하고 살던 우리나라 이왕 교육은 올차학 교육이라 할 만하니, 그 교육받은 남자들이 무슨 정신으로 우리 정치를 생각하겠소? 우리 여자의 말이 쓸데없을 듯하나 자국의 정신으로 하는 말이니, 오히려 만국 [43] 공사의 헛담판보다 낫습니다. 여러분 부인들은 대한 여자 교육계의 별 방침을 연구하시오."

금운 "여보, 설헌 씨는 학문 설명을 자세히 하셨으나 그 성질과 형편이 그래도 미진한 곳이 있습니다.

우리나라 지식을 보통케 하려면 그 소위 무슨 변에 무슨 자, 무슨 아래 무슨 자라는, 옛날 상전으로 알던 중국 글을 폐지하여야 필요하겠소. 대저 글이라 하는 것은 말과 소와 같아서 그 나라의 [44]범백 정신을 실어 두나니, 우리나라 소위 한문은 곧 [45]지나의 말과 소라. 다만 지나의 정신만 실었으니 우리나라 사람이야 평생을 끌고 당긴들 무슨 이익이 있겠소? 그런 중에 그 말과 소가 대단히 사나워 좀체 사람은 끌지 못하오.

그 글은 졸업 기한이 없고 일평생을 읽을지라도 [46]이태백·[47]한퇴지는 못 되며, 혹 상등으로 총명한 자가 물 쥐어 먹고 십 년 이십 년을 읽어서 [48]실재(實才)라, [49]거벽(巨擘)이라 하여 눈앞에 영웅이 없고, 세상이 돈짝만 하여 내가 내노라고 돌이질치더라도 그 사람더러 정치를 물으면 모른다, 법률을 물으면 모른다, 철학·화학·이화학을 물으면 모르노라, 농학·상학·공학을 물으면 모르노라. 그러면 우리 대종교 공부자 도학의 성질은 어떠하냐 묻게

공사(公使) 국가를 대표하여 파견되는 외교 사절.
범백(凡百) 갖가지의 모든 것.
지나(支那) 중국을 달리 부르는 말. 차이나.
이태백(李太白) 중국 당나라의 시인 이백(李白)의 성과 자를 함께 이르는 말. 시선(詩仙)으로 일컬어진다.
한퇴지(韓退之) 중국 당나라의 문학가이자 사상가인 한유(韓愈)의 성과 자를 함께 이르는 말.
실재 글재주가 있는 사람.
거벽 학식이나 어떤 전문 분야에서 뛰어난 사람.

되면, 그 신성하신 진리는 모르고 다만 아노라 하는 것은, 공자님은 꿇어앉으셨지, 공자님은 [50]광수의(廣袖衣) 입으셨지 하여 가장 [51]도통을 이은 듯이 여기니, 다만 광수의만 입고 꿇어만 앉았으면 사람마다 천만 년 종교 부자가 되오리까?

공자님은 춤도 추시고, 노래도 하시고, 풍류도 하시고, 선배도 되시고, 문장도 되시고, 장수가 되셔도 가하고, [52]천자도 가히 되실 신성하신 우리 공부자님을, 어찌하여 속은 컴컴하고 외양만 [53]번주그레한 위인들이 광수의만 입고 꿇어만 앉아 공자님 도학이 이뿐이라 하여 [54]고담준론을 하면서 이렇게 하여야 집을 보존하고 인군을 섬긴다 하여 자기 자손뿐 아니라 남의 자제까지 [55]연골(軟骨)에 버려 [56]골생원님이 되게 하니, 그런 자들은 종교에 난적(亂賊)이요, 교육에 공적(公敵)이라 공자님께서 대단히 욕보셨소. 설사 공자님이 생존하셨을지라도 오히려 북을 울려 그자들을 벌하셨으리라.

그만도 못한, 승부군이라 일차군이라 하는 자는 천시도 모르고, 지리도 모르고, 다만 [57]의취(意趣) 없는 강남 풍월한 다년이라. 뜻도 모르는 것은 원코 형코라 하여 국가의 수용하는 인재 노릇을 하였으니 그렇고야 어찌 나라가 이 지경이 아니 되겠소?

대체 글을 무엇에 쓰자고 읽소? 사리를 통하려고 읽는 것인데 내 나라 지지와 역사를 모르고서 [58]『제갈량전』과 [59]『비사맥전』을 천만 번이나 읽은들

광수의 소매 넓은 옷.

도통(道統) 도학(道學)을 전하는 계통.

천자(天子) 천제(天帝)의 아들, 즉 하늘의 뜻을 받아 하늘을 대신하여 천하를 다스리는 사람이라는 뜻으로, 군주 국가의 최고 통치자를 이르는 말.

번주그레하다 생김새가 겉보기에 번번하다.

고담준론(高談峻論) 아무 거리낌 없이 잘난 체하며 과장하여 떠벌리는 말. 뜻이 높고 바르며 엄숙하고 날카로운 말.

연골 나이가 어려 아직 뼈가 굳지 않은 체질. 또는 그런 사람.

골생원(骨生員) 옹졸하고 고루한 사람을 속되게 이르는 말. 골샌님.

의취 의지와 취향을 아울러 이르는 말.

제갈량전 중국 삼국 시대 촉한(蜀漢)의 명재상이자 전략가인 제갈량의 전기.

비사맥전(比斯麥傳) 독일의 통일을 이끈 철혈 재상 비스마르크의 전기.

현금 비참한 지경을 면하겠소? 일본 학교 교과서를 보시오. 소학교 교과하는 것은 당초에 대한이라 청국이라는 말도 없이 다만 자국 인물이 어떠하고 자국 지리가 어떠하다 하여 자국 정신이 굳은 후에 비로소 만국 역사와 만국 지지를 가르치니, 그런 고로 무론 남녀하고 자국의 보통 지식 없는 자가 없어 오늘날 저러한 큰 세력을 얻어 나라의 영광을 내었소.

우리나라 남자들은 거룩하고 고명한 학문이 있는 듯하나 우리 여자 사회에야 그 썩고 냄새나는 [60]천지현황(天地玄黃) 글자나 아는 사람이 몇이나 되오? 남자들도 응당 귀도 있고 눈도 있으리니 타국 남자와 같이 학문을 힘쓰려니와, 우리 여자도 타국 여자와 같이 지식이 있어야 우리 대한 삼천리강토도 보전하고 우리 여자 누백 년 금수도 면하리니, 지식을 넓히려면 하필 어렵고 어려운 십 년 이십 년 배워도 천치를 면치 못할 학문이 쓸데 있소? 불가불 자국 교과를 힘써야 되겠다 합니다."

국란 "아니오, 우리나라가 가뜩 무식한데 그나마 한문도 없어지면 [61]수모 세계를 만들려오? 수모란 것은 눈이 없이 새우를 따라다니면서 새우 눈을 제 눈같이 아나니 수모 세계가 되면 새우는 어디 있나? 아니 될 말이오. 졸지에 한문을 없이하고 국문만 힘쓰면 무슨 별 지식이 나리까? 나도 한문을 좋다 하는 것은 아니나 형편으로 말하면 요순 이래 치국평천하하는 법과 수신제가하는 천사만사가 모두 한문에 있으니 졸지에 한문을 없애고 국문만 쓰면, 비유컨대 유리창을 떼어 버리고 흙벽 치는 셈이오. 국문은 우리나라 세종대왕께서 만드실 때 [62]적공이 대단하셨소. 사신을 여러 번 중국에 보내어 그 성음 이치를 알아다가 자모음을 만드시니, [63]반절(反切)이 그것이오.

천지현황 '검은 하늘과 누런 땅'이라는 뜻으로, 천자문(千字文)의 첫 사자성어.
수모(水母) 해파리.
적공(積功) 많은 힘을 들여 애를 씀. 공을 쌓음.
반절 '훈민정음'을 달리 이르는 말. 한자의 음을 나타낼 때 다른 두 한자의 음을 반씩 따서 합치는 방법.

우리 세종대왕 근로하신 성덕은 다 말씀할 수 없거니와 반절 몇 줄에 나라 돈도 많이 들었소. 그렇건마는 백성들은 죽도록 한문자만 숭상하고 국문은 버려두어서 ⁶⁴⁾암글이라 지목하여 부인이나 천인이 배우되 반절만 깨치면 다시 읽을 것이 없으니 보는 것은 다만 「춘향전」·「심청전」·「홍길동전」 ⁶⁵⁾등물뿐이라, 「춘향전」을 보면 정치를 알겠소? 「심청전」을 보고 법률을 알겠소? 「홍길동전」을 보아 도덕을 알겠소? 말할진대 「춘향전」은 음탕 교과서요, 「심청전」은 처량 교과서요, 「홍길동전」은 허황 교과서라 할 것이니, 국민을 음탕 교과로 가르치면 어찌 풍속이 아름다우며, 처량 교과로 가르치면 ⁶⁶⁾장진지망(長進之望)이 있으며, 허황 교과서로 가르치면 어찌 정대한 기상이 있으리까? 우리나라 난봉 남자와 음탕한 여자의 제반 악징이 다 이에서 나니 그 영향이 어떠하오?

혹 발명하려면 「춘향전」을 누가 가르쳤나, 「심청전」을 누가 배우라나, 「홍길동전」을 누가 읽으라나, 비록 읽으라 할지라도 다 제게 달렸지 할 터이나, 이것이 가르친 것보다 더하지, 휘문 의숙 같은 수층 양옥과 보성 학교 같은 너른 교장에 칠판·괘종·책상·걸상을 벌여 놓고 고명한 교사를 월급 주어 가르치는 것보다 더 심하오. 그것은 구역과 시간이나 있거니와 이것은 구역도 없고 시간도 없이 전국 남녀들이 자유권으로 틈틈이 보고 곳곳이 읽으니 그 좋은 몇백만 청년을 음탕하고 처량하고 허황한 구멍에 쓸어 묻는단 말이오.

그나 그뿐이오? 혹 기도하면 아이를 낳는다, 혹 산신이 강림하여 복을 준다, 혹 ⁶⁷⁾면례를 잘하여 부귀를 얻는다, 혹 불공하여 재액을 막았다, 혹 돌구

암글 예전에, 여자들이나 쓸 글이라는 뜻으로, 한글을 낮잡아 이르던 말.
등물(等物) 같은 종류의 물건.
장진지망 앞으로 잘되어 갈 전망이나 희망.
면례(緬禮) 무덤을 옮겨서 다시 장사를 지냄. 또는 그런 일.

멍에서 용마가 났다, 혹 신선이 학을 타고 논다, 혹 [68]최판관이 붓을 들고 앉았다 하는 제반 악징의 괴괴망측한 말을 다 국문으로 기록하여 출판한 판책도 많고 [69]등출(謄出)한 [70]세책(貰册)도 많아 경향 각처에 불똥 뛰어 박이듯 없는 집이 없으니 그것도 [71]오거서라 평생을 보아도 못 다 보오.

그 책을 나도 여간 보았거니와 좋은 종이에 주옥같은 글씨로 세세성문하여 혹 이삼 권 혹 수십여 권 되는 것이 많고 백 권 내외 되는 것도 있으니, 그 자본은 적으며 그 세월은 얼마나 허비하였겠소? 백해무익한 그 책을 값을 주고 사며 세를 주고 얻어 보니 그 돈은 헛돈이 아니오? 국문 폐단은 그러하지마는 지금 금운 씨의 말과 같이 한문을 전폐하고 국문만 쓸진대 「춘향전」·「심청전」·「홍길동전」이 되겠소? 괴악망측한 소설이 [72]제자백가가 되겠소? 그는 다 나의 분격한 말이라, 나도 항상 말하기를 자국 정신을 보존하려면 국문을 써야 되겠다 하지마는 그 방법은 졸지에 계획할 수 없습니다.

가령 남의 큰 집에 들었다가 그 집이 본래 남의 집이라 믿음성이 없다 하고 떠나려면, 한편으로 차차 재목을 준비하고 목수·석수를 불러 [73]시역할 새, 먼저 배산임수 좋은 곳에 터를 닦아 모월 모일 모시에 입주하고, 일대 문장에게 [74]상량문을 받아 아랑위아랑위 하는 소리에 수십 척 들보를 높이 얹고 정당 몇 간, 침실 몇 간, 행랑 몇 간을 예산대로 세워 놓으니, 차방·다락 조밀하고 도배·장판 정쇄한데, 우리나라 효자 열녀의 좋은 말씀을 문장 명필의 고명한 솜씨로 기록하여 [75]부벽주련(付壁柱聯)으로 여기저기 붙이고

최판관(崔判官) 저승의 벼슬아치. 죽은 사람에 대하여 살았을 때의 선악을 판단한다고 한다.
등출하다 원본에서 베껴 옮기다.
세책 돈을 받고 책을 빌려 줌. 또는 그 책.
오거서(五車書) 다섯 수레에 실을 만한 책이란 뜻으로, 많은 장서(藏書)를 이르는 말.
제자백가(諸子百家) 중국 춘추 전국 시대의 여러 학파.
시역(始役)하다 토목이나 건축 따위의 공사를 시작하다.
상량문(上梁文) 새로 지은 집을 축복하는 글.
부벽주련 벽이나 기둥에 붙이는 글자나 그림.

나도 내 집 사랑한다는 76)대자현판을 정당에 높이 단 연후에 그제야 세간 집물을 옮겨다가 쌓을 데 쌓고 놓을 데 놓아 77)질자배기 78)부지깽이 한 개라도 79)서실이 없어야 이사한 해가 없나니, 만일 옛집을 남의 집이라 하여 졸지에 몸만 나오든지 세간 집물을 한데 내놓든지 하고 그 집을 비어 주인을 맡기면 어디로 가자는 말이오?

우리나라 국문은 미상불 좋은 글이나 닦달 아니한 재목과 같으니, 만일 한문을 버리고 국문만 쓰려면 한문에 있는 천만 사와 천만 법을 국문으로 번역하여 80)유루한 것이 없은 연후에 서서히 한문을 폐하여 지나 사람을 되주든지 우리가 휴지로 쓰든지 하고, 그제야 국문을 81)가위 글이라 할 것이니, 이 일을 예산한즉 오십 년 가량이라야 성공하겠소.

만일 졸지에 한문을 없이하려면 남의 집이라고 몸만 나오는 것과 무엇이 다르오? 남의 집은 주인이 있어 혹 내놓으라고 독촉도 하려니와 한문이야 누가 내놓으라 하는 말이 있소? 서서히 형편을 보아 폐지함이 가할 것이오. 국문만 쓸지라도 옛날 보던 「춘향전」이니 「홍길동전」이니 「심청전」이니 그 외에 여러 가지 음담패설을 다 엄금하여야 국문에 영향이 정대하고 광명하지, 그렇지 못하면 수천 년 숭상하던 한문만 잃어버리리니 정대한 국문만 쓸진대 누가 편리치 않다 하오리까?

가령 한문의 부자, 군신이 국문의 부자, 군신과 경중이 있소? 국문의 백 냥, 천 냥이 한문의 백 냥, 천 냥과 다소가 있소? 국문으로 82)패독산 83)방문

대자현판(大字懸板) 글자나 그림을 크게 새기거나 써서 문 위의 벽 같은 곳에 다는 널조각.
질자배기 둥글넓적하고 아가리가 넓게 벌어진 질그릇.
부지깽이 아궁이 따위에 불을 땔 때에 쓰는 가느스름한 막대기.
서실(閪失) 물건을 흐지부지 잃어버림.
유루(遺漏)**하다** 빠져 나가거나 새어 나가다.
가위(可謂) 한마디의 말로 이르자면. 또는 그런 뜻에서 참으로.
패독산(敗毒散) 강활, 독활, 시호 따위를 넣어서 달여 만드는 탕약. 감기와 몸살에 쓴다.
방문(方文) 약방문.

을 내어도 발산되기는 일반이요, 국문으로 [84]삼해주(三亥酒) 방법을 [85]빙거(憑據)하여도 취하기는 한 모양이오. 국문으로 욕설하면 탄하지 않겠소? 한문으로 칭찬하면 더 좋아하겠소? 국문의 호랑이도 무섭고, 국문의 원앙새도 어여쁘리다.

국문과 한문이 다름없으나 어찌 우리 여자 권리로 연혁을 확정하리오. 문부 관리들 참 딱한 것이, 국문은 쓰든지 아니 쓰든지 그 잡담 소설이나 금하였으면 좋겠소. 그것 발매하는 자들이 [86]투전 장사나 다름없나니 투전은 재물이나 상하려니와 음담 소설은 정신조차 버리오. 문부 관리들 그 아니 답답하오? 청년 남녀의 정신 잃는 것을 어찌 차마 앉아 보기만 하오?

학무국은 무슨 일들 하며 편집국은 무슨 일들 하는지, 저러한 관리를 믿다가는 배꼽에 노송나무가 나겠소. 우리 여자 사회가 단체하여 문부 관리에게 질문 한번 하여 보옵시다."

매경 "여보, 사회단체가 그리 용이하오? 우리나라 백 년 이하 각항 단체를 내 대강 말하오리다. 관인 사회는 말할 것이 없거니와 종교 사회로 말할지라도 물론 어느 나라하고 종교 없이 어찌 사오? 야만 부락의 코끼리에게 절하는 것과, 태양에게 비는 것과, 불과 물을 위하는 것을 웃기는 웃거니와, 그 진리를 연구하면 [87]용혹무괴요. 만일 다수한 국민이 겁내는 것도 없고 의귀할 곳도 없고 존칭할 것도 없으면 어찌 국민의 질서가 있겠소? 약육강식하는 금수 세계만도 못하리다.

그런고로 [88]태서(泰西) 정치가에서 남의 나라의 강약허실을 살피려면 먼저 그 나라 종교 성질을 본다 하니 그 말이 유리하오. 만일 종교에 의귀할

삼해주 정월의 세 해일(亥日)에 만든 술.
빙거하다 사실을 증명할 근거를 대다.
투전(鬪牋) 노름 도구의 하나. 또는 그것으로 하는 노름.
용혹무괴(容或無怪) 혹시 그런 일이 있더라도 괴이할 것이 없음.
태서(泰西) '서양'을 예스럽게 이르는 말.

바 없으면 비록 인물이 번성하고 토지가 강대한 나라로 군부에 대포가 가득하고 탁지에 금전이 가득하고 공부에 기재가 가득할지라도 수백 년 전 남미 인종과 다름없으리다.

동서양 종교 수효와 범위를 말씀하건대 89)회회교 · 90)희랍교 · 91)토숙탄교 · 천주교 · 기독교 · 92)석가교와 그 외에 여러 교가 각각 범위를 넓혀 세계에 세력을 확장하되 저 교는 그르다, 이 교는 옳다 하여 경쟁하는 세력이 대포 장창보다 맹렬하니, 그 중에 망하는 나라도 많고 흥하는 사람 많소.

우리 동양 제일 종교는 세계의 독일무이하신 대성 지성하신 공부자 아니시오? 그 말씀에 정대한 부자 · 군신 · 부부 · 형제 · 붕우에 일용 상행하는 일을 의론하사 사람으로 하여금 사람 되는 도리를 가르치시니, 그 성덕이 거룩하시고 융성하시며 93)향념하시는 마음이 일광과 같으사 귀천 남녀 없이 다 비추이건마는 우리나라는 범위를 좁혀서 남자만 종교를 알지 여자는 모를 게라, 귀인만 종교를 알지 천인은 모를 게라 하여 94)대성전(大成殿)에 제관 싸움이나 하고 시골 향교에 95)재임(齋任)이나 팔아먹고 소민(小民)들은 향교 96)추렴이나 물으니 공자님의 도하는 것이 무엇이오?

도포나 입고 쌍상투나 틀고 혁대와 중영이나 달고 꿇어앉아서 마음이 어떠한 것이라, 성품이 어떠한 것이라 하며 진리는 모르고 줏들은 풍월같이 지껄이면서 이만하면 수신제가도 자족하지, 치국평천하도 자족하지, 세상도 한심하지, 나 같은 97)도학군자를 아니 쓰기로 이렇다 하여 백 가지로 개

회회교(回回敎) 이슬람교.
희랍교(希臘敎) 그리스 정교회.
토숙탄교 조로아스터교.
석가교(釋迦敎) 불교를 달리 이르는 말.
향념(向念)하다 마음을 기울이다.
대성전 문묘 안에 공자의 위패를 모신 전각.
재임 성균관이나 향교 따위에서 숙식하는 유생으로서 그 안의 일을 맡아보던 임원.
추렴 모임이나 놀이 또는 잔치 따위의 비용으로 여럿이 각각 얼마씩의 돈을 내어 거둠.
도학군자(道學君子) 도학을 닦아 덕이 높은 사람. 도덕군자.

탄하다가 혹 세도재상에게 소개하여 ⁹⁸⁾좨주, ⁹⁹⁾찬선으로 초선(抄選)이나 되면 공자님이 당시의 자기로만 알고 도태를 뽑아내며 괴팍한 위인에 ¹⁰⁰⁾야매한 언론으로 천하대세도 모르고 ¹⁰¹⁾척양(斥洋)합시다, ¹⁰²⁾척외(斥外)합시다, 상소나 ¹⁰³⁾요명(要名) 차로 눈치 보아 가며 한두 번 하여 시골 선배의 칭찬이나 듣는 것이 ¹⁰⁴⁾대욕소관(大慾所關)이지.

옛적 정 ¹⁰⁵⁾자산의 외교 수단을 공자님도 칭찬하셨으니 공자님은 ¹⁰⁶⁾척화를 모르시오. 척화도 형편대로 하는 것이지 붓끝으로만 척화, 척화 하면 척화가 되오? 또 고상하다 자칭하는 자는 당초 사직으로 장기를 삼아 나라가 내게 무슨 상관있나? 백성이 내게 무슨 이해 있나? ¹⁰⁷⁾독선기신(獨善其身)이 제일이지, 자질도 이렇게 가르치고 문인도 이렇게 ¹⁰⁸⁾어거하여 혹 총명재자가 있어 각국 문명을 ¹⁰⁹⁾흠선하여 정치가 어떠하다, 법률이 어떠하다, 교육이 어떠하다 언론을 하게 되면 자세히 듣지는 아니하고 돌려세우고 고담준론으로 아무 집 자식도 버렸다, 그 조상도 불쌍하다 하여 문인 자제를 엄하게 ¹¹⁰⁾신칙하되, 아무개와 상종을 말라, 그 말을 듣다가는 너희가 내 눈앞에 보이지 말라 하니, 우리 이천만 인이 다 그 사람의 제자 되면 나라꼴은 잘되겠지요.

그만도 못한 ¹¹¹⁾시골고라리 사회는 더구나 장관이지. 공자님 성씨가 누구

좨주(祭酒) 조선 시대에, 성균관에 속한 정삼품 벼슬.
찬선(贊善) 조선 시대에, 세자시강원에 속하여 왕세자의 교육을 맡아보던 정삼품 벼슬.
야매(野昧)하다 촌스럽고 어리석다.
척양하다 서양 세력을 배척하다.
척외하다 외세를 배척하다.
요명 명예를 구함.
대욕소관 큰 욕심과 관계되는 바가 있음.
자산(子産) 중국 춘추 시대 정나라의 정치가. 진나라와 초나라의 역학 관계를 이용하여 정나라의 평화를 유지하였다.
척화(斥和) 화친하자는 논의를 배척함.
독선기신 남을 돌보지 아니하고 자기 한 몸의 처신만을 온전하게 함.
어거(馭車)하다 거느리어 바른길로 나가게 하다.
흠선(欽羨)하다 우러러 공경하고 부러워하다.
신칙(申飭)하다 단단히 타일러서 경계하다.

신지요, [112)]휘자가 무엇인지 알지도 못하는 인류들이 향교와 서원은 자기들의 밥자리로 알고, 사돈 여보게, 출표하러 가세. 생질 너도 술 먹으러 오너라. 돼지나 잡았는지. 개장국도 꽤 먹겠네. 수복아, 추렴통문 놓아라. 고직아, 별하기 닭아라. 아무가 문필은 똑똑하지마는 지체가 나빠 [113)]봉향 가음 못 되어, 아무는 무식하지마는 세력을 생각하면 [114)]대축(大祝)이야 갈 데 있나. 명륜당(明倫堂)이 견고하여 술주정 좀 하여도 무너질 바 없지.

　　[115)]교궁(校宮)은 이렇게 위하여야 종교를 밝히지. 아무 골 향교에는 학교를 설시하였다 하고, 아무 골 향교 전답을 학교에 붙였다 하니, 그 골에는 사람의 새끼 같은 것이 하나 없어 그러한 변이 어디 또 있나? 아무 골 향족이 명륜당에 앉았다니 그 마룻장은 대패질을 하여라. 아무 집 일명이 [116)]색장을 붙었다니 그 재판을 수세미질이나 하여라 하여, 종교라는 종 자는 무슨 종 자며 교 자는 무슨 교 자인지 착착 접어 먼지 속에 파묻고, 싸우나니 양반이요 다투나니 재물이라. 이것이 우리 신성하신 대종교라 하오. 한심하고 통곡할 만도 하오. 종교가 이렇듯 부패하니 국세가 어찌 강성하겠소? 학교와 서원 성질을 말하리다. 서원은 소학교 자격이요, 향교는 중학교 자격이요, 태학은 대학교 자격이라. 서원은 선현 화상을 봉안하여 소학 동자로 하여금 자국 인물을 기념케 함이요, 향교에는 대성인 위패를 봉안하여 중학 학생으로 하여금 종교를 경앙케 함이요, 태학에는 [117)]예악 문물을 더 융성히 하여 태학 학생으로 하여금 종교 사상이 더욱 견고케 함이니, 어찌 다만

시골고라리 어리석고 고집 센 시골 사람을 놀림조로 이르는 말. 고라리.
휘자(諱字) 돌아가신 어른이나 높은 어른의 이름자.
봉향(奉香) 헌관이 분향할 때 오른편 옆에서 집사관이 향합과 향로를 받들던 일.
대축 종묘나 문묘 제향 때에 초헌관(初獻官)이 술을 따르면 신위(神位) 옆에서 축문을 읽던 사람. 또는 그런 일을 맡아보던 벼슬.
교궁 각 고을에 있는 문묘.
색장(色掌) 조선 시대에 둔 성균관 유생 자치회의 간부. 식당의 검찰(檢察)을 주 임무로 하였다.
예악(禮樂) 예법과 음악을 아울러 이르는 말.

제사만 소중이라 하여 사당집과 일반으로 돌려보내리오? 교육을 주장하는 고로 향교와 서원을 당초에 설시하였고, 종교를 귀중하는 고로 대성인과 명현을 뫼셨고, 성현을 뫼신 고로 제례를 행하나니, 교육과 종교는 주체가 되고 제사는 객체가 되거늘, 근래는 주체는 없어지고 객체만 숭상하니 어찌 118)열성조(列聖朝)의 설시하신 본의라 하리오?

제사만 위한다 할진대 119)태묘도 한 곳뿐이어늘, 아무리 성인을 존봉할지라도 어찌 삼백육십여 군의 골골마다 120)향화를 받들리까? 저 무식한 자들이 교육과 종교는 버리고 제사만 위중한다 한들 성현의 마음이 어찌 편안하시리까?

종교에야 어찌 귀천과 남녀가 다르겠소? 지금이라도 종교를 위하려면 121)성경현전을 알아보기 쉽도록 국문으로 번역하여 거리거리 연설하고, 성묘와 서원에 122)무애희 농용하며, 가령 제사로 말할지라도 귀인은 귀인 예복으로 참사하고, 천인은 천인 의관으로 참사하고, 여자는 여자 의복으로 참사하여, 너도 공자님 제자, 나도 공자님 제자 되기 일반이라 하면 종교 범위도 넓고, 사회단체도 굳으리다. 또 사회의 폐습을 말할진대 확실한 단체는 못 보겠습디다. 상업 사회는 에누리 사회요, 공장 사회는 날림 사회요, 농업 사회는 야매 사회라, 하나도 진실하고 기묘하여 외국 문명을 당할 것은 없으니 무슨 단체가 되겠소? 근래 신교육 사회는 구교육 사회보다는 낫다 하나 123)불심상원(不甚相遠)이오.

관공립은 화욕 학교라 실상은 없고 문구뿐이요, 각처 사립은 단명 학교라

열성조 여러 대(代)의 임금의 시대.
태표(太廟) 종묘(宗廟).
향화(香火) 향을 피운다는 뜻으로, '제사'를 이르는 말.
성경현전(聖經賢傳) 유학의 성현(聖賢)이 남긴 글. 성인(聖人)의 글을 '경(經)'이라고 하고, 현인(賢人)의 글을 '전(傳)'이라고 한다.
무애희(無寐戱) 무악(舞樂)의 한 가지.
불심상원 크게 다르지 아니하고 거의 같음.

기본이 없어 번차례로 폐지할 뿐 아니라, 무론 아무 학교든지 그 중에 열심한다는 교장이니 124)찬성장이니 하는 임원더러 묻되, 이 학교에 제갈량과 이순신과 비사맥과 125)격란사돈 같은 인재를 교육하여 일후의 국가 대사를 경륜하려오 하면 열에 한둘도 없고, 또 묻되 이 학교에 인재 성취는 이다음 일이요 교육 사회에 명예나 취하려오 하면 열에 칠팔이 더 되니, 그 성의가 그러하고야 어찌 장구히 유지하겠소? 교원·강사도 126)한만(閑漫)한 출입을 아니하고 시간을 지키어 왕래한다니 그 열심은 거룩하오. 공익을 위함인지, 명예를 위함인지, 월급을 위함인지, 명예도 아니요, 월급도 아니요, 실로 공익만 위한다 하는 자 몇이나 되겠소?

무론 공사관립하고 여러 학생들에게 묻되, 학문을 힘써 일후에 127)사환(仕宦)을 하든지 일신 쾌락을 희망하느냐, 국가에 몸을 바치는 정신 얻기를 주의하느냐 하게 되면, 대중소 학교 몇만 명 학도 중에 국가 정신이라고 대답하는 자 몇몇이나 되겠소?

또 여자 교육회니 여학교니 하는 것도 권리 없고 자본 없는 부인에게만 맡겨 두니 어찌 128)흥왕하리오? 무론 아무 사회하고 이익만 위하고, 좀 낫다는 자는 명예만 위하고, 진실한 성심으로 나라를 위하여 이것을 한다든가 백성을 위하여 이것을 한다는 자 역시 몇이나 되겠소?

이렇게 교육 교육 할지라도 십 년 이십 년에 영향을 알리니 그 중에도 몇 사람이야 열심 있고 성의 있어 129)시사를 통곡할 자가 있겠지요마는 단체 효력을 오히려 못 보거든, 하물며 우리 여자에 무슨 단체가 조직되겠소? 아

찬성장 후원회장.
격란사돈(格蘭斯頓) 윌리엄 글래드스턴(William Ewart Gladstone)을 말한다. 영국의 정치가로 네 차례에 걸쳐 총리를 지냈다.
한만하다 한가하고 느긋하다.
사환 벼슬살이를 함.
흥왕(興旺)하다 번창하고 세력이 매우 왕성하다.
시사(時事) 그 당시에 일어난 여러 가지 사회적 사건.

직 가정 여러 자녀를 잘 가르치고 정분 있는 여자들에게 서로 권고하여 십 인이 모이고 이십 인이 모여 차차 단정히 설립하여야 사회든지 교육이든지 하여 보지, 졸지에 몇백 명 몇천 명을 모아도 실효가 없어 일상 남자 사회만 못하리다."

설헌 "그러하오마는 세상일이 어찌 아무것도 아니하고 앉아서 기다리기만 하리까? 여보, 우리 여자 몇몇이 지껄이는 것이 풀벌레 같을지라도 몇 사람이 주창하고 몇 사람이 권고하면 아니 될 일이 어디 있소? 석 달 장마에 한 점 볕이 갤 장본이요, 몇 달 가물에 한 조각 구름이 비 올 장본이니, 우리 몇 사람의 말로 천만 인 사회가 되지 아니할지 뉘 알겠소?

청국 명사 130)양계초(梁啓超) 씨 말씀에 하였으되, 대저 사람이 일을 하려면 이기려다가 패함도 있거니와 패할까 염려하여 당초에 하지 아니하면 이는 당초에 패한 사람이라 하니, 오늘 시작하여 내일 성공할 일이 우리 팔자에 왜 있겠소? 그러나 우리가 우쭐거려야 우리 자식 손자들이나 행복을 누리지, 일향 우리나라 사람을 부패하다, 무식하다 조롱만 하면 똑똑하고 요요한 남의 나라 사람이 우리에게 소용 있소?

우리나라 삼백 년 이전이야 어떠한 정치며 어떠한 문물이오? 일본이 지금 아무리 문명하다 하여도 범백 제도를 우리나라에서 많이 배워 갔소. 그 나라 국문도 우리나라 131)왕인(王仁) 씨가 지은 것이니, 근일 우리나라가 부패치 아니한 것은 아니나 단군 기자 이후로 수천 년 이래에 어떠한 민족이오?

철학가 말에 편안한 것이 위태한 근본이라 하니, 우리나라 사람이 기백 년 편안하였은즉 한번 위태한 일이 어찌 없겠소? 또 말하였으되 무식은 유

양계초 량치차오. 중국 청나라 말에서 중화민국 초의 정치가이자 사상가. 입헌 군주제를 주장하여 무술변법을 시도하였으나 실패하자 일본으로 망명하였다.
왕인 백제 근초고왕 때의 학자. 『천자문』과 『논어』를 가지고 일본에 건너가 한학(漢學)을 알리는 한편, 일본 왕자의 사부가 되었다.

식의 근원이라 하였으니, 우리나라 사람이 오래 무식하였으니 한번 유식하지 아니할 이유가 있겠소?

가령 남의 집에 가서 보고 그 집 사람들은 음식도 잘하더라, 의복도 잘하더라, 내 집에서는 의복·음식 솜씨가 저러하지 못하니 무엇에 쓸꼬 하고 [132]가속을 박대하면 남의 좋은 의복·음식이 내게 무슨 상관있소? 차라리 저 음식은 어떠하니 좋지 아니하다, 이 의복은 어떠하니 좋지 아니하다 하여 제도를 자세히 가르쳐서 남의 것과 같이하는 것만 못하니, 부질없이 내 집안사람만 불만히 여기면 [133]가도가 바로잡힐 리가 있으리까?

『소학』에 가로되, 좋은 사람이 없다 함은 덕 있는 말이 아니라 하였으니, 내 나라 사람을 무식하다고 [134]능멸하여 권고 한마디 없으면 유식하신 매경 씨만 홀로 살으시려오? 여보 여보, 열심을 잃지 말고 어서어서 잡지도 발간, 교과서도 지어서 우리 일천만 여자 동포에게 돌립시다.

우리 여자의 마음이 이러하면 남자도 응당 귀가 있겠지. 십 년 이십 년을 멀다 마오. [135]산림 어른이 연설꾼 아니 될지 뉘 알며, 향교 재임이 체조 교사 아니 될지 뉘 알겠소? 속담에 이른 말에 뜬쇠가 달면 더 뜨겁다 하였소.

지금은 범백 권리가 다 남자에게 있다 하나 영원한 권리는 우리 여자가 차지합시다. 매경 씨 말씀에, 자녀를 교육하자 함이 진리를 알으시는 일이오. 우리 여자만 합심하고 자녀를 잘 교육하면 제이세의 문명은 우리 사업이라 할 수 있소.

자식 기르는 방법을 대강 말하오리다. 자식을 낳은 후에 가르칠 뿐 아니라 뱃속에서부터 가르친다 하였으니, 그런 고로 『예기』에 태육법을 자세히

가속(家屬) 한 집안에 딸린 구성원. 식솔.
가도(家道) 집안에서 마땅히 지켜야 할 도덕적 규범. 집안 살림을 하여 가는 방도.
능멸(凌蔑)**하다** 업신여기어 깔보다.
산림(山林) 학식과 덕이 높으나 벼슬을 하지 아니하고 숨어 지내는 선비.

말하였으되, 부인이 잉태하매 돗자리가 바르지 아니하거든 앉지 아니하며, 벤 것이 바르지 아니하거든 먹지 말라 하였으니, 그 앉는 돗, 먹는 음식이 탯덩이에 무슨 상관이 있겠소마는 바른 도리로만 행하여 마음에 잊지 말라 함이오. 의원의 말에도 자식 밴 부인이 잡것을 먹지 말라 하고, 음식의 차고 더운 것을 평균케 하고, 배를 항상 더웁게 하고, [136]당삭하거든 약간 노동하여야 순산한다 하였소.

뱃속에서도 이렇게 조심하거든 나온 후에 어찌 범연히 양육하오리까? 제가 비록 지각이 없을 때라도 어찌 그 앞에서 터럭만치 그른 일을 행하겠소? 밥 먹는 법, 잠자는 법, 말하는 법, 걸음 걷는 법 [137]일동일정을 가르치되, 속이지 아니함을 주장하여 정대한 성품을 양육한즉 대인군자가 어찌하여 되지 못하리까?

맹자님 모친께서 맹자님 기르실 때에 마침 동편 이웃집에서 돼지를 잡거늘 맹자께서 물으시되, 저 돼지는 어찌하야 잡나니이까? 맹모 [138]희롱으로, 너를 먹이려고 잡는다 하셨더니 즉시 후회하시되, 어린아이를 속이는 법을 가르쳤다 하고 그 고기를 사다가 먹이신 일이 있고, 맹자 점점 자라실새 장난이 심하여 산 밑에서 살 때에 [139]상두꾼 흉내를 내시거늘 맹모가 가라사대, 이곳이 아이 기를 곳이 못 된다 하시고 [140]저자 근처로 이사하였더니, 맹자께서 또 물건 매매하는 형용을 지으시니 맹모가 또 집을 떠나 학궁(學宮) 곁에 거하시매, 그제야 맹자 예절 있는 희롱을 하시는지라 맹모 말씀이 이는 참 자식 기를 곳이라 하시고 가르쳐 만세 [141]아성이 되셨소. 한 아들을 가

당삭(當朔)하다 임부가 해산달을 맞이하다. 임삭(臨朔)하다.
일동일정(一動一靜) 하나하나의 동정. 또는 모든 동작.
희롱(戲弄) 말이나 행동으로 실없이 놀림.
상두꾼 상여를 메는 사람.
저자 '시장(市場)'을 예스럽게 이르는 말.
아성(亞聖) 유학에서 공자 다음가는 성인(聖人)이라고 하여 '맹자'를 이르는 말.

르쳐 142)억조창생에게 무궁한 도학이 있게 하시니 교육이란 것이 어떠하오? 만일 맹자께서 상두나 메시고 물건이나 팔러 다니셨다면 오늘날 맹자님을 누가 알겠소?

『비유요지』라 하는 책에 말하였으되, 서양에 한 부인이 그 아들을 잘 교육할새 그 아들이 장성하여 장사치로 나가거늘 그 부인이 부탁하되, 너는 어디 가든지 남 속이지 아니하기로 공부하라. 그 아들이 대답하고 143)지화 몇 백 원을 옷깃 속에 넣고 행하다가 중로에서 도적을 만나니 그 도적이 묻되, 너는 무슨 업을 하며 무슨 물건을 몸에 지녔느냐 하되, 그 아이는 대답하되, 나는 장사하는 사람이니 지화 몇백 원이 옷깃 속에 있노라 하니, 도적이 그 정직함을 괴히 여겨 뒤져 본즉 과연 있는지라, 당초에 깊이 감추고 당장에 144)은휘치 아니하는 이유를 물은즉 그 사람이 대답하되, 내 모친이 남을 속이지 말라 경계하셨으니 어찌 재물을 위하여 친교를 어기리오. 도적이 각각 탄복하여 말하되, 너는 효성 있는 사람이라. 우리 같은 자는 어찌 인류라 하리오. 그 지화를 다시 옷깃에 넣어 주고 그 후로는 다시 도적질도 아니하였다 하였소.

그 부인이 자기 아들을 잘 교육하여 남의 자식까지 도적의 행위를 끊게 하니 교육이라는 것이 어떠하오? 송나라 145)구양수(歐陽修) 씨도 과부의 아들로 자라매 집이 심히 가난하여 서책과 필묵이 없거늘, 그 모친이 갈대로 땅을 그어 글을 가르쳐 만고 146)문장이 되었고, 우리나라 147)퇴계 이 선생도 어릴 때 그 모친이 말씀하되, 내 일찍 과부 되어 너희 형제만 있으니 공부를

억조창생(億兆蒼生) 수많은 백성.
지화(紙貨) 종이돈. 지폐(紙幣).
은휘(隱諱)**하다** 꺼리어 감추거나 숨기다.
구양수 중국 송나라의 정치가이자 문인. 시·문 양 방면에 걸쳐 송대 문학의 기초를 확립하였다.
문장(文章) 글을 뛰어나게 잘 짓는 사람. 문장가(文章家).
퇴계(退溪) '이황'의 호.

잘하라, 세상 사람이 과부의 자식은 사귀지 아니한다니 너희는 그 근심을 면하게 하라 하고, 평상시에 무슨 물건을 보면 이치를 가르치며 아무 일이고 당하면 사리를 분석하여 순순히 교훈하사 동방 공자가 되셨으니, 교육이라는 것이 어떠하오?

예로부터 교육은 어머니께 받는 일이 많으니, 우리도 자식을 그런 성력과 그런 방법으로 교육하였으면 그 영향이 어떠하겠소? 우리 여자 사회에 큰 사업이 이에서 더한 일이 있겠소? 여러분 여자들, 지금 남자와 지금 여자를 조롱 말고 이다음 남자와 이다음 여자나 교육 좀 잘하여 봅시다."

국란 "그 말씀 대단히 좋소. 자식 기르는 법과 가르치는 공효를 많이 말씀하셨으나 자식 사랑하는 이유가 미진한 고로 여러분 들으시기 위하여 그 진리를 말씀하오리다.

세상 사람들이 자식을 사랑한다 하나 실상은 자기 일신을 사랑함이니, 자식이 나매 좋아하고 기꺼하는 마음을 [148]궁구하면, 필경은 저 자식이 있으니 내 몸이 의탁할 곳이 있으며, 내 자식이 자라니 내 몸 봉양할 자가 있도다 하고, 혹 자식이 병이 들면 근심하고, 혹 자식이 불행하면 설워하니, 근심하고 설워하는 마음을 궁구하면 필경은 내 자식이 병들었으니 누가 나를 봉양하며, 내 자식이 없으니 내가 누구를 의탁하리요 하나, 그 마음이 하나도 자식을 위한다는 자도 없고 국가를 위한다는 자도 없으니, 사람마다 자식 자식 하여도 진리는 실상 모릅디다.

자식의 효도를 받는 것이 어찌 내 몸만 잘 봉양하면 효도라 하리오? [149] 『증자』 말씀에 인군을 잘못 섬겨도 효가 아니요, 전장에 용맹이 없어도 효가 아니라 하셨으니, 이 말씀을 생각하면 자식이라는 것이 내 몸만 위하여 난

궁구(窮究)하다 속속들이 파고들어 깊게 연구하다.
증자(曾子) 중국 고전의 하나. 인간 행위의 근본을 '충(忠)'에 두고, 행위의 덕의 바탕을 '효(孝)'에 두었다.

것이 아니요, 실로 나라를 위하여 생긴 것이니 자식을 [150]공물이라 하여도 합당하오.

혹 모르는 사람은 이 말을 들으면 필경 [151]대경소괴하여 말하되, 실로 그러할진대 누가 자식 있다고 좋아하며 자식 없다고 설워하리요? 청국 [152]강남해 말에, [153]대동세계에는 자식 못 낳은 여자는 벌이 있다 하더니, 과연 벌하기 전에야 생산하려는 자가 있겠소? 혹 생산하더라도 내 몸은 봉양하여 주지 아니하고 국가만 위하여 교육을 받으라 하겠소? 이러한 말이 널리 들리면 윤리상에 대단 불행하겠다 하여 중언부언할 터이지마는, 지금 내 말이 윤리상의 불행함이 아니라 매우 다행하오리다.

자식을 공물로 인정하더라도 그렇지 아니한 [154]소이연이 있으니, 가령 [155]우마를 공물이라 하면 농업가와 상업가에서 우마를 부리지 아니하리까? 저 집에 우마가 있으면 내 집에 없어도 관계가 없다 하여 사람마다 마음이 그러하면 우마가 이미 절종되었을 터이나, 비록 공물이라도 우마가 있어야 농업과 상업에 낭패가 없은즉, 자식은 공물이라고 있는 것을 귀히 여기지 아니하리오? 기왕 자식이 있는 이상에는 공물이라고 교육 아니하다가는 참말 윤리에 불행한 일이오.

가령 어부가 동무를 연합하여 고기를 잡되, 남의 그물에 걸린 것이 내 그물에 걸린 것만 못하다 하니, 국가 대사업을 바라는 마음은 같으나 어찌 남의 자식 성취한 것이 내 자식 성취한 것만 하오리까? 그러한즉 불가불 자식을 교육할 것이요, 자식이 나서 나라의 사업을 성취하고 국민에 이익을 끼

공물(公物) 국가 기관이나 공공 단체에 속한 물건이나 사람.

대경소괴(大驚小怪)**하다** 몹시 놀라서 좀 괴이쩍게 생각하다.

강남해(康南海) 캉유웨이(康有爲)를 달리 부르는 말. 중국 청나라 말기와 중화민국 초의 학자이자 정치가로 무술변법(戊戌變法)이라 불리는 개혁 운동을 주도하였다.

대동세계(大同世界) 중국 전국 시대에서 한(漢)나라 초 사이에 유가학파에서 주장한 일종의 이상 사회.

소이연(所以然) 그리된 까닭. 소연(所然).

우마(牛馬) 소와 말. 마소.

치면 그 부모는 어찌 영광이 없으리까?

옛날 [156]사파달이라 하는 땅에 한 노파가 여덟 아들을 낳아서 교육을 잘 하여 여덟이 다 전장에 갔다가 죽은지라, 그 살아 돌아오는 사람더러 묻되, 이번 전장에 승부가 어떠한고? 그 사람이 대답하되, 전쟁은 이기었으나 노인의 여러 아들은 다 불행하였나이다 하거늘 [157]노구 즉시 일어나 춤을 추며 노래를 불러 가로되, 사파달아, 사파달아, 내 너를 위하여 아들 여덟을 낳았도다 하고 슬퍼하는 빛이 없으니, 그 노구가 참 자식을 공물로 인정하는 사람이니, 그는 생산도 잘하고 교육도 잘하고 영광도 대단하오이다.

우리나라 사람들이 자식의 진리를 몇이나 알겠소? 제일 가관의 일이, [158]정처(正妻)에 자식이 없으면 첩의 소생은 비록 [159]여룡여호하여 문장은 이태백이요, 풍채는 [160]두목지요, 사업은 비사맥이라도 [161]서자라, [162]얼자라 하여 버려두고, 정도 없고 눈에도 서투른 남의 자식을 [163]솔양(率養)하여 아들이라 하는 것이 무슨 일이오?

성인의 법제가 어찌 그같이 [164]효박할 이유가 있으리까? [165]적서(嫡庶)라는 말씀은 있으나 그래, 적서와는 대단히 다르오. 정처의 소생이라도 [166]장자 다음에는 다 서자라 하거늘, 우리나라는 남의 정처 소생을 서자라 하면 대단히 뛰겠소. 양자법으로 말할지라도 적서에 자녀가 하나도 없어야 양자를 하거늘 서자라 버리고 남의 자식을 솔양하니 하나도 성인의 법제는 아니

사파달 스파르타(Sparta)의 음역어.
노구(老嫗) 늙은 여자. 노파(老婆).
정처 '아내'를 첩에 상대하여 이르는 말. 본처(本妻).
여룡여호(如龍如虎) 용 같고 호랑이 같다는 뜻으로, 굳세고 든든한 사람을 이를 때 쓰는 말.
두목지(杜牧之) 중국 당나라 말기의 시인 두목(杜牧)의 성과 자를 함께 이르는 말.
서자(庶子) 본부인이 아닌 딴 여자가 낳은 아들.
얼자(孼子) 서자(庶子).
솔양하다 양자로 데려오다.
효박(淆薄)하다 인정이나 풍속이 어지럽고 아주 각박하다.
적서 적자와 서자, 또는 적파와 서파를 아울러 이르는 말.
장자(長子) 맏아들.

오. 자식을 부모가 이같이 대우하니 어찌 세상에서 대우를 받겠소?

그 서자이니 얼자이니 하는 [167]총중에 영웅이 몇몇이며, 문장이 몇몇이며, 도덕군자가 몇몇인지 누가 알겠소? 그 사람도 원통하거니와 나랏일이야 더구나 말할 것이 있소? 남의 나라 사람도 고문이니 보좌니 쓰는 법도 있거든 우리나라 사람에 무엇을 그리 많이 고르는지 [168]이성호(李星湖)는 적서 등분을 혁파하자, [169]서북 사람을 통용하자 하여 열심으로 의논하였고, 조은당의 부인 김 씨는 자제를 경계하되, 너희가 [170]서모를 [171]경대(敬待)하지 아니하니 어찌 [172]인사라 하리오? 아비의 계집은 다 어머니라 하셨나니. 이 두 말씀이 몇백 년 전에 주창하였으니 그 아니 고명하오?

또 남의 후취로 들어가서 전취소생에게 험히 구는 자 있으니 그것은 무슨 지각이오? 아무리 나의 소생은 아니나 남편의 자식은 분명하니 양자보담은 매우 [173]긴절하오. 사람의 전조모와 후조모라 하여 자손의 마음에 [174]후박이 있으리까? 그렇건마는 몰지각한 후취 부인들은 내 속으로 낳지 아니하였으니 내 자식이 아니라 하여 동네 아이만도 못하고 종의 자식만도 못하게 대우하니 어찌 그리 박정하고 무식하오? 아무리 원수 같은 자식이라도 내 몸이 늙어지면 소생 자식 열보다 나으며, 그 손자로 말할지라도 큰 자식의 손자가 소생 손자 열보다 낫지 아니하오?

원수같이 알고 [175]도척(盜跖)같이 알던 그 자식 그 손자가 일후에 [176]만반

총중(叢中) 뭇사람이 떼를 지은 그 속.
이성호 조선 영조 때의 학자 이익(李瀷)의 성과 이름을 함께 이르는 말. 실학의 대가로, 벼슬길로 나가지 않고 저술과 후진 양성에 힘썼다.
서북(西北) 황해도, 평안도, 함경도 지방을 통틀어 이르는 말.
서모(庶母) 아버지의 첩.
경대 공경하여 대접함.
인사(人事) 사람의 일. 또는 사람으로서 해야 할 일.
긴절(緊切)**하다** 매우 필요하고 절실하다.
후박(厚薄) 후하게 구는 일과 박하게 구는 일.
도척 중국 춘추 시대의 큰 도적. 몹시 악한 사람을 비유적으로 이르는 말.
만반진수(滿盤珍羞) 상 위에 가득히 차린 귀하고 맛있는 음식.

진수를 차려 놓고, [177)]유세차 효자모·효손모는 [178)]감소고우 현비·현조비모 봉 모 씨라 하면 아마 혼령이라도 무안하겠지. 또 자식을 기왕 공물로 인정할진대 내 소생만 공물이요, 전취소생은 공물이 아니겠소? 아무리 전취 자식이라도 잘 교육하여 국가의 대사업을 성취하면 그 영광이 아마 못생긴 소생 자식보다 얼마쯤이 유조(有助)하리니, 이 말씀을 우리 여자 사회에 공포하여 그 소위 서자이니, 전취 자식이니 하는 악습을 다 개량하여 윤리상 영원한 행복을 누리게 합시다."

매경 "자식의 진리를 자세히 말씀하셨으나 그 범위는 대단히 넓다고는 못 하겠소. 기왕 자식을 공물이라 말씀하셨으면 공물이 많아야 좋겠소, 공물이 적어야 좋겠소? 공물이 많아야 좋다 할진대 어찌 서자이니 전취소생이니 그것만 공물이라 하여도 역시 사정이올시다.

비록 종의 자식이나 거지의 자식이라도 우리나라 공물은 일반이어늘, 소위 양반이니 중인이니 [179)]상한(常漢)이니 서울이니 시골이니 하여 서로 보기를 타국 사람같이 하니 단체가 성립할 날이 어찌 있겠소? 또 서북으로 말할지라도 몇백 년을 나라 땅에 생장하기는 일반이어늘, 그 사람 중에 재상이 있겠소, 도학군자가 있겠소? [180)]천향이라 하여도 가하니 그 사람 중에 [181)]진개(眞箇) 재상 재목과 도학군자 자격이 없는 것이 아니라, 재상의 교육과 군자의 학문이 없음인지 몇백 년 좋은 공물을 다 버리고 쓰지 아니하였으니 어찌 나라가 왕성하오리까?

이성호 말씀에 [182)]반상을 타파하자, 서북을 통용하자 하여 수천 마디 말

유세차(維歲次) '이해의 차례는'이라는 뜻으로, 제문(祭文)의 첫머리에 관용적으로 쓰는 말.
감소고우(敢昭告于) '삼가 밝혀 아룁니다.'라는 뜻으로, 축문(祝文)에 많이 쓰는 말.
상한 예전에, 신분이 낮은 남자를 낮잡는 뜻으로 이르던 말. 상놈.
천향(賤鄕) 풍속이 지저분한 시골. 천토(賤土).
진개 과연 참으로.
반상(班常) 양반과 상사람을 아울러 이르는 말.

을 반복 의논하였으나 [183]인하여 무효하였으니 어찌 한심치 아니하겠소? 평안도의 심의도사 오세양 씨는 그 학문이 우리 동방에 드문 군자라. 그 학설과 이설이 대단히 발표하였건마는 서원도 없고 문집도 없이 초목과 같이 썩어진 일이 그 아니 원통한가?

그 정책은 다름 아니라 서북은 인재가 배출하니 [184]기호(畿湖)와 같이 교육하면 사환 권리를 다 빼앗긴다 하니 그러한 좁은 말이 어디 있겠소? 사환이라는 것은 백성을 대표한 자인즉 백성의 지식이 고등한 자라야 참여하나니 아무쪼록 내 지식을 넓혀서 할 것이지, 남의 지식을 막고 나만 못 하도록 하면 어찌 천도가 무심하오리까?

철학 박사의 말에, 차라리 제 나라 민족에 노예가 세세로 될지언정 타국 정부의 보호는 아니 받는다 하였으니, 그 말을 생각하면 이왕 일이 대단히 잘못되었소.

또 반상으로 말할지라도 그렇게 심한 일이 어디 있겠소? 어찌하다가 한번 상놈이라 [185]패호하면 비록 영웅·열사가 있을지라도 자자손손이 상놈이라 하대하니 그 같은 악한 풍속이 어디 있으리까? 그러나 한번 상사람 된 자는 도저히 인재 나기가 어려우니, 가령 서울 사람이라 해도 그 실상은 태반이나 시골 생장인즉 시골 풍속으로 잠깐 말하리다. 그 부모 된 자들이 자식의 나이 칠팔 세만 되면 나무를 하여라, 꼴을 베어라 하여 초등 교과가 꼬부랑 호미와 낫이요, 중등 교과가 가래와 쇠스랑이요, 대학 교과가 밭갈기·논갈기요, 외교 수단이 소 장사 등짐꾼이니, 그 총중에 비록 금옥 같은 바탕이 있을지라도 어찌 저절로 영웅이 되겠소? 결단코 그 중에 주정꾼과 노름꾼의 무수한 [186]협잡배들이 당초에 교육을 받았으면 영웅도 되고 호걸도 되었으

인(吝)하다 어떤 일을 하는 데 대하여 지나치게 박하다. 인색하다.
기호 우리나라의 서쪽 중앙부를 차지하고 있는 지역. 경기도와 황해도 남부 및 충청남도 북부를 이르는 말이다.
패호(悖號)하다 좋지 못한 별명이 붙다.

리라 하오.

　혹 그 부모가 소견이 바늘구멍만치 뚫려 자식을 동네 생원님 [187)]하꼬방에 보내면 그 선생이 처지를 따라 가르치되, 너는 큰 글 하여 무엇 하느냐, [188)] 계통문이나 보고 [189)]취대하기나 보면 족하지. 너는 [190)]시부표책하여 무엇 하느냐, 『전등신화』나 읽어서 아전질이나 하여라 하니, 그런 참혹한 일이 어디 있겠소? 입학하던 날부터 장래 목적이 이뿐이요, 선생의 [191)]교수가 이러하니 제갈량 · 비사맥 같은 바탕이 몇백만 명이라도 속절없이 전진할 여망이 없겠으니 이는 소위 양반의 죄뿐 아니라 자기가 공부를 우습게 보아서 그 지경에 빠진 것이오. 옛날 유명한 송귀봉과 서거정은 남의 집 종의 아들로 일대 도학가가 되었고, 정금남은 광주 관비의 아들로 크게 사업을 이루었은즉, 남의 집 종과 외읍 관비보다 더 천한 상놈이 어디 있겠소마는 이 어른들을 누가 감히 존중치 아니하겠소?

　그러나 무식한 자들이야 어찌 그러한 사적을 알겠소? 도무지 선지라 선각이라 하는 양반이 교육 아니한 죄가 대단하오. 무론 아무 나라하고 상 · 중 · 하등 사회가 없는 것은 아니나, 그러나 국가 질서를 유지하려면 불가불 등급이 있어야 문란한 일이 없거늘, 우리나라 [192)]경장(更張) 대신들이 양반의 폐만 생각하고 양반의 공효는 생각지 못하여 졸지에 반상 등급을 [193)]벽파(劈破)하라 하니 누가 상쾌치 아니하겠소마는, 국가 질서의 문란은 양반보다 더 심한 자 많으니 어찌 정치가의 수단이라고 인정하겠소?

협잡배(挾雜輩) 옳지 아니한 방법으로 남을 속이는 짓을 일삼는 무리.
하꼬방 작고 허름한 집. 일본말에서 온 것으로 '판잣집' 정도를 뜻한다.
계통문(契通文) 계약 문서와 통지문.
취대하기(取貸下記) 돈을 꾸고 꾸어 준 내역을 적은 장부.
시부표책(詩賦表策) 시(詩), 부(賦), 표(表), 책(策)을 아울러 이르는 말.
교수(敎授) 학문이나 기예(技藝)를 가르침.
경장 묵은 제도를 개혁하여 새롭게 함.
벽파하다 쪼개어 깨뜨리다. 잘게 찢어발기다.

지금 형편으로 보면 양반들은 명분 없는 세상에 무슨 일을 조심하리오? 그 행세가 전일 양반만도 못하고 상인들은 요사이 양반이 어디 있어 비록 문장이 된들 무엇 하며, 도학이 있은들 무엇 하나 하여, 혹 [194]목불식정(目不識丁)하고 [195]준준무식(蠢蠢無識)한 금수 같은 유들이 제 집에서 제 형을 욕하며 제 부모에게 불효한대도 동네 양반들이 말하면 팔뚝을 뽐내며 하는 말이, 시방 무슨 양반이 따로 있나? 내 자유권을 왜 상관이 있나? 내 자유권을 무슨 걱정이야? 그러다가는 뺨을 칠라, 복장을 지를라 하면서 무수 [196]질욕 하나 누가 감히 옳다 그르다 말하겠소? 속담에 상두꾼에도 수번이 있고 초라니탈에도 차례가 있다 하니, 하물며 전국 사회가 이렇게 문란하고야 무슨 질서가 있겠소?

갑오년 경장 대신의 정책이 웬 까닭이오? 양반은 양반대로 두고, 학교 하는 임원도 양반이며, 학도의 부형도 양반이며, 학도도 양반이라 하고, 학도의 자모도 학부인이라, 내부인이라 반포하면 전국이 다 양반이 될 일을 어찌하여 양반 없이 한다 하니, 사천 년 전래하던 습관이 졸지에 잘 변하겠소? 지금 형편은 어떠하냐 하면 어기어차 슬슬 다리어라, 네가 못 다리면 내가 다리겠다. 어기어차 슬슬 다리어라 하는 이 지경에 한번 큰 승부가 달렸은즉, 노인도 다리고, 소년도 다리고, [197]새아기씨도 다리어도 이길는지 말는지 할 일이오. 나도 양반으로 말하면 친정이나 시집이나 [198]삼한갑족(三韓甲族)이로되, 그것이 다 쓸데 있소? 우리도 자식을 공물이라 하면 그 소위 서북이니 반상이니 썩고 썩은 말을 다 그만두고 내 나라 청년이면 아무쪼록

목불식정 아주 간단한 글자인 'T' 자를 보고도 그것이 '고무래'인 줄을 알지 못한다는 뜻으로, 아주 까막눈임을 이르는 말.
준준무식하다 굼뜨고 어리석어 아무것도 아는 것이 없다.
질욕(叱辱)하다 꾸짖으며 욕하다.
새아기씨 갓 결혼한 여자를 높여 부르는 말. '새색시'의 높임말.
삼한갑족 예부터 대대로 문벌이 높은 집안.

174

교육하여 우리 어렵고 설운 일을 그 어깨에 맡깁시다."

금운 "작일은 [199]융희 이년 제일 [200]상원이니, 달도 그전과 같이 밝고 오곡밥도 그전과 같이 달고 각색 채소도 그전과 같이 맛나건마는, 우리 심사는 왜 이리 불평하오?

어젯밤이 참 유명한 밤이오. 우리나라 풍속에 상원일 밤에 꿈을 잘 꾸면 그해 일 년에 벼슬하는 이는 벼슬을 잘하고, 농사하는 이는 농사를 잘하고, 장사하는 이는 장사를 잘한다 하니, 꿈이라는 것은 제 욕심대로 꾸어서 혹 일 년 혹 수십 년이라도 필경은 아니 맞는 이유가 없소. 우리 한 노래로 긴 밤 새우지 말고, 대한 융희 이년 상원일에 크나 작으나 꿈꾼 것을 하나 유루없이 이야기합시다."

설헌 "그 말씀이 매우 좋소. 나는 어젯밤에 대한제국 자주독립할 꿈을 꾸었소. 활멸사(活滅社)라 하는 사회가 있는데 그 사회 중에 두 당파가 있으니, 하나는 자활당(自活黨)이라 하여 그 주의인즉, 교육을 확장하고 상공을 연구하여 신공기를 흡수하며 부패 사상을 타파하여 대포도 무섭지 아니하고 장창도 두렵지 아니하여 국가에 몸을 바치는 사업을 이루고자 할새, 그 말에 외국 의뢰도 쓸데없고, 한두 개 영웅이 혹 국권을 만회하여도 쓸데없고, 오직 전국 남녀 청년이 보통 지식이 있어서 자주권을 회복하여야 확실히 완전하다 하여 학교도 설시하며 신서적도 발간하여, 남이 미쳤다 하든지 못생겼다 하든지 자주권 회복하기에 골몰 무가하나, 그 당파의 수효는 전사회의 십 분지 삼이오.

하나는 자멸당(自滅黨)이라 하니 그 주의인즉, 우리나라가 이왕 이 지경에 빠졌으니 제갈공명이 있으면 어찌하며, 격란사돈이 있으면 무엇 하나? [201]

융희(隆熙) 대한제국의 마지막 연호(1907~1910). 조선의 마지막 임금인 순종 때 쓰던 것이다.
상원(上元) 대보름날.

십승지지(十勝之地) 어디 있노, 피란이나 갈까 보다, 필경은 세상이 바로잡히면 그때에야 202)한림직각을 나 내놓고 누가 하나? 학교는 무엇이야, 우리 마음에는 십 대 생원님으로 죽는대도 자식을 학교에야 보내고 싶지 않다. 소위 신학문이라는 것은 모두 천주학(天主學)인데 우리네 자식이야 설마 그것이야 배우겠나?

또 물리학이니 화학이니 정치학이니 법률학이니, 다 무엇에 쓰는 것인가? 그것을 모를 때에는 세상이 태평하였네. 요사이 같은 세상일수록 어디 좋은 명당자리나 얻어서 부모의 백골을 잘 면례하였으면 자손이 203)발음(發蔭)이나 내릴는지, 우선 기도나 잘하여야 망하기 전에 집안이나 평안하지. 204)전곡이 썩어지더라도 학교에 보조는 아니할 터이야. 바로 도적놈을 주면 매나 아니 맞지. 아무개는 제 집이 어렵다 하면서 학교에 명예 교사를 다닌다지. 남의 자식 가르치기에 어찌 그리 미쳤을까? 글을 읽어라, 수를 놓아라 하는 소리 참 가소롭데. 유식하면 검정콩알이 아니 들어가나? 운수를 어찌하여? 아무것도 할 일 없지. 요대로 앉았다가 죽으면 죽고 살면 사는 것이 제일이라 하니, 그 당파의 수효는 십 분지 칠이요 그 회장은 국 참정이라는 사람이니, 아무 학회 회장과 흡사하여 얼굴이 풍후하고 수염이 많고 성품이 순실하여 이 당파도 좇아 저 당파도 좇아 하여 반박이 없이 205)가부취결만 물어서 흥하자 하면 흥하고 망하자 하면 망하여 회원의 다수만 점검하는데, 그 소수한 자활당이 자멸당을 이기지 못하여 혹 권고도 하며 혹 욕질도 하며 혹 통곡도 하면서 분주 왕래하되, 몇 번 통상 회의니 특별 회의니 번번이 동의하다가 부결을 당한지라, 또 국 회장에게 무수 애걸하여 마지막 가부

십승지지 풍수지리에서, 전쟁이나 천재(天災)가 일어나도 안심하고 살 수 있다는 열 군데의 땅.
한림직각(翰林直閣) 학문을 연구하고 경전을 강론하던 조선 후기의 관직.
발음 조상의 묏자리를 잘 써서 그 음덕으로 운수가 열리고 복을 받는 일.
전곡(錢穀) 돈과 곡식. 전량(錢糧).
가부취결(可否取決) 회의에서, 회칙에 따라 의안(議案)의 가부를 결정함.

회를 독립관에 개설하고 수만 명이 몰려가더니 소위 자멸당도 목석과 금수는 아니라, 자활당의 정대한 언론과 비창한 형용을 보고 서로 기뻐하며 자활주의로 [206)]전수가결되매, 그 여러 회원들이 독립가를 부르고 춤을 추며 돌아오는 거동을 보았소."

매경(깔깔 웃으며) "나는 어젯밤에 대한제국의 개명할 꿈을 꾸었소. 전국 사람들이 모두 병이 들었다는데, 혹 반신불수도 있고 혹 [207)]수중다리도 있고 혹 [208)]내종병도 들고 혹 [209)]정충증도 있고 혹 체증·횟배와 귀먹고 눈멀고 벙어리까지 되어 여러 가지 병으로 집집이 앓는 소리요, 곳곳이 넘어지는 빛이라, 남녀노소를 물론하고 성한 사람은 하나도 없더니 마침 한 명의가 하는 말이, 이 병들을 급히 고치지 아니하면 우리 삼천리강산이 빈터만 남으리니 그 아니 통곡할 일이오? 내가 [210)]화제 한 장을 낼 것이니 제발 믿으시오 하더니 방문을 써서 돌리니, 그 방문 이름은 [211)]청심환 골산이니 [212)]성경으로 [213)]위군하고, 정치·법률·경제·산술·물리·화학·농학·공학·상학·지리·역사 각 등분하여 극히 정묘하게 국문으로 법제하여 병세 쾌차하도록 [214)]무시복하되, 병자의 증세를 보아 임시 가감도 하며 [215)]대기하기는 주색잡기·경박·퇴보·[216)]태타 등이라.

이 방문을 사람마다 베껴다가 시험할새 그 약을 방문대로 잘 먹고 나면 병 낫기는 더 할 말이 없고 또 마음이 [217)]청상해지며 [218)]환골탈태(換骨奪胎)가

전수가결(全數可決) 회의에 모인 모든 사람이 찬성하여 결정함.
수중다리 병 때문에 다리가 통통 부은 상태. 다리 부기.
내종병(內腫病) 내장에 종기가 나는 병.
정충증(怔忡症) 심한 정신적 자극을 받거나 심장이 허할 때 가슴이 울렁거리고 불안한 증상.
화제(和劑) 한약 처방을 이르는 말.
청심환(淸心丸) 심경(心經)의 열을 푸는 데 쓰는 환약.
성경(誠敬) 정성과 공경을 아울러 이르는 말.
위군(爲君)하다 임금을 위하다.
무시복(無時服)하다 때를 정하지 않고 아무 때나 약을 먹다.
대기(大忌)하다 몹시 꺼리거나 싫어하다.
태타(怠惰) 몹시 게으름.

되는데, 매미와 뱀과 같이 묵은 허물을 일제히 벗어 버립디다.

　오륙 세 전 아이들은 당초에 벗을 것이 없으나, 팔 세 이상 아이들은 가뭇가뭇한 종잇장 두께만 하고, 십오 세 이상 사람들은 검고 푸르러서 장판 두께만 하고, 삼십 사십씩 된 사람들은 각색 빛이 얼룩얼룩하여 멍석 두께만 하고, 오십 육십 된 사람들은 어룩어룩 두틀두틀하며 또 각색 악취가 ²¹⁹⁾촉비(觸鼻)하여 보료 두께만 하여, 노소남녀가 각각 벗을 때 참 대단히 장관입디다. 아이들과 젊은이와 당초에 무식한 사람들은 벗기가 오히려 쉽고, 조금 유식하다는 사람들과 늙은이들은 벗기가 극히 어려워서, 혹 남이 붙잡아도 주고 혹 가르쳐도 주되, 반쯤 벗다가 기진한 사람도 있고 인하여 아니 벗으려고 앙탈하다가 그대로 죽는 사람도 왕왕 있습디다.

　필경은 그 허물을 다 벗어 ²²⁰⁾옥골선풍(玉骨仙風)이 된 후에 그 허물을 주체할 데가 없어 공론이 불일한데, 혹은 이것을 집에 두면 그 냄새에 병이 ²²¹⁾복발하기 쉽다 하며, 혹은 그 냄새는 고사하고 그것을 집에 두면 철모르는 아이들이 장난으로 다시 입어 보면 이것이 큰 탈이라 하며, 혹은 이것을 모두 한곳에 몰아 쌓고 그 근처에 사람 다니는 것을 금하면 다시 물들 염려도 없을 터이나 그것을 한곳에 모아 쌓은즉 백두산보다도 클 것이니 이러한 조그마한 나라에 백두산이 둘이면 집은 어디 짓고 농사는 어디서 하나? 그것도 못 될 말이지 하며, 혹은 매미 허물은 선퇴(蟬退)라는 것이니 혹 ²²²⁾간기증에도 쓰고, 뱀의 허물은 사퇴(蛇退)라는 것이니 혹 ²²³⁾인후증에도 쓰거니와, 이 허물은 말하려면 인퇴(人退)라 하겠으나 백 가지에 한 군데 쓸데가 없으며

청상(淸爽)**하다** 맑고 시원하다.
환골탈태 뼈대를 바꾸어 끼고 태를 바꾸어 쓴다는 뜻으로, 사람이 나은 쪽으로 바뀌어 전혀 딴사람처럼 됨을 이르는 말.
촉비하다 냄새가 코를 찌르다.
옥골선풍 살빛이 희고 고결하여 신선과 같은 풍채.
복발(復發)**하다** 병이나 근심, 설움 따위가 다시 또는 한꺼번에 일어나다.
간기증(癎氣症) 간질(癎疾). 지랄병.
인후증(咽喉症) 목구멍이 아프거나 가래가 끓는 증세.

그 성질이 육기가 많고 ²²⁴⁾와사 냄새가 많아서 동해 바다의 멸치 썩은 것과 방불한즉, 우리나라 척박한 천지에 거름으로 썼으면 각각 주체하기도 ²²⁵⁾경편하고 또 농사에도 심히 유익하겠다 하니, 그제야 여러 사람들이 그 말을 시행하여 혹 지게에도 져 내고 혹 ²²⁶⁾구루마에 실어 내어 ²²⁷⁾낙역부절(絡繹不絶)하는 것을 보았소."

금운 "나는 어젯밤에 대한제국의 독립할 꿈을 꾸었소. 오뚝이라는 것은 조그마하게 아이를 만들어 집어던지면 드러눕지 아니하고 오뚝오뚝 일어서는 고로 이름을 오뚝이라 지었으니, 한문으로 쓰려면 나 오 자, 홀로 독 자, 설 입 자 세 글자를 모아 부르면 오독립이니, 내가 독립하겠다는 의미가 있고, 또 오뚝이의 사적을 들으니 옛날 조그마한 동자로 정신이 ²²⁸⁾돌올(突兀)하여 일찍 일어선 아이라. 그런 고로 후세 사람들이 아이를 낳아서 혹 더디 일어설까 염려하여 오뚝이 모양을 만들어 희롱감으로 아이들을 주니 그 정신이 오뚝이와 같이 오뚝오뚝 일어서라는 의사라. 우리나라 사람들이 오뚝이 정신이 있는 이는 하나도 없은즉, 아이들뿐 아니라 장정 어른들도 오뚝이 정신을 길러서 오뚝이와 같이 오뚝오뚝 일어서기를 배워야 하겠다 하여, 우리 영감 평양 ²²⁹⁾서윤으로 있을 때에 장만한 수백 석지기 좋은 땅을 방매하여 오뚝이 상점을 설치하고 각 신문에 영업 광고를 발표하였더니, 과연 오뚝이를 몇 달이 못 되어 다 팔고 큰 이익을 얻어 보았소."

국란 "나는 어젯밤에 대한제국이 천만 년 영구히 안녕할 꿈을 꾸었소. ²³⁰⁾석가여래라 하는 양반이 전신이 황금과 같이 윤택하고 양미간에 큰 점이 박

와사(瓦斯) 가스(gas).
경편(輕便)하다 가볍고 편하거나 손쉽고 편리하다.
구루마 네 바퀴 달린 '수레'를 일컫는 일본말.
낙역부절하다 왕래가 잦아 소식이 끊이지 아니하다.
돌올하다 두드러지게 뛰어나다.
서윤(庶尹) 조선 시대에, 한성부와 평양부에서 판윤과 좌우윤을 보좌하는 일을 맡아보던 종사품 벼슬.
석가여래(釋迦如來) 석가모니를 신성하게 이르는 말.

히고 한 손은 [231]감중련(坎中連)하고 한 손에는 [232]석장을 들고 높고 빛나는 옥탁자 위에 앉았거늘, 내가 합장배례하고 [233]황공복지하여 [234]내두의 [235]발원(發願)을 묻는데, 어떠한 신수 좋은 부인 한 분이 곁에 섰다가 책망하기를, 적선한 집에는 경사가 있고 불선한 집에는 [236]앙화(殃禍)가 있음은 소소한 이치어늘, 어찌 구구히 부처에게 비나뇨? 그대는 적악(積惡)한 일 없고 이생에도 부모에 효도하며 형제에 우애하며 투기를 아니하며 무당과 소경을 멀리하여 [237]음사 기도를 아니하며 전곡을 인색히 아니하여 어려운 사람을 잘 구제하고 학교에나 사회에나 공익상으로 보조를 많이 하였으니 너는 가위 선녀라 할지니, 그 행복을 누리려면 너의 일생뿐 아니라 천만 년이라도 자손은 끊기지 아니하고 부귀공명과 충신 효자를 많이 [238]점지하리라 하시니, 이 말씀을 미루어 본즉 내 자손이 천만 년 부귀를 누릴 지경이면 대한제국도 천만 년을 안녕하심을 짐작할 일이 아니겠소?"

여러 부인 중에 한 부인이 일어나서 말하되,

"나는 지식이 없어 연하여 담화는 잘 못 하거니와 사상이야 어찌 다르며 꿈이야 못 꾸었겠소? 나도 어젯밤에 좋은 [239]몽사가 있으나 벌써 닭이 울어 밤이 들었으니 이다음에 이야기하오리다."

『자유종』 광학서포 1910

감중련(坎中連) 팔괘(八卦)의 하나인 감괘(坎卦)의 상형을 이르는 말.
석장(錫杖) 승려가 짚고 다니는 지팡이.
황공복지(惶恐伏地)하다 위엄이나 지위 따위에 눌리어 땅바닥에 엎드리다.
내두(來頭) 지금부터 다가오게 될 앞날.
발원 신이나 부처에게 소원을 빎. 또는 그 소원.
앙화 지은 죄의 앙갚음으로 받는 재앙. 어떤 일로 인하여 생기는 재난.
음사(淫祀) 부정한 귀신에게 지내는 제사.
점지하다 신령이나 부처가 사람에게 자식을 갖게 하여 주다. 무엇이 생기는 것을 미리 지시해 주다.
몽사(夢事) 꿈에 나타난 일.

핵심 정리   갈래 신소설, 계몽 소설, 정치 소설

　　　　　형식 토론체 소설

　　　　　배경 1908년 음력 1월 16일(대보름 다음날) 이매경 부인의 집

　　　　　경향 직설적, 계몽적, 현실 비판적

　　　　　시점 전지적 작가 시점

　　　　　글감 생일잔치에서 벌인 토론

　　　　　주제 인습 타파와 신학문 장려, 애국과 자주 독립

　　　　　출전 『자유종』(1910)

주요 등장인물 이매경 생일을 맞아 부인들을 집에 초대한 여주인.

　　　　　신설헌 토론회를 제의하고 사회를 맡은 인물.

　　　　　강금운, 홍국란 토론자.

짜임　　도입 토론회 제의.

　　　　　발전 현실 비판과 애국 계몽 차원의 토론.

　　　　　결말 자주 독립과 새 사회 건설을 염원하는 꿈 이야기.

줄거리　생일을 맞은 이매경 부인이 신설헌, 강금운, 홍국란 등 여러 부인을 집으로 초
　　　　　대한다. 이 자리에서 신설헌 부인은 일본에 뒤처진 우리의 현실을 지적하며 모
　　　　　처럼 여자끼리 토론회를 열자고 제의한다. 집주인인 이매경 부인이 찬성하자
　　　　　그 자리에 모인 부인들은 여권 문제와 자녀 교육, 한문 폐지, 신분 제도 타파,
　　　　　유교 개혁, 미신 척결 등에 관한 이야기를 펼친다. 이매경 부인은 여성 교육을
　　　　　강조하고 종교와 신교육에 관해 설파하는 한편 반상과 지역 차별의 폐지를 주
　　　　　장한다. 신설헌 부인은 학문의 중요성과 남녀동등 이야기를 꺼내고 태교를 비
　　　　　롯한 자녀 교육을 강조한다. 강금운 부인은 한문 폐지와 자국 교과 우선 그리
　　　　　고 다음 세대 교육의 중요성을 이야기한다. 홍국란 부인은 한문 폐지는 아직
　　　　　때가 이르다고 비판하는 한편 자식을 공물로 볼 필요가 있으며 적서 차별을 없
　　　　　애야 한다고 말한다. 이어 부인들은 강금운 부인의 제안으로 대보름날 밤에 꾼

꿈 이야기를 나눈다. 꿈은 모두 대한제국의 자주 독립과 부국 번영을 바라는 내용인데, 듣고 있던 한 부인이 문득 일어나 밤이 깊었으니 다음에 더 이야기 하자고 하면서 토론은 끝난다.

이해와 감상 「자유종」은 개화기에 나온 시사 토론체 소설 중에서도 정치성이 아주 강한 작품으로 평가된다. 표지에 신소설임을 밝히고 본문 첫머리에 토론 소설이라고 덧붙인 이 작품은 당면 과제였던 반봉건과 근대화, 반외세와 자주 독립 문제를 정면으로 다루고 있다. 『자유종』을 발간한 광학서포가 애국 계몽기에 교육 문화 운동의 일환으로 세워진 서적 업체라는 것도 주목할 만하다.

이 작품은 전편이 하룻밤 사이에 이루어지는 등장인물들의 대화로 일관되다 시피 해서 마치 단막물 희곡처럼 구성되어 있다. 이처럼 형식 측면에서는 서사 성이 모자라지만, 미미하나마 등장인물 사이의 비판과 대립이 드러나며 당면 과제에 대한 엇갈린 의견들을 제시함으로써, 연설에 그치지 않고 토론 소설의 면모를 띤다.

「자유종」에 나오는 네 부인의 토론 내용은 양성 평등과 여성 교육의 중요성, 신학문의 필요성, 국문 사용 문제, 적서와 반상 제도의 철폐 등 시국과 관련된 것이 대부분이다. 이런 사회 문제의 해결을 여성의 자각을 통해 이루어 내려고 한다는 점에서 작가 이해조의 진보적인 여성관이 드러난다. 그러나 여권 의식 과 국권 회복 운동을 결합하려고 한 작가의 의도는 양반층 부인들끼리의 대화 라는 설정 때문에 제약되는 측면이 크며, 국권 회복의 주체를 인민에게 두면서 도 공자 사상에 의거해 대중을 계몽하려고 한 점 등에서 한계가 보인다.

생각 넓히기 「자유종」은 형식상 토론체 소설이다. 이 작품의 토론체 양식을 시대 상황과 연관해 설명해 보라.

개화기에는 토론체와 연설체 소설이 여럿 나왔는데, 이는 시대 상황과 밀접 한 관련이 있다. 한 사회가 격변과 혼란의 소용돌이에 휘말려 위기를 맞을 때, 문학은 미학보다는 계몽의 기능에 무게 중심을 두기 마련이다. 이는 곧 현실을 비판하고 그 사회의 나아갈 길을 제시함으로써, 문학이 정치성을 띠게 된다는 것을 뜻하기도 한다. 시국 문제를 다룬 「자유종」 같은 토론체 소설이 나온 것은 당대의 지식인이기도 한 작가들이 문학을 대중 계몽의 수단으로 삼은 측면이 있다는 이야기다. 조금 앞서 나온 「소경과 앉은뱅이 문답」, 「거부 오해(車夫誤解)」 같은 작품을 보아도 알 수 있듯이, 토론이나 대화체 형식 또는 연설 형식은 개화기 서사 문학의 한 특징이다.

崔瓚植

최찬식

1881~1951

이인직, 이해조에 이은 후기 신소설의 대표 작가로 꼽힌다. 호는 해동초인(海東樵人), 동초(東樵). 경기
도 광주에서 일진회 총무원 최영년의 아들로 태어났다. 아버지가 세운 사립 시흥 학교를 거쳐 관립
한성 중학교에서 신학문을 익혔다. 『신문계(新文界)』와 『반도시론(半島時論)』의 필진으로 활동하면서
친일 성향의 글들을 발표했다. 중국 소설집 『설부총서(說郛叢書)』 번역을 계기로 신소설 창작에 나섰
다. 주로 남녀의 애정 윤리나 풍속 문제 언저리를 맴돌아 신소설의 통속화를 주도했다.
「추월색(秋月色)」 외의 주요 작품으로는 「안(雁)의 성(聲)」, 「금강문」, 「능라도」 등이 있다.

추월색 1912

소리를 지르고 오던 사람은 중산모자 쓰고 프록코트 입은 청년 신사
인데, 마침 예비해 두었던 것같이 달려들며 여학생의 몸에 박힌 칼
을 빼어 들더니, 가만히 무슨 생각을 한참 하는 판에 행순하던 순사
가 두어 마디 이상한 소리를 듣고 차츰차츰 오다가 이곳에 다다르매
꽃봉오리 같은 여학생은 몸에 피를 흘리고 땅에 누웠고, 그 옆에는
어떤 청년이 손에 단도를 들고 섰으니 그 청년은 갈 데 없는 살인범
이라.

추월색(秋月色)

시름없이 오던 가을비가 그치고 슬슬 부는 서풍이 쌓인 구름을 쓸어 보내더니, 오리알빛 같은 하늘에 티끌 한 점 없어지고 교교한 추월색이 천지에 가득하니, 이때는 사람 사람마다 공기 신선한 곳에 한번 산보할 생각이 간절히 나겠더라.

밝고 밝은 그 달빛에 동경 상야(上野) 공원이 한 폭 월세계(月世界)를 이루었으니, 높고 낮은 누대는 금벽(金碧)이 찬란하며, 꽃 그림자 대 그늘은 서로 얽혀 바다 같고, 풀끝에 찬 이슬은 낱낱이 반짝거려 아름다운 야경이 그림같이 영롱한데, 유쾌하게 노래 부르고 오락가락하는 사람들은 모두 달구경 하는 사람이더니, 밤은 어느 때나 되었는지 그 많던 사람들이 하나씩 둘씩 헤어져 가고 적적한 공원에 월색만 [1]교결한데, 그 월색 안고 불인지(不忍池) 관월교(觀月橋) 돌난간에 의지하여 오뚝 섰는 사람은 일개 청년 여학생이더라.

그 여학생은 나이 십팔구 세쯤 된 듯하며 신선한 조화(造花)로 머리를 장

교결(皎潔)하다 달빛이 밝고도 맑다.

식하고 자줏빛 2)하가마를 단정하게 입었는데, 그 온아한 태도가 어느 모로 뜯어보든지 천생 귀인의 집 규중에서 고이 기른 작은아씨더라.

그 여학생의 심중에는 무슨 생각이 그리 첩첩한지 힘없이 서서 달빛만 바라보는데, 그 달 정신을 뽑아다가 그 여학생의 자색을 자랑시키려고 한 듯이 희고 흰 얼굴에 맑고 맑은 광선이 비치어 그 어여쁜 용모를 이루 형용해 말하기 어려우니, 누구든지 한 번 보고 또 한 번 다시 보지 아니치 못하겠더라.

그 공원 속에 남아 있는 사람은 이 여학생 한 사람뿐인 듯하더니, 어떤 하이칼라 적소년이 술이 반쯤 취하여 노래를 부르며 불인지 옆으로 내려오는데, 파나마모자를 푹 숙여 쓰고, 금테 안경은 코허리에 걸고, 양복 앞섶 떡 갈라붙인 속으로 축 늘어진 시곗줄은 월광에 태워 반짝반짝하며, 바른손에는 반쯤 탄 여송연을 손가락에 감아쥐고, 왼손으로 단장을 들어 향하는 길을 지점하고 3)회똑회똑 내려오는 모양이, 애매한 부형의 재산도 꽤 없애 보고, 남의 집 색시도 무던히 버려 주었겠더라.

그 소년이 이 모양으로 내려오다가 관월교 가에 홀로 섰는 여학생을 보더니 모자를 벗어 들고 반갑게 인사한다.

"아, 오래간만에 뵙습니다. 그 사이 귀체 건강하시오니까?"

"예, 기운 어떠시오?"

"요사이는 어찌 그리 한 번도 만나 뵐 수 없습니까?"

"근일에 몸이 좀 불편해서 아무 데도 못 갔습니다."

"……아, 어쩐지 일요 강습회에도 한 번 아니 오시기에 무슨 사고가 계신가 하고 매우 궁금히 여기던 차이올시다. 그래, 지금은 쾌차하시오니까?"

"조금 낫습니다."

하가마 일본 옷으로, 겉에 입는 주름 잡힌 아랫도리 옷.
회똑회똑 넘어질 듯이 자꾸 한쪽으로 조금 쏠리거나 이리저리로 흔들리는 모양.

"나도 근일에 몸이 대단히 곤하여 오늘도 종일 누웠다가 하도 울적하기에 신선한 공기나 좀 쐬어 볼까 하고 나왔더니, 비 끝에 달빛이라 참 좋습니다. 그러나 추월색은 영인 초창이라더니, 그야말로 사람의 마음을 정히 상하게 합니다그려, ……허 ……허 ……허."

"……."

"그런데 산본(山本) 노파 언제 만나 보셨습니까?"

"산본 노파가 누구오니까?"

"아따, 우리 주인 노파 말씀이오."

"글쎄요, 언제 만나 보았던지요?"

여학생의 대답이 그치자, 소년이 무슨 말을 할 듯 할 듯하다가 아니하고, 또 무슨 말을 하려고 입을 벙긋벙긋하다가 못 하더니 여학생의 얼굴을 다시 한 번 건너다보면서,

"그 노파에게 무슨 말씀 들어 계시지요?"

여학생은 그 말을 들었는지 못 들었는지 아무 말 없이 비스듬하게 돌아서며 이슬에 젖은 국화 가지를 잡고 맑은 향기를 두어 번 맡을 뿐인데, 구름 같은 4)살쩍과 옥 같은 반 뺨이 모두 소년의 눈동자 속으로 들어간다. 그 소년은 그렇게 하기 어려운 말을 한 마디 간신히 하였건마는 여학생의 대답은 없으매, 물끄러미 한참 보다가 말 한 마디를 또 꺼내더라.

"그 노파에게도 응당 자세히 들어 계시겠지마는, 한번 조용히 만나면 할 말씀이 무한히 많던 차올시다."

그 소년은 여학생을 만나 인사하고 수작 붙이는 모양이 매우 5)숙친도 한 듯이 무슨 6)긴절한 의논도 있는 듯이 노파를 얹어 가며 말하는데, 그 말 속

살쩍 관자놀이와 귀 사이에 난 머리털.
숙친(熟親) 오래 사귀어 아주 가까움. 또는 그런 사람.
긴절(緊切)하다 매우 필요하고 절실하다.

에 무슨 은근한 말이 또 들었는지 여학생은 그 말대답도 아니하고 먼 산을 한 번 바라보더니,

"아마 야심한 듯하니 집으로 돌아가겠습니다. 용서하십시오."
하고 천천히 걸어 내려간다.

그 소년의 마음에는 어떠한 욕망이 있는지 여학생의 대답하는 양을 들어 보려고 그 말끝을 꺼낸 듯한데, 여학생은 냉연히 사절하는 모양이니 소년도 그 눈치를 알았을 듯하건마는 무슨 생각으로 내려가는 여학생을 굳이 따라가며 이 말 저 말 또다시 한다.

"괴로운 비가 개더니 달빛이야 참 좋습니다. 공원이란 곳은 원래 풍경이 좋은 곳이지마는, 저 달빛이 몇 배나 공원의 생색을 더 냅니다그려. 인간의 이별하고 만나는 인연은 실로 ⑦부평 같은 일이지마는, 지금 우리가 이렇게 좋은 때와 이렇게 좋은 곳에서 기약 없이 만나기는 참 뜻밖에 기회요구려……. 여보시오, 조금도 부끄러우실 것 없소. 서양 사람들은 신랑 신부가 직접으로 결혼한답디다. 우리도 소개니 중매니 할 것 없이 직접으로 의논함이 좋지 않겠습니까?"

"다 듣다가 그게 무슨 말씀이오?"

"이렇게 생시치미 뗄 것 있소? 아까도 말씀하였거니와 왜 노파를 소개하여 의논하던 터가 아니오니까?"

"기다랗게 말씀하실 것 없습니다. 노파든지 누구든지 나는 이왕 결심한 바 있다고 말한 이상에 당신은 번거롭게 다시 말씀하실 필요가 없습니다. 다른 일로나 교제하실 것이요, 그 말씀은 영구히 단념하시오."

그 여학생과 소년의 수작이 이왕도 많이 언론 되던 일인 듯한데, 여학생이 이처럼 거절하니 소년이 사람스러운 터 같으면 이렇게 거절당할 듯한 말

부평(浮萍) 개구리밥. 물 위에 떠 있는 풀이라는 뜻으로, 정처 없이 떠도는 신세를 이르는 말.

을 당초에 내지 아니하였을 터이요, 또 거절을 당하였으면 무안하여도 저는 저대로 가서 달리나 운동하여 볼 것이건마는, 또 무슨 생각이 그렇게 민첩하게 새로 생겼던지, 가장 정다운 체하고 여학생의 옆으로 바싹바싹 다가서더니 말했다.

"당신의 결심한 바는 내가 알려고 할 것 없거니와 저기 저것 좀 보시오. 어제같이 [8]작작하던 도화가 어느 겨를에 다 날아가고, 벌써 가을바람에 단풍이 들었소그려. 여보, 우리 인생도 저와 같이 오늘 청춘이 내일 백발은 정한 일이 아니오? 이처럼 무정한 세월이 살같이 빠른 가운데 손같이 잠깐 다녀가는 우리는 이 한세상을 이렇게도 지내고 저렇게도 지내 봅시다그려, 허…… 허…… 허…… 허……."

소년이 그렇게 공경하던 [9]예모는 다 어디로 가고 말 그치자 선웃음 치며 여학생의 옥 같은 손목을 턱 잡으니 여학생은 기가 막혀서,

"이것이 무슨 무례한 짓이오! 점잖은 이가 남녀의 예우를 생각지 아니하고 이런 야만의 행위를 누구에게 하시오?"

하고 손목을 뿌리치는데,

"이렇게 큰 변 될 것이 무엇 있소? 야만에서 커진 문명국 사람은 [10]악수례(握手禮)만 잘들 하데……. 이렇게 [11]접문례(接吻禮)도 잘들 하고……. 하…… 하……."

하면서 한층 더해서 접문례를 하려고 달려드니, 여학생은 호젓한 곳에서 불의의 변괴를 당하매 분한 마음이 [12]탱중하나 소년의 [13]패행이 이 지경에 이

작작(灼灼)**하다** 꽃이 핀 모양이 몹시 화려하고 찬란하다.
예모(禮貌) 예절에 맞는 몸가짐.
악수례 악수하는 예의.
접문례 입맞춤 인사.
탱중(撑中)**하다** 화나 욕심 따위가 가슴속에 가득 차다.
패행(悖行) 도리에 어긋나는 행동.

르렀으니, 아무리 생각하여도 방비할 계책과 능력은 하나도 없고 다만 [14]준절한 말로 달랜다.

"여보시오, 해외에 유학도 하고 신사상도 있다는 이가 이런 금수의 행실을 행코자 하면 어찌하자는 말씀이오? 당신은 넉넉한 학문과 우월한 재화가 국가도 빛내고 천하도 경영하실 터이거늘, 지금 일개 여자에게 악행위를 더하고자 하심은 실로 [15]비소망어평일(非所望於平日)이로구려. 어서 빨리 돌아가 회개하시고, 다시 법률에 저촉되지 않기를 부디 주의하시오."

"법률이니 도덕이니 그까짓 말은 다해 쓸 데 있나? 꽃 같은 남녀가 이런 좋은 곳에서 만났다가 어찌 무료히 그저 헤어져 갈 수 있나……. 하…… 하…… 하…… 하……."

소년은 삼천 장(丈) [16]무명업화(無明業火)가 남아메리카 주 딘보라소 활화산 화염 치밀 듯하여, 예절이니 염치니 다 불고하고 음흉 난잡한 말을 함부로 내던지며 여학생의 가늘고 약한 허리를 덥석 안고 나무 수풀 깊고 깊은 곳, 육모정 속 어두컴컴한 구석으로 들어가니, 이때 형세가 솔개가 병아리를 찬 모양이라.

여학생은 호소할 곳도 없이 기가 막히는 경우를 만나매 악이 바짝 나서 [17]모만사(冒萬死)하고 젖 먹던 힘을 다 써서 항거하노라니, 두 몸이 한데 뒤틀어져서 이리로 몰리고 저리로 몰리며 죽을지 살지 모르고 서로 [18]상지(相持)한다. 어떤 사람이든지 제 욕망을 채우지 못하면 화중이 나는 법이라 소년은 불같은 욕심을 이기지 못하는 중, 여학생이 죽기를 한하고 [19]방색(防塞)

준절(峻截)하다 매우 위엄이 있고 정중하다.
비소망어평일 평소에 바라던 바가 아님.
무명업화 깨우치지 못한 데서 오는 나쁜 마음이나 불같이 성내는 마음.
모만사 만 번 죽기를 무릅쓴다는 뜻으로, 온갖 어려움을 무릅씀을 이르는 말.
상지 서로 자기의 의견만을 고집하고 양보하지 아니함.
방색(防塞)하다 들어오지 못하게 막다. 또는 틀어막거나 가려서 막다.

하는 양에 화증이 왈칵 나며 화증 끝에 악심이 생겨서 왼손으로는 여학생의 젖가슴을 잔뜩 움켜잡고, 오른손으로는 양복 허리에서 단도를 빼어 들더니,

"요년아, 너 요렇게 20)악지 부리는 이유가 무엇이냐? 소위 너의 결심하였다는 것이 무슨 그리 장한 결심이냐? 너 이년, 너의 꽃다운 혼이 당장 이 칼 끝에 날아갈지라도 너는 네 고집대로 부리고 장부의 가슴에 무한한 한을 맺을 터이냐?"

"오냐, 죽고 죽고 또 죽고 만 번 죽을지라도 너같이 개 같은 놈에게 21)실절(失節)은 아니하겠다!"

그 말에 소년의 악심이 더욱 심하여 말이 막 그치자 번쩍 들었던 칼을 그대로 푹 찌르는데, 별안간 한 모퉁이에서 어떤 사람이,

"이놈아, 이놈아!"

소리를 지르며 급히 쫓아오는 바람에 소년은 깜짝 놀라 여학생 찌르던 칼도 미처 뽑을 새 없이 삼십육계 줄행랑을 하고 여학생은,

"애고머니!"

한 마디 소리에 기절하고 땅에 넘어지니 소슬한 한풍은 나무 사이에 움직이고 참담한 월색은 서천에 기울어졌더라.

소리를 지르고 오던 사람은 중산모자 쓰고 프록코트 입은 청년 신사인데, 마침 예비해 두었던 것같이 달려들며 여학생의 몸에 박힌 칼을 빼어 들더니, 가만히 무슨 생각을 한참 하는 판에 22)행순하던 순사가 두어 마디 이상한 소리를 듣고 차츰차츰 오다가 이곳에 다다르매 꽃봉오리 같은 여학생은 몸에 피를 흘리고 땅에 누웠고, 그 옆에는 어떤 청년이 손에 단도를 들고 섰으니 그 청년은 갈 데 없는 살인범이라. 순사가 그 청년을 잡고 23)박승을 꺼

악지 잘 안 될 일을 무리하게 해내려는 고집. 억지.
실절 절개나 정절을 지키지 못함.
행순(行巡) 살피며 돌아다님. 순찰.

내더니 다짜고짜로 청년의 손목을 척척 얽어 놓고 호각을 '호루룩 호루룩' 부니, 군도 소리가 여기서도 제걱제걱 하고 저기서도 제걱제걱 하며 경관이 네다섯 모여들어 여학생은 급히 병원으로 호송하고 그 청년은 즉시 경찰서로 24)압거하니, 이때 적요한 빈 공원에 달 흔적만 남았더라.

그 여학생은 조선 사람이요, 이름은 이정임(李貞姬)인데, 이 시종 ××의 딸이라. 자식 사랑하는 마음이야 누가 없으리오마는, 이정임의 부모 이 시종 내외는 늦게 정임을 낳으매 슬하 혈육이 다만 일개 여자뿐인 고로 그 애지중지함이 남보다 특별히 귀하게 여기는 터인데, 그 이 시종의 옆집에 사는 김 승지 ××는 이 시종의 죽마고우(竹馬故友)일 뿐 아니라 서로 지기하는 친구인데, 그 김 승지도 역시 늙도록 아들이 없어 슬퍼하다가 정임이 낳던 해에 25)관옥(冠玉) 같은 남자를 낳으니, 가없이 기뻐하여 이름을 영창(永昌)이라 하고, 더할 것 없이 귀하게 기르는 터이라. 이 시종은 김 승지를 만나면,

"자네는 저러한 아들을 두었으니 마음에 오죽 좋겠나. 나는 일개 여아나마 남달리 사랑하네."

하며 이야기하고 서로 친자식같이 귀애하니, 그 두 집 가정에 살지라도 서로 사랑하기를 남의 자손같이 여기지 아니하더라.

그 두 아이가 두 살 되고 세 살 되어 걸음도 배우고 말도 옮기매, 놀기도 함께 놀고 장난도 서로 하여 친형제와 같이 정다우며 쌍둥이와 같이 자라는데, 자라날수록 더욱 26)심지가 27)상합하여 글도 같이 읽고, 좋은 음식을 보아도 나눠 먹으며, 영창이가 아니 오면 정임이가 가고 정임이가 아니 오면

박승 포승.
압거(押去) 압송하여 감.
관옥 남자의 아름다운 얼굴을 비유적으로 이르는 말.
심지(心地) 마음의 바탕.
상합(相合) 서로 잘 맞음.

영창이가 와서 잠시도 서로 떠나지 아니하여 그 정분이 점점 깊어 가더라.

　그 두 아이가 나이도 동갑이요, 얼굴도 비슷하고 정의도 한뜻 같으나, 다만 같지 아니한 것은 계집아이와 사내아이인 고로 정임의 부모는 영창이를 보면 대단히 부러워하고 영창의 부모는 정임이를 보면 매우 탐을 내는 터인데, 정임이 일곱 살 먹던 해 정월 대보름날 저녁에 이 시종이 술이 얼근히 취하여 마누라를 부르며 좋은 낯으로 들어오는지라, 부인은 마루로 마주 나가며,

　"어디서 저렇게 약주가 취하셨소?"

　"오늘이 명일 아니오? 김 승지하고 술을 잔뜩 먹었소. 늘그막에 정 붙일 것은 술밖에 없소그려. ……허 ……허……."

하면서 앞서거니 뒤서거니 방으로 들어오더니,

　"마누라, 오늘 정임이 혼사를 확정하였소……. 저희끼리 정답게 노는 영창이하고……."

　"그까짓 바지 안에 똥 묻은 것들을 정혼이 다 무엇이오니까, 하……하……."

　"누가 오늘 신방을 차려 주나……. 그래 두었다가 아무 때나 저희들 나이 차거든 28)초례시키지……. 마누라는 늘상 영창이 같은 아들 하나 두었으면 좋겠다고 한탄하지 아니했소? 사위는 왜 아들만 못한가……. 이애 정임아, 오늘은 영창이가 어째 아니 왔느냐?"

하는 말끝이 떨어지기 전에 영창이가 문을 열고 들어오며,

　"정임아, 정임아, 우리 아버지는 29)부럼 많이 사 오셨단다. 부럼 깨먹으러 우리 집으로 가자……. 어서…… 어서……."

초례(醮禮) 혼인 지내는 의식.
부럼 음력 정월 대보름날 새벽에 깨물어 먹는 딱딱한 열매류인 땅콩, 호두, 잣, 밤, 은행 따위를 통틀어 이르는 말.

"허…… 허…… 허, 우리 사위 오시나, 어서 들어오게. 자네 집만 부럼 사 왔다던가? 우리 집에도 이렇게 많이 사 왔다네."

하고 벽장문을 열고 호두, 잣을 내주며 귀애하는 마음을 이기지 못하여 농 지거리를 붙이며 이런 말 저런 말 하다가 사랑으로 나가고, 정임이와 영창 이는 부럼을 까먹으며 속살거리고 이야기하는데,

"이애 정임아, 나는 너한테로 장가가고, 너는 나한테로 시집온다더라."

"장가는 무엇 하는 것이고, 시집은 무엇 하는 것이냐?"

"장가는 내가 너하고 절하는 것이고, 시집은 네가 우리 집에 와서 사는 것이라더라."

"이애, 누가 그러더냐?"

"우리 어머니가 말씀하시는데 너희 아버지하고 우리 아버지하고 그렇게 이야기하셨다더라."

"이애, 나는 너의 집에 가서 살기 싫다. 네가 우리 집으로 장가오너라."

두 아이는 밤이 깊도록 이렇게 놀다가 헤어져 갔는데, 그 후부터는 정임 의 집에서도 영창이를 자기 사위로 알고 영창의 집에서도 정임이를 자기 며 느리로 인정하여 두 집 관계가 더욱 친밀해지고, 그 두 아이들도 혼인이 무 엇인지 부부가 무엇인지 의미는 알지 못하나 영창은 정임에게로 장가갈 줄 로 생각하고, 정임은 영창에게로 시집갈 줄로 알더라.

정임과 영창이가 이처럼 정답게 지내더니, 영창이 열 살 되던 해 삼월에 김 승지가 초산(楚山) 군수로 ³⁰⁾서임되니 가족을 데리고 즉시 ³¹⁾군아(郡衙)에 부임할 터인데, 정임과 영창이가 서로 떠나기를 애석히 여기는 고로 이 시 종 집에서는 ³²⁾가속(家屬)을 ³³⁾솔거(率去)하는 것이 불가하다고 권고하나, 김

서임(敍任) 벼슬자리를 내림.
군아 고을의 수령이 사무를 보던 관아.
가속 한 집안에 딸린 구성원. 식구. 식솔.

승지는 가계가 원래 유족치 못한 터이라, 군수의 박봉을 가지고 식비와 교제비를 제하면 본가에 보낼 것이 남지 아니하겠으니 가족을 데리고 가는 것이 필요가 될 뿐 아니라, 설령 가사는 이 시종에게 전혀 부탁하여도 무방하겠지마는, 김 승지는 자기 아들 영창을 잠시라도 보지 못하면 애정을 이기지 못하여 침식이 달지 아니한 터인 고로, 부득이하여 부인과 영창을 데리고 초산으로 떠나가는데, 가는 노정은 인천으로 가서 기선을 타고 수로로 갈 작정으로 상오 아홉 시 남문발 인천행 열차로 ³⁴⁾발정(發程)할 새 정임이는 남문역에 나아가서 방금 떠나는 영창의 손을 잡고 서로 친절히 전별한다.

"영창아, 너하고 나하고 잠시도 떠나지 못하다가 네가 저렇게 멀리 가면 나는 놀기는 누구하고 같이 놀고, 글은 누구하고 같이 읽으며, 너를 보고 싶은 생각을 어떻게 참는단 말이냐?"

"나도 너를 두고 멀리 가기는 대단히 섭섭하다마는, 우리 아버지 어머니가 나를 보고 싶어 하실 생각을 하면 떨어져 있을 수 없구나. 오냐, 잘 있거라. 내 쉽사리 올라오마."

정임은 품에서 사진 한 장을 꺼내더니 그 뒷등에 '경성 중부 교동 삼삼구'라고 써서 영창이를 주며,

"이것 보아라. 이것은 내 사진이요, 이 뒷등에 쓴 것은 우리 집 통호수다. 만일 이 사진을 잃든지 통호수를 잊어버리거든 삼삼구만 생각하여라."

영창이는 사진을 받아들고 그 말대답도 미처 못해서 기적 소리가 '뽕뽕' 나며 차가 떠나고자 하니, 정임은 급히 차에서 내려서 스르르 나가는 유리창을 향하여,

"부디…… 잘 가거라."

솔거 여러 사람을 거느리고 감.
발정하다 길을 떠나다.

하며 옷깃에 방울방울 떨어지는 눈물을 씻는데, 기관차 연통에서 검은 연기가 물큰물큰 올라가며 차는 살 닫듯하여 어느 겨를에 간 곳도 없고, 다만 용산강 언덕 위에 멀리 [35]의의한 버들 빛만 머물렀더라.

정임이는 영창이를 전송하고 [36]초창(悄愴)한 마음을 이기지 못하여 집까지 울고 들어오니 이 시종의 부인도 섭섭한 마음을 이기지 못하던 차에 자기의 귀한 딸이 울고 들어오는 것을 보고 눈물을 흘리다가 좋은 말로 영창이는 속히 다녀온다고 그 딸을 위로하고 달래었는데, 정임이는 어린아이라 어찌 부처 될 사람의 인정을 알아 그러하리오마는, 같이 자라던 정리로 영창의 생각을 한시도 잊지 못하여 제 눈에 좋은 것만 보면 영창이에게 보내준다고 꼭꼭 싸 두었다가 인편 있을 적마다 보내기도 하고, 영창의 편지를 어제 보았어도 오늘 또 오기를 기다리며, 꽃 피고 새 울 때와 달 밝고 눈 흴 적마다 시름없이 서천을 바라고 눈썹을 찡기더라.

〈중략〉

이때 정임이가 호출장을 가지고 재판소로 들어가니, 검사가 그날 저녁에 당하던 사실을 자세히 조사하더니 어떤 죄인을 대면시키고,

"저 사람이 공원에서 칼로 찌르던 사람 아니냐?"
하고 묻는데 정임이는 그 사람의 얼굴을 자세히 보고 병원에서 신문 보던 일을 생각하니 얼굴 전형도 흡사한 영창이 어렸을 때 모습이요, 눈 귀 콧부리도 모두 영창이라, 은근히 반가운 마음이 염통 밑을 쑤시나, 한편으로 그 사람이 정녕 영창인지 아닌지 의심도 없지 아니할 뿐 아니라 경솔히 반색할

의의(依依)하다 풀이 무성하여 싱싱하게 푸르다. 기억이 어렴풋하다.
초창하다 마음이 근심스럽고 슬프다.

일도 못 되고 또 관청에서 사사로운 말도 할 수 없는 터이라 검사의 말대답 할 겨를도 없이 그 죄인을 물끄러미 보다가 한참 만에 대답을 한다.

"저이는 그 사람이 아니올시다. 그러나 저 사람에게 한 마디 물어볼 말씀이 있사오니 잠깐 허가하심을 바랍니다."

"무슨 말을?"

"이 사건에 대한 일은 아니오나 사사로이 물어볼 만한 일이 있습니다."

"무슨 말인지 잠깐 물어보아."

정임이는 검사의 허락을 얻어 가지고 그 죄인을 대하여 조선말로 묻는다.

"당신은 어찌된 사유로 이곳에 오셨소?"

"다른 까닭이 아니라 공원 구경 갔다가 어떤 놈이 젊은 부인을 모해코자 함을 보고 마음에 대단히 [37)송연하여 급히 쫓아갔더니 그놈은 달아나고 내가 발명할 수 없이 잡혀 왔습니다. 그 부인이 아마 당신이신게요그려. 그때는 매우 위험하더니 천만에 저만하시니 대단히 감축합니다."

"그러하시오니까. 나는 그때 정신을 잃고 아무것도 몰랐습니다그려. 위태함을 무릅쓰고 이만 사람을 구하여 주시니 대단히 고맙습니다마는, 애매히 여러 날 고생을 하여 계시니 가엾은 말씀을 어찌 다 하오리까. 그러나 존함은 누구신지요?"

"이 사람은 김영창이올시다."

"여러 번 묻기는 너무 불안합니다마는, 내게 은인이 되시는 터에 자세히 알아야 하겠습니다. 황송한 말씀으로 춘부장은 누구시오니까?"

"은인이라 하심은 천만의 말씀이올시다. 우리 선친은 ××올시다."

"그러면 관직은 무슨 벼슬을 지내셨습니까?"

"[38)비서승 지내시고 초산 군수로 돌아가셨습니다."

송연(悚然)하다 두려워 몸을 옹송그릴 정도로 오싹 소름이 끼치는 듯하다.

하면서 눈살을 찡그리는데 정임이는 그 말을 들으매 다시 물을 것 없이 뇌수에 맺혀 있는 그 영창이라. 죽은 줄 알던 영창이를 뜻밖에 만나니 정신이 아득아득하며 기쁜 마음이 진하여 슬픈 생각이 생겨서 아무 말 못 하고 눈물이 비 오듯 하는데, 영창이는 감옥소에 갇혀서 발명하기를 근심하다가 여학생 대면시키는 것이 대단히 상쾌하여 이제는 발명되겠다고 생각하더니, 그 여학생은 일본말로 검사와 수작하매 무슨 말인지 몰라 궁금하던 차에, 여학생이 조선말로 자세히 묻는 것이 하도 이상하여 그 얼굴을 살펴보니, 남문역에서 한 번 이별한 후로 십 년을 못 보던 정임의 용모가 여전하나 역시 의아하여 다른 말은 할 수 없고 다만 묻는 말만 대답하니, 마침내 ³⁹⁾낙루하는 것을 보매 의심이 더욱 나서 한번 물어본다.

"여보시오, 자세히 물으시기는 웬일이며, 또 낙루하시기는 어찌한 곡절이오니까?"

"나를 생각지 못하시오? 나는 이 시종의 딸 정임이오."

하며 흑흑 느끼니 ⁴⁰⁾철삭 같은 장부의 창자도 이 경우를 당하여서는 어찌할 수 없이 눈물을 보내 수건을 적시더라. 신문하던 검사는 어찌 된 까닭을 모르고 정임을 불러 묻는지라, 정임이가 영창이와 같이 자라던 일로부터 부모가 혼인 정하던 말과 초산 민요 후에 서로 생사를 모르던 말과 동경 와서 유학하는 원인과 오늘 의외로 만난 말을 낱낱이 이야기하니, 검사가 그 말을 들으매 김영창은 ⁴¹⁾백백 애매할 뿐 아니라 그 사실이 매우 신기한지라. 검사도 정임의 절개를 무한히 칭찬하며 한가지 내보내고, 강 소년을 잡으려고 각 경찰서로 전화도 하고 조선 유학생도 일변 조사하니 각 신문에 '불행위

비서승(祕書丞) 대한 제국 때에 둔 비서감과 비서원의 관직.
낙루(落淚)하다 눈물을 흘리다.
철삭(鐵索) 쇠밧줄.
백백(百百) 어느 모로 보나.

200

행'이라 제목하고 정임의 사실의 수미를 게재하여 극히 찬양하였으매 동경에 있는 조선 유학생이 그 사실을 모를 사람이 없더라.

정임이와 영창이가 재판소에서 나와서 같이 여관으로 돌아와 마주 앉으니 몽몽한 꿈속에 보는 것도 같고, 죽어 혼백이 만난 듯도 하여 그 마음을 이루 측량할 수 없는지라. 서로 울기도 하고 웃기도 하며 그 사이 풍파 겪고 고생하던 이야기를 ⁴²⁾작약히 하다가, 횡빈 영국 영사관으로 내려가서 정임이는 스미스를 보고 영창이 구제함을 감사히 치하하고 영창이는 공교히 정임이 만난 말을 하며 본국으로 나가서 혼례 지낼 이야기를 하니, 스미스도 대단히 신기히 여기고 혼례 준비금 삼천 원을 주는지라. 정임이는 곧 장문 전보를 본가로 보내고 영창이와 한가지 발정하여 서울 남대문 정거장에 가까이 오니, 한강은 용용하고 남산은 의의하여 의구한 고국산천이 환영하는 뜻을 머금었더라.

정임이 동경으로 가던 그 이튿날 아침에 이 시종 집에서는 혼인 잔치 차리느라고 온 집안이 물 끓듯 하며 봉채 시루를 찐다, 신랑 마중을 보낸다 법석을 하는데, 신부는 방문을 척척 닫고 ⁴³⁾일고삼장(日高三丈)하도록 일어나지 아니하매 이 시종 부인이 심히 이상히 여기고,

"이애 정임아, 오늘 같은 날 무슨 잠을 이리 늦게 자느냐? 어서 일어나서 머리도 빗고 세수도 하여라. 벌써 ⁴⁴⁾수모가 왔다."

하며 방문을 열어 보니, 정임이는 간 곳 없고 웬 편지 한 장이 자리 위에 펴 있는데,

작약(雀躍) 너무 좋아서 날뛰며 기뻐함.
일고삼장 해가 세 길이나 떠올랐다는 뜻으로, 날이 밝아 해가 벌써 높이 뜸을 이르는 말.
수모(手母) 전통 혼례에서 신부의 단장 및 그 밖의 일을 곁에서 도와주는 여자.

불효의 딸 정임은 부모를 떠나 멀리 가는 길을 임하여 죽기를 무릅쓰고 두어 마디 황송한 말씀을 아버님 어머님께 올리나이다.

　　대저 사람이 세상에 처하여 [45]윤강(倫綱)을 지키지 못하면 가히 사람이랄 것 없이 금수와 다르지 아니함은 정한 일이 아니오니까. 그러하온데 부모께옵서 기왕 이 몸을 영창이에게 [46]허혼(許婚)하였사오니 비록 성례(成禮)는 아니하였을지라도 영창의 집 사람이 아니라고 할 수 없는 터이라 어찌 영창이 있고 없는 것을 헤아리오리까. 지금 [47]사세(事勢)로 말씀하오면 위에 늙은 부모가 계시고 아래에 사내아이 동생이 없으매 그 [48]정형(情形)이 대단히 절박하오니 그 사정을 알지 못하는 바는 아니오나, 지금 만일 부모의 두 번 명령하심을 복종하와 다른 곳으로 또 시집가오면 이는 부모로 하여금 그른 곳에 빠지게 하여 오륜(五倫)의 첫째를 위반함이요, 이 몸으로서 절개를 잃어 삼강(三綱)의 으뜸을 문란케 함이오니, 정임이가 비록 같지 못한 계집아이오나 어찌 조그마한 사정을 의지하여 윤강을 어기고 금수에 가까운 일을 차마 행하오리까. 그러하므로 죽사와도 내일 일은 감히 이행치 못하옵고 곧 [49]만리붕정(萬里鵬程)의 먼 길을 향하오니, 부모의 슬하를 떠나 걱정을 시키는 일은 실로 불효막심하오나 백 번 생각하고 마지못하여 행하옵나이다. 그러하오나 [50]멸학매식(滅學昧識)한 [51]천질(賤質)로 해외에 놀아 문명 공기를 마시고 좋은 학문을 배워 돌아오면 이 어찌 영화(榮華)가 되지 아니하오리까. 멀지 아니하여 돌아

윤강 오륜(五倫)과 삼강(三綱)을 아울러 이르는 말.
허혼하다 혼인을 허락하다.
사세 일이 되어 가는 형세.
정형 사물의 정세와 형편을 아울러 이르는 말.
만리붕정 앞길이 매우 멀고도 큼을 이르는 말. 붕정만리(鵬程萬里).
멸학매식 배운 것과 아는 것이 거의 없음.
천질 남에게 자기의 품성이나 자질을 낮추어 이르는 말.

오겠사오니 과도히 근심 마옵시기를 천만 바라오며, 급히 두어 자로
갖추지 못하오니 아버님 어머님은 만수무강하옵소서.

부인이 이 편지를 집어 들고 깜짝 놀라며 자세히 보지도 않고 사랑에 있
는 이 시종을 청하여 그 편지를 주며 덜덜 떠는 말로,

"이거 변괴요그려. 요런 방정맞은 년 보아."

"왜 그러오. 이게 무엇이야……, 응?"

하고 그 편지를 받아보는데 부인의 마음에는 그 딸이 죽어서 나간 듯이 서
운 섭섭하여 비죽비죽 울며 목멘 소리로,

"고년이 평일에 동경 유학을 원하더니 아마 일본을 갔나 보오. 고년이 자
식이 아니라 애물이야. 고 어린 년 어디 가서 고생인들 오죽할라구. 고년이
요런 생각을 둔 줄 알았다면 아이 년으로 늙어 죽더라도 고만두었지. 그러
나 저러나 아무 데를 가더라도 죽지나 말았으면."

하며 무당 넋두리하듯 하는데 이 시종이 그 편지를 다 보더니,

"여보, 요란스럽소. 떠들지 마오."

하고 전보지를 내어 정임이 압류하여 달라고 부산 경찰서로 보내는 전보를
써 가지고 전보 부칠 돈을 꺼내려고 철궤를 열어 보니 귀 떨어진 엽전 한 푼
아니 남기고 죄다 닥닥 긁어 내었는지라, 하릴없어 제일 은행[52] 소절수에 도
장을 찍어 지갑에 넣더니,

"여보 마누라, 나는 전보 부치고 바로 부산까지 다녀올 터이니 집안일은
마누라가 [53]휘갑을 잘하오."

하고 나갔는데, 부인은 정신없이 허둥지둥할 사이에 잔치 손님이 꾸역꾸역
모여들고 마침 중매아비 정임의 외삼촌이 오는지라, 부인이 그 동생을 붙들

소절수(小切手) 예전에 '수표'를 이르던 말.
휘갑 뒤섞여 어지러운 일을 마무름.

고 정임이 이야기를 한창 하는 판에 새 신랑이 사모관대 하고 [54]안부(雁夫)를 말 머리에 앞세우고 우적우적 달려드니, 부인 남매는 신부가 밤사이에 도망하였다는 말을 어찌하며 또 갑자기 죽었다고 핑계도 할 수 없는 터이라 어찌할 줄 모르고 [55]창황망조하다가, 동이 닿지도 않는 말로 신부가 지나간 밤에 급히 병이 나서 병원에 가 있다고 우선 말하니 그 눈치야 누가 모르리오. 안손, 바깥 손, 내 하인, 남의 하인 할 것 없이 모두 이 구석에도 몰려서 수군수군, 저 구석에도 몰려서 수군수군하되, 신부 없는 혼인을 어찌 지낼 수 있으리오.

닭 쫓던 개는 지붕이나 쳐다보지마는 장가들러 왔던 신랑은 신부를 잃고 뒤통수치고 돌아서고, 정임의 외삼촌은 즉시 신랑의 부친 박 과장을 가서 보고 정임의 써놓고 간 편지를 내보이며 사실의 [56]수미를 자세히 이야기하고 무수히 사과하였으나 그 창피한 모양은 이루 말할 수 없으며, 이 시종은 그 길로 즉시 부산을 내려가서 연락선 타는 선창목을 지키나, 그때 색주가 서방에게 잡혀가 갇혀 있는 정임이를 어찌 그림자나 구경할 수 있으리오. 하릴없이 그 이튿날 도로 올라오는 길에 경찰서에 가서 간절히 다시 부탁하고 왔으나 정임이는 일본 옷 입고 일본 사람 틈에 끼어 갔으매 경찰서에서도 알지 못하고 놓쳐 보낸 것이더라.

이 시종 내외는 [57]생세지락을 그 외딸 정임에게만 붙이고 늙어 가는 터이라 응석도 재미로 받고 독살도 귀엽게 보며, 근심이 있다가도 정임이 얼굴만 보면 없어지고 화증이 나다가도 정임이 말만 들으면 풀어지며, 어디를 갔다 오다가도 대문간에서 정임이부터 찾으며 들어오는 터이더니, 정임이

안부(雁夫) 전통 혼례에서, 신랑이 기러기를 가지고 신부 집에 가서 상 위에 놓고 절하는 전안(奠雁) 의식을 할 때 기러기를 들고 신랑 앞에 서서 가는 사람. 기럭아비.
창황망조(蒼黃罔措)**하다** 너무 급하여 어찌할 수가 없다.
수미(首尾) 일의 시작과 끝.
생세지락(生世之樂) 세상에 태어나서 살아가는 재미.

가 흔적 없이 한 번 간 후로 정임의 거동은 눈에 암암하고 정임이 목소리는 귀에 쟁쟁하여 정임이 생각에 곤한 잠이 번쩍번쩍 깨어 미칠 것같이 지내는데, 어느 날 아침에는 하인이 어떤 편지 한 장을 가지고 들어오며,

"이 편지가 댁에 오는 편지오니까? 우체사령이 두고 갔습니다."

하는데, 피봉 전면에는 '경성 북부 자하동 일영팔, 십 이 시종 ×× 각하'라 쓰고, 후면에는 '동경시 하곡구 기판정 십일 번지 상야관 이정임'이라 하였는지라, 이 시종이 받아보매 눈이 번쩍 띄어,

"마누라, 마누라! 정임이 편지가 왔소그려."

"아에그! 고년이 어디 가서 있단 말씀이오?"

하며 반가운 마음을 이기지 못하여 비죽비죽 우는데 이 시종이 그 편지를 떼어 보니,

> [58)미거(未擧)한 여식이 59)오괴(迂怪)한 마음으로 불효됨을 생각지 못하옵고, 홀연히 한 번 집 떠난 후에 성사(盛事)를 오래 60)궐(闕)하오니 지극히 황송하옵고 또한 61)문후(問候)할 길이 없사와 62)민울(悶鬱)한 마음이 측량할 길 없사오며 그 사이 추풍은 불어 다하고 쌓인 눈이 심히 춥사온데 기체후(氣體候) 일향만안(一向萬安)하옵시고, 어머님께옵서도 안녕하시오니까. 63)복모구구(伏慕區區) 불리옵지 못하오며, 여식은 그때 곧 동경으로 와서 공부하고 잘 있사오나, 아버님 어머님 뵈옵고 싶은 마음과 부모께옵서 이 불효 자식을 과히 근심하실 생

미거하다 철이 없고 사리에 어둡다.
오괴하다 물정에 어둡고 괴상하다.
궐하다 마땅히 해야 할 일을 빠뜨리거나 참여해야 할 모임 따위에 빠지다.
문후 웃어른의 안부를 물음.
민울하다 안타깝고 답답하다.
복모구구 삼가 사모하는 마음 그지없다는 뜻으로, 한문 투의 편지에 쓰는 말.

각에 잠이 달지 아니하며 먹어도 알지 못하고 항상 민망히 지내옵나
이다. 그러하오나 집에 있을 때에 지어 주는 옷이나 입고 다 해 놓은
밥이나 먹으며 사나이가 눈에 띄면 큰 변으로 알아 대문 밖을 구경치
못하옵다가, 이곳에 와서 처음으로 문명국의 성황을 관찰하오매 시
가의 화려함은 좁은 안목에 모두 장관이옵고, 풍속의 우미(優美)함은
어두운 지식에 배울 것이 많사와 날마다 풍속 시찰하기에 착심(着心)
하고 있사오니, 본국 여자는 모두 집안에 ⁶⁴⁾칩복(蟄伏)하여 능히 사람
된 직책을 이행치 못하고 그 영향이 국가에까지 미치게 함이 마음에
극히 한심하옵기, 속히 학교에 입학하여 신학문을 많이 공부하여 가
지고 귀국하와 일반 여자계를 개량코자 하옵나이다. 이 자식은 자식
으로 생각지 마옵시고 너무 걱정 마시기를 천만 바라오며 내내 기운
안녕하옵시기 엎디어 비옵고 더할 말씀 없사와 이만 아뢰옵나이다.

여식 정임 상서

그 편지를 내외분이 돌려가며 보다가,

"아이그 고년이야, 어린년이 동경을 어찌 갔나! 고년, 조그만 년이 맹랑
도 하지. 영감은 그때 부산서 무엇을 보고 오셨소? 경관도 변변치 못하
지……. 그러고저러고 아무 데든지 잘 가 있다는 소식을 알았으니 시원하오
마는, 우리가 늙어 오늘 죽을지 내일 죽을지 모르는 처지에 그 딸자식 하나
를 오래 그리고는 못 살겠소. 기다랗게 할 것 없이 영감이 가서 데리고 오시
오. 시집만 보내지 아니하면 고만이지요. 제가 마다하고 아니 가는 시집을
부모인들 어찌 하겠소."

"그렇지마는 사기가 이렇게 된 이상에 그것을 데려오면 어떻게 한단 말

칩복하다 자기 처소에 들어박혀 몸을 숨기다.

이오? 점점 모양만 더 창피하니 나중에 어찌하던지 아직 저 하는 대로 내버려 두고 와자히 소문 내지 마시오.”

　부인은 단지 그 딸을 간 곳도 모르고 그리던 끝에 보고 싶은 생각이 더욱 바빠서 한 말인데, 그 남편의 대답이 이렇게 나가매 조급한 마음을 참고 있으나, 원래 부인의 성정이라 딸 보고 싶은 생각만 나면 그만 데려오라고 은근히 그 남편을 조르는 터이지마는, 이 시종은 그렇지 아니한 이유를 그 부인에게 간곡히 설명하고 다달이 학자금 오십 원씩 보내 주며 언제든지 제 마음 내키는 대로 돌아오기만 기다리고 두 내외가 비둘기같이 의지하여 한 해 두 해 지내는데, 늙어 갈수록 정임의 생각이 간절하여 몸이 좀 아프기만 하면 마음이 더욱 처연한 터이라.

　하루는 부인이 몸이 곤하여 안석에 의지하였는데 홀연히 마음이 좋지 못하여,

　‘몸이 이렇게 은근히 아프니 아마 정임이를 다시 못 보고 황천에 가려나 보다.’

하며 생각하고 누웠더니 서창으로 솔솔 불어오는 맑은 바람에 낮잠이 혼곤히 오는데, 전에 살던 교동 집에서 옥동 박 신랑과 정임이 혼인을 지낸다고 수선하는 중에 난데없는 영창이가 칼을 들고 별안간 달려들며 내 계집을 또 시집보내는 놈이 누구냐고 소리를 벽력같이 지르고 이 시종을 칼로 찍으니, 이 시종이 마루에 넘어져서 발을 버둥버둥하며,

　“어…… 어!”

하는 소리에 잠을 번쩍 깨니 대문 밖에서 어떤 사람이 문을 두드리며,

　“전보 들여가오, 전보 들여가오.”

하는 소리가 귀에 그렇게 들리는지라. 그때 하인은 다 어디로 갔던지 부인이 급히 나가 전보를 받아 보니 정임에게서 온 전보이라. 꿈 생각하고 정임이 전보를 받으매 가슴이 선뜩하여 급히 떼어 보니 전보지는 대여섯 장 겹

치고 전문은 모두 꾸불꾸불한 일본 국문이라. 볼 줄은 알지 못하고 갑갑하고 궁금하여,

"이게 무슨 말인고? 요사이 꿈자리가 어지럽더니 근심스러운 일이 또 생겼나 보다. 제가 나올 때도 되었지마는 나온다는 말 같으면 이렇게 길지 아니할 터인데, 아마 병이 들어 죽게 되었다는 말이겠지."
하며 중얼중얼하는 때에 이 시종이 들어오는지라.

부인이 전보를 내놓으며 꿈 이야기를 하는데 이 시종도 역시 [65]소경 단청이라. 서로 답답한 말만 하다가 일본 어학 하는 사람에게 번역해 달라 하여 보니 다른 말 아니요, 상야 공원에서 봉변하던 말과 의외에 영창이 만난 말과 영창이와 방금 발정하여 어느 날 몇 시에 서울 도착한다는 말이라. 일변 놀랍기도 하고 일변 반갑기도 하여, 이 시종은 감투를 둘러쓰고 돌아다니며 작은사랑을 수리해라 건넌방에 도배를 해라 분주히 날치고, 부인은 안방으로 들어갔다 마루로 나섰다 정신없이 수선하며 내외가 밥 먹을 줄도 모르고 잠잘 줄도 모르고 칙사나 오는 듯이 야단을 치더니, 정임이 입성한다는 날이 되매 남문역으로 정임이 마중을 나가는데 정임이 타고 오는 기차가 도착하니, 그때 정거장 한 모퉁이에는 서로 붙들고 눈물 흘리는 빛이더라.

정임이는 좋은 학문도 많이 배우고 가슴에 못이 되던 영창이를 만나서 다섯 해 만에 집에 돌아와 그 부모를 뵈니 이같이 기쁜 일은 다시 없이 여기고 [66]왕사는 다 잊어버린 터이지마는, 이 시종은 좋은 마음이야 오죽할 것이나 정임이를 박 과장 집으로 시집보내려고 하던 생각을 하매 정임이 볼 낯도 없을뿐더러 더구나 영창이 보기가 [67]면난(面赧)하여 좋은 마음은 속에 품어 두고 정임이나 영창이를 대할 적마다 부끄러운 기색이 표면에 나타나더니,

---

소경 단청 소경이 단청을 구경함. 곧 내용을 알지 못하고 무엇을 봄.
왕사(往事) 지나간 일.
면난하다 남을 대할 때에 무안하거나 부끄러워서 낯이 붉어지는 기색이 있다.

그 일은 이왕 지나간 일이라 그런 생각은 다 접어놓고 일변 택일을 하고 일변 잔치를 차리며 일변은 친척 고우(故友)에게 청첩을 보내서 신혼 예식을 거행하는데, 예식을 습관으로 할 것 같으면 전안도 하고 초례도 하겠지마는 이 시종도 신식을 좋아하거니와 신랑 신부가 모두 신공기 쏘인 사람이라 구습은 일변 폐지하고 신식을 모방하여 신혼식을 거행한다. 신랑은 문관 대례복에 신부는 부인 예복을 입고 청결한 예식장에 단정히 마주 선 후에 신부의 부친 이 시종 매개로 악수례를 행하니, 그 많이 모인 잔치 손님들은 그런 혼인을 처음 보는 터이라 혹 입을 막고 웃는 사람도 있고 혹 돌아서서 흉보는 사람도 있으며 그 중에서도 습관을 개혁코자 하는 사람은 무수히 찬성하는데, 한편 부인석에서 나이 한 사십 된 부인이 나서더니,

"이 사람이 아무 지식은 없사오나 오늘 혼례에 대하여 할 줄 모르는 말 서너 마디 할 터이오니 여러분은 용서하십시오."

하고 연설을 시작한다.

"대저 신혼 예식이라 하는 것은 한 남자와 한 여자가 비로소 부부가 된다고 처음으로 맹약하는 예식이 아니오니까. 그런 고로 그 예식이 대단히 소중한 예식이올시다. 어째 소중하냐 하면 한 번 이 예식을 지낸 후에는 백 년의 고락을 같이하며 만대의 ⁶⁸⁾혈속을 전할 뿐 아니요, 남편 되는 사람은 또 장가들지 못하고 더군다나 아내 되는 사람은 다른 남자를 공경하는 일이 절대적 없는 법이니 이렇게 소중한 혼례식이 어디 또 있겠습니까? 그러하나 그 내용상으로 말하면 이같이 중대하지마는 그 표면적으로 말하면 한 형식에 지나지 못하는 일이라고 하겠습니다. 왜 그러하냐 하면, 이 예식을 지내고라도 남편이 아내를 버린다든지 아내가 행실이 부정할 것 같으면 소위 예식이라 하는 것은 한 희롱이 되고 말 것이요, 만일 예식은 아니 지내고라도

혈속(血屬) 혈통을 이어가는 살붙이.

부부가 되어 혼례식 지낸 사람보다 의리를 잘 지키면 오히려 예식 지내고 시종이 여일치 못하느니보다 낫지 아니하겠습니까. 그러하니 그 의리라 하는 것은 이왕 말씀한 바와 같이 남편은 또 장가들지 못하고 아내는 다른 남자를 공경치 못하는 것이올시다. 그러나 그 중에 아내 되는 사람의 책임이 더욱 중하니 서양 풍속 같으면 남녀가 동등 권리를 보유하여 남편이나 아내나 일반이지마는, 원래 동양 습관에는 남편은 어떠한 외입을 하든지 [69]유처취처(有妻娶妻)하여 몇 번 장가를 들든지 아무 관계 없으나 여자가 만일 한 번 실절(失節)하면 세상에 다시 용납지 못할 사람이 되니, 남녀가 동등하지 못하고 남편의 자유를 [70]묵허(默許)함은 실로 불미(不美)한 풍속이지마는, 그는 여자가 권리를 스스로 잃은 것이라 말할 필요가 없거니와, 아내가 절개를 지키는 것은 원리적으로 여자의 직분이 아니오니까? 그러하지마는 [71]음분(淫奔) [72]난행(亂行)은 많이 여자에게서 먼저 생기는 고로 옛적 성인도 '열녀는 불경이부(不敬二夫)'라 하여 여자를 더욱 경계하셨으니 남의 아내 된 사람의 책임이 얼마나 더 중합니까? 그러하나 그 의리와 직책을 잘 지키기 장히 어려운 고로 열녀가 나면 그 영명(榮名)을 천고에 칭송하는 바가 아니오니까? 그러한데 오늘 신혼식 지낸 신부 이정임이는 가히 열녀의 반열에 참례하겠다 합니다. 그 이유를 말하고자 하면, 정임이 강보에 있을 때에 그 부모가 김영창 씨와 혼인을 정하여 서로 내외 될 사람으로 인정하고 같이 자라났으니, 그 관계로 말하든지 그 정리로 말하든지 그 형식에 지나가지 못하는 혼례식 아니 지냈다고 어찌 부부의 의리가 없다 하리까. 그러나 중도에 영창 씨의 종적을 알지 못하니 만일 열녀가 아니면 다른 곳으로 시집갔으련

유처취처 아내가 있는 사람이 또 아내를 얻음.
묵허 모르는 체 내버려 둠으로써 슬며시 허락함.
음분 음란하고 방탕한 짓을 함. 또는 그런 행동.
난행 난잡하고 음란한 행동.

마는 그 의리를 지키고 결코 김영창 씨를 저버리지 아니하여 [73)]천곤 백난(千困百難)을 지내고 기어코 김영창 씨를 다시 만나 오늘 예식을 거행하니 그 [74)]숙덕(淑德)이 가히 열녀 되겠습니까, 못되겠습니까? 여러분, 생각하여 보시오(내빈이 모두 박수한다). 또 신혼 예식 절차로 말씀하면 상고 시대에 나무 열매 먹고 풀로 옷 지어 입을 때에야 어찌 혼인이니 예식이니 하는 여부가 어디 있으리까. [75)]생생지리(生生之理)는 자연한 이치인 고로 금수와 같이 남녀가 난잡히 상교(相交)하매 저간에 무한한 경쟁이 있더니, 사람의 지혜가 조금 발달되어 비로소 검은 말가죽으로 폐백하고 일부일부(一夫一婦)가 작배함으로부터 차차 혼례라 하는 것이 발명되었는데, 그 예식은 고금이 다르고 나라마다 다를 뿐 아니라 아까 말씀한 것과 같이 한 형식에 지나가지 못하는 것이올시다. 그러하니 그 형식에 지나가지 못하는 예식의 절차는 아무쪼록 간단하고 편리한 것을 취하는 것이 좋지 아니하겠습니까. 그러한데 조선 풍속에는 혼인을 지내려면 그날 신랑은 호강하지마는 신부는 큰 고생하는 날이올시다. 얼굴에는 회박을 씌워서 연지곤지를 찍고, 눈은 왜밀로 철꺽 붙여 소경을 만들어 앉히고, 엉덩이가 저려도 종일 꼼짝 못하게 하니 혼인하는 날같이 좋은 날 그게 무슨 못할 일이오니까. 여기 계신 여러 부인도 아마 그런 경우 한 번씩은 다 당해 보셨겠습니다마는 그렇게 괴악한 습관이 어디 있습니까? 이 중에 혹 '저것도 예식이라고 하나?' 하는 분도 계실 듯하지마는 그렇지 않습니다. 좋지 못한 구습을 먼저 개혁하는 사람이 없으면 어떠한 일이든지 도저히 개량하여 볼 날이 없습니다. 오늘 지낸 예식이 가히 조선에 모범이 될 만하오니 여러분도 자녀간 혼인을 지내시려거든 오늘 예식을 모방하십시오. 나는 정임의 외삼촌 숙모가 되는 사람이나 조금도 사정

천곤 백난 온갖 고난.
숙덕 여자의 정숙하고 단아한 덕행.
생생지리 모든 생물이 생기고 퍼져 나가는 자연의 이치.

둔 말씀이 아니오니 여러분은 깊이 헤아리시기를 바라오며, 변변치 못한 말씀을 오래 하오면 들으시기에 너무 지리하고 괴로우실 듯하와 고만두겠습니다."

연설을 마치매 남녀간 손님이 모두 박수갈채하고 헤어져 가는데, 그날 밤 동방화촉에 원앙금침을 정답게 펴놓으니 만실춘풍(滿室春風)에 화기가 융융하고 이 시종은 희색이 만면하여 사랑에서 친구와 술 먹으며 그 딸의 사실 일장을 이야기하더라.

상야 공원에서 정임이를 칼로 찌르던 강 소년은 대구 부자의 아들인데, 열네 살에 그 부친이 죽으매 열다섯 살부터 외입에 반하여 76)경향으로 다니며 양첩도 장가들고 기생도 떼어 팔선녀(八仙女)를 꾸려서 여기저기 큰 집을 다 각각 배치하고 화려한 문방구는 잡화상을 벌이며 각종의 음악기와 연극장을 설립하여 놓고 이 집 저 집 돌아다니며 무궁한 행락을 하다가 못하여 그것도 오히려 부족히 여기고, 77)주사청루(酒肆靑樓)는 거르는 날이 없으며 78)산사강정(山寺江亭)에 아니 노는 곳이 없이 그 방탕함이 끝이 없으매, 저의 남은 십여만 원 재산이 몇 해 아니 가서 다 없어지고 끝내 토지 가옥까지 몰수되는 강제 집행을 당하니, 그 많던 계집들도 물 흐르고 구름 가듯 하나둘씩 뿔뿔이 다 달아나고 제 몸 하나만 79)올연히 남았다.

대저 음탕 무도하던 놈이 이 지경이 되면 개과천선(改過遷善)할 줄은 모르고 도적질할 생각이 생기는 것은 하등 인류의 자연한 이치라. 그 소년도 제 신세 결딴나고 제 집 망한 것은 조금도 후회 없고, 단지 흔히 쓰던 돈 못 쓰

경향(京鄕) 서울과 시골을 아울러 이르는 말.
주사청루 술집, 기생집, 매음굴 따위를 통틀어 이르는 말.
산사강정 산 속의 절과 강가의 정자.
올연(兀然)히 홀로 우뚝.

고 잘하던 외입 못 하는 것이 지극히 민망하여 곧 육촌의 전답 문권을 위조하여 만 원에 팔아 가지고 또 한참 흥청거리다가, 그 일이 발각되어 육촌이 [80]정장(呈狀)하였으므로 관가에서 잡으려고 하매 즉시 동경으로 달아나 산본이라 하는 노파의 집에 주인을 잡고 있는데, 아무 소관사 없이 오래 두류하는 것을 모두 이상히 여길 뿐 아니요, 경찰서 조사에 대답하기가 곤란하여 유학생인 체하고 어느 학교에 입학하였다.

조금만 생각이 있는 놈 같으면 별 풍상 다 겪고 내 재물 그만치 없앴으니 동경같이 좋은 곳에 와서 남의 경황을 구경하였으면 제 마음도 좀 회개할 듯하건마는, 개 꼬리를 땅에 삼 년 묻어 두어도 [81]황모가 되지 아니한다고 학교에 입학은 하였으나 공부에는 정신없고 길원 같은 화류장(花柳場)에나 종사하며 얼굴 반반한 여학생이나 쫓아다니는 터인데, 정임이 학교에 가는 길이 강 소년 학교에 오는 길이라. 정임이는 몰랐으나 강 소년은 정임이를 학교에 갈 적 만나고 올 적 만나매 음흉한 욕심이 가슴에 탱중하여, 정임이 다니는 학교에까지 따라가 보기도 하고 정임이 있는 여관 앞까지 쫓아와 보기도 하였으나, 정임이가 대문 안으로 쑥 들어가기만 하면 한 겹 대문 안이 태평양을 격한 것같이 적막하고 다시 소식 없어 마음에 점점 감질만 나게 되매 항상,

'그 여학생을 어찌하면 한 번 만나 볼꼬?'
생각하더니 어떻게 알아보았던지 그 여학생이 조선 사람인 줄도 알고 이름이 이정임인 줄도 알았으나, 어떻게 놀려 낼 수단이 없어 주인의 딸 산본영자를 시켜 여학생 일요 강습회를 조직하고 이정임을 유인하여 회장을 만들어 놓고 자기는 재무 촉탁이 되어 정임이와 관계나 가까이 되고 면분이나

정장하다 소장(訴狀)을 관청에 내다.
황모(黃毛) 족제비의 꼬리털.

두터워지거든 어떻게 꾀어 볼까 한 일인데, [82]사맥(事脈)은 여의히 되었으나 정임이 정숙한 태도에 [83]압기(壓氣)가 되어 말도 못 붙여 보고 또 산본 노파를 소개하여 정당히 통혼도 하여 보다가 그 역시 실패하매 이를 것 없이 분히 여기던 차에, 공교히 호젓한 불인지 가에서 만나 달빛에 비치는 자색을 다시 보매 불같은 욕심이 바짝 나서 어찌 되었던지 한번 쏘아 보리라 하다가 종내 그렇게 행패하고 그 길로 도망하여 조선으로 나왔으나 죄진 일이 한두 가지가 아니매 집으로는 가지 못하고 바로 서울 와서 [84]변성명하고 돌아다니더니, 하루는 북창동 네거리에서 동경 있을 때에 짝패가 되어 계집의 집에 같이 다니던 유학생 친구를 만나니, 그야말로 유유상종(類類相從)이라고 그 친구도 역시 강 소년과 한 바리에 실을 사람이라.

장비(張飛)는 만나면 싸움이라더니 이 두 사람이 서로 만나면 아무것도 할 일 없고, 요리가 아니면 계집의 집으로 가는 일밖에 없는 터이라. 이때에 또 만나서,

"이애, 오래간만에 만났으니 술이나 한 잔씩 먹자."

"무슨 맛에 술만 먹는단 말이냐. 술을 먹으려거든 [85]은군자 집으로 가자."

하며 두서너 마디 수작이 되더니 으슥하고 조용한 곳으로 찾아가느라 가는 것이 잣골 이 시종 집 옆에 있는 '진주집'이라 하는 밀매음녀 집에 가서 술을 먹는데, 그 친구는 동경서 '불행위행'이란 신문 잡보도 보고 경찰서에서 유학생 조사하는 통에 강 소년이 그런 짓 하고 도망한 줄 알고 조선을 나왔으나, 강 소년을 만나매 남의 [86]단처를 아는 체할 필요가 없어 그 일 아는 생

사맥 일의 내력과 갈피.
압기 기세에 눌림.
변성명(變姓名) 성과 이름을 다른 것으로 고침.
은군자(隱君子) 몰래 몸을 파는 여자. 은근짜.
단처(短處) 부족하거나 모자란 점. 결점.

색도 아니하고 계집 데리고 술 먹으며 정답고 재미있게 밤이 깊도록 노는 터이더니, 원래 탕자 잡류의 경박한 행동은 정다운 친구 술 먹으러 가재 놓고도 수틀리면 때리고 욕하기는 항용 하는 일이라. 두 사람이 술이 잔뜩 취하여 횡설수설 주정을 하던 끝에 주인 계집 까닭으로 시비가 되어 옥신각신 다투다가 술상도 치고 세간도 부수더니, 점점 [87]쇠어 큰 싸움이 되며 뺨도 때리고 옷도 찢으며 일장풍파(一場風波)가 일어나서 내가 옳으니 네가 옳으니 재판을 가자 호소를 가자 하며 멱살을 서로 잡고 이 시종 집 대문 앞에서 싸우는 소리가,

"이놈, 네가 명색이 무엇이냐? 네 까짓 놈이 뉘 앞에서 요따위 버르장이를 하여! 네가 요놈, 동경서 여학생 정임이를 죽이고 도망해 나온 강가 놈이지. 너 같은 놈은 내가 경무청에 고발만 하면 네 죄는 경하여야 종신 징역이다. 요놈, 죽일 놈 같으니!"

하며 닭 싸우듯 하는 소리가 벽력같이 이 시종 집 사랑에까지 들리더라. 이 때는 곧 정임이 신혼식 지내던 날 저녁이라. 이 시종이 사랑에서 친구와 술 먹으며 정임이 이야기를 하는데, 상야 공원에서 강 소년이 행패하던 말을 막하는 판에 모든 사람이 매우 통분히 여기는 때에 별안간 문 밖에서 와자 하는 소리가 나는지라 여러 사람이 모두 귀를 기울이고 듣더니 그 좌석에 북부 경찰서 [88]총순(總巡) 다니는 사람이 앉았다가 그 싸움 소리를 듣고 즉시 쫓아나가 그 소년을 잡으니 갈 데 없는 강 소년이라, 온 집안이 들썩들썩하며,

"아이그, 고놈 용하게도 잡혔다."

"고놈 상판대기가 어떻게 생겼나 좀 구경하자."

"요놈이 살인 미수범이니까 몇 해 징역이나 될꼬?"

쇠다 한도를 지나쳐 좋지 않은 쪽으로 점점 더 심해지다.
총순 구한말 때 경무청에 두었던 판임 벼슬.

하며 어른 아이가 모두 재미있어 하다가 그 소년은 곧 북부 경찰서로 잡혀 가니 온 집안이 고요하고 종려나무 그림자 밑에 학의 잠이 깊었는데, 정임이 신방에서 낭랑옥어(朗朗玉語)가 재미있게 나더라.

〈후략〉

『추월색』 회동서관 1912

핵심 정리　갈래　신소설, 애정 소설

배경　20세기 초 한국, 일본, 영국, 중국

시점　일인칭 관찰자 시점

글감　어릴 때 정혼한 어느 남녀의 기구한 사연

주제　신혼인관과 신교육 사상 고취

출전　『추월색』(1912)

주요 등장인물　이정임　갖은 고초를 이겨 내고 신교육을 받는 인물. 우여곡절 끝에 영창과 결혼한다.

김영창　어릴 때 정임과 정혼한 사이. 영국에서 신학문을 공부하고 돌아온다.

강한영　저 혼자 정임을 좋아하다가 끝내 정임을 해치는 인물. 허랑방탕하다.

짜임　발단　어린 정임과 영창의 정혼. 군수가 된 아버지를 따라 멀리 이사하는 영창.

전개　민란 와중에 행방불명이 된 김 승지 가족. 스미스의 도움으로 영국에 가서 공부하는 영창.

위기　혼인 약속을 지키려고 가출하는 정임. 일본에서 유학하는 정임과 그 주변을 맴도는 강한영.

절정　밤 공원에서 강한영의 칼에 찔리는 정임. 정임을 구하지만 범인으로 몰리는 영창.

결말　정임과 영창의 결혼. 죽은 줄 알았던 김 승지 내외와 신혼 여행지에서 재회하는 두 사람.

줄거리　서울 교동에서 이웃으로 사는 이 시종과 김 승지는 둘도 없는 친구 사이이다. 두 사람은 저희의 동갑내기 어린 딸과 아들인 정임과 영창을 장차 혼인시키기로 한다. 그러나 영창이 열 살 나던 해에 초산 군수로 부임하는 아버지 김 승지를 따라 이사하면서 둘은 멀리 떨어지게 된다. 어느 날 초산에서 민란이 일어나고, 김 승지 부부는 관아에 들이닥친 난민들에게 붙잡혀 뒤주에 갇힌 채 압록강에 버려진다. 영창은 부모를 찾아 헤매다가 쓰러지는데, 마침 그곳을 지나던 영국인 스미스가 영창을 구해 준다.

한편, 민란 소식을 들은 이 시종은 김 승지 가족을 찾으려 하나 행방을 알 길 없다. 세월이 흘러 정임의 나이가 차자 부모는 다른 혼처를 정한다. 혼례식 전날 편지 한 장을 남겨 놓고 가출한 정임은 인신 매매단에 납치되는 등 위기를 맞지만, 일본으로 건너가 여자 대학에 입학해 뛰어난 성적을 거두며 우등으로 졸업한다.

이 무렵, 유학생으로 가장한 강한영이 주변을 맴돌다가 정임에게 접근한다. 어느 날 밤 공원에서 정임을 추행하려다 뜻대로 되지 않자 강한영은 홧김에 정임을 칼로 찌르고 달아난다. 마침 그 곁을 지나가다가 정임을 구해 주는 사람이 있는데, 알고 보니 그는 영국에서 온 영창이다. 범인으로 오인되어 경찰에 잡혀간 영창은 혐의가 풀리고, 뜻밖에 다시 만난 두 사람은 곧 귀국하여 혼인식을 올린다. 신혼여행을 떠난 정임과 영창은 만주에서 난데없이 나타난 마적들에게 붙잡힌다. 그런데 마적굴에서 두 사람은 죽은 줄로만 알았던 김 승지 내외, 즉 영창의 부모를 만난다. 네 사람은 마적 괴수 왕 씨가 내놓은 노자까지 받아 귀향길에 오른다. 정임 부부를 평양까지 마중 나온 이 시종 내외는 김 승지 내외와 다시 만나 회포를 푼다.

<hr />

이해와 감상　1912년에 출간된 최찬식의 첫 소설 「추월색」은 1921년까지 15판이나 나올 만큼 신소설 중에서 널리 읽힌 작품이다. 이 작품은 장면의 생생한 묘사와 기구한 사연을 담은 이야기로 개화기 애정 소설의 본보기가 되었다. 작품의 무대를 한국, 일본, 영국, 중국 등으로 넓게 잡고 남녀 사이의 삼각관계를 그리면서 사랑에 따른 모럴 문제를 던진 것 또한 흥미 요소가 되었음직하다. 1918년 신극단 취성좌(聚星座)의 첫 공연 작품으로 각색되어 단성사에서 상연되기도 했다.

정임과 영창은 어릴 때 이미 혼인을 약속한 사이지만, 자란 뒤 만나서 다시 각자의 의사에 따라 혼인을 결정한다. 이는 새로운 시대 의식에 따른 결혼관이 재래의 혼인 풍속과 충돌하고 있음을 보여 준다. 또 정임과 영창이 일본과 영국에 유학하여 신학문을 익히고, 특히 신교육을 받게 되는 여주인공에 초점을 맞추고 있는 점이 눈에 띈다. 신혼인관과 신교육 사상의 고취는 이 작품의 주제와 상통한다. 그러나 「추월색」에서 두 주인공은 처음부터 목적의식이 있던 것이 아니라 우연과 도피의 결과로 신학문을 접하게 된다. 초산에서 일어난 민란을 통해 부패한 관료 체제를 비롯한 그 무렵의 사회상도 비추고 있지만, 작품 전체에서 차지하는 비중은 크지 않다.

최찬식은 통속 소설을 써서 인기인이 되려고 한 작가였다. 그가 내놓은 작품 중에는 젊은이의 애정 문제를 다룬 것이 많다. 이런 점에서 그의 신소설은 식민지 사회 현실과 단절된 의식 구조를 지니고 있다. 아울러 「추월색」에서도 나타나듯이 이야기를 거듭 우연에 기대어 풀어 나가는 것 또한 신소설 작가 최찬식의 한계다.

생각 넓히기 | 「추월색」은 남녀의 기구한 애정 이야기를 통해 새로운 혼인관에 대한 문제를 다루고 있다. 그러면서 이 작품은 구세대의 혼인 풍속과 윤리를 신혼인관과 절충하는 모습을 보여 준다. 그렇게 해석할 수 있는 이유는 무엇일까?

정혼 풍습에 대한 반발과 자유연애는 신소설에서 흔히 볼 수 있는 주제다. 그런데 「추월색」은 신혼인관과 자유연애만 내세우기보다 구세대의 윤리와 타협하고 절충하는 양상을 보여 준다. 이를테면 영창과 정임의 혼인은 서로 애타게 그리워하는 애정에서 비롯된 바 크지만, 그 이면에는 정절을 지켜야 한다는 구세대의 도덕관념도 아울러 깔려 있는 것이다.

申采浩

신채호

1880~1936

독립 운동가이자 언론인, 사학자, 소설가다. 호는 단재(丹齋). 여덟 살 때 아버지를 여의고 할아버지의 서당에서 한학을 공부했다. 성균관에서 더 수학한 뒤 『황성신문』을 거쳐 『대한매일신보』의 주필이 되었다. 신민회(新民會)에서 활동하며 애국 계몽 활동을 펼쳤고, 중국으로 망명한 뒤에는 무장 투쟁을 통한 독립 운동 노선을 견지했다. 역사 연구에 힘써 『조선 상고사』를 지었으며, 「을지문덕전」, 「이순신전」, 「동국 거걸 최도통전」 같은 역사 전기물을 써서 뭇 대중의 애국심에 불을 지폈다. 무정부주의 활동과 관련해 체포되어 뤼순 감옥에서 복역하던 중 숨졌다.

주요 소설 작품으로는 「꿈하늘」과 「백 세 노승의 미인담」, 「일목 대왕의 철퇴」, 「용과 용의 대격전」 등이 있다.

꿈하늘 1916?

우리 조선 사람들은 이 뜻을 아는 이 적은 고로 중국 「이십일대사(二
十一代歷)」 가운데 대(代)마다 조선 열전이 있으며 조선 열전 가운데
마다 조선인의 천성이 인후하다 하였으니, 이 '인후(仁厚)' 두 자가
우리를 쇠하게 한 원인이라. 동족에 대한 인후는 흥하는 원인도 되
거니와 적국에 대한 인후는 망하게 하는 원인이 될 뿐이니라.

꿈하늘

서(序)

「꿈하늘」이라는 이 글을 짓고 나니 꼭 독자에게 할 말씀이 세 가지가 있습니다. 첫째는 한놈은 원래 꿈 많은 놈이므로, 근일에는 더욱 꿈이 많아 긴 밤에 긴 잠이 들면 꿈도 그와 같이 깊어 잠과 꿈이 서로 뒤섞입니다. 또 그뿐 아니라 멀건 대낮에 앉아 두 눈을 멀뚱멀뚱히 뜨고도 꿈같은 지경이 많아 임나라에 들어가 단군께 절도 하고 번개로 칼을 삼아 평생 미워하는 놈의 목도 끊어 보고, 비행기도 아니 타고 몸이 훨훨 날아 [1]만리장천에 돌아다니며 노랑이, 거먹이, 흰둥이, 붉은둥이를 한집에 모아 놓고 노래도 하여 보니 한놈은 벌써부터 꿈나라의 백성이니, 독자 여러분이시여, 이 글을 꿈꾸고 지은 줄 아시지 말으시고 곧 꿈에 지은 글로 아시옵소서.

둘째는 글을 짓는 사람들이 흔히 계획이 있어 먼저 머리는 어떻게 내리리

만리장천(萬里長天) 아득히 높고 먼 하늘. 구만리장천.

라, 가운데는 어떻게 버리리라, 꼬리는 어떻게 마무르리라는 ²⁾대의를 잡은 뒤에 붓을 댄다지만 한놈의 이글은 아무 계획이 없이 오직 붓끝 가는 대로 맡기어, 붓끝이 하늘로 올라가면 하늘로 따라 올라가고, 땅속으로 들어가면 땅속으로 따라 들어가고, 앉으면 따라 앉으며, 서면 따라 서서, 마디마디 나오는 대로 지은 글이니 독자 여러분이시여, 이 글을 볼 때 앞뒤가 맞지 않는다, 위아래의 문체가 다르다, 그런 말은 말으소서.

셋째는 자유 못 하는 몸이니 붓이나 자유 하자고 마음대로 놀아 이 글 속에서는 미인보다 향내 좋은 꽃과도 이야기하며, 평시에 사모하던 옛 성현과 영웅들도 만나 보며, 오른팔이 왼팔도 되어 보며, 한놈이 여덟 놈도 되어, 너무 사실에 가깝지 않은 시적이고 신화적인 이야기도 있지만, 그 가운데 들어 말한 역사상의 일은 낱낱이 ³⁾『고기(古記)』나 『삼국사기(三國史記)』, 『삼국유사(三國遺事)』, 『고려사(高麗史)』나 ⁴⁾『광사(廣史)』나 ⁵⁾『역사(繹史)』 같은 속에서 참조하여 쓴 말이니 독자 여러분이시여, 섞지 말고 갈라 보소서.

독자에게 할 말씀은 끝났습니다만, 이제 저자 자신의 할 말이 두 가지가 있습니다. 첫째는 책 짓는 사람들이 모두 그 책을 많이 사 보면 하는 마음이 있지만 한놈은 이 마음이 없습니다. 다만 바라는 바 이 우리 안 어느 곳에든지 한놈같이 어리석어 두 팔로 태백산을 안으며, 한 입으로 동해물을 말리고, 기나긴 반만 년 시간 안의 높은 뫼, 낮은 골, 피는 꽃, 지는 잎을 세면서 넋이 없이 앉아 눈물 흘리는 또 한놈이 있어 이 글을 보면 할 뿐입니다. 둘째는 책 짓는 사람들이 흔히 그 책으로 무슨 영향이 있으면 하지만, 한놈은 그러하지 않습니다. 다만 바라는 바 이 글을 보는 이가 우리나라도 미국 같

대의(大意) 글이나 말의 대략적인 뜻. 글의 큰 틀.
고기 단군고기(檀君古記). 단군 신화와 고조선의 개국 사실을 기록한 가장 오래된 책. 현재는 전하지 않는다.
광사 조선 시대의 학자 김려가 편찬한 야사(野史) 전집. 총 468권 200책으로 되어 있다.
역사 중국 청나라의 마숙이 찬술한 역사책. 태고(太古) 적부터 진(秦)나라 말기까지의 고서를 섭렵해 뽑은 사료를 유형별로 모아 논단(論斷)을 붙인 것으로, 160권으로 되어 있다.

아져라. 독일 같아져라 하는 생각이나 없으면 할 뿐입니다.

단군 4249년(1916년) 3월 18일 한놈 씀

1

때는 단군기원 4240년(서기 1907년) 몇 해 어느 달, 어느 날이던가, 땅은 서울이던가, 시골이던가, 해외 어디던가, 도무지 기억할 수 없는데, 이 몸은 어디로 해서 왔는지 듣지도 보지도 못하던 크나큰 무궁화 몇만 길 되는 가지 위, 넓기가 큰 방만 한 꽃송이에 앉았더라.

별안간 하늘 한복판이 딱 갈라지며 그 속에서 불그레한 광선이 뻗쳐 나오더니 하늘에 테를 지어 두르고 그 위에 뭉글뭉글한 고운 구름으로 갓을 쓰고 그 광선보다 더 고운 빛으로 두루마기를 지어 입은 한 6)천관(天官)이 앉아 오른손으로 번개 칼을 휘두르며 우뢰 같은 소리로 말하여 가로되,

"인간에게는 싸움뿐이니라. 싸움에 이기면 살고 지면 죽나니 신의 명령이 이러하니라."

그 소리가 딱 그치며, 광선도 천관도 다 간 곳이 없고 햇살이 탁 퍼지며 온 바닥이 반듯하더니 이제는 사람 소리가 시작된다. 동편으로 닷 7)동달이 갖춘 빛에 둥근 테를 두른 오원기(五員旗)가 뜨며 그 기 밑에 사람이 덮여 오는데 머리에 쓴 것과 몸에 8)장속(裝束)한 것이 모두 이상하나 말소리를 들으니 분명한 우리나라 사람이요, 다만 신체의 장건(壯健)과 위풍의 늠름함이 전에 보지 못한 이들이다.

천관 도교(道敎)의 신. 지관(地官), 수관(水官)과 더불어 삼관신(三官神)을 이룬다.
동달이 검은 두루마기에 붉은 안을 받치고 붉은 소매를 달며 뒤 솔기를 길게 터서 지은 군복.
장속하다 입고 매고 하여 몸차림을 든든히 갖추어 꾸미다.

또 서편으로 좌룡우봉(左龍右鳳) 그린 그 밑에 수백만 군사가 몰려오는데 뿔 돋친 놈, 꼬리 돋친 놈, 목 없는 놈, 팔 없는 놈, 처음 보는 괴상한 물건들이 달려들고 그 뒤에는 찬바람이 탁탁 치더라.

이때에 한놈이 송구한 마음이 없지 않으나 뜨는 호기심이 버럭 나 이 몸이 곧 무궁화 가지 아래로 내려가 구경코자 했더니, 꽃송이가 빙글빙글 웃으며,

"너는 여기 앉았거라. 이곳을 떠나면 천지가 캄캄하여 아무것도 안 보이리라."

하거늘 들던 궁둥이를 다시 붙이고 앉으니, 난데없는 구름장이 어디서 9)떠들어와 햇빛을 가리우며, 소낙비가 놀란 듯 퍼부어 평지가 바다가 되었는데, 한편으로 으르르 꽝꽝 소리가 나며 거의 '모질'다는 두 자로만 형용하기 어려운 큰 바람이 일어, 나무를 치면 나무가 꺾어지고 돌을 치면 돌이 날고, 집이나 산이나 닥치는 대로 부수는 그 기세로 바다를 건드리니, 바람도 크지만 바다도 큰물이라. 서로 지지 않으려고 바람이 물을 치면 물도 바람을 쳐 바람과 물이 반공중에서 접견할새 용이 우는 듯 고래가 뛰는 듯 10)천병만마(千兵萬馬)가 달리는 듯, 바람이 클수록 물결이 높아 온 지구가 들먹들먹하더라.

"바람이 불거나 물결이 치거나 우리는 우리대로 싸워 보자."

하는 소리가 들리더니 아까 보던 동편의 오원기와 서편의 용봉기 밑에 있는 11)장졸들이 눈들을 부릅뜨고 서로 죽이려 달려드니 바다에는 바람과 물의 싸움이요, 물 위에는 두 편 장졸들의 싸움이다.

그러나 이 싸움은 동양 역사나 서양 역사에서나 보던 싸움은 아니더라.

떠들어오다 정처 없이 떠돌아다니던 것이 들어오다.
천병만마(千兵萬馬) 천 명의 군사와 만 마리의 말이라는 뜻으로, 아주 많은 수의 군사와 말을 이르는 말.
장졸(將卒) 예전에, 장수와 병졸을 아울러 이르던 말.

싸우는 사람들이 손에는 아무 연장도 가지지 않고 오직 입을 딱딱 벌리며 목구멍에서 불도 나오며, 물도 나오며, 칼도 나오며, 화살도 나와 칼과 칼이 싸우며 활이 활과 싸우며 불과 불이 서로 치다가 나중에는 사람을 맞히니, 이 맞은 사람은 목이 떨어지면 팔로 싸우며 팔이 떨어지면 또 다리로 싸우다가 끝끝내 살이 다 떨어지고 뼈가 하나도 없이 부서져야 그만두는 싸움이라. 몇 시 몇 분이 못 되어 주검이 천리나 덮이고 비린내로 땅에 코를 돌릴 수 없으며, 피를 하도 뿌려 하늘까지 빨갛게 물들였도다. 한놈이 이를 보고 우주가 이같이 참혹한 마당일까 하여 차마 보지 못해 눈을 감으니, 꽃송이가 다시 빙글빙글 웃으며,

"한놈아, 눈을 떠라! 네 이다지 약하냐? 이것이 우주의 12)진면목이니라. 네가 안 왔으면 13)하릴없지만 이미 온 바에는 싸움에 참가하여야 하나니 그렇지 않으면 도리어 너의 책임만 14)방기함이니라. 한놈아, 눈을 빨리 떠라." 하거늘 한놈이 하릴없이 두 손으로 눈물을 닦고 눈을 들어 살피니 그 사이에 벌써 싸움이 끝났는지 천지가 15)괴괴하게 풍우도 또한 멀리 간지라, 해는 발끈 들어 온 바닥이 따뜻한데 깊은 구름을 헤치고 신선의 풍류 소리가 내려오니 이제부터 참혹한 소리는 물러가고 평화의 소리가 대신함인가 보더라.

이 소리 밑에 나오는 사람들은 곧 별 사람들이 아니라 아까 오원기를 받들고 동편 진에 섰던 장졸들이니, 대개 서편 진을 깨쳐 수백만 적병을 씨 없이 죽이고 16)승전고를 울리며 돌아옴이라.

일원대장(一員大將)이 앞장에서 인도하는데 17)금화절풍건(金花折風巾)을 쓰

진면목(眞面目) 본디부터 지니고 있는 그대로의 상태.
하릴없다 달리 어떻게 할 도리가 없다.
방기(放棄) 내버리고 아예 돌아보지 아니함.
괴괴하다 쓸쓸한 느낌이 들 정도로 아주 고요하다.
승전고(勝戰鼓) 싸움에 이겼을 때 울리는 북.

고 어깨엔 18)어린장(魚鱗章)이며 몸엔 19)조의(朝衣)를 입었더라. 그 얼굴이 맑은 듯 위엄 있고 매운 듯 인자하여, 얼른 보면 부처 같고 일변으로는 범 같아 보기에 사랑도 스럽고 무섭기도 하더라.

그가 한놈이 앉은 무궁화나무로 향하여 오더니 문득 꽃을 보고 눈물을 흘리며,

"허허, 무궁화가 피었구나."

하더니 장렬한 음조로 노래를 한 장(章) 한다.

이 꽃이 무슨 꽃이냐.

희어스름한 머리[白頭山]의 얼이요

불그스름한 고운 아침[朝鮮]의 빛이로다.

이 꽃을 북돋우려면

비도 맞고 바람도 맞고 핏물만 뿌려 주면

그 꽃이 잘 자라리.

옛날 우리 전성한 때에

이 꽃을 구경하니 꽃송이 크기도 하더라.

한 잎은 황해 발해를 건너 대륙을 덮고

또 한 잎은 만주를 지나 20)우수리에 늘어졌더니

어이해 오늘날은

이 꽃이 이다지 야위었느냐.

이 몸도 일찍 당시의 살수 평양 모든 싸움에

금화절풍건 비단으로 꽃 모양을 수놓아 머리에 쓰던 고깔 모양의 건.
어린장 물고기 비늘 모양의 장식 조각.
조의 삼국 시대부터 관원(官員)이 평상시 조정(朝廷)에 나아갈 때 입던 제복. 공복(公服).
우수리 만주와 러시아 연해주 사이를 흐르는 강. 또는 그 일대.

228

팔뚝으로 21)빗장 삼고 가슴이 방패 되어

꽃밭에 울타리 노릇 해

서방의 더러운 물이

조선의 봄빛에 물들지 못하도록

젖 먹은 힘까지 들였도다.

이 꽃이 어이해

오늘은 이 꼴이 되었느냐.

한 장 노래를 다 마치지 못한 모양이나 목이 메어 더 하지 못하고 눈물에 젖으니 무궁화 송이도 그 노래에 무슨 느낌이 있었던지 같이 눈물을 흘리며 맑은 노래로 화답하는데,

22)봄비슴의 고운 치마 임이 내게 주시도다.

임의 은덕 갚으려 하여

내 얼굴을 쓰다듬고 비바람과 싸우면서

조선의 아름다움 쉬임없이 자랑하려고 나도 이리 23)파리하다.

영웅의 시원한 눈물

열사의 매운 핏물

사발로 바가지로 동이로 가져오너라.

내 너무 목마르다.

그 소리 더욱 아프고 저리어 24)완악한 돌이나 나무들도 모두 일어나 슬픔

빗장 문을 닫고 가로질러 잠그는 막대기 쇠장대.
봄비슴 봄이 새 옷을 차려입었다는 뜻.
파리하다 몸이 마르고 낯빛이나 살색이 핏기가 전혀 없다.

으로 서로 화답하는 듯하더라. 꽃송이 위에 앉았던 한놈은 두 노래 끝에 크게 느끼어 땅에 엎드러져 울며 일어나지 못하니 꽃송이가 또 가만히,

"한놈아."

부르며 꾸짖되,

"울음을 썩 그쳐라. 세상일은 슬퍼한다고 잊는 것이 아니니라."

하거늘 한놈이 고개를 들어 좌우를 살피니 아까 노래하던 대장이 곧 앞에 섰더라. 그 얼굴은 자세히 뜯어보니 마치 언제 뵈온 어른 같다. 한참 서성이다가,

"아, 이제야 생각나는구나. 눈매와 이맛살과 [25] 채수염이며, 또 단장한 것을 두루 본즉 일찍 평안도 안주 남문 밖 비석에 새겨 있는 조각상과 같으니 내가 꿈에라도 한번 보면 하던 을지문덕이신저."

하고 곧 일어나 절하며 무슨 말을 물으려 하나 무엇이라고 칭호할는지 몰라 다시 서성이니 이상하다. 을지문덕 그이는 단군 2000년(서기전 333년)경의 어른이요, 한놈은 단군 4241년(서기 1908년)에 난 아기라 그 [26] 어간이 이천 년이나 되는데 이천 년 전의 어른으로 이천 년 뒤의 아기를 만나 자애스런 품이 마치 친구나 집안 같다. 그이가 곧 한놈을 향하여 웃으시며,

"그대가 나의 칭호에 서성이느냐. 곧 선배라 부름이 가하니라. 대개 단군이 태백산에 내리어 삼신오제(三神五帝)를 위해 삼경오부(三京五部)를 베풀고 이를 만세 자손으로 하여금 지키게 하려 하실새 삼부오계(三部五戒)로 윤리를 세우시며 삼랑오가(三郞五加)로 교육을 맡게 하시니 이것이 우리나라 종교적 무사혼(武士魂)이 발생한 처음이니라. 이 혼이 삼국 시대에 와서는 드디어 꽃 피듯 불붙는 듯하여 사람마다 무사를 높이어 절하고 서로 아름다운

완악(頑惡)하다 성질이 억세게 고집스럽고 사납다.
채수염 숱은 그리 많지 않으나 퍽 길게 드리운 수염.
어간(於間) 시간이나 공간의 일정한 사이.

이름을 지어 자랑할새 신라는 소년의 무사를 사랑하여 도령이라 이름 하니, 『삼국사기』에 적힌 선랑(仙郞)이 그 뜻 번역이요, 백제는 장년의 무사를 사랑하여 수두라 이름 하니, 『삼국사기』에 적힌 바 소도(蘇塗)가 그 음 번역이요, 고구려는 군자스러운 무사를 사랑하여 선배라 이름 하니, 『삼국사기』에 적힌 바 선인이 그 음과 뜻을 아울러 한 번역이라. 이제 나는 고구려의 사람이니 그대가 나를 선배라 부르면 가하리라."

한놈이 이에 다시 고구려의 절로 한 무릎은 세우고 한 무릎은 꿇어 공손히 절한 뒤에,

"선배님이시여, 아까 동편 서편에 갈라서서 싸우던 두 진이 다 어느 나라의 진입니까?"

물은 데 선배님이 대답하되,

"동편은 우리 고구려의 진이요, 서편은 수나라의 진이니라."

한놈이 놀라며 의심스런 빛으로 앞에 나아가 가로되,

"한놈은 듣자오니 사람이 죽으면 착한 이의 넋은 천당으로 가며 모진 이의 넋은 지옥으로 간다더니 이제 그 말이 다 거짓말입니까? 그러면 27)영계(靈界)는 28)육계(肉界)와 같아 항상 칼로 찌르며 총으로 쏘아 서로 죽이는 29)참상이 있습니까?"

선배님이 허허 탄식하여 하시는 말이,

"그러하니라. 영계는 육계의 영상이니 육계에 싸움이 그치지 않는 날에는 영계의 싸움도 그치지 않느니라. 30)대저 종교가의 시조인 석가나 예수가 천당이니 지옥이니 한 말은 별도로 유의한 뜻이 있거늘 어리석은 사람들이

영계 사람이 죽은 뒤에 영혼이 가서 산다는 세계.
육계 육신(肉身)의 세계. 육체 또는 육체가 작용하는 범위를 이른다.
참상(慘狀) 비참하고 끔찍한 상태나 상황.
대저(大抵) 대체로 보아서.

그 말을 집어먹고 소화가 못 되어 31)망국멸족 모든 병을 앓는도다. 그대는 부디 내 말을 새겨들을지어다. 소가 개를 낳지 못하고 복숭아나무에 오얏열매가 맺지 못하니 육계의 싸움이 어찌 영계의 평화를 낳으리오? 그러므로 육계의 아이는 영계에 가서도 아이요, 육계의 어른은 영계에 가서도 어른이요, 육계의 상전은 영계에 가서도 상전이요, 육계의 종은 영계에 가서도 종이니, 영계에서 높다 낮다 슬프다 즐겁다 하는 도깨비들이 모두 육계에서 받던 꼴과 한가지다. 나로 말하더라도 일찍 살수 싸움의 승리자이므로 오늘 영계에서도 항상 승리자의 자리를 차지하고 저 수주(隋主) 양광(楊廣)은 그때에 전패자이므로 오늘도 이같이 패하여 군사를 이백만이나 죽이고 슬피 돌아감이어늘, 이제 망한 나라의 32)종자로서 혹 부처에게 빌며 상제께 기도하며 죽은 뒤에 천당을 구하려 하니 어찌 눈을 감고 해를 보려 함과 다르리오."

을지 선배의 이 말이 그치자마자 하늘에 붉은 구름이 일어나 스스로 글씨가 되어 씌었으되, '옳다, 옳다, 을지문덕의 말이 참 옳다. 육계나 영계나 모두 승리자의 판이니 천당이란 것은 오직 주먹 큰 자가 차지하는 집이요, 주먹이 약하면 지옥으로 쫓기어 가느니라.' 하였었더라.

2

1) 왼몸이 오른몸과 싸우다.
2) 살수 싸움의 33)정형(情形)이 이러하다.
3) 을지문덕도 암살당을 조직하였더라.

망국멸족(亡國滅族) 나라와 그 겨레가 함께 망함.
종자(從者) 남에게 종속되어 따라다니는 사람.
정형 사물의 정세와 형편을 아울러 이르는 말.

4) 사법명이 구름을 타고 지나가다.

한놈이 일찍 내 나라 역사에 눈이 뜨자 을지문덕을 숭배하는 마음이 간절하나 그에 대한 전기를 짓고 싶은 마음이 바빠 미처 모든 글월에 [34]고구(考究)하지 못하고 다만 『동사강목(東史綱目)』에 적힌 바에 의거하여 필경 전기도 아니요 논문도 아닌 『사천 년 제일대 위인 을지문덕(四千年第一大偉人乙支文德)』이라 한 조그마한 책자를 지어 세상에 발표한 일이 있었더라.

한놈은 대개 처음 이 누리에 내려올 때에 정과 한의 뭉텅이를 가지고 온 놈이라 나면 갈 곳이 없으며, 들면 잘 곳이 없고, 울면 믿을 만한 이가 없으며, 굴면 사랑할 만한 이가 없어 한놈으로 와 한놈으로 가는 한놈이라. 사람이 고되면 근본을 생각한다더니 한놈도 그러함인지 하도 의지할 곳이 없으며 생각나는 것은 조상의 일뿐이더라. 동명성왕의 귀가 얼마나 길던가, 진흥대왕의 눈이 얼마나 크던가, 낙화암에 떨어지던 미인이 몇이던가, 수 양제를 쏘던 장사가 누구던가, 동명성왕의 임유각의 높이가 백 길이 못 되던가, 진평왕의 성제대(聖帝帶)가 열 발이 더 되던가. 동묘[東牟]의 높은 산에 대조영 내조의 자취를 [35]조상하며, 웅진(熊津)의 가는 물에 계백 장군의 대움을 눈물하고, 소나무를 보면 솔거의 그림을 본 듯하며, 새소리를 들으면 옥보고의 노래를 듣는 듯하여 몇 치 못 되는 골이 기나긴 오천 년 시간 속으로 오락가락하여 꿈에라도 우리 조상의 큰 사람을 만나고자 그리던 마음으로 이제 크나큰 을지문덕을 만난 판이니, 묻고 싶은 말이며 하고 싶은 말이 어찌 하나 둘뿐이리요마는 이상하다. 그의 영계에 대한 이야기를 들으며 골이 펄떡펄떡하고 가슴이 [36]어근버근하여 아무 말도 물을 경황이 없고 의심과 무서움

고구하다 자세히 살펴 연구하다.
조상(弔喪)하다 남의 죽음에 대하여 슬퍼하는 뜻을 드러내어 상주(喪主)를 위문하다.
어근버근하다 서로 마음이 맞지 아니하여 사이가 꽤 벌어지다.

이 오월 하늘에 구름 모이듯 하더니 드디어 심신에 이상한 작용이 인다.

오른손이 저릿저릿하더니 차차 커져 어디까지 뻗쳤는지 그 끝을 볼 수 없고, 손가락 다섯이 모두 손 하나씩 되어 길길이 길어지며 그 손끝에 다시 손가락이 나며, 그 손가락 끝에 다시 손이 되며 아들이 손자를 낳고 손자가 증손을 낳으니 한 손이 몇만 손이 되고, 왼손도 여봐란 듯이 오른손대로 되어 또 몇만 손이 되더니, 오른손에 달린 손들이 낱낱이 푸른 기를 들고 왼손에 달린 손들은 낱낱이 검은 기를 들고 두 편을 갈라 싸움을 시작하는데, 푸른 기 밑에 모인 손들이 일제히 범이 되며 아가리를 딱딱 벌리며 달려드니, 붉은 기 밑에 보인 손들은 노루가 되어 달아나더라.

달아나다가 큰물이 앞에 꽉 막히어 하릴없는 지경이 되니 노루가 일제히 고기가 되어 물속으로 들어간다. 범들이 뱀이 되어 쫓으니 고기들은 껄껄 푸드득 꿩이 되어 물 밖으로 향하여 날더라.

뱀들이 다시 매가 되어 쫓은즉 꿩들이 넓은 들에 가 내려앉아 큰 매가 되니 뱀들이 아예 불덩이가 되어 매에 대고 탁 튀어, 매는 쪼각쪼각 부서지고 온 바닥이 불빛이더라. 부서진 매 조각이 하늘로 날아가며 구름이 되어 비를 퍽퍽 주니 불은 꺼지고 바람이 일어 구름을 헤치려고 천지를 뒤집는다. 이 싸움이 한놈의 손끝에서 난 싸움이지만 한놈의 손끝으로 말릴 도리는 아주 없다. 구경이나 하자고 눈을 비비더니 앉은 밑의 무궁화 송이가 혀를 치며 하는 말이,

"애닯다! 무슨 일이냐, 쇠가 쇠를 먹고 살이 살을 먹는단 말이냐?"

한놈이 그 말씀에 소름이 몸에 꽉 끼치며 입이 벙벙하니 앉았다가,

"무슨 말씀입니까? 언제는 싸우라 하시더니 이제는 싸우지 말라 하십니까?"

하며 돌려 물으니 꽃송이가 예쁜 소리로 대답하되,

"싸우거든 내가 남하고 싸워야 싸움이지, 내가 나하고 싸우면 이는 자살

이요 싸움이 아니니라."

한놈이 바싹 달려들며 묻되,

"내란 말은 무엇을 가르치시는 말입니까? 눈을 크게 뜨면 우주가 모두 내 몸이요, 적게 뜨면 오른팔이 왼팔더러 남이라 말하지 않습니까?"

꽃송이가 날카롭게 깨우쳐 가로되,

"나란 범위는 시대를 따라 줄고 느나니 가족주의의 시대에는 가족이 '나'요 국가주의의 시대에는 국가가 '나'라, 만일 시대를 앞서 가다가는 발이 찢어지고 시대를 뒤져 오다가는 머리가 부러지나니 네가 오늘 무슨 시대인지 아느냐? 희랍은 [37] 지방열로 강국의 자격을 잃고 인도는 [38] 부락 사상으로 망국의 화를 얻으리라."

한놈이 이 말에 크게 느끼어 감사한 눈물을 뿌리고 인해 왼손으로 오른손을 만지니 다시 전날의 오른손이요, 오른손으로 왼손을 만지니 또한 전날의 왼손이더라. 곁에는 을지문덕이 햇빛을 안고 앉아서 『신지비사(神誌秘詞)』의,

> 우리나라는 저울과 같다.
>
> 부소(扶蘇) 서울은 저울 몸이요,
>
> 백아(百牙) 서울은 저울 머리요,
>
> 오덕(五德) 서울은 저울추로다.
>
> 모든 대적을 하루에 깨쳐 세 곳에
>
> 나누어 서울을 하니,
>
> 기울임 없이 나라 되리니,
>
> 셋에 하나도 잃지 말아라.

지방열(地方熱) 자기 지방을 특히 아끼고 사랑하는 열성. 같은 지방 사람들끼리 뭉쳐서 다른 지방 사람들을 배척하는 열성.
부락(部落) 시골에서 여러 민가(民家)가 모여 이룬 마을. 또는 그 마을을 이룬 곳.

를 외우더니 한놈을 돌아보며 가로되,

"그대가 이 글을 아는가?"

한놈이,

"정인지(鄭麟趾)가 지은 『고려사』 속에서 보았나이다."

하니 을지문덕이 가로되,

"그러하니라. 옛적에 단군이 모든 적국을 깨치고 그 땅을 나누어 세 서울을 세울새, 첫 서울은 태백산 동남 조선 땅에 두니 가로되 '부소'요, 다음 서울은 태백산 서편 만주 땅에 두니 가로되 '백아강'이요, 셋째 서울은 동북 만주 밑 연해주 땅에 두니 가로되 '오덕'이라.

이 세 서울을 하나만 잃으면 후세 자손이 쇠약하리라고 하사 그 예언을 적어 [39] 신지에게 주신 바이어늘 오늘에 그 서울들이 어디인지 아는 이가 없을뿐더러 이 글까지 잊었도다. 정인지가 『고려사』에 이를 쓰기는 하였으나 [40] 술사(術士)의 말로 들렸으니 그 잘못함이 하나요, 고려의 지리지를 좇아 단군의 삼경(三京)도 모두 대동강 이내로 말하였으니 그 잘못함이 둘이라."

한놈이,

"이 세 서울을 잃은 원인은 어디에 있습니까?"

물으니 을지문덕이 가로되,

"아까 권력이 천당으로 가는 사다리란 말을 잊지 안 하였는가? 우리 조선 사람들은 이 뜻을 아는 이 적은 고로 중국 「이십일대사(二十一代謝)」 가운데 대(代)마다 조선 열전이 있으며 조선 열전 가운데마다 조선인의 천성이 [41] 인후하다 하였으니, 이 '인후(仁厚)' 두 자가 우리를 쇠하게 한 원인이라. 동족에 대한 인후는 흥하는 원인도 되거니와 적국에 대한 인후는 망하게 하는

신지(神誌) 고조선 때에, 부족의 군장(君長)을 이르던 말.
술사 술책을 잘 꾸미는 사람.
인후하다 어질고 후덕하다.

원인이 될 뿐이니라……."

〈후략〉

『단재 신채호 전집』 1975

핵심 정리 **갈래** 신소설, 역사 전기 소설

　　　　　배경 단군기원 4240(1907)년 어느 날, 시공간을 초월한 꿈의 세계

　　　　　경향 환상적, 우의적

　　　　　시점 전지적 작가 시점

　　　　　문체 설교체

　　　　　글감 한민족의 역대 영웅을 만나는 꿈

　　　　　주제 일제 강점을 극복하기 위해 우리 민족이 나아갈 길

　　　　　출전 『단재 신채호 전집』(1975)

주요 등장인물 **한놈** 지옥과 천국을 떠돌며 을지문덕 등 조상들을 만나는 동안 자주 독립의 길
을 각성해 가는 주인공.

　　　　　　　을지문덕 한놈에게 국가 흥망의 이치와 국권 수호의 소중함을 가르치는 인물.

　　　　　　　강감찬 지옥에 떨어진 한놈을 구해 주며 나라에 대한 죄가 가장 큰 죄임을 일
깨우는 인물.

짜임 **발단** 꿈속에서 을지문덕을 만나는 한놈.

　　　　전개 친구 여섯 명과 천상의 세계로 가는 한놈.

　　　　위기 하나둘씩 낙오하는 친구들과 미인계에 빠지는 한놈.

　　　　절정 강감찬의 용서와 도움으로 지옥에서 빠져나오는 한놈.

　　　　결말 천국에 이르러 우리 역사 속의 위인들에게 나라와 겨레 사랑 정신을 배우
는 한놈.

줄거리 때는 단기 4240년(서기 1907년). 큰 무궁화 꽃송이에 앉아 있던 주인공 한놈. 여
기서 그는 인간에게는 싸움뿐이며, 싸움에 이기면 살고 지면 죽는다는 천관의
목소리를 듣는다. 이어 참혹하기 그지없는 큰 싸움을 목격하게 되는데, 천관은
그것이 우주의 진면목이라고 이른다. 싸움이 끝나고 승리한 장수가 앞에 나타
나는 바, 한놈은 그 대장이 을지문덕임을 알아본다. 수나라 대군을 물리쳤던
을지문덕은 한놈에게 나라의 쇠퇴가 어디에서 비롯되는지 말해 준다.

한놈은 을지문덕을 쫓아서 임과 도깨비의 싸움터에 가게 되고, 이 과정에서 친구 여섯을 얻어 천상의 세계인 '임나라'를 찾는다. 그러나 친구들이 도중에 이런저런 일로 하나둘씩 떨어져 나가고 홀로 풍신수길을 만나 대적하려 한다. 하지만 어느 순간 '한놈'은 미인계에 빠져 지옥으로 떨어지고 만다. 지옥에서는 많은 무리가 전생의 죄과에 따라 내려진 형벌을 기다리는데, 한놈은 거기에서 순옥사자 강감찬을 만난다. 강감찬은 지옥에 온 죄인들을 벌하되, 특히 나라에 대한 죄가 가장 큰 죄임을 역설한다. 한놈은 나라에 대한 사명을 잊고 미인에게 홀렸던 잘못을 뉘우친다.

강감찬의 용서와 도움으로 한놈은 천국에 들어간다. 천국에는 우리 역사를 빛낸 훌륭한 분들이 모여 있다. 한놈은 그 조상들이 비로 하늘을 쓸고 있는 이유가 궁금한데, 그것은 바로 인간이 지은 죄로 말미암아 파란 하늘이 뿌옇게 변했기 때문이라는 설명을 듣는다. 한놈은 파란 하늘을 되찾기 위해서는 낭가 전통을 되살리고 나라와 겨레를 위해 눈물을 흘릴 줄 알아야 한다는 것을 깨닫는다.

이해와 감상　「꿈하늘」은 독립 운동가인 단재 신채호의 역사의식을 소설화한 것이다. 이 작품은 꿈속에서 역사 속의 인물들을 만나 그들과 국가와 민족의 의미, 그리고 현실 인식 문제를 논의하는 내용으로 되어 있다. 「꿈하늘」은 단재가 1916년 중국 베이징에 머물던 시기에 집필한 것으로 알려져 있다. 이는 그가 독립 운동 단체에 관여하며 고구려와 발해의 유적을 답사하고 역사서 집필에 심혈을 기울이던 시기와 겹친다. 따라서 이 작품에는 신채호의 나라와 겨레 사랑, 일제에 대한 투쟁 의지가 깊이 배어 있다. 작가는 이 소설의 화자인 우리 역사 속의 위인들을 통해 일제 강점 밑에서 우리나라 사람들이 시급히 깨닫고 실천해야 할 일이 무엇인지를 역설한다.

이 소설의 주인공은 '한놈'이다. 신채호는 이 작품에서 한놈을 내세워 국권 상실에 처한 민중의 애국심과 저항 정신을 일깨운다. 그러면서 빼앗긴 조국을 되찾는 것이 쉽지 않은 일임을 말하기도 한다. '아픔벌', '황금산', '새암내' 등의 자연물로 나타나는 방해물들은 독립 운동의 난관을 보여 준다. 적의 속임수에 의해 주인공의 친구들이 떨어져 나가는 장면은 일제의 유화 정책 등에 넘어감을 빗댄 것으로 이해할 수 있다. 또 주인공이 '도령군 놀음 곳'을 찾아가는 과정은 낭가 사상을 비롯한 민족정신의 회복과 무력 투쟁 없이는 자주 독립을 이룰 수 없음을 강조한 것으로 보인다. 이 소설의 주인공인 한놈은 작가의 분신이며 독립투사의 모습이라고 할 수 있다. 이렇듯 「꿈하늘」은 신채호의 독립 사상과 역사의식을 깊이 반영한 작품이다.

생각 넓히기 이 소설의 제목 '꿈하늘'이 의미하는 바는 무엇이고, 이를 뒷받침하고 있는 작가의 기본 사상은 무엇일까?

'꿈'은 간절한 소망이나 이상을 뜻하고, '하늘'은 한민족의 이상향을 뜻한다고 볼 수 있다. 따라서 제목 '꿈하늘'은 외세에 주권을 빼앗긴 현실에서 우리 겨레가 꿈꾸는 이상적인 삶을 말한다. 신채호가 「꿈하늘」에서 드러내려고 한 역사관은 한마디로 '민족 자강론'이다. 국가나 민족은 끊임없이 외세와 다투어야 자강 의지를 다지게 되며, 평화 시대를 오래 누리면 오히려 나약해지기 쉽다는 논리를 바탕에 깔고 있는 역사의식이 바로 이것이다.

玄相允

현
상
윤

1893~1950?

신소설에서 근대 소설로 넘어가는 과도기의 작품을 남긴 작가다. 호는 기당(幾堂). 평양 대성 학교를 거쳐 보성 중학교를 다니고 일본 와세다 대학교에서 공부했다. 유학 생활 중에 잡지 『학지광』을 편집하며 필자로 참여했고, 육당 최남선이 경영한 『청춘』에도 소설과 수필, 시, 논설을 발표했다. 귀국해 중앙 학교 교편을 잡던 중 3·1운동의 조직에 깊이 관여했다. 강점 말기에는 일제의 태평양 전쟁 수행을 두둔하는 글들을 내놓기도 했다. 해방 뒤 보성 전문 학교장을 거쳐 고려 대학교 교수 겸 초대 총장으로 취임했다. 국학자로서 『조선 유학사』와 『조선 사상사』를 남겼다. 6·25 때 납북되었다가 폭격으로 숨진 것으로 전해진다.

「핍박」 외의 소설 작품으로 「한의 일생」, 「청류벽(淸流壁)」, 「박명(薄命)」 등이 있다.

핍박 1917

나는 곤궁한 자를 긍측(矜惻)히 여기고 슬픈 자에게 떨어뜨리는 동정
의 눈물도 있다. 저문 날에 짧은 막대를 짚고 절름걸음을 간신히 옮
기는 비렁뱅이를 보면 한술 밥과 한 푼 돈도 아낌이 없고, 길을 가
다가도 보지 못하는 소경이 좁은 다리를 건널 때에 막대를 두르면서
손발을 떨고 걸음을 머뭇거리는 것을 보면 손 당기어 인도하여 줌도
꺼리지 아니하여 희생의 관념과 자선(慈善)의 귀한 줄도 안다.

핍박(逼迫)

1

이즘은 병인가 보다. 그러나 무엇으로든지 병일 이유는 없다. 신선한 공기가 막힘없이 들어오고 영롱한 광선이 가림 없이 비치고 새는 울고 꽃은 웃고 샘은 맑고 산은 아름다운데, 조금도 병일 까닭은 없다.

그러나 병은 병이로다. 낮에는 먹는 밥이 달지 아니하고 밤에는 잠이 편치 못하며 얼굴은 [1]파리하고 살은 깎이며 피는 왕성치 못하고 힘줄은 신축이 자유롭지 못하고 반가운 친구를 만나도 웃음이 발하지 아니하고 남에게 [2]칭예(稱譽)를 받아도 기쁨이 나오지 아니한다.

그러나 아무리 생각하여도 병일 이유는 없다. 부모는 평강(平康)히 계시고 형제는 단란(團欒)히 즐기며 아내는 해죽이 웃고, 썩지 않은 생선이 몇 가지 상에 오르고 더럽지 않은 채소가 가끔 그릇에 담기매 도무지 병일 사실은

파리하다 몸이 마르고 낯빛이나 살색이 핏기가 전혀 없다.
칭예 좋은 점이나 착하고 훌륭한 일을 높이 평가함. 또는 그런 말. 칭찬.

없다.

비록 병이라 할지라도 가슴을 붙안고 3)객혈(喀血)을 하고 폐결핵도 아니요, 머리를 짚고 신음을 마지않는 말라리아도 아니요, 조금 하면 뇌충혈이되어 두통과 4)현훈(眩暈)이 되는 신경쇠약도 아니요, 걸핏하면 5)복뢰(腹雷)가 울고 트림이 나는 위확장도 아니건마는 맥이 폭 풀리고 기운이 나른하여 도무지 견딜 수가 없나니 어쨌든지 병은 병이로다.

그러나 무슨 병인지는 나도 스스로 알 수가 없다. 오직 이편저편에서 쏘아오는 시선이 나로 하여금 못살게 군다. 애 이놈아, 정신 차려라 하는 듯하다. 이편에서는 휩싸고 때리는 듯하면 저편에서는 내리쓸며 달래는 듯하다.

"엑 이놈아! 6)용렬한 놈아……."

"애 7)미욱한 놈아, 말 들어라……."

라고 하는 듯이 생각한즉 몸이 후루룩 떨리며 땀이 바싹 흐르매 8)지릅뜨고보던 눈은 더욱 꺼지는 듯하다.

머리를 9)지꾸로 바싹 갈라붙인 이웃집 신사도 나를 본다. 은실 같은 수염을 흔드는 곁집 노인도 나를 본다. 때 묻은 수건을 휘휘 둘러 감고 지겟짐을지고 가던 앞집 박 선달도 나를 본다. 웃음을 반쯤 띠고 분 바른 뒷집 임 서방 댁네도 나를 본다. 목말 타고 가던 아이들도 나를 본다.

"이놈아 약한 놈아! 하기에 게으르고 배우기에 게으른 이놈아!"

하는 10)한소리는 그치지 않고 들린다. 몸 둘 바를 모르겠다. 이리로 가도 이

객혈 피나 피가 섞인 가래를 토함. 또는 그런 증상.
현훈 정신이 아찔아찔하여 어지러운 증상.
복뢰 부패하거나 발효하면서 생긴 장의 가스와 액체가 섞인 내용물이 이동할 때 배를 울리며 나는 소리.
용렬(庸劣)하다 사람이 변변하지 못하고 졸렬하다.
미욱하다 하는 짓이나 됨됨이가 매우 어리석고 미련하다.
지릅뜨다 고개를 수그리고 눈을 치올려서 뜨다. 눈을 크게 부릅뜨다.
지꾸 일본제 머리 기름의 상품명. 백랍, 쇠기름, 파라핀 등에 향료를 넣고 굳혀서 만든다.
한소리 크게 지르는 외마디 소리.

놈아 저리로 가도 이놈아 하는 소리에 [11]목쟁이목쟁이 구석구석이 공포의 힘이 충층이 내리누른다. 몸은 꼼짝할 수가 없다. 가슴은 천근만근이 더한 듯하고 목은 불이 갈피갈피 타는 듯하다.

아아 이것이 무슨 병이냐? 그러나 과연 병은 병이로다. 속일 수 없는 병이로다.

2

나는 신문을 본다. 혹 잡지나 서적도 본다. 아침에 변하고 저녁에 고치는 신경질의 세상도 [12]추이(趣移)를 대강은 짐작하고, 웃음 있고 눈물 있고 정 있고 피 있는 시나 소설도 읽으며, 일찍이 학교에도 좀 다니어서 공기의 온도가 크면 비나 눈이 오고, 눈이나 비가 올 때면 공기의 온도가 높아지는 이치도 적이 알고, 수박은 사질 양토(沙質壤土)에 적당하고 가지는 윤작(輪作)이 좋지 못하다는 농사상 지식도 약간 있다.

또한 나는 곤궁한 자를 [13]긍측(矜惻)히 여기고 슬픈 자에게 떨어뜨리는 동정의 눈물도 있다. 저문 날에 짧은 막대를 짚고 절름걸음을 간신히 옮기는 비렁뱅이를 보면 한술 밥과 한 푼 돈도 아낌이 없고, 길을 가다가도 보지 못하는 소경이 좁은 다리를 건널 때에 막대를 두르면서 손발을 떨고 걸음을 머뭇거리는 것을 보면 손 당기어 인도하여 줌도 꺼리지 아니하여 희생의 관념과 자선(慈善)의 귀한 줄도 안다.

그리하고 나는 [14]반지빠른 재주(?)도 있다. 또한 다소의 칭예(?)도 있노라.

목쟁이 목덜미를 이루고 있는 뼈. '목정강이'의 사투리.
추이 일이나 형편이 시간의 경과에 따라 변하여 나감. 또는 그런 경향.
긍측히 불쌍하고 가엾게.
반지빠르다 말이나 행동 따위가 어수룩한 맛이 없이 얄미울 정도로 민첩하고 약삭빠르다.

"걱정 없다. 잘 놀아라."

하고 속으로서 무슨 15)주사(嗾唆)가 나온다.

"아, 너 같으면 다시 부러울 것이 무엇이냐."

하고 옆에 앉았던 벗이 이런 말을 끼운다.

그러나 나는 떨린다! 사방으로 들어오는 16)핍박(逼迫)이 17)각일각(刻一刻) 급하여 간다.

맥이 더욱 풀리고 머리가 더욱 아프다.

3

하루는 볼일이 있어서 정주성(定州城) 내에를 들어가다. 남제교(南濟橋)를 건너서니 발 벗은 이, 구두 신은 이, 18)샐쭉경 쓴 이, 양복 입은 이, 칼 찬 이, 수건 동인 이, 여러 사람이 좌로 우로 가며 오고, 파리하고 여윈 당나귀, 지축지축 가는 소, 통발로 통통 가는 말, 여러 가지 짐승이 이리저리로 달아난다. 지날 때마다 달아날 때마다 나를 뚫어질 듯이 본다…….

오리장(五里場) 거리를 지나 남문 밖에를 이르니 가고 오는 사람이 더욱 많다. 따라서 건너다보는 눈도 많다. 저편으로 긴 칼 늘인 보조원도 심상치 않게 나를 본다. 그러나 내가 일찍이 강도나 19)사기 취재(詐欺取財) 같은 범과(犯科)가 없거니 아무 경관에게 포박될 일도 없다. 그러나 그가 나를 본다. 나를 꾸짖는 듯하다. 나를 잡으려는 듯하다. 발을 내놓을 때마다 그가 바싹바싹 다가드는 듯하다.

주사 추킴이나 부추김.
핍박 바싹 죄어서 몹시 괴롭게 굶.
각일각 시간이 지날수록.
샐쭉경 타원형으로 생긴 안경.
사기 취재 남을 속여서 재물을 빼앗는 일.

나는 다시 걸을 수가 없다. 나는 땀이 흐른다.

"이놈아!" 소리가 완연히 들린다. 다시 할 수가 없다. 돌아올 수밖에 별로 도망할 계책이 없다.

몸은 더욱 떨리고 맥은 더욱 풀린다⋯⋯. 거북 고개를 넘어서니 조금 숨이 쉬어진다.

4

저녁밥을 먹고 너무 무료하여서 농부들의 집회한 곳을 찾아가다. 긴 담뱃대 문 [20]존위(尊位)님도 앉았고 웃음소리 잘하는 외돌이 아버지도 앉았고 코장단 잘하는 수길이 형도 앉았고 누구누구 여러 사람이 앉았는데 모두 다 나를 보고는 입술이 한편으로 찢어지면서 비죽비죽 웃는 모양이다.

아무리 생각하여도 웃음 받을 만한 일은 없다. 그러므로 무엇이 웃을 만한 것이 머리에 있나 하여 머리를 쓸어 보아도 아무것도 없다. 옷에나 있나 하여 옷을 털어 보아도 또한 없다. 그러면 무엇이 웃을 만한 것일까?!

한참이나 아무 말도 없이 앉았던 좌중의 정적이 깨어진다. 웃음소리 잘하는 아비가 떠듬떠듬한 목소리로

"[21]임자, 공부도 잘했다니 일 안 하고 돈 모으는 법이 무엇임마?"
하고 말을 낸즉 옆에 앉았던 코장단 잘하는 수길이 형은 거짓 외돌이 아비를 비웃는 양으로

"여보소 그런 소리 그만두게⋯⋯. 저 사람 덕에 우리가 다 살 터인데⋯⋯. 아, 우리야 야만(野蠻)이 아니기에 그럼마 흥."

존위 예전에, 한 마을의 어른이 되는 사람을 이르던 말. 높고 귀한 자리. 또는 그 자리에 앉은 사람.
임자 나이가 비슷하면서 잘 모르는 사람이나, 알고는 있지만 '자네'라고 부르기가 거북한 사람, 또는 아랫사람을 높여 이르는 이인칭 대명사.

하고 말을 끼우니 잠자코 앉아 듣던 존위님은 담뱃대 든 긴 [22]활개를 한 깃 펼치면서

"애 ××야, 너 내가 참말이다. 그만치 공부를 하얏으면 [23]판임관(判任官)이나는 하기가 아조 쉽겠고나. 거 제일이더라. 저 건넌골 백 선달 아들도 벌써 토지조사국 [24]기수(技手)라든가 했다구 저 어른도 기뻐하더니 접때 잠깐 단길러 왔다는 것을 보니 과연 그럴듯하더라. 싯누란 금줄을 두르고 길쭉한 검(劍)을 늘였는데 참말 좋더라. 너도 그걸 해 보아라."

하고 [25]권면적 은근한 말을 준다.

좌중이 씻은 듯이 고요하고 밤은 캄캄하게 어두웠다. 나는 웬 셈인지 이 말에 몸이 내리눌린다. 숨이 답답하여지고 가슴이 욱여드는 듯하다.

외돌이 아비는 웃는다. 좌중이 모두 웃는다. 뒷산에 거멓게 서 있는 나무도 웃고 공중에 금강석 가루 모양으로 깔린 별도 나를 웃고 복남이네 집 대문 기둥도 나를 웃는 듯하다.

고개는 더욱 숙여지고 손맥은 더욱 놓인다.

하도 [26]하릴없이 되어서 집으로 돌아와 자리에 거꾸러지다.

5

나는 마을 앞 세거리길에 섰다. 서편 산머리에 비낀 해가 차차차차 붉은 구름에 싸여 넘어간다. 하늘은 담홍색이 흐른다. 이 집 저 집으로 나오는 밥

활개 사람의 어깨에서 팔까지 또는 궁둥이에서 다리까지의 양쪽 부분. 새의 활짝 편 두 날개.
판임관 일제 강점기에, 장관이 마음대로 임면(任免)하던 하위 관직. 조선 후기에, 각부의 대신이 임명하던 하위 관직. 이전 관리 등급의 참하관 칠품에서 구품직에 해당한다.
기수 '기원(技員)'의 전 용어. 이전의 기술직 8급 공무원의 직급. 지금의 서기에 해당한다.
권면(勸勉) 알아듣도록 권하고 격려하여 힘쓰게 함.
하릴없이 달리 어떻게 할 도리가 없이.

짓는 연기가 점점 동구를 [27]쇠잠아 간다.

뒷고개로서 장단 있는 [28]조자(調子)로 허튼 가래침을 [29]곤두르면서 때 묻은 관(冠)을 벗어 들고 팔을 반쯤 벌리고 비틀걸음을 하며 오는 취객 하나가 있다. 나서서 있는 길을 거짓 [30]다닫더니 벗었던 관을 다시 쓰면서 헛웃음을 "하하" 웃는다.

"인생 칠십이 [31]고래희(古來稀)렷다. 살아생전에 먹지 않고 놀지 않고 무엇하리. 하하……."

하면서 나를 빙긋이 본다. 나는 고개를 숙이고 이를 생각한다. 취객이 지나간다.

얼마 있더니 들 밖으로서 농군의 떼가 들어온다. [32]가래 멘 이도 있고 호미 멘 이도 있고 쇠스랑 든 이도 있고 낫 든 이도 있다. 얼굴은 뙤약볕에 타서 검붉었으며 손은 갈바람에 툭툭하게 터졌다. 무에라고 단순하고 평범한 회화를 [33]사괴며 무리무리 지나간다.

나는 이것을 생각하였다. 온종일 허리를 구부리고 붉은 땀을 흘리면서 일하다가 이때에 황혼을 띠고 각각 집으로 들어가면 문에서 반가이 나오는 어린아이들과 뜰에서 위로하는 부모와 함께 맛있고 좋은 저녁을 짓고 있던 아내와 함께 들어가 모여서 웃으며 즐기고 마시며 먹는 것을.

아아, 이는 사랑에서와 즐거움에서와 웃음에서 오녀! 참으로 이는 부자도 못 빼앗는 곳이요, 귀한 이도 못 빼앗는 것이로다.

나는 걸음을 옮긴다. 옮길 때마다 취객과 농군들이 눈앞에 보이면서 나를

|

쇠잠다 휘감다.
조자 가락.
곤두르다 가래침 같은 것을 새되게 솟구어 뱉다. 곤두뱉다.
다닫다 목적한 곳에 이르다. 다다르다.
고래희 예부터 매우 드묾.
가래 흙을 파헤치거나 떠서 던지는 기구. 농사에 주로 쓴다.
사괴다 '사귀다'의 옛말. 서로 얼굴을 익히고 친하게 지내다. 서로 엇걸리어 지나가다. 여기에서는 '주고받다'의 뜻.

물끄러미 보며 비웃는 듯하다.

슬프다, 이것이 인생이다. 아니, 이것이 인생의 다수로다.

"애, 이놈아, 우리 이마에 흐르는 땀을 먹는다소니 조금이나 미안이나 고통이 있을쏘냐……. 어리고 철없는 놈이 무엇이 어째. 권리니 의무니 윤리니 도덕이니 평등이니 자유니 무엇이 어째. 나는 다 모른다."를 연방 연방 부른다. 빨리 걸어도 뜨게 걸어도 이 소리는 그치지 아니한다.

나는 인생과 ³⁴⁾행락(行樂)이란 것을 생각하다. 생각할수록에 가슴이 답답하다. 목은 더욱 타고 손은 더욱 단다.

6

핍박! 핍박!

도무지 견딜 수가 없다. 몸 피할 곳이 전혀 없다. 친구를 대하여도 여행을 하여도 마을에 산보를 하여도 앉아도 서도 조금도 나를 덮어 둘 곳이 없다.

"이놈아, 약하고 게른 놈아."

하는 말은 사방에서 들린다. 비웃고 꾸짖고 욕하고 미워하고 ³⁵⁾비방한다. 이것이 곧 병 된 이유로다.

아아 핍박! 못살게 구는 핍박!

『청춘』 1917. 6.

행락 재미있게 놀고 즐겁게 지냄.
비방(誹謗)하다 남을 비웃고 헐뜯어서 말하다.

핵심 정리　　**갈래** 단편 소설

　　　　　　　　배경 1910년대 일제 강점기의 조선

　　　　　　　　경향 사실주의, 심리주의

　　　　　　　　시점 일인칭 관찰자 시점

　　　　　　　　문체 내적 고백체, 구어체

　　　　　　　　글감 고등 교육을 받았으나 주변 사람들의 기대에 부응할 수 없는 답답한 심정

　　　　　　　　주제 핍박에 시달리는 식민지 지식인의 내면 세계

　　　　　　　　출전 『청춘』(1917)

주요 등장인물　　**나** 고등 교육을 받고 지식도 있지만 병명조차 알 수 없는 증상으로 괴로워한다.

짜임　　　　**도입** 병이 든 느낌이 드는 '나'.

　　　　　　　　발전 '나'를 둘러싼 비웃음 섞인 눈길 속에서 깊어 가는 병증.

　　　　　　　　결말 어디를 가든 '핍박'을 벗어나지 못하는 '나'.

줄거리　　　'나'는 병에 걸린 것 같다. 특별히 어디가 아픈 것도 아닌데 나른하여 견딜 수가 없다. 밥맛이 없고 밤잠을 설치며, 친구를 만나도 반갑지 않다. 모두 나를 보며 게으른 놈이라고 꾸짖는 듯하다. 나의 병은 도대체 무엇일까?

　　　　　나는 신문이나 잡지, 책을 본다. 세상의 이치를 웬만큼 안다. 가난한 이를 불쌍히 여기고 슬픔에 빠진 사람을 동정할 줄도 안다. 네가 부러울 것이 무엇이 있느냐고 친구들은 묻는다. 그런데도 나는 걸핏하면 맥이 풀리고 머리가 아프다.

　　　　　하루는 볼일이 있어서 정주성에 갔다. 사람들이 지나가면서, 또 짐승들은 달아나면서 나를 뚫어질 듯이 본다. 긴 칼을 찬 보조원도 나를 심상치 않게 본다. 죄 지은 적이 없는 나를 잡아가기라도 할 것처럼 본다.

　　　　　저녁을 먹고 농부들이 모인 곳을 찾아갔다. 모두 나를 보고 비죽비죽 웃는다. 그 중 한 사람은 나에게 공부를 잘했으니 일 안 하고 돈 모으는 법이 무엇이냐고 묻는다. 또 마을 어른은 나에게 금줄을 두르고 검을 차는 자리에 들어가

라고 한다. 나는 그 말에 숨이 답답해지고 가슴이 죄어든다.

해질 무렵, 나는 마을 앞 세거리에 섰다. 이 집 저 집에서 밥 짓는 연기가 피어오른다. 종일 들판에서 땀 흘린 농부들이 집으로 들어간다. 아이들과 어버이, 그리고 아내가 그들을 반갑게 맞을 것이다. 농부들의 이런 즐거움과 웃음은 어떤 부자나 권력자도 빼앗지 못할 것이다. 그러나 나는 인생과 행락을 생각할수록 가슴이 답답하고 목이 탄다. 가는 곳마다 나를 약하고 게으른 놈이라 비웃고 꾸짖는 소리가 들려온다. 핍박! 이것이 병의 이유다.

이해와 감상 이 작품은 주인공 '나'가 자신의 증상이 병인지 아닌지 파악하려는 데서 시작한다. 주인공은 병인 것도 같고 병이 아닌 것도 같은 증상으로 인해 고통을 받는다. 그러므로 병명이 무엇인지 알 리도 없다. 주인공은 어디를 가나 주변에서 자기를 비웃고 꾸짖는다고 느낀다. 사람만이 아니라 짐승과 나무, 하늘의 별과 남의 집 대문 기둥까지도 자기를 비웃는다고 느낀다. 그래서 밥맛이 없고 머리가 아프고 맥이 풀리고 가슴이 답답한 증상이 떠나지 않는다. 주인공은 고등 교육을 받은 자신에게 쏠리는 주변 사람들의 눈길과 기대감이 부담스럽기 짝이 없다. 자기 병증의 원인을 '핍박'이라는 말로 표현하는 것도 이 때문이다.

이 작품에서 주인공이 주변에서 자신을 비웃는다고 느끼는 것은 실제의 외부 상황이라기보다 주인공의 내면에서 비롯된 측면이 크다. 이는 주인공이 그만큼 내면의 갈등 속에서 방황하고 있음을 뜻한다. 이런 내적 갈등은 고등 교육을 받은 주인공이 식민 치하에서 자기가 가진 지식을 활용할 길이 보이지 않는 데 따른 절망감에서 싹튼 것으로 해석할 수 있다.

「핍박」은 자기 인식과 현실 인식을 확장해 나가는 주인공의 내면 묘사가 돋보이는 작품이다. 신소설에 비해 구어체에 훨씬 더 다가선 문장도 주목할 만하다. 이런 성과는 그 뒤 우리 문학사에서 인물의 내면세계를 조명하는 작품들에 영향을 주는 한편, 신소설에서 근대 소설로 나아가는 과도기에 한 징검돌을 놓은 것으로 평가된다.

생각 넓히기 이 작품이 일인칭 화자를 내세운 내적 독백형의 서술 형태를 취한 이유를 생각해 보자.

병명도 알 수 없는 증상으로 인해 고통 받는 주인공의 내면은 일인칭 화자를 통해 더욱 절실하게 전달된다. 「핍박」에서 주인공이 느끼는 병증은 주변의 기대감에서 비롯된 측면이 크다. 이에 따른 반응을 효과적으로 전달하기 위해 주인공의 내면 상태에 초점을 맞춘 일인칭 화자를 내세운 셈이다. 이 작품은 주인공이 병증의 원인을 찾아가는 과정에 초점을 맞추어 독자가 이에 관심을 갖고 참여하도록 만들고 있다.

梁建植

양건식

1889~1944?

소설 창작과 비평, 번역 활동 등으로 신문학을 개척한 작가 가운데 한 명이다. 호는 백화(白華). 관립
한성 외국어 학교에서 공부했다. 1915년 『불교진흥회 월보』에 「귀거래(歸去來)」를 처음 발표한 뒤 불
교 색채가 짙은 「석사자상(石獅子像)」, 「미(迷)의 몽(夢)」 등을 잇달아 내놓았다. 『홍루몽(紅樓夢)』 등의
중국 문학을 현대식 구어체로 번역해 소개했는데, 그의 한글 문체는 한용운에게 영향을 준 것으로
알려졌다. 1921년에는 『매일신보』에 입센의 희곡 「인형의 집」을 번역해 소개하기도 했다. 이에 앞서
1916년 평론 「춘원의 소설을 환영하노라」를 통해 당시로서는 획기적인 미의식을 보여 주었다. 근대
문학의 주요 과제 가운데 하나로 꼽히던 전통과 새로운 것의 접목에 힘을 기울였다.

나는 픽 웃고 생각하였다. 조선 사람의 향상심(向上心)과 자각 없는
것은 말할 필요도 없거니와 병문꾼 대 순사보가 자각이 없고 향상심
이 없어 그 지위에 만족함은 다 일반이다. 그 사이에 별로이 큰 차
등(差等)을 발견하기 어렵다. 다만 관복을 입고 칼을 찬 까닭에 순사
보는 막벌이꾼을 징계하는 권리와 자격이 있다.

슬픈 모순(矛盾)

새벽 다 밝을 임시에 어수선 산란한 꿈을 꾸고 이내 깨어 자리 속에서 뒤치적거리다가 일어나면서부터 머리가 들 수 없이 무거워 무엇이 위에서 내리누르는 것 같아서 심기가 [1]숫치 못한 나는 아무것도 하기가 싫어 서재(즉 침방)에 꾹 들어앉은 채로 멀거니 [2]서안(書案)을 대하고 앉았다. 이즘 애독하던 『虐げられし人夕(학대받는 사람들)』이라는 소설도 그 앞에 놓여 있건마는 아주 볼 생각도 없어 돌연히 연속하여 오륙 본이나 아사히(朝日)를 피웠다. 하자 어느덧 그 푸른 연기가 용트림을 하여 몽몽하게 방중에 자욱하여 점점 더 머리를 내리누르는 것 같아서 견딜 수 없다. 잠깐 일어서서 창틈으로 밖에를 내어다보니 청랑(晴朗)한 하늘이 보인다. 다시 고개를 돌리는 바람에 서편 벽에 걸려 있는 초상함―노동복을 입은 [3]노국(露國) 문호 막심 고리끼의 반신상이 눈에 번뜻 뜨인다. 나는 별안간 정신이 아뜩하여 푹 주저앉았다.

숫치 못하다 '편안하지 못하다'의 뜻.
서안 예전에, 책을 얹던 상.
노국 예전에, '러시아'를 이르던 말.

그리하자 ⁴⁾오포(午砲)가 텅 하며 점심상 보아 놓았다고 어머니께서 미닫이를 여시고 얼굴을 내어놓으신다.

"벌써 점심이에요? 아직 밥 생각 없에요."

하고 나는 무뚝하게 대답을 하고 방 안을 다만 무의식하게 이리저리 둘러보았다. 한즉 어머니께서는 웃으시는 듯이

"아이구그 애야, 오늘은 아침밥을 다른 날보다도 일께스리 뜨는 둥 마는 둥 하구두 그리네."

하시며 홀쭉하게 살이 빠지신 ⁵⁾자안(慈顔)에 미소를 띠시고 계시다. 나는 그저 뚱하고 성낸 얼굴을 하고 있는데

"그래 아니 먹으려느냐? 아주 한술 더 뜨려무나."

하시며 자상스러이 또 이렇게 말씀하시다가 잠잠하고 있는 나의 얼굴을 들여다보시고

"그래 안 먹니?"

하시며 다지는 듯이 말씀을 하시고 미닫이를 닫으시고 나가신다.

나는 조금 미안한 생각이 난다. 또 서안을 의지하고 앉아서 이번에는 아무 까닭도 없이 공연히 생각해 본다. 한즉 제일 먼저로 생각이 일어나는 것은 집안 식구와 나와 취미가 아주 다른 것이다. 이는 참 재미없는 일이다. 그 다음에 일어나는 것은 사회에 대한 약한 나의 불평의 소리, 그리고 현재의 생활이 무의미한 것, 이러한 것이 실마리를 잃은 실과 같이 서로 엉클어져서 가슴을 치받치고 뭉게뭉게 일어난다.

이러니 마음이 다만 갑갑증이 나서 들어앉았었을 수 없다. 그래 새삼스럽게 바깥출입할 생각이 나서 옷도 입은 대로 두루마기를 입고 모자를 떼어

오포 낮 열두 시를 알리는 대포. 오정포.
자안 자애로운 얼굴.

쓰고 마당으로 내려서니 어머니는 방문을 열고 내다보시며

"어디 가니?"

하시며 의아하여하시는데 나는 무의식으로 대답 없이 집 밖에를 뛰어나왔다.

음랭한 이월의 이른 봄바람은 길의 흙먼지를 불어다가 용서 없이 얼굴을 갈겨 친다.

"참 일기도 [6]괴악하다."

물론 나는 목적이 있어서 나오지는 아니하였다. 다만 발 가는 대로 설렁설렁 성 밑 길로 이 [7]마장을 나아갔다. 어느덧 전차 정류장에 나왔다. 마침 오는 광희문(光熙門)행의 전차에 뛰어올랐다. 타기는 탔으나 어디로 갈 생각인지는 나도 모른다. 그래 외양으로는 태연히 아무렇지도 않은 체하고 [8]걸어앉아서 한번 차 속을 둘러보았다. 아무 얼굴을 보아도 모두 바쁜 듯한 모양이 그 보는 눈에도 역연히 보이니 나와 같은 한가한 사람은 한 사람도 없구나 생각한즉 현실계에서 별안간 천장만장 깊은 곳으로 떨어진 듯하여 야릇이 고독의 적막을 [9]통절하게 느끼겠다.

그동안에 전차는 종로에 왔다. 같이 탔던 사람의 대부분은 여기서 내린다. 차 속이 별안간 비어지고 남은 사람은 나와 두서너 사람뿐이다. 어쩐지 낙오된 듯한 생각이 나서 [10]홀지에 외로운 마음이 난다. 나도 그 뒤를 따라 내리었다. 내리고 보니 또 목적지가 없다. 한참 생각하다가 아무렇든지 또 타기로 하고 이번에는 동대문행 전차를 탔다.

배오개 근처에는 2, 3의 친구가 있어 문득 그 사람을 찾아볼까 하는 생각

괴악(怪惡)하다 말이나 행동이 이상야릇하고 흉악하다.
마장 거리의 단위. 오 리나 십 리가 못 되는 거리를 이른다.
걸어앉다 높은 곳에 궁둥이를 붙이고 두 다리를 늘어뜨리고 앉다.
통절(痛切)하다 뼈에 사무치게 절실하다.
홀지(忽地)에 뜻하지 아니하게 갑작스럽게.

이 난 까닭이다. 한데 타고 앉아 가만히 생각한즉 찾아볼 데가 전차에 내려서도 한참이요, 또 마음에도 그리 탐탁히 갈 마음이 내키지 아니하여 '그만두자'고 마음에 먹었다. 동시에 '내가 왜 이러나' 하며 내가 책망하는 마음이 일어나며 화가 벌컥 난다. 겨우 사동(寺洞) 병문(屛門)에 와서 도로 내렸다.

발 몇 걸음 떼어 놓자 지금 탔던 전차가 [11]굉연히 웅, 앙 하며 바람을 차고 달아난다. 그 바람 차고 질주하는 차체와 그 소란한 종소리가

'내 님 보아라, 변변치 못한 낙오자 같으니라고!'

하고 마치 나의 어리석음을 조소하는 듯하여 일층 불쾌한 생각이 일어난다. 하니 [12]골은 점점 더 나서 보이는 것 들리는 것이 모두 불평하여 견디지 못하겠다.

병문으로 들어서 그리 보기도 싫은 좌우의 상점을 둘러보면서 큰길을 일직선으로 안동(安洞)을 향하고 가는데 마치 그편으로서 [13]상궁(尙宮) 같은 나이 근 쉰이나 되는 비만한 부인이 그 뚱뚱한 기름 흐르는 얼굴에 분은 부끄럽지도 않은지 새아씨 볼 [14]줴지르게 바르고 이름도 알 수 없는 색주단으로 전신을 감고 아주 점잖이 내려오나 그 몸집과 그 의복과 그 색채! 참 보기도 싫게 조화도 못되었다. 그 눈-젊은 계집같이 [15]윤태가 있는 그 눈은 늘 육냄새에 [16]기갈 들린 증거다. 이러한 계집 쳐 놓고 모두 비밀히 자식뻘 되는 남첩을 두고 밖에 나와서는 점잔을 빼는 것들이었다. 어, 망측한 것! 옆으로 지나갈 때에 침을 뱉었다. [17]궐녀는 여전히 점잔을 빼고 지나간다.

나의 신경은 더욱이 과민하게 되어 조그마한 아이놈이 저만 한 지게에 제

굉연(轟然)히 소리가 몹시 크게 울려 요란스럽게.
골 비위에 거슬리거나 언짢은 일을 당하여 벌컥 내는 화.
상궁 조선 시대에, 내명부의 하나인 여관의 정오품 벼슬.
줴지르다 '쥐어지르다'의 준말. 주먹으로 힘껏 내지르다.
윤태(潤態) 윤기 있는 광택.
기갈(飢渴) 배고픔과 목마름을 아울러 이르는 말.
궐녀(厥女) 말하는 이와 듣는 이가 아닌 여자를 이르는 삼인칭 대명사.

힘에 과한 짐을 지고 오는 것을 보면 열이 나고 인력거부가 주머니에서 18)칼표 꺼내는 것을 보면 열이 난다.

이러한 때에는 늘 술로 잊어버린다. 어데 가서 한잔 마시면 좋겠다. 술이다, 술 하니 뱃속에서 자꾸 재촉을 한다. 하지만 나는 이때껏 혼자 술집에 가 본 적이 없다. 해서 급작스레 발이 내키지 않는다. 하는 수 없이 더욱이 마음이 불평하면서 묵묵히 그대로 간다. 왜 이렇게 어디까지 변변치 못하게 생기었는지 알 수 없다. 이때 문득

'나와 같은 약자는 대낮에 이러한 활동의 천지를 남과 같이 내로라하고 다닐 자격이 없다.'

이러한 생각이 난다. 그러니까 길에서 노는 아이들도 나보다는 이상의 강한 힘과 공고한 의지를 가지고 있는 듯이 생각되어 이 길로 이렇게 지나가는 나는 다시금 부끄럽기도 하고 또 무정스럽기도 하였다. 그래 생각하는 것이 아니라 다만 막연하게 약자에 대한 강자의 압박이라 하는 것을 깊이 통절히 느끼어서 불안과 공포한 생각이 무럭무럭 머리를 때린다.

얼른 이 생각에서 벗어나자고 하여 보았으나 19)구루마 소리, 인력거부의 사람 치는 소리, 신발 소리, 떠드는 소리가 혼잡이 되어 귓속으로 들어올 뿐이다. 벗어나기는 고사하고 점점 고통만 더할 뿐이다. 암만하여도 참을 수가 없어 나중에는 지각을 잃어버린 듯이 그저 기계적으로 걸었다.

안동으로 나왔다. 순사 파출소에는 사람이 잔뜩 모여 있다. 순사보는 나와서 사람을 연하여 쫓는다. 그 순사보는 안 모라고 우리 동네에 사는 사람인데 구년묵이 순사보로 나만 보기에도 열대여섯 해나 다니었다. 아마 순사보로는 원로일 것이다.

칼표 중국에서 수입된 그 무렵의 담배.
구루마 네 바퀴 달린 '수레'라는 뜻의 일본말.

그 순사보가 쫓는 대로 사람들은 이리로 쫓기어 갔다, 저리로 쫓기어 갔다, 헤어졌다, 다시 모여들었다 한다. 나도 이 사람들 틈에 끼여서 다른 사람 하는 대로 하였다. 그 순사보는 이러한 광경을 보고 하는 수 없던지 한 번 둘러보고 파출소 안으로 들어간다.

그 안에는 막벌이꾼들이 [20)망세간지갑자(忘世間之甲子)로 술이 잔뜩 취하여 이마에 피를 흘리고 [21)박승을 지고 구석에 박혀 앉았다. 그 순사보는 의자에 걸어앉아 수첩을 내어들고 그자들을 흘겨보고 묻는다.

"이놈들아, 어느 집 [22)행랑에 들어들 있니? 몇 번지야?"

하고

"……"

"이놈들 웨 대답이 없어? 이놈들아 비싼 밥을 먹고 이게 일이야, 아모쪼록 벌어서 남과 같이 지낼 생각은 아니하고……. 이놈, 너희 놈들은 저러니까 평생에 [23)병문꾼(屏門軍)을 면치 못하지. 이놈, 그 꼴에 남의 집 시간 붓고……."

하며 한 놈의 뺨을 때린다.

뺨 얻어맞은 자가 몽롱한 취안(醉眼)을 들어 한 번 그 순사를 훑어보며

"나리님! 저희들이 무엇을 잘못하얏에요. 저희는 [24)내외술집에 가서 술 못 사 먹습니까?"

그 순사보가 뺨을 한 번 붙이며

"이놈아 누가 못 간댔니? 이놈들아, 아모쪼록 벌어서 병문꾼 노릇을 말고 남과 같이 의관을 반반히 하고 나서면 기생집을 못 갈까! 어데를 못 갈꼬! 이

망세간지갑자 술이 잔뜩 취하여 세상일을 모름.
박승(縛繩) 죄인을 잡아 묶는 노끈. 포승(捕繩).
행랑(行廊) 대문간에 붙어 있는 방. 예전에, 대문 안에 죽 벌여서 지어 주로 하인이 거처하던 방.
병문꾼 남의집살이하는 사람.
내외(內外)술집 접대부가 술자리에 나오지 않고 술을 순배로 파는 술집.

놈 내외술집에 다니며 [25]작폐하고……. 이놈들아, 병문꾼 노릇을 면할 생각을 해! 밤낮 술만 처들으지를 생각 말고…….”

하고는 이번에는 발로 찬다.

“아이쿠쿠쿠 나리마님, 살려 줍시오.”

하며 그 차인 자가 애걸한다. 구경꾼도 또 일제히 웃는다. 그 순사보는 밖에를 내어다보더니 발을 한 번 딱 구르며 소리를 버럭 질러

“이거는 무슨 구경들이오? 헐 일이 이렇게도 없소.”

한다. 구경꾼들이 이 소리에 쫙 헤어진다. 나도 이 바람에 발길을 돌리어 놓았다.

구경꾼들이 가며 이야기하는 말을 종합하여 보니 그 막벌이꾼이 술김에 [26]하이칼라 있는 술집에를 들어갔더니 그 집에서 그 헙수룩하고 [27]끄레발한 노동자임을 보고 무슨 핑계를 하고 술이 없다 하였더니 지긋 [28]소설(所說) 팔라 하다가 욕설에 분이 나서 툇마루에 놓였던 개수통을 들어 방 안에다 던져 의(衣)걸이장을 파손하였다는 말이다.

나는 픽 웃고 생각하였다. 조선 사람의 [29]향상심(向上心)과 자각 없는 것은 말할 필요도 없거니와 병문꾼 대 순사보가 자각이 없고 향상심이 없어 그 지위에 만족함은 다 일반이다. 그 사이에 별로이 큰 차등(差等)을 발견하기 어렵다. 다만 관복을 입고 칼을 찬 까닭에 순사보는 막벌이꾼을 징계하는 권리와 자격이 있다.

모순도 이쯤 되면 심하다. 참으로 기묘한 대조다. 그러나 나도 생활의 압박으로 나의 진실성과 모순이 많은 것이 사실이다.

작폐(作弊)**하다** 말썽을 일으키다.
하이칼라(high collar) 예전에, 서양식 유행을 따르던 멋쟁이를 이르던 말.
끄레발하다 단정하지 못하여 텁수룩한 옷차림을 하다.
소설 설명이나 주장하는 바.
향상심 나아지고자 하는 마음.

스스로 생활의 광야에 서서 본즉 내가 지금까지 꾸던 꿈은 시시각각으로 깨어져 감을 볼 수 있다. 그저 다만 이상만 그리던 [30]숫보기 마음은 냉랭한 현실의 장벽에 다닥쳐 부서져 비참한 잔해만 남았다. 속일 줄 모르며 [31]아유(阿諛)할 줄 모르고 조금도 나를 굴하여 본 일 없던 마음은 한 이전 꿈에 지나지 못하였다. 지금 여기 가는 나의 모양을 보건대 무정하게 어느덧 허위의 옷을 두르고 [32]방편(方便)의 낙인이 박혀 있음을 보겠다.

이러한 생활은 슬프고도 더러운 것이다. 나는 나의 유일무이한 진실성이 이와 같이 점점 깎이어 가고 모순이 됨을 충심으로 슬퍼하는 터이다. 이러한 생각 들이기를 시작하며 다시 아까 그 불안과 고통이 일어나서 한참을 [33]몽환경에 방황하였다.

"나리마님, 인력거 안 타시렵쇼."

이 소리에 깜짝 놀라 돌아다본즉 어느덧 나는 송현(松峴) 입구 인력거장 앞에서 서 있다. 내가 인력거를 타려고 선 줄 안 모양이다. 나는 잠자코 있었다. 인력거부도 내 얼굴을 보고 인력거를 끌고 나온다. 나는 이러한 고통과 불안에 마치 동정자같이 보여 값도 정치 아니하고 그저 올라탔다.

인력거부가 얼른 앞에 켓또(블랭킷 즉 모포)를 둘러 주고 채를 들더니

"어데로 모시랍시오?"

하며 그 검붉은 얼굴을 든다.

"야조개로 가자!"

무심중 나는 나오는 대로 이렇게 명하였다.

하는 동시에 인력거부는 수송동(壽松洞) 골목으로 향하여 달아난다. 청진

숫보기 순진하고 어수룩한 사람.
아유하다 아첨하다.
방편 그때그때의 경우에 따라 편하고 쉽게 이용하는 수단과 방법.
몽환경(夢幻境) 공상, 도취 따위에 의하여 마음속에 그려지는 환상의 세계.

동(淸進洞)으로 빠져나가 종로통으로 황토현(黃土峴)을 지나 야조현(夜照峴) 병
문까지 와서는 인력거부가 딱 멈추고 서서

"어데로 가시니까?"

"글쎄!"

나는 고만 이렇게 대답하고 다시

"여기 놓게! 놓게!"

하였다.

나는 내려서 삯으로 이십 전짜리 은화 한 푼을 집히는 대로 주고 도로 발
을 돌리어 차츰차츰 김영환(金永煥)이를 찾아보려고 동편으로 내려가다가 남
편으로 꺾여 체골을 향하고 간다.

이는 그대로 집으로 돌아가기도 [34] 열없어 아무나 가까운 데 사람을 찾아
보고 가자는 생각이 난 때문이다. 막 황토현 천변(川邊)으로 들어서서 가려니
까 뒤에서 누가

"자네 어디 가나?"

한다. 돌아다보니 마침 그 영환이다. 나는 다만

"오래간만일세그려. 그런데 자네는 또 어데 가나?"

하였다.

"나? 남문 밖 운송점에 무엇 부치러 가랴고 나왔든 길일세."

"그래? 그럼 어서 가게. 나는 오래간만에 자네나 좀 보랴고 가는 길일세
마는 여기서 만났으니 고만 헤어지겠네."

"그것 안되얏네그려! 그러면 집의 사랑으로 좀 들어가 있게그려."

"아니 그럴 것 없어. 일간 다시 만나세!"

하고 나는 발길을 돌리어 놓으니 영환이는 미안한 듯이

열없다 좀 겸연쩍고 부끄럽다.

"안되얏네! 그러면 일간 한 번 오게!"

하고 두어 발걸음 떼 놓다가

"그런데 여보게, 자네 혹시 그사이 백화(白化) 만나 보았나?"

하며 딱 서서 묻는다.

"못 만났어. 웨?"

하고 내가 돌아서서 영환이 얼굴을 본즉 별안간 ³⁵⁾수색(愁色)이 만면하여지며

"허 참, 그 원일이까? 백화가 집에서 나간 지 사흘이나 되얏다나. 그런데 나갈 때에 저의 아버지와 싸우고 밥도 안 먹고 그대로 뛰어나갔다는데, 그 사람이야 무슨 돈푼이 있나. 하 그예 저의 아버지가 그 사람을 잡는 게야."

하며 한탄하는 소리를 한다.

나는 이 말을 듣고 가슴이 내려앉았다. 새벽꿈에 백화가 내게 와서 형님 나는 죽노라고 우는 것을 보았다.

"자네 그 말 뉘게 들었나?"

"아까 아침에 문식(汶植)이가 와서 그리기에 비로소 알았네. 저녁때쯤 해서 내가 집으로 좀 알아보겠네."

"그러면 부디 좀 알아보게. 나는 그 집에 발을 못 들여 놓는 경우이니 갈 수 없고……. 그예 아마 무슨 일이 났나 베! 나는 마음에 ³⁶⁾키는 일이 있네."

"글쎄 나도 그러한 염려가 있네. 그러면 내일 좀 오랴나?"

"그렇게 하지!"

나는 영환이와 작별을 하고 발을 돌리려 할 때에는 정신이 착란하여 열에 뜬 사람 같았다. 집에 돌아오니 네 시 남짓하였다. 어머니가 내어다보시다

수색 근심스러운 기색.
키다 '키이다'의 준말. 마음에 걸리다.

가 나의 얼굴을 유심히 보시며

"너 웨 어데 몸이 아프냐?"

하시며 염려스러이 물으신다.

"네? 아모치도 않아요."

나는 ³⁷⁾강작(强作)하여 아무렇지도 않은 체하고 안으로 들어오니 자꾸 내 얼굴을 쳐다보시며

"그래도 얼골빛이 아주 좋지 못한데 그리느냐."

하신다.

나는 잠자코 그대로 서재로 건너갔다. 아주 전신이 느른하여 마치 전쟁에 피곤한 노병같이 그만 그 자리에 쓰러졌다.

나는 정신의 피로를 깨달았다.

어머니가 곧 뒤로 쫓아 건너오시며

"이애 밥상 차리랴?"

하며 물으시더니 문을 여시며

"그런데 이애 너 막 출입한 뒤에 우편부가 편지를 가져왔는데 우표 안 붙였다고 벌금을 달라고 하야 육 전을 빼앗아 가더라!"

나는 고개를 간신히 들고

"편지요? 그래 그 편지를 얻다가 두셨에요?"

하였다.

"저 책상에 놓인 것 아니냐."

하시는 어머니 말씀에 나는 고개를 돌리어 본즉 과연 거기 놓여 있다. 손을 들어 집어서 보니 백화에게서 온 것인데 '미납'이라는 우편국 인이 두어 군데 찍히고 용산(龍山) 소인(消印)이 맞았다. 나는 또 가슴이 내려앉았다.

강작하다 억지로 기운을 내다.

나는 그 봉투 머리를 뜯고 편지를 꺼내어 무릎 위에 펴 놓았다. 어머니께서도 이상하시던지 나의 얼굴과 그 편지를 번갈아 보신다. 그 편지 내용은

형님! 나는 불행히 무식한 부모의 자식으로 태어나서 19년 동안을 이 세상 거친 물결에 빠져 헤적거리다가 원한을 머금고 지금 [38] 구천(九泉)으로 돌아가나이다.

형님! 세상에 사람으로 태어날 때에 무식한 부모의 자식으로 태어날 것은 아닌가 하나이다. 나의 이렇게 죽게만 된 사정은 아마 형님도 짐작하실 듯하옵니다. 사람은 부모가 되거든 자식을 가르쳐 사회에 나서게 만들고 자식이 되거든 부모의 교양을 받다가 사회에 나가거든 부모에게 영광을 돌리어 보내도록 활동할 것이올시다. 나는 이것이 부모 자식 간에 당연히 행할 의무인가 하나이다.

형님! 나는 형님이 다 아실 듯하여 말 아니하나이다. 그러나 다만 아버님이 야속한 것은, 아직도 기력이 [39] 강장하신 어른이 날마다 아무것도 아니하시며 나에게 집안 생활의 전부를 떠맡기시고 아침저녁으로 안 벌어 온다고 야단을 치십니다.

형님! 아버님이 나를 사회에 나서게 못 만드셨나이다. 그러므로 나는 7, 8년 야학에 다니어 나의 실력을 보충하려 하였나이다. 10년 동안 어린 몸으로 집안 살림을 하여 가며 밤에 이것 하는 것도 못 하게 하시며 [40] 역정만 내십니다. 그러므로 나는 죽삽나이다.

형님! 그런데 나는 형님에게 나의 매자(妹姊) 동순(東淳)이를 드리옵니다. 요사이 집안 눈치를 본즉 동순을 모 귀족의 첩으로 주려고

구천(九泉) 땅속 깊은 밑바닥이란 뜻으로, 죽은 뒤에 넋이 돌아간다는 곳을 이르는 말.
강장(强壯)하다 몸이 건강하고 혈기가 왕성하다.
역정(逆情) 몹시 언짢거나 못마땅하여서 내는 성.

주선하는 모양이외다. 그러나 당자 동순이는 [41]이중(泥中)의 연화(蓮
花)같이 [42]한사하고 불응하더이다.

그 후 삼사일 후에 나는 영환이와 [43]작반하여 백화의 집을 찾았다.

『반도시론(半島時論)』 1918. 2.

이중 진흙 속.
한사(限死)하고 죽기로 기를 쓰고. 한사코.
작반(作伴)하다 동행자나 동무로 삼다.

| 작품 해설 |

핵심 정리

갈래 단편 소설
배경 1910년대 서울
경향 비판적 사실주의
시점 일인칭 관찰자 시점
문체 고백체
글감 도시 하층민들의 삶
주제 식민지의 궁핍한 삶과 지식인의 무력감
출전 『반도시론(半島詩論)』(1918)

주요 등장인물 나 실업자 지식인. 안목은 높지만 현실 생활에 무기력하다.
백화 가족을 부양하며 야학에 나가는 후배. 아버지의 무지와 강권에 맞서 자살
하려고 한다.
김영환 '나'의 친구. 길에서 백화의 근황을 전해 준다.
어머니 집안에서 겉도는 '나'를 챙겨 주는 자애로운 어머니.

짜임 발단 불길한 꿈을 꾸고 답답한 마음에 집을 나선 '나'.
전개 거리에서 돌아다니는 동안 파출소에 잡혀 온 막벌이꾼 등을 목격함.
위기 친구 영환으로부터 백화가 집을 나가 사흘째 소식이 없다고 전해 들음.
절정 집으로 돌아와 백화가 편지로 보낸 유서를 읽음.
결말 영환과 함께 백화의 집을 찾아감.

줄거리 어수선한 꿈을 꾸고 일어난 날, 사회에 대한 불만과 일상의 무의미함은 '나'를
자꾸 갑갑하게 만든다. 나는 집 밖으로 뛰쳐나와 광희문행 전차에 오른다. 나
처럼 한가한 사람은 없다는 생각이 든다. 전차는 어느덧 종로에 닿는다. 내리
고 보니 또 목적지가 없다. 이번에는 동대문행 전차. 친구나 찾아가 볼까? 하지
만 내키지 않는다. 술이 마시고 싶지만, 혼자 술집에 가 본 적도 없다. 나는 왜

270

이렇게 변변치 못한 걸까?

　다시 전차에서 내려 걸어가는데 파출소 앞에 사람들이 모여 있다. 막벌이꾼이 하이칼라 드나드는 술집에 갔으나 그 집에서 업신여겨 술도 주지 않고 욕까지 하자 성깔을 부리다가 잡혀 온 것. 파출소에서 순사보는 막벌이꾼의 뺨을 때리며 자못 훈계까지 한다. 자각이 없고 나아지려는 노력을 하지 않기는 둘 다 마찬가지인데, 순사보는 단지 관복을 입고 칼을 찼기 때문에 막벌이꾼을 징계하는 권리와 자격이 있는 것이다. 이런 모순과 기묘한 대조가 생활의 압박으로 인한 나의 모순을 생각하게 만든다. 허위의 옷을 두르고 생활의 방편을 찾는 것은 슬프고도 더러운 일. 이제껏 꾸던 꿈들은 현실의 장벽에 막혀 이루어진 것이 없으니.

　무심코 탄 인력거에서 내린 나는 마침 찾아가던 친구 김영환을 길에서 만난다. 영환은 나에게 백화의 근황을 전해 준다. 백화가 제 아버지와 싸우고 집을 나간 지 사흘이나 되었다는 말. 나는 가슴이 내려앉는다. 새벽녘 꿈에서 백화가 죽겠다며 우는 꿈을 꾸지 않았던가.

　집에 돌아오니, 우표를 붙이지 않은 편지 한 통이 와 있다. 백화가 보낸 편지다. 나는 또 가슴이 내려앉는다. 그 편지는 후배 백화의 유서인 것이다. 집안 생활의 전부를 떠맡기고 야학에도 못 나가게 하는 아버지를 원망하며 목숨을 끊겠다는 백화. 편지에는 집안에서 귀족의 첩으로 보내려는 제 누이 동순이를 나더러 맡아 달라는 내용도 담겨 있다. 며칠 뒤 나는 영환과 함께 백화의 집을 찾아간다.

이해와 감상　1910년대 후반에 들어 우리 문학계의 일각에서는 현실 비판 소설들이 등장한다. 그 중에서도 양건식의 「슬픈 모순」은 자본주의 사회의 모순을 그린 초창기 비판적 사실주의의 대표작이다. 양건식의 작품들은 그동안 묻혀 있다가 1990년대에 이르러서야 다시 주목 받기 시작했다.

　「슬픈 모순」은 크게 세 부분으로 나뉜다. 주인공 '나'가 아침에 일어나서 암울한 기분에 사로잡히는 부분과 서울 거리를 배회하며 모순된 현실을 목격하고 절망에 사로잡히는 부분, 그리고 후배가 유서처럼 보낸 편지를 받고 그를 찾아가는 부분이다. 이 작품에는 일제 강점기의 사회적 모순과 불평등이 구체성을 띠고 나타난다. 이를테면 어린 짐꾼과 막벌이꾼은 억압과 학대를 받는 하충민이고, 뚱뚱한 부인과 순사보 및 술집 주인은 타락한 식민지에 기생하는 군상이며, 주인공 '나'는 의식이 살아 있는 지식인이다.

하지만 이 작품의 주인공 '나'는 무기력하다. 현실의 벽에 막혀 꿈을 이루지 못한 채 갑갑한 나날을 보내는 사람이다. 할 수 있는 일이라곤 도시 빈민에게 연민의 눈길을 보내거나 인력거꾼에게 삯을 조금 더 얹어 주는 것이 고작이다. 이런 '나'의 무기력과 우울함은 식민지 지식인의 고독과 소외감을 보여 주는 것이라고 볼 수 있다.

이 작품은 일인칭 화자가 고백체로 주인공의 내면 파악에 주안점을 두고 이야기를 펼쳐 나간다. 그럼으로써 주인공의 의식 세계를 사실적으로 형상화한다. 문장 또한 신소설과 격이 달라서 근대 문학의 면모를 보여 준다.

생각 넓히기 이 작품의 주인공은 현실의 모순을 인식하지만 그것을 해결하려고 나서지는 않는다. 이를 작가의 태도와 연관해 시대 정황 속에서 생각해 보자.

양건식은 일제 강점기 지식인의 허위의식과 내면의 고통을 형상화한 작가다. 그러나 그는 약자들을 동정할 뿐 스스로 타락한 사회에서 벗어날 수 없었다. 개인의 힘으로 사회 부조리와 식민지의 현실 문제에 맞서려다 보면 더 큰 절망과 비탄에 빠지기 쉽다. 이 작품에 나오는 주인공 '나'의 무기력 또한 여기에서 비롯된다고 할 수 있다. 「슬픈 모순」이 빼어난 작품임에도 총체적인 삶의 지평을 제시하지 못하고 관념으로 흐르는 경향을 보여 주는 것은 이와 무관하지 않다.

李光洙

이
광
수

1892~1950

한국 근대 문학의 선구자로 계몽주의, 민족주의 문학가이자 사상가로 근대 정신사의 전개 과정에서 중요한 역할을 했다. 호는 춘원(春園), 고주(孤舟), 장백산인(長白山人). 1892년 평북 정주에서 태어났다. 열한 살 때 부모를 여의고 일진회 유학생으로 일본에 다녀온 뒤, 『동아일보』 편집국장과 『조선일보』 부사장을 지냈다. 「2·8 독립선언서」를 기초하고 『독립신문』 주간으로 활동하지만, 그 뒤 조선문인협회 회장으로 친일 활동에 나섰다. 일본식 이름은 가야마 미쓰오(香山光郞)다. 1910년 『소년』에 「어린 희생」을 발표한 뒤, 1917년 우리 문학 사상 최초의 근대 장편 소설로 일컬어지는 『무정』을 『매일신보』에 연재했다. 6·25 때 납북되어 숨진 것으로 전해진다.

주요 작품으로는 『무정』을 비롯해 『유정』, 『무명』, 『흙』, 「단종 애사」 등이 있다.

무정 1917
무명 1939

그러면서도 알 수 없는 것은 가슴속에 이상한 불길이 일어남이니,
이는 청년 남녀가 가까이 접할 때에 마치 음전과 양전이 가까워지기
가 무섭게 서로 감응하여 불꽃을 일리는 것과 같이 면치 못할 일이
며, 하늘이 만물을 내실 때에 정한 일이라. 다만 사회의 질서를 유
지하기 위하여 도덕과 수양의 힘으로 제어할 뿐이니라.

무정(無情)

1

경성 학교 영어 교사 이형식은 오후 두 시 사 년급 영어 시간을 마치고 내려 쪼이는 유월 볕에 땀을 흘리면서 안동 김 장로의 집으로 간다. 김 장로의 딸 선형이가 1)명년 미국 유학을 가기 위하여 영어를 준비할 차로 이형식을 매일 한 시간씩 가정교사로 초빙하여 오늘 오후 세 시부터 수업을 시작하게 되었음이다.

이형식은 아직 독신이라 남의 여자와 가까이 교제하여 본 적이 없고, 이렇게 순결한 청년이 흔히 그러한 모양으로 젊은 여자를 대하면 자연 수줍은 생각이 나서 얼굴이 확확 달며 고개가 저절로 숙여진다. 남자로 생겨나서 이러함이 못생겼다면 못생겼다고도 하려니와 여자를 보면 아무러한 핑계를 얻어서라도 가까이 가려 하고, 말 한 마디라도 하여 보려 하는 잘난 사람들

명년(明年) 올해의 다음. 내년(来年), 다음 해.

보다는 나으리라. 형식은 여러 가지 생각을 한다.

우선 처음 만나서 어떻게 인사를 할까. 남자 남자 간에 하는 모양으로,

"처음 보입니다. 저는 이형식이올시다."

이렇게 할까.

그러나 잠시라도 나는 가르치는 자요, 저는 배우는 자라. 그러면 [2]미상불 무슨 차별이 있지나 아니할까. 저편에서 먼저 내게 인사를 하거든 그제야 나도 인사를 하는 것이 마땅하지 아니할까. 그것은 그러려니와 교수하는 방법은 어떻게나 할는지.

어제 김 장로에게 그 청탁을 들은 뒤로 지금껏 생각하건마는 무슨 [3]묘방이 아니 생긴다. 가운데 책상을 하나 놓고, 거기 마주앉아서 가르칠까. 그러면 입김과 입김이 서로 마주치렷다. 혹 저편 [4]히사시가미가 내 이마에 스칠 때도 있으렷다. 책상 아래에서 무릎과 무릎이 가만히 마주 닿기도 하렷다.

이렇게 생각하고 형식은 얼굴이 붉어지며 혼자 빙긋 웃었다. 아니아니. 그러다가 만일 마음으로라도 죄를 범하게 되면 어찌하게. 옳다. 될 수 있는 대로 책상에서 멀리 떠나 앉았다 만일 저편 무릎이 내게 닿거든 깜짝 놀라며 내 무릎을 치우리라. 그러나 내 입에서 무슨 냄새가 나면 여자에게 대하여 실례라.

점심 후에는 아직 담배는 아니 먹었건마는, 하고 손으로 입을 가리고 입김을 후 내어 불어 본다. 그 입김이 손바닥에 반사되어 코로 들어가면 냄새의 유무를 시험할 수 있음이라.

형식은, 아뿔싸! 내가 어찌하여 이러한 생각을 하는가, 내 마음이 이렇게 약하던가, 하면서 두 주먹을 불끈 쥐고 전신에 힘을 주어 이러한 약한 생각

미상불(未嘗不) 아닌 게 아니라 과연.
묘방(妙方) 매우 교묘한 꾀나 방법. 묘책(妙策).
히사시가미 챙머리. 귀밑머리를 풀고 머리를 치켜 올리고 앞머리를 쑥 내민 머리 모양.

을 떼어 버리려 하나 가슴속에는 이상하게 불길이 확확 일어난다. 이때에,

"미스터 리, 어디로 가는가?"

하는 소리에 깜짝 놀라 고개를 들었다.

쾌활하기로 동류 간에 유명한 신우선이 [5]대팻밥모자를 갖춰 쓰고 활개를 치며 내려온다. 형식은 자기 마음속을 꿰뚫어보지나 아니하였는가 하여 두 뺨이 한 번 더 후끈하는 것을 겨우 참고 지어서 쾌활하게 웃으면서,

"오래 막혔구려."

하고 손을 잡아 흔들었다.

"오래 막혔구려는 무슨 막혔구려야. 일전 [6]허교하기로 약속하지 않았는가."

형식은 얼마큼 마음에 수치한 생각이 나서 고개를 돌리며,

"아직 그런 말에 익숙지를 못해서……."

하고 말끝을 못 맺는다.

"대관절 어디로 가는 길인가? 급지 않거든 점심이나 하세그려."

"점심은 먹었는걸."

"그러면 맥주나 한잔 먹지."

"내가 술을 먹는가."

"그만두게. 사나이가 맥주 한잔도 못 먹으면 어떡한단 말인가. 자 잡말 말고 가세."

하고 손을 끌고 안동 파출소 앞 청국 요릿집으로 들어간다.

"아닐세. 다른 날 같으면 사양도 아니하겠네마는."

하고 다른 날이란 말이 이상하게나 아니 들렸는가 하여 가슴이 뛰면서,

대팻밥모자 나무를 대팻밥처럼 얇게 깎아 꿰매어 만든 여름 모자.
허교(許交)하다 친하게 사귀어 '해라' 투나 '하게' 투의 말을 쓰다.

"오늘은 좀 일이 있어."

"일? 무슨 일? 무슨 술 못 먹을 일이 있단 말인가."

다른 사람 같으면 이러한 경우에 다만 '급히 좀 볼일이 있어.' 하면 그만이려니와 워낙 정직하고 나약한 형식이라, 조금이라도 거짓말을 못 하여 한참 주저주저하다가,

"세 시부터 개인 교수가 있어."

"영어?"

"응."

"어떤 사람인데 개인 교수를 받어?"

형식은 말이 막혔다. 우선은 남의 7)폐간을 꿰뚫어 볼 듯한 두 눈으로 형식의 얼굴을 유심하게 들여다본다. 형식은 눈이 부신 듯이 고개를 숙인다.

"응, 어떤 사람인데 말을 못 하고 얼굴이 붉어지나, 응?"

형식은 민망하여 손으로 목을 쓸어 만지고 하염없이 웃으며,

"여자야."

"아 참, 좋은 일일세. 약혼한 사람이 있나 보네그려? 음, 그러구도 내게는 아무 말도 없단 말이야? 에잇 여보게!"

하고 손을 후려친다.

형식은 하도 머쓱하여 구두로 땅을 파면서,

"아니야. 저, 자네는 모르겠네. 김 장로라고 있느니……."

"옳지, 김 장로의 딸일세그려? 응. 저, 옳지, 작년이지. 정신 여학교를 우등으로 졸업하고 명년 미국 간다는 그 처녀로구면? 베리 굿."

"자네 어떻게 아는가?"

"그것 모르겠나. 적어도 신문 기자. 그런데 언제 8)엔게이지먼트를 하였

폐간(肺肝) 허파와 간. 속마음.

는가?"

"아니여. 영어 준비를 한다고 날더러 매일 한 시간씩 와 달라기에 오늘 처음 가는 길일세."

"아따, 나를 속이면 어쩔 텐가."

"에끼."

"허허, 그가 유명한 미인이라대. 자네 힘에 웬걸 되겠나마는 잘 얼러 보게. 그러면 또 보세."

하고 대팻밥 벙거지를 벗어 활활 부채를 하며 교동 골목으로 내려간다. 형식은 이때껏 그의 너무 방탕함을 9)허물하더니 오늘은 도리어 그 10)파탈하고 쾌활함이 부러운 듯하다.

2

미인이라는 말도 듣기 싫지 아니하거니와 약혼이라, 엔게이지먼트라는 말이 이상하게 기쁘게 들린다. 그러나 '자네 힘에 웬걸 되겠는가.' 하였다. 과연 형식은 아무 힘도 없다. 황금 시대에 황금의 힘도 없고, 지식 시대에 남이 우러러볼 만한 지식의 힘도 없고, 예수 믿은 지는 오래나 워낙 교회에 뜻이 없으며 교회 내의 신용조차 그리 크지 못하다. 아무 지식도 없고 아무 덕행도 없는 아이들이 목사나 장로의 집에 자주 다니며 알른알른하는 덕에 집사도 되고 11)사찰도 되어 교회 내에서 젠체하는 꼴을 볼 때마다 형식은 구역이 나게 생각하였다. 실로 형식에게는 12)시체 13)하이칼라 처자의 애정을 끌 만한 아무 힘도 없다. 이런 생각을 하고 형식은 자연히 낙심스럽기도 하고, 비감스럽기도 하였다.

이럴 즈음에 김광현(金光鉉)이라 문패 붙은 집 대문에 다다랐다.

비록 두 벌 옷도 가지지 말라는 예수의 [14]사도연마는 그도 개명하면 땅도 사고, 은행 저금도 하고, 주권과 큰 집도 사고, 수십 인 하인도 부리는 것이다. 김 장로는 서울 예수교회 중에도 양반이요 재산가로 두셋째에 꼽히는 사람이라.

집도 꽤 크고 [15]줄행랑조차 십여 간이 늘어 있다. 형식은 지위와 재산의 압박을 받는 듯해, 일변 무섭기도 하고 불쾌하기도 하면서, 소리를 가다듬어

"이리 오너라."

하였다.

그러나 그 목소리는 아무리 하여도 뚝 자리가 잡히지 못하고, 시골 사람이 처음 서울 와서 부르는 소리와 같이 어리고 떨리는 맛이 있다.

"안으로 들어오시랍니다."

하는 어멈의 말을 따라 새삼스럽게 가슴을 두근거리면서 중문을 지나 안대청에 올랐다.

전 같으면 외객이 중문 안에를 들어설 리가 없건마는 그만하여도 옛날 습관을 많이 고친 것이다. 대청에는 반양식으로 유리문도 하여 달고 가운데는 무늬 있는 책상보 덮은 테이블과 네다섯 개 [16]홍모전 [17]교의가 있고, 북편

시체(時體) 그 시대의 풍습이나 유행을 따르거나 지식 따위를 받음. 또는 그런 풍습이나 유행.
하이칼라(high collar) 예전에, 서양식 유행을 따르던 멋쟁이를 이르던 말.
사도(使徒) 예수의 복음을 전하는 사람. 거룩한 일을 위하여 헌신하는 사람.
줄행랑(行廊) 대문의 좌우로 죽 벌여 있는 하인들의 방.
홍모전(鴻毛氈) 부드러운 털로 만든 깔개.
교의 의자.

벽에 길이나 되는 책상에 18)신구서적이 쌓였다.

　김 장로가 웃으면서 툇마루에 나와 형식이가 구두끈 끄르기를 기다려 손을 잡아 인도한다. 형식은 다시 온공하게 19)국궁례를 드린 후에 권하는 대로 교의에 앉았다. 김 장로는 이제 사십오륙 세 되는 깨끗한 중로라. 일찍 국장도 지내고 감사도 지낸 양반으로서 십여 년 전부터 예수교회에 들어가 작년에 장로가 되었다. 김 장로가 형식에게 부채를 권하며,

　"매우 덥구려. 자, 부채질 하시오."

　"네, 금년 두고 처음인가 봅니다."

하고 부채를 들어 두어 번 부치고 책상 위에 놓았다. 장로가 책상 위에 놓인 초인종을 두어 번 울리니 건넌방으로서,

　"네."

하고 열너덧 살 된 예쁜 계집아이가 소반에 유리 대접과 은으로 만든 서양 숟가락을 놓아 내어다가 형식의 앞에 놓는다.

　보기만 해도 시원한 복숭아화채에 한 줌이나 될 얼음을 띄웠다. 20)손이 오기를 기다리고 미리 만들어 두었던 모양이라.

　"자, 더운데 이것이나 마시오."

하고 장로가 친히 숟가락을 들어 형식을 준다. 형식은 사양할 필요도 없다 하여 연해 십여 술을 마셨다. 마음 같아서는 두 손으로 치어들고 죽 들이켜고 싶건마는 혹 남 보기에 체면 없어 보일까 21)저어하여 더 먹고 싶은 것을 참고 22)술을 놓았다, 그만하여도 얼마큼 속이 뚫리고 땀이 걷고 정신이 23)쇄락하여진다.

신구서적(新舊書籍) 새 책과 헌책을 아울러 이르는 말.
국궁례(鞠躬禮) 공경의 뜻으로 몸을 많이 굽혀 서서 절하는 것.
손 다른 곳에서 찾아온 사람. 손님.
저어하다 염려하거나 두려워하다.
술 밥 따위의 음식물을 숟가락으로 떠 그 분량을 세는 단위. 여기에서는 '숟가락'의 뜻.

장로는,

"일전에도 말씀하였거니와 내 딸을 위하여 좀 수고를 하셔야 하겠소. 분주하신 줄도 알지마는 달리 청할 사람이 없소그려. 영어를 아는 사람이야 많겠지요마는 그렇게…… 어…… 말하자면…… 24)노형 같은 이가 드무시니까."

하고 잠시 말을 끊고 '너는 신용할 놈이지.' 하는 듯이 형식을 본다. 형식은 남이 젊은 딸을 제게 맡기도록 제 인격을 신용하여 주는 것이 한껏 기쁘고 자랑스러우면서도, 아까 입에 손을 대고 냄새나는 것을 시험하던 생각을 하면 부끄럽고 죄송스러운 마음이 복받쳐 올라온다.

그러나 기실 장로는 여러 사람의 말도 듣고 친히 보기도 하여 형식의 인격을 아주 신용하므로 이번 계약을 맺은 것이다. 여간 잘 알아보지 아니하고야 미국까지 보내려는 귀한 딸을 젊은 교사에게 다만 매일 한 시간씩이라도 맡길 리가 없는 것이라.

장로는 다시 말을 이어,

"하니까 노형께서 맡아서 일 년 동안에 무엇을 좀 알도록 가르쳐 주시오."

"제가 아는 것이 없어서 그것이 민망합니다."

"천만에. 영어뿐 아니라 노형의 학식은 내가 다 들어 아는 바요."

하고 다시 초인종을 울리니, 아까 나왔던 계집아이가 나온다.

"얘, 이것 들여가고 마님께 아씨 데리고 이리 나옵시사고 여쭈어라."

"네."

하고 소반을 들고 들어가더니, 저편 방에서 소곤소곤하는 소리가 들린다.

쇄락(灑落)하다 기분이나 몸이 상쾌하고 깨끗하다.
노형(老兄) 처음 만났거나 그다지 가깝지 않은 남자 어른들 사이에서, 상대편을 높여 이르는 이인칭 대명사.

형식은 장차 일생에 처음 당하는 무슨 큰일을 기다리는 듯이 속이 자못 덜렁덜렁하며 가슴이 뛰고 두 뺨이 후끈후끈한다.

형식은 장로의 눈에 아니 뜨이리만큼 가만가만히 옷깃을 바르고, 몸을 바르고, 눈과 얼굴에 아무쪼록 젊지 아니한 위엄을 보이려 한다. 이윽고 건넌 방 발이 들리며 나이 사십이 될락 말락 한 부인이 연옥색 모시 적삼, 모시 치마에 그와 같이 차린 여학생을 뒤세우고 테이블 곁으로 온다. 형식은 반쯤 고개를 숙이고 일어나서 공손하게 ²⁵⁾읍하였다. 부인과 여학생도 읍하고, 장로의 가리키는 교의에 걸터앉는다. 형식도 앉았다.

3

장로가 형식을 가리키며,

"이 어른이 내가 매양 말하던 이형식 씨요. 젊으시지마는 학식이 ²⁶⁾도저하고 또 문필도 유명한 어른이오. 이번 선형에게 영어를 가르쳐 줍소사 하고 내가 청하였더니, 분주하심도 헤아리지 않으시고 이처럼 허락을 하여 주셨소. 이제부터 매일 오실 터이니까 내가 출입하고 없더라도 부인께서 잘 접대를 하셔야 하겠소."

하고 다시 형식을 향하여,

"이이가 내 아내요, 저애가 내 딸이오. 이름은 선형인데 작년에 정신 학교라고 졸업은 하였지마는 아무것도 모르는 어린애요."

형식은 누구를 향하는지 모르게 고개를 숙였다. 부인과 선형이도 답례를 한다.

읍(揖)하다 두 손을 맞잡아 얼굴 앞으로 들어 올리고 허리를 앞으로 공손히 구부렸다가 몸을 펴면서 손을 내리다. 인사하는 예(禮)의 하나다.
도저(到底)하다 학식이나 생각, 기술 따위가 아주 깊다.

부인은 형식을 보며,

"제 자식을 위하여 수고를 하신다니 감사합니다. 젊으신 이가 언제 그렇게 공부를 많이 하셨는지, 참 은혜 많이 받으셨습니다."

"천만에 말씀이올시다."

하고 형식은 잠깐 고개를 들어 부인을 보는 듯 선형을 보았다.

선형은 한 걸음쯤 그 모친의 뒤에 피하여 한편 귀와 몸의 반편이 그 모친에게 가리었다. 고개를 숙였으며 눈은 보이지 아니하나 난 대로 내어 버린 검은 눈썹이 하얗고 넓적한 이마에 뚜렷이 춘산을 그리고, 기름도 아니 바른 까만 머리는 언제 빗었는가 흐트러진 두어 오리가 불그레한 복숭아꽃 같은 두 뺨을 가리어 바람이 부는 대로 하느적하느적 꼭 다문 입술을 때리고, 깃 좁은 가는 모시 적삼으로 혈색 좋은 고운 살이 몽롱하게 비치며, 무릎 위에 걸어 놓은 두 손은 옥으로 깎은 듯 불빛에 대면 투명할 듯하다.

그 부인은 원래 평양 명기 부용이라는 인물 좋고 글 잘하고 가무에 빼어나 평양 춘향이라는 별명 듣던 사람이러니, 이십여 년 전 김 장로의 부친이 평양에 감사로 있을 때에 당시 이십여 세 풍류남아이던 책방 도령 김 도령의 눈에 들어 십여 년 김 장로의 [27]소실로 있다가 본부인이 별세하자 [28]정실로 승차하였다.

양반의 가문에 기생 정실이 망령이어니와, 김 장로가 예수를 믿은 후로 첩 둠을 후회하나 자녀까지 낳고 십여 년 동거하던 자를 버림도 도리에 그르다 하여 매우 양심에 괴롭게 지내다가, 행인지 불행인지 정실이 별세하므로 [29]재취하라는 일가와 [30]붕우의 권유함도 물리치고 단연히 이 부인을 정실로

소실(小室) 정식 아내 외에 데리고 사는 여자. 첩(妾).
정실(正室) '본처'를 달리 이르는 말.
재취(再娶)**하다** 아내를 여의었거나 아내와 이혼한 사람이 다시 장가가서 아내를 맞이하다.
붕우(朋友) 가까운 친구. 벗.

삼았음이라. 부인은 사십이 넘어서 눈꼬리에 가는 주름이 약간 보이건마는, 옛날 장부의 간장을 녹이던 아리땁고 얌전한 모양을 지금도 볼 수 있다.

선형의 눈썹과 입 언저리는 그 모친과 [31]추호 불차니, 이 눈썹과 입만 가지고도 족히 미인 노릇을 할 수가 있으리라. 형식은 선형을 자기의 누이라고 생각하였다. 이는 형식이가 남의 처녀를 대할 때마다 생각하는 버릇이니, 형식은 처녀를 대할 때에 누이라고밖에 더 생각할 줄을 모르는 사람이다.

그러면서도 알 수 없는 것은 가슴속에 이상한 불길이 일어남이니, 이는 청년 남녀가 가까이 접할 때에 마치 음전과 양전이 가까워지기가 무섭게 서로 감응하여 불꽃을 [32]일리는 것과 같이 면치 못할 일이며, 하늘이 만물을 내실 때에 정한 일이라. 다만 사회의 질서를 유지하기 위하여 도덕과 수양의 힘으로 제어할 뿐이니라.

형식이 말없이 앉았는 양을 보고 장로가 선형더러,

"애, 지금 곧 공부를 시작하지. 아차, 순애는 어디 갔느냐. 그 애도 같이 배워라. 나도 틈 있는 대로는 배울란다."

"네."

하고 선형이가 일어나 저편 방으로 가더니 책과 연필을 가지고 나온다. 그 뒤로 선형과 동년배 되는 처녀가 그 역시 책과 연필을 들고 나와 공순하게 읍한다.

장로가,

"이 애가 순애인데 내 딸의 친구요. 부모도 없고 집도 없는 불쌍한 애요."

하는 말을 듣고, 형식은 자기와 자기의 누이의 신세를 생각하고 다시금 순애의 얼굴을 보았다. 의복 머리를 선형과 꼭 같이 하였으니 두 사람의 [33]정의를

추호 불차(秋毫不差) 조금도 다르지 아니함.
일리다 일게 하다.
정의(情誼) 서로 사귀어 친하여진 정.

가히 알려니와, 다만 속이지 못할 것은 어려서부터 세상 풍파에 부대낀 빛이 얼굴에 박혔음이다. 그 빛은 형식이가 거울에 자기 얼굴을 볼 때에 있는 것이요, 불쌍한 자기 누이를 볼 때에 있는 것이라.

형식은 순애를 보매 지금껏 가슴에 울렁거리던 것이 다 스러지고 새롭게 무거운 듯한 감정이 생겨 34)부지불각에 동정의 한숨이 나오며 또 한 번 순애를 보았다. 순애도 형식을 본다.

장로와 부인은 저편 방으로 들어가고 형식과 두 처녀가 마주앉았다.

형식은 힘써 침착하게,

"이전에 영어를 배우셨습니까."

하고, 이에 처음 두 처녀의 목소리를 듣게 되었다. 그러나 두 처녀는 고개를 숙이고 아무 대답이 없다.

형식도 어이없이 앉았다가 다시,

"이전에 좀 배우셨는가요?"

그제야 선형이가 고개를 들어 그 35)추수같이 맑은 눈으로 형식을 보며,

"아주 처음이올시다. 이 순애는 좀 알지마는."

"아니올시다. 저도 처음입니다."

"그러면 에이, 비, 시, 디도?…… 그것은 물론 아실 터이지요마는."

여자의 마음이라 모른다기는 참 부끄러운 것이라, 선형은 36)가지나 붉은 뺨이 더 붉어지며,

"이전에는 외웠더니 다 잊었습니다."

"그러면 에이, 비, 시, 디부터 시작하리까요?"

"네."

부지불각(不知不覺)에 자신도 모르는 결에.
추수(秋水) 가을철의 맑은 물. 맑은 눈매를 비유적으로 이르는 말.
가지나 가뜩이나.

하고 둘이 함께 대답한다.

"그러면, 그 공책과 연필을 주십시오. 제가 에이, 비, 시, 디를 써 드릴 것이니."

선형이가 두 손으로 공책에다 연필을 받쳐 형식을 준다. 형식은 공책을 펴 놓고 연필 끝을 조사한 뒤에 똑똑하게 a, b, c, d를 쓰고, 그 밑에다가[37] 언문으로 '에이' '비' '시' '디' 하고 발음을 달아 두 손으로 선형에게 주고 다시 순애의 공책을 당기어 그대로 하였다.

"그러면 오늘은 글자만 외기로 하고 내일부터 글을 배우시지요. 자, 한 번 읽읍시다. 에이."

그래도 두 학생은 가만히 있다.

"저 읽는 대로 따라 읽으시오. 자, 에이, 크게 읽으셔요. 에이."

형식은 기가 막혀 우두커니 앉았다. 선형은 웃음을 참느라고 입술을 꼭 물고, 순애도 웃음을 참으면서 선형의 낯을 쳐다본다. 형식은 부끄럽기도 하고 답답하기도 하여 당장 일어나서 나가고 싶은 생각이 난다.

이때에 장로가 나오면서,

"읽으려무나, 못생긴 것. 선생님 시키시는 대로 읽지 않고."

그제야 웃음을 그치고 책을 본다.

형식은[38] 하릴없이 또 한 번,

"에이."

"에이."

"비."

"비."

언문(諺文) 상말을 적는 문자라는 뜻으로, '한글'을 속되게 이르던 말.
하릴없이 달리 어떻게 할 도리가 없이. 조금도 틀림이 없이.

"시."

"시."

이 모양으로 '와이' '제트' 까지 삼사 차를 같이 읽은 후에 내일까지 음과 글자를 다 외우기로 하고 서로 경례하고 학과를 폐하였다.

4

형식은 김 장로 집에서 나와서 바로 교동 자기 [39)]객주로 들어왔다. 마치 술 취한 사람 모양으로 아무 생각도 없이, 어디로 가는지도 모르고, 다만 일 년 넘어 다니던 습관으로 집에 왔다. 말하자면 형식이가 온 것이 아니요, 형식의 발이 형식을 끌고 온 모양이다.

주인 노파가 저녁상을 차리다가 치마로 손을 씻으면서,

"이 선생 웬일이시오?"

하고 이상하게 웃는다. 형식은 눈이 둥그레지며,

"왜요."

"아니, 그처럼 놀라실 것은 없지마는……."

"왜 무슨 일이 생겼어요?"

하고 우뚝 서서 노파를 본다. 노파는 그 시치미 떼고 놀라는 양이 우스워서 혼자 깔깔 웃더니,

"아까 석 점쯤 해서 어떤 어여쁜 아가씨가 선생을 찾아오셨는데 머리는 여학생 모양으로 하였으나 아무리 보아도 기생 같습니다. 선생님도 그런 친구를 사귀는지……."

객주(客主) 예전에, 다른 지역에서 온 상인들의 거처를 제공하며 물건을 맡아 팔거나 흥정을 붙여 주는 일을 하던 상인. 또는 그런 집. 여기에서는 '하숙집'의 뜻.

"어떤 아가씨? 기생?"

하고 형식은 고개를 기웃기웃하며 구두끈을 끄르고 마루에 올라서면서,

"서울 안에는 나를 찾아올 여자가 한 사람도 없는데, 아마 잘못 알고 왔던 게로구려."

"에그, 아주 모르는 체하시지. 평양서 오신 이형식 씨라고, 똑똑히 그러던데."

형식은 멍하니 하늘만 쳐다보고 앉았더니,

"암만해도 모르는 일이외다. 그래 무슨 말은 없어요?"

"이따가 저녁에 또 온다고 하고 매우 섭섭해서 갑데다."

"그래, 나를 아노라고 그래요?"

"에그, 모르는 이를 왜 찾을꼬. 자 들어가셔서 저녁이나 잡수시고 기다리십시오. 밥맛이 달으시겠습니다."

형식에게는 그런 말이 귀에 들어오지도 아니한다. 과연 형식을 찾을 여자가 있을 리가 없다. 장차 김선형이나 윤순애가 형식을 찾아오게 될는지는 모르거니와 지금 어느 여자가 형식을 찾으리오. 하물며 기생인 듯한 여자가……

형식은 밥상을 앞에 놓고 아무리 생각하여도 알 수 없어 좀 지나면 온다 하였으니 그때가 되면 알리라 하고 저녁을 먹었다. 저녁을 먹고 나서 신문을 볼 즈음에 대문 밖에 찾는 사람이 있다. 노파가,

"이것 보시오."

하고 눈을 끔쩍 하고 나간다.

"이 선생 돌아오셨어요?"

하는 말소리가 들리더니 노파의 뒤를 따라 어떤 젊은 여자가 들어온다. 아까 노파의 말과 같이 모시 치마 저고리에 머리도 여학생 모양으로 쪽쪘다. 형식도 말이 없고 여자도 말이 없고 노파도 어인 영문을 모르고 우두커니

섰다. 여자가 잠깐 형식을 보더니, 노파더러,

"이 선생께서 계셔요?"

"저 어른이 이 선생이시외다."

하고 노파도 매우 수상해한다.

"네, 내가 이형식이오. 누구시오니까?"

여자는 깜짝 놀라는 듯이 몸을 흠칫하고 한 걸음 물러서며 고개를 푹 숙인다. 해가 벌써 넘어가고 집집 광명등이 반짝반짝 눈을 뜬다. 형식은 무슨 까닭이 있음을 알고, 얼른 일어나 램프에 불을 켜고 마루에 담요를 내어 깐 뒤에,

"아무려나 이리 올라오십시오. 아까도 오셨더라는데 마침 집에 없어서 실례하였습니다."

여자는 고개를 들었다. 눈에는 눈물이 고였다.

"저 같은 계집이 찾아와 선생님의 명예에 상관이 아니 되겠습니까?"

"천만의 말씀이올시다. 우선 올라오십시오. 무슨 일이신지……."

여자는 은근하게 40)예하고 올라온다. 데리고 온 계집아이도 올라앉는다. 형식도 앉았다. 노파는 건넌방에서 불도 아니 켜고 담배를 피우면서 이 광경을 본다.

형식은 불빛에 파래 보이는 여자의 얼굴을 이윽히 보니, 무슨 생각나는 일이 있는지 고개를 기울이고 눈을 감는다.

"저를 모르시겠습니까?"

"글쎄올시다. 얼굴이 혹 뵈온 듯도 합니다마는."

"박응진을 기억하시겠습니까?"

"에? 박응진?"

예(禮)하다 경의를 표하기 위하여 말이나 인사를 하다.

하고 형식은 눈이 둥그레져서 말이 막힌다. 여자도 그만 책상 위에 쓰러져 운다. 형식의 눈에서도 굵은 눈물이 뚝뚝 떨어진다. 형식은 [41]비창한 목소리로,

"아아, 영채 씨로구려. 영채 씨로구려. 고맙소이다. 나같이 은혜 모르는 놈을 찾아 주시니 고맙소이다, 아아."

두 사람은 한참 동안 말이 없고 여자의 흑흑 [42]느끼는 소리뿐이로다. 따라온 계집아이도 주인의 손에 매달려 운다.

123

어린 아기 보챕니다
젖 달라고 보챕니다

짜도 젖이 아니 나니
무엇 먹여 살리리까

봄에나 여름에나
애써 벌어 놓았던 걸
사정없는 붉은 물결
하룻밤에 쓸어 나가

비가 오고 바람 치고

비창(悲愴)하다 마음이 몹시 상하고 슬프다.
느끼다 서럽거나 감격에 겨워 울다.

날새조차 저뭅니다

늙은 부모 어린 처자

집 없으니 어디서 자

따뜻한 밥 한 그릇

국에 말아 드립시다

따뜻한 밥 한 그릇

국에 말아 드립시다

　순박한 이 노래와 다정한 그 곡조는 마침내 일동의 눈물을 받고야 말았
다. 정성되고 엄숙한 박수 소리에 세 처녀는 은근히 경례하고 물러났다. 박
수 소리가 끝나기를 기다려 서장이 다시 일어나,

　"여러분의 눈에는 감격의 눈물이 있습니다. ⁴³⁾본직은 감히 여러분을 대표
하여 세 처녀에게 감사한 뜻을 표합니다."

하고 세 사람을 향하여 고개를 숙인다. 세 사람은 답례한다. 일동은 박수한다.

　이리하여 한 시간이 못 되는 짧은 음악회가 끝났다. 여러 사람은 즉석에
돈 팔십여 원을 모두었다. 서장은 그 돈을 병욱에게 주며,

　"어떻게 쓰든지 당신의 뜻대로 하시오."

한다. 이는 병욱에게 경의를 표하는 뜻이다. 그러나 병욱은 사양하며,

　"그것은 서장께서 맡아 하시기를 바랍니다."

하였다. 서장은 병욱에게서 그 돈을 받는 듯이 또 한 번 고개를 숙이고 일동
을 향하여 그 돈으로 될 수 있는 대로 좋은 방법을 취하여 수재 만난 사람을

본직(本職) 어떤 직위나 직책을 맡고 있는 사람이 공식적인 자리에서 자기를 이르는 일인칭 대명사.

구제하겠노라 하였다. 일동은 병욱과 다른 두 사람의 [44]성명을 듣고자 하였으나 그네는 다만 고개를 숙일 뿐이요, 말이 없었다.

이러하는 동안에 집 잃은 사람들은 여전히 어찌할 줄을 모르고 땅바닥에 앉아 있었다. 차차 [45]시장증이 나고 몸이 떨리기 시작하였으나 그네에게는 아무 방책도 없었다. 그네는 다만 되어 가는 대로 되기를 바랄 뿐이다.

그네는 과연 아무 힘이 없다. 자연의 폭력에 대하여서야 누구라서 능히 저항하리요마는 그네는 너무도 힘이 없다. 일생에 뼈가 휘도록 애써서 쌓아 놓은 생활의 근거를 하룻밤 비에 다 씻겨 내려보내고 말리만큼 그네는 힘이 없다. 그네의 생활의 근거는 마치 모래로 쌓아 놓은 것 같다. 이제 비가 그치고 물이 나가면 그네는 흩어진 모래를 긁어모아서 새 생활의 근거를 쌓는다. 마치 개미가 그 가늘고 연약한 발로 땅을 파서 둥지를 만드는 것과 같다. 하룻밤 비에 모든 것을 잃어버리고 발발 떠는 그네들이 어찌 보면 가련하기도 하지마는 또 어찌 보면 너무 약하고 어리석어 보인다.

그네의 얼굴을 보건대 무슨 지혜가 있을 것 같지 아니하다. 모두 다 미련해 보이고 무감각해 보인다. 그네는 몇 푼어치 아니 되는 농사한 지식을 가지고 그저 땅을 팔 뿐이다. 이리하여서 몇 해 동안 하느님이 가만히 두면 썩은 볏섬이나 모아 두었다가는 한 번 물이 나면 다 씻겨 보내고 만다. 그래서 그네는 영원히 더 부(富)하여짐 없이 점점 더 가난하여진다. 그래서 몸은 점점 더 약하여지고 머리는 점점 더 미련하여진다. 저대로 내어버려 두면 마침내 북해도의 '[46]아이누'나 다름없는 종자가 되고 말 것 같다.

저들에게 힘을 주어야 하겠다. 지식을 주어야 하겠다. 그리해서 생활의

성명(聲明) 어떤 일에 대한 자기의 입장이나 견해 또는 방침 따위를 공개적으로 발표함. 또는 그 입장이나 견해.
시장증 배가 고픈 느낌. 시장기.
아이누(Ainu) 일본 홋카이도(北海道)와 사할린에 사는 한 종족. 인종적으로 유럽 인종의 한 분파에 황색 인종의 피가 섞인 종족이다.

근거를 안전하게 하여 주어야 하겠다.

"과학! 과학!"

하고 형식은 여관에 돌아와 앉아서 혼자 부르짖었다. 세 처녀는 형식을 본다.

"조선 사람에게 무엇보다 먼저 과학을 주어야겠어요. 지식을 주어야겠어요."

하고 주먹을 불끈 쥐며 자리에서 일어나 방 안으로 거닌다.

"여러분은 오늘 그 광경을 보고 어떻게 생각하십니까."

이 말에 세 사람은 어떻게 대답할 줄을 몰랐다. 한참 있다가 병욱이가,

"불쌍하게 생각했지요."

하고 웃으며,

"그렇지 않아요?"

한다. 오늘 같이 활동하는 동안에 훨씬 친하여졌다.

"그렇지요, 불쌍하지요! 그러면 그 원인이 어디 있을까요?"

"⁴⁷⁾무론 문명이 없는 데 있겠지요. 생활하여 갈 힘이 없는 데 있겠지요."

"그러면 어떻게 해야 저들을…… 저들이 아니라 우리들이외다. 저들을 구제할까요?"

하고 형식은 병욱을 본다. 영채와 선형은 형식과 병욱의 얼굴을 번갈아 본다. 병욱은 자신 있는 듯이,

"힘을 주어야지요? 문명을 주어야지요?"

"그리하려면?"

"가르쳐야지요? 인도해야지요!"

"어떻게요?"

무론(毋論) 말할 것도 없이. 물론(勿論).

"교육으로, 실행으로."

영채와 선형은 이 문답의 뜻을 자세히는 모른다. 무론 자기네가 아는 줄 믿지마는 형식이와 병욱이가 아는 이만큼 절실하게, 단단하게 알지는 못한다. 그러나 방금 눈에 보는 사실이 그네에게 산 교육을 주었다. 그것은 학교에서도 배우지 못할 것이요, 대웅변에서도 배우지 못할 것이었다.

124

일동의 정신은 긴장하였다. 더구나 영채는 아직도 이러한 큰 문제를 논란하는 것을 듣지 못하였다. '어떻게 하면 저들을 구제하나?' 함은 참 큰 문제였다. 이러한 큰 문제를 논란하는 형식과 병욱은 매우 큰 사람같이 보였다. 영채는 ⁴⁸⁾두자미(杜子美)며, ⁴⁹⁾소동파(蘇東坡)의 세상을 근심하는 시구를 생각하고, 또 오 년 전 월화와 함께 대성 학교장의 연설을 듣던 것을 생각하였다. 그때에는 아직 나이 어려서 분명히 알아듣지는 못하였거니와 "여러분의 조상은 결코 여러분과 같이 못생기지는 아니하였습니다." 할 때에 과연 지금 날마다 만나는 사람은 못생긴 사람들이다 하던 생각이 난다.

영채는 그 말과 형식의 말에 공통한 점이 있는 듯이 생각하였다. 그러고 한 번 더 형식을 보았다. 형식은,

"옳습니다. 교육으로, 실행으로 저들을 가르쳐야지요, 인도해야지요! 그러나 그것은 누가 하나요?"

하고 형식은 입을 꼭 다문다. 세 처녀는 몸에 소름이 끼친다. 형식은 한 번 더 힘 있게,

두자미 중국 당나라의 시인 두보(杜甫)의 성과 자를 함께 이르는 이름. '시성(詩聖)'으로 불린다.
소동파 중국 북송의 문인 소식(蘇軾)의 성과 호를 함께 이르는 이름.

"그것을 누가 하나요?"

하고 세 처녀를 골고루 본다. 세 처녀는 아직도 경험하여 보지 못한 듯한 말할 수 없는 정신의 감동을 깨달았다. 그리고 일시에 소름이 쪽 끼쳤다. 형식은 한 번 더,

"그것을 누가 하나요?"

하였다.

"우리가 하지요!"

하는 대답이 기약하지 아니하고 세 처녀의 입에서 떨어진다. 네 사람의 눈 앞에는 불길이 번쩍하는 듯하였다. 마치 큰 지진이 있어서 온 땅이 떨리는 듯하였다. 형식은 한참 고개를 숙이고 앉았더니,

"옳습니다. 우리가 해야지요! 우리가 공부하러 가는 뜻이 여기 있습니다. 우리가 지금 차를 타고 가는 돈이며 가서 공부할 학비를 누가 주나요? 조선이 주는 것입니다. 왜? 가서 힘을 얻어 오라고, 지식을 얻어 오라고, 문명을 얻어 오라고, 그래서 새로운 문명 위에 튼튼한 생활의 기초를 세워 달라고…… 이러한 뜻이 아닙니까."

하고 조끼 호주머니에서 돈지갑을 내어 푸른 차표를 내어 들면서,

"이 차표 속에는 저기서 덜덜 떠는 저 사람들…… 아까 그 젊은 사람의 땀도 몇 방울 들었어요! 부디 다시는 이러한 불쌍한 경우를 당하지 말게 하여 달라고요?"

하고 형식은 새로 결심하는 듯이 한 번 몸과 고개를 흔든다. 세 처녀도 그와 같이 몸을 흔들었다.

이때에 네 사람의 가슴속에는 꼭 같은 '나 할 일'이 번개같이 지나간다. 너와 나라는 차별이 없이 온통 한몸, 한마음이 된 듯하였다.

선형도 아까 영채가,

"제가 물 끓여 올게요."

하고 자기의 손목을 잡아 앉힐 때부터 차차 영채가 정다운 생각이 나고 또 영채가 지은 노래를 셋이 합창할 때에는 영채의 손을 잡아 주도록 정다운 생각이 나고, 또 지금 세 사람이 일제히 "우리지요!" 할 때에 더욱 영채가 정답게 되었다. 그리고 형식이가 지금 병욱과 문답할 때에는 그 얼굴에 일종 거룩하고 엄숙한 기운이 보여 지금껏 자기가 그에게 대하여 하여 오던 생각이 죄송한 듯하다. 자기는 언제까지 형식과 영채를 같이 사랑하고 싶었다. 그래서 새로이 형식과 영채의 얼굴을 보았다.

형식은 숙였던 고개를 들어,

"우리가 늙어 죽게 될 때에는 기어이 이보다 훨씬 좋은 조선을 보도록 합시다. 우리가 게으르고 힘없던 우리 조상을 원통히 여기는 것을 생각하여 우리는 우리 자손에게 고마운 조상이라는 말을 듣게 합시다."

하고 웃으며,

"그런데, 이 자리에서 우리가 장래 나갈 길이나 서로 말합시다."

하고 세 사람을 본다. 세 사람도 그제야 엄숙하던 얼굴이 풀리고 방그레 웃는다.

"선생께서 먼저 말씀하셔요!"

하고 병욱이가 권할 때에 문 밖에서,

"들어가도 관계치 않습니까?"

하고 우선의 목소리가 들린다. 형식은 벌떡 일어나 문을 열고 우선의 손을 잡으면서,

"어떻게 지금 오나?"

우선은 세 사람을 향하여 고개를 숙이고 인사한 뒤에 형식의 곁에 앉으며,

"사(社)에서 삼랑진 근방에 물 구경을 하고 오라고 전보를 했데그려."

하고 손으로 턱을 한 번 쓴다. 영채는 고개를 숙였다.

"그런데 우리가 여기 있는 줄은 어떻게 알았나?"

"정거장에 와서 다 들었네."

하고 여자들에게 절을 하며,

"참 감사합니다. 지금 정거장에서는 칭찬이 비 오듯 합니다. 어, 과연 상
쾌하외다."

하고 정거장에서 들은 말을 대개 한 뒤에 형식더러,

"오늘 일을 신문에 내도 좋겠지?"

형식은 대답 없이 병욱을 보다가,

"물론 관계치 않겠지요!"

한다.

"아이구, 그것은 내서 무엇 합니까."

"그럴 수가 있습니까. 저 같은 놈도 큰 감동을 받았는데……. 참 말만 듣
고도 눈물이 흐를 뻔하였습니다."

한다. 과연 정거장에서 어떤 승객에게 그 말을 들을 때에 우선은 지극히 감
동한 바 되었다. 원래 ⁵⁰⁾호활한 우선이가 그처럼 눈물이 흐르도록 감동되기
는 영채가 죽으러 간 때와 이번뿐이다. 우선은 정거장에서부터 병욱 일파를
만나면 기어이 하려던 말이 있었다. 그래서 하인이 가져온 차를 마시며,

"지금 무슨 하시던 말씀이 있어요?"

하고 자기의 말할 기회를 얻으려 한다.

125

"응, 지금 우리는 장차 무엇으로 조선 사람을 구제할까 하고 각각 제 목
적을 말하려던 중일세."

호활(豪活)하다 호방하고 쾌활하다.

"네, 그러면 저도 좀 듣지요!"

처녀들은 그의 대팻밥모자와 말하는 모양이 우스워서 터져 나오려는 웃음을 꿀꺽 참는다. 영채 하나만 어찌할 줄을 몰라서 얼굴을 잠깐 붉히나 우선은 영채를 보면서도 모르는 체한다.

"어느 분 차례입니까?"

하는 우선의 말에,

"내 차례인가 보이."

"응, 그러면 말하게."

하고 눈을 감고 고개를 숙이며 들을 준비를 한다. 병욱은 영채의 옆구리를 꾹 찔렀다. 선형은 웃음을 참느라고 살짝 고개를 돌린다.

"나는 교육가가 될랍니다. 그러고 전문으로는 생물학을 연구할랍니다."

그러나 듣는 사람 중에는 생물학의 뜻을 아는 자가 없었다. 이렇게 말하는 형식도 생물학이란 참뜻을 알지 못하였다. 다만 자연 과학을 중히 여기는 사상과 생물학이 가장 자기의 성미에 맞을 듯하여 그렇게 작정한 것이다. 생물학이 무엇인지도 모르면서 새 문명을 건설하겠다고 [51]자담하는 그네의 신세도 불쌍하고 그네를 믿는 시대도 불쌍하다.

형식은 병욱을 향하여,

"무론 음악이시겠지요?"

"네, 저는 음악입니다."

"또, 영채 씨는?"

영채는 말없이 병욱을 본다. 병욱은 어서 말해라 하고 눈짓을 한다.

"저도 음악입니다."

'선형 씨는?'

자담(自擔)하다 스스로 맡아서 무엇을 하다.

하는 말이 나오지 아니하여서 형식은 가만히 앉았다. 여러 사람은 웃었다. 선형은 얼굴을 붉혔다.

"선형 씨는 무엇이오……. 물론 교육이겠지?"

하고 병욱이가 웃는다. 모두 웃는다. 형식도 고개를 수그렸다. 선형도 병욱이가 첫마디에 "네, 저는 음악이외다." 하고 활발히 대답하는 것이 부러웠다. 그래서,

"저는 수학을 배웁니다."

하고 있는 힘을 다하여서 말하였다. 학교에서 수학을 잘한다고 선생에게 칭찬받던 생각이 난 것이다. 다른 사람들도 수학이 좋은 것인 줄은 알았으나 수학과 인생에 어떠한 관계가 있는지를 모른다.

"그담에는 자네 차례일세."

"나는 붓이나 들지!"

한참 말이 없었다. 제가끔 제 장래를 그려 본다. 그리고 그 장래의 52)귀착점은 다 같았다.

우선이가 고개를 숙이고 우두커니 무슨 생각을 하는 것을 보고 형식이가,

"왜, 오늘은 그렇게 점잖아졌나?"

하고 웃는다. 우선이가 고개를 들더니,

"언제인가 자네가 날더러 인생은 장난이 아니라고, 나는 인생을 희롱으로 본다고 그랬지? 진지하게 생각지를 않는다고?"

"글쎄, 그런 일이 있던가."

"과연 그게 옳은 말일세. 나는 지금까지 인생을 장난으로 보아 왔네. 내가 술을 많이 먹는 것이라든지…… 또 되는 대로 노는 것이 확실히 인생을 장난으로 여기던 증거지. 나는 도리어 자네가 너무 진지한 것을 속이 좁다

귀착점(歸着點) 돌아가 도착한 곳. 여러 의견 가운데 어떠한 결말로 낙착되는 점.

고 비웃어 왔지마는 요컨대, 내가 잘못 생각했던 것이어!"

여기까지 와서는 형식도 우선의 말이 오늘은 농담이 아닌 것을 깨닫고[53]
정색하고 우선의 얼굴을 본다. 세 처녀도 정색하고 듣는다. 과연 우선의 얼
굴에는 무슨 결심의 빛이 보인다. 우선은 말을 이어,

"오늘 와서 깨달았네. 오늘 정거장에서 음악회 했다는 말을 듣고 비로소
깨달았네. 나는 차 타고 지나오면서 메기슭에 사람들을 보고 불쌍하다는 생
각도 나기는 났지마는 그 꾀죄하고 섰는 양이 우스워서 웃기부터 하였네.
나는 어떻게 하면 저들을 건지나 하는 생각도 아니하고, 그들을 위해서 눈
물도 아니 흘렸네. 그리고 차를 내리면 얼른 구경을 가리라, 가서 시나 한
수 지으리라 하고 울기는커녕 웃으면서 내려 가지고, 그 말을 들을 때에 나
는 가슴이 뜨끔하였네. 더구나 젊은 여자가……."

하고 감격한 듯이 말을 맺지 못한다. 듣던 사람들도 묵묵하다. 우선은 말을
이어,

"나도 오늘 이때, 이 땅 사람이 되었네. 힘껏, 정성껏 붓대를 둘러서 조금
이라도 사회에 공헌함이 있으려 하네. 이제 한 시간이 못 하여 자네와 작별
을 하면 아마 사오 년 되어야 만나게 되겠네그려. 멀리 간 뒤에라도 내가 이
전 신우선이가 아닌 줄로 알고 있게. 나는 자네와 떠나기 전에 이 말을 하게
된 것을 큰 기쁨으로 아네."

하고 손을 내밀어 형식의 손을 잡는다. 형식도 꼭 우선의 손을 잡아 흔들며,

"기쁜 말일세. 물론 자네가 언제인들 잘못한 일이 있었겠나마는 그처럼
새 결심 한 것이 무한히 기쁘이."

우선은 한참 주저하다가,

"영채 씨, 이전 버릇없던 것은 다 용서합시오! 저도 이제부터 새사람이

정색(正色)하다 얼굴에 엄정한 빛을 나타내다.

되렵니다. 부디 공부 잘하셔서 큰일하십시오.”

하고 길게 한숨을 쉰다. 영채의 눈에서는 눈물이 뚝뚝 떨어진다. 선형은 이제야 형식에게 영채의 말이 모두 참인 줄을 깨달았다. 그리고 가만히 영채의 손을 잡고 속으로 ‘형님, 잘못했습니다.’ 하였다. 영채는 선형의 손을 마주 쥐며 더욱 눈물이 쏟아진다. 형식도 울었다. 병욱도 울었다. 마침내 모두 울었다. 비 갠 뒤 맑은 바람이 창 밖에 늘어진 수양버들 가지를 스쳐 방 안에 불어 들어와 다섯 사람의 열한 얼굴을 식힌다. 잠잠하다.

『매일신보』 1917. 1.~6.

핵심 정리

갈래 계몽 소설, 장편 소설

배경 1910년대 개화기의 서울, 평양, 삼랑진

경향 계몽적, 설교적

시점 전지적 작가 시점

문체 묘사체, 구어체

글감 삼각관계, 민족의 현실

주제 자유연애, 민족 현실의 자각과 새로운 사회에 대한 열망

출전 『매일신보』(1917)

주요 등장인물 이형식 옛 은사의 딸인 영채와 정혼한 바 있으나 이를 깨고 선형과 약혼함. 개인과 민족, 현실과 이상 사이에서 고뇌하는 주인공.

김선형 기독교 집안의 신여성. 형식의 약혼녀로 함께 미국 유학을 떠나는 인물.

박영채 형식의 옛 은사인 박 진사의 딸. 집안의 몰락으로 기생이 되지만 김병욱을 만나 새로운 가치관에 눈뜸.

김병욱 실의에 빠진 영채를 도와 일본 유학까지 시켜 주는 신여성.

신우선 형식의 친구. 의리 있고 호방한 성격의 신문 기자.

김광현 선형의 아버지. 교회 장로이며 일찍이 개화사상을 받아들인 인물.

짜임 발단 형식이 선형의 영어 개인 교습을 하게 됨. 옛 은사의 딸인 영채가 형식을 찾아옴.

전개 영채와 선형 사이에서 갈등하는 형식. 영채는 어릴 때 형식과 정혼한 사이지만 집안이 몰락하며 기생이 된 몸.

위기 정조를 짓밟히고 자살하려는 영채. 신여성 병욱을 만나 이야기하며 마음을 돌림. 영채를 찾아 평양에 다녀온 일로 교사직을 그만두게 되는 형식.

절정 유학 떠나는 길에 같은 기차에서 마주친 형식과 영채 일행. 수재민 구호 활동을 하며 화해하고 교육으로 민족의 앞날을 밝혀 나가기로 서로 다짐함.

결말 등장인물들의 후일담.

경성 학교 영어 교사 이형식은 미국 유학을 준비하는 김 장로의 딸 선형에게 영어 개인 지도를 하게 된다. 형식은 처음 보는 자리에서 선형에게 마음을 빼앗긴다. 같은 날 저녁, 형식의 옛 은사 박 진사의 딸인 영채가 형식의 하숙집에 찾아온다. 영채는 아버지 옥바라지를 하느라 기생이 된 몸이지만 어릴 때 정혼한 형식을 기다리며 절개를 지켜 온 여인이다. 형식은 선형과 영채 사이에서 방황하기 시작한다.

이 무렵 영채에게 흑심을 품고 있던 경성 학교 교주의 아들 김현수는 배 학감으로 하여금 영채를 청량사로 유인하게 해서 겁탈한다. 형식이 영채를 구하러 가지만 이미 때가 지난 뒤다. 다음날 형식은 영채가 있는 기생집으로 찾아간다. 그러나 영채는 형식 앞으로 유서를 남기고 평양으로 떠난 뒤다.

영채는 평양행 기차에서 동경 유학 중에 일시 귀국한 김병욱을 만난다. 신여성 병욱은 영채가 살아온 이야기를 듣고 영채로 하여금 새로운 가치관에 눈뜨게 한다. 한편 형식은 자책감 속에서 영채를 찾아 평양으로 가나, 만나지 못하고 서울로 돌아온다. 그 사이 배 학감의 간계로 학교에는 형식이 기생을 찾아 평양에 다녀왔다는 소문이 퍼져 있고, 학생들의 야유까지 받게 되자 형식은 교사직을 그만둔다.

형식이 영채의 시체라도 찾을 생각으로 다시 떠나려 할 때, 선형의 집안에서 청혼이 들어온다. 김 장로는 형식을 제 딸 선형과 약혼시킨 뒤 둘이 함께 미국 유학을 떠나게 한다. 그런데 신혼여행 겸 유학길을 나서 부산으로 가는 기차 안에서 두 사람은 영채와 병욱을 만나게 된다. 영채도 병욱의 도움으로 마음을 다잡고, 병욱을 따라 일본에 유학하러 가던 참이다. 기차는 삼랑진 수해 현장에 이르러 더 나아가지 못한다. 네 사람은 한마음으로 자선 음악회를 열어 수재 의연금을 모은다. 그 과정에서 사사로운 감정을 털어 내기에 이른 그들은 교육으로 조선 사람들을 계몽하고 민족의 앞날을 새롭게 열어 나갈 것을 다짐한다.

「무정」은 이광수의 첫 장편 소설이자 우리 문학사 최초의 근대 장편 소설로 꼽힌다. 「매일신보」에 이 작품이 연재된 것은 1917년 1월 1일부터였다. 일본 와세다 대학교 철학과에 다니며 학비에 쪼들리던 이광수는 당시 「매일신보」 편집국장이자 신파 소설가이던 이상협의 청탁을 받고 이미 써 둔 단편 소설 원고

「영채」를 개작해 「무정」 연재에 들어갔다. 이때 이광수의 나이는 스물여섯 살이었다. 이 작품은 영어 교사 이형식을 축으로 구식 선비 집안의 딸 박영채와 신식 기독교 장로 집안의 딸 김선형이 벌이는 삼각관계가 기본 구도지만, 작가 이광수는 우리 민족이 선진 문물을 배워 하루속히 무지에서 벗어나야 한다는 계몽주의를 여기에 덧씌운다. 개화기의 새로운 사상과 묵은 사상 사이의 갈등을 애정의 삼각관계로 설정한 뒤, 민족주의에 의한 통합으로 이를 해소하고 있는 것이다.

「무정」은 우리 근대 소설의 문체 확립에 크게 이바지한 작품이다. 무엇보다 이 작품은 구어체와 묘사체를 잘 살려 쓴 편이다. 시제와 관련해서도 진행형과 과거형을 구분해 쓰려는 시도가 엿보인다. 삼인칭 대명사 '그'의 사용 또한 이 작품의 근대성을 말해 준다. 인물들의 내면 공간 확대를 통한 심리 묘사, 생생하고 개성 있는 인물들의 창조 등도 신소설에 비해 발전한 부분이다. 그러나 이야기 전개에 여전히 우연성이 개입하고, 민중에 대한 지식인의 시혜 의식이 팽배해 있는 점 등은 신소설에서 그리 나아가지 못한 부분으로 남는다. 민족을 개명으로 이끌겠다는 의지에 비해 일제 식민 체제에 대한 저항 의지가 드러나지 않는 점은 작가 의식의 뚜렷한 한계로 지적할 수 있다.

생각 넓히기 「무정」을 우리 문학사 최초의 근대 장편 소설로 평가하는 이유는 무엇일까?

「무정」은 그 언어 의식 측면에서 우리 근대 소설의 형성에 커다란 영향을 준다. 국문과 한문이 함께 쓰이던 과도기에 이 작품이 우리말 구어체 문장의 전범을 제시한 것이다. 최남선의 문장이 한글로 씌어 있기는 하되 고어 투를 벗지 못한 데 비해, 이광수의 한글 문장은 고어 투에서 많이 벗어나 일상의 입말에 가깝게 구사된다. 문장에 시제 구분 의식이 있고, '그'라는 삼인칭 대명사를 쓴 것도 근대 소설의 면모와 통한다.

한편, 근대 의식은 자아의 각성에서 싹튼다. 영채가 병욱을 통해 구도덕의 관습에서 탈피해 유학길에 오르는 것은 자아의 각성과 완성을 향해 가는 도정이라고 할 수 있다. 이렇듯 「무정」은 근대 의식과 자아의 각성을 잇대어 놓고 한결 생생한 인물 창조와 심리 묘사, 구어체 사용 등으로 우리 소설 문학사에 새로운 전기를 마련한다.

무정 1917
무명 1939

만일 그 입김이 아름다운 젊은 여자의 입김이라면 내가 불쾌하게 여기지 아니할 것이 아닌가? 아름다운 젊은 여자의 뱃속엔들 똥은 없으며 썩은 음식은 없으랴? 모두 평등이 아니냐? 이러한 생각으로 코 고는 소리와 냄새 나는 입김을 잊어버릴 공부를 해 보았으나 공부가 그렇게 일조일석에 될 리가 만무하였다. 정더러 좀 돌아누워 달랄까, 이런 생각을 하고는 또 하였다. 뒷절에서 울려오는 목탁 소리가 들릴 때까지 잠을 이루지 못하는 날이 많았다.

무명(無明)

　입감한 지 사흘째 되던 날, 나는 ¹⁾병감으로 보냄이 되었다. 병감이래야 따로 떨어진 건물이 아니고, 감방 한편 끝에 있는 방들이었다. 내가 들어간 곳은 일 방이라는 방으로, 서쪽 맨 끝 방이었다. 나를 데리고 온 ²⁾간수가 문을 잠그고 간 뒤에 얼굴 희고 눈 말긋말긋한 ³⁾간병부가 날더러,

　"앉으시거나 누시거나 자유예요. 가만가만히 말씀도 해도 괜찮아요. 말소리가 크면 간수한테 걱정 들어요."

하고 이르고는 내 번호를 따라서 자리를 정해 주고 가 버렸다. 나는 간병부에게 고개를 숙여 고맙다는 뜻을 표하고 나보다 먼저 들어와 있는 두 사람을 향하여 고개를 숙여서 인사를 하였다.

　이때에 바로 내 곁에 있는 사람이 옛날 조선식으로 내 팔목을 잡으며,

　"아이고 진상이시오. 나 윤××이에요."

병감(病監) 교도소에서 병든 죄수를 따로 두는 감방.
간수(看守) 교도관을 이르던 예전 말.
간병부(看病夫) 교도소 재소자로서 수감 환자를 간호하는 사람.

하고 곁방에까지 들릴 만한 큰 소리로 외쳤다.

　나도 그를 알아보았다. 그는 C경찰서 유치장에서 십여 일이나 나와 함께 있다가 나보다 먼저 ⁴⁾송국된 사람이다. 그는 빼빼 마르고 목소리만 크고 말 끝마다 ×대가리라는 말을 쓰기 때문에 같은 방 사람들에게 ×대가리라는 별명을 듣고 놀림감이 되던 사람이다. 나는 이러한 기억이 날 때에 터지려 는 웃음을 억제하기가 매우 어려웠다. 윤 씨는 옛날 조선 선비들이 가지던 자세와 태도로 대단히 점잖게 내가 입감된 것을 걱정하고, 또 곁에 있는 '민'이라는 껍질과 뼈만 남은 노인에게 여러 가지 칭찬하는 말로 나를 소개 하고 난 뒤에 퍼런 미결수 옷 앞자락을 벌려서 배와 다리를 온통 내놓고, 손 가락으로 발등과 정강이도 찔러 보고 두 손으로 뱃가죽도 잡아당겨 보면서,

　"이거 보세요. 이렇게 전신이 부었어요. 근일에 좀 내린 것이 이 꼴이오. 일 동 팔 방에 있을 때에는 이보다도 더했는디."

　전라도 사투리로 제 병 증세를 기다랗게 설명하였다. 그는 마치 자기가 의사보다 더 잘 자기의 병 증세를 아는 것같이, 그리고 의사는 도저히 자기 의 병을 모르므로 자기는 죽어 나갈 수밖에 없노라고 자탄하였다. 윤 씨 자 신의 진단과 처방에 의하건댄, 몸이 부은 것은 죽을 먹기 때문이요, 열이 나 고 기침이 나고 설사가 나는 것은 원통한 죄명을 쓰기 때문에 일어나는 화 기라고 단언하고, 이 병을 고치자면 옥에서 나가서 고기와 술을 잘 먹는 수 밖에 없다고 중언부언한 뒤에, 자기를 죽이는 것은 공범들과 의사 때문이라 고 눈을 흘기며 소리를 질렀다.

　윤 씨의 죄라는 것은 현 모(玄某), 임 모(林某) 하는 자들이 공모하고 김 모 (金某)의 토지를 김 모 모르게 어떤 대금업자에게 저당하고 삼만여 원의 돈을 얻어 쓴 것이라는데, 윤은 이 공문서, 사문서 위조에 쓰는 도장을 파 준 것

송국(送局) 수사 기관에서 피의자를 사건 서류와 함께 검찰청으로 넘겨 보내는 일. 송청(送廳).

이라고 한다. 그는,

"현가 놈은 내가 모르고, 임가 놈으로 말하면 나와 절친한 친구닝게, 우리는 친구 위해서는 사생을 가리지 않는 성품이닝게, 정말 우리는 친구 위해서는 목숨을 아니 애끼는 사람이닝게, 도장을 파 주었지라오. 그래야 진상도 아시다시피 내가 돈을 한푼이나 먹었능기오? 현가 놈, 임가 놈 저희들끼리 수만 원 돈을 다 처먹고, 윤××이 무슨 죄란 말이야?"
하고 뽐내었다.

그러나 윤의 이 말은 내게 하는 말이 아니요, 여태까지 한방에 있던 '민' 더러 들으라는 말인 줄 나는 알았다. 왜 그런고 하면, 경찰서 유치장에 있을 때에도 첫날은 지금 이 말과 같이 뽐내더니마는 형사실에 들어가서 두어 시간 겪을 것을 겪고 두 어깨가 축 늘어져서 나오던 날 저녁에 그는 이 일이 성사되는 날에는 육천 원 보수를 받기로 언약이 있었던 것이며, 정작 성사된 뒤에는 현가와 임가는 윤이 새긴 도장은 잘 되지를 아니하여서 쓰질 못하고, 서울서 다시 도장을 새겨서 썼노라고 하며 돈 삼십 원을 주고 하룻밤 술을 먹이고 5)창기집에 재워 주고 하였다는 말을 이를 갈면서 고백하였다. 생각건대 병감에 같이 있는 민 씨에게는 자기가 무죄하다는 말밖에 아니하였던 것이 불의에 내가 들어오매 그 뒷수습을 하느라고 예방선으로 이런 소리를 하는 것이라고 나는 생각하고 또 한 번 웃음을 억제하였다.

껍질과 뼈만 남은 민 씨는 밤낮 되풀이하던 소리라는 듯이 윤이 열심으로 떠드는 말을 일부러 안 듣는 양을 보이며 해골과 같은 제 손가락을 들여다 보고 앉았다가 끙 하고 일어나서 똥통으로 올라간다.

"또, 똥질이야!"
하고 윤은 소리를 꽥 지른다.

창기(娼妓)집 기생이 있는 술집.

"저는 누구만 못한가?"

하고 민은 끙끙 안간힘을 쓴다.

똥통은 바로 민의 머리맡에 놓여 있는데, 볼 때마다 칠 아니한 관을 연상케 하였다. 그 위에 해골이 다 된 민이 올라앉아서 끙끙대는 것이 퍽이나 비참하게 보였다. 윤은 그 가늘고 날카로운 눈으로 민의 앙상한 목덜미를 흘겨보며,

"진상요, 글쎄 저것이 타작을 한 팔십 석이나 받는다는디, 또 ⑥장남한 자식이 있다는디, 또 열아홉 살 된 여편네가 있다나요. 그런데두 저렇게 제 애비, 제 서방이 다 죽게 되어두, ⑦어리친 강아지 새끼 하나 면회도 아니 온단 말씀이지라오. 옷 한 가지, ⑧벤또 한 그릇 차입하는 일도 없고. 나는 집이나 멀지. 인제 보아. 내가 편지를 했으닝게, 그래도 내 당숙이 돈 삼십 원 하나는 보내 줄 거요. 내 당숙이 면장이요. 그런디 저것은 집이 시흥이라는디 그래, 계집년 자식새끼 얼씬도 안 해야 옳담? 흥, 그래도 성이 민가라고 양반 자랑은 허지. 민가문 다 양반이여? 서방도 모르고 애비도 모르는 것이 무슨 빌어먹다 죽을 양반이여?"

윤이 이런 악담을 하여도 민은 들은 체 못 들은 체 이제는 끙끙 소리도 아니하고 멀거니 앉아 있는 것이 마치 똥통에서 내려오기를 잊어버린 것 같았다.

민의 대답 없는 것이 더 화가 나는 듯이 윤은 벌떡 일어나더니 똥통 곁으로 가서 손가락으로 민의 옆구리를 꾹 찌르며,

"글쎄, 내가 무어랬어? 요대로 있다가는 죽고 만다닝게. 먹은 게 있어야 똥이 나오지. 그까진 쌀뜨물 같은 미음 한 모금씩 얻어먹는 것이 오줌이나

장남하다 '장성하다'를 속되게 이르는 말.
어리치다 독한 냄새나 밝은 빛 따위의 심한 자극으로 정신이 흐릿해지다.
벤또 '도시락'을 일컫는 일본말.

310

될 것이 있어? 어서 내 말대로 집에다 기별을 해서 돈을 갖다가 우유도 사 먹고 달걀도 사 먹고 그래요. 돈은 다 두었다가 무엇 하자닝 계여? 애비가 죽어 가도 면회도 아니 오는 자식 녀석에게 물려줄 양으로? 흥흥, 옳지, 열아홉 살 먹은 계집이 젊은 서방 얻어서 재미있게 살라고?"

하고 민의 비위를 박박 긁는다.

민도 더 참을 수 없던지,

"글쎄, 웬 걱정이야? 나는 자네 악담과 그 독살스러운 눈깔딱지만 안 보게 되었으면 좀 살겠네. 말을 해도 헐 말이 다 있지 남의 아내를 왜 거들어? 그러니까 시골 상것이란 헐 수 없단 말이지."

이런 말을 하면서도 민은 그렇게 성낸 모양조차 보이지 아니한다. 그 ⁹⁾옴팡눈이 독기를 띠면서도 또한 침착한 ¹⁰⁾천품을 보이는 것이었다.

그 후에도 날마다 몇 차례씩 윤은 민에게 같은 소리로 그를 박박 긁었다. 민은 그 소리가 듣기 싫으면 눈을 감고 자는 체를 하거나 그렇지 아니하면 유리창으로 내다보이는 여름 하늘의 구름이 나는 것을 언제까지나 바라보고 있었다. 이렇게 민이 침착하면 침착할수록 윤은 더욱 기를 내어서 악담을 퍼부었다. 그리고 그 끝에는 반드시 열아홉 살 된 민의 아내를 거들었다. 이것이 윤이 민의 기를 올리려 하는 최후 수단이었으니, 민은 아내의 말만 나면 양미간을 찡그리며 한두 마디 불쾌한 소리를 던졌다.

윤이 아무리 민을 긁어도 민이 못 들은 체하고 도무지 반항이 없으면 윤은 나를 향하여 민의 험구를 하는 것이 버릇이었다. 도무지 민이 의사가 이르는 말을 아니 듣는다는 말, 먹으라는 약도 아니 먹는다는 둥, 천하의 깍쟁이라는 둥, 민의 코끝이 빨간 것이 죽을 때가 가까워서 회가 동하는 것이라

옴팡눈 옴폭 들어간 눈.
천품(天稟) 타고난 기질과 성품.

는 둥, 민의 아내에게는 벌써 어떤 젊은 놈팡이가 붙었으리라는 둥, 한량없이 이런 소리를 하였다. 그러다가 제가 졸리거나 밥이 들어오거나 해야 말을 끊었다. 마치 윤은 먹고, 민을 못 견디게 굴고, 똥질하고, 자고, 이 네 가지만을 위해서 살아가는 사람인 것 같았다. 또 한 가지 있다면 그것은 자기의 병 타령과 공범에 대한 원망이었다. 어찌했으나 윤의 입은 잠시도 다물고 있을 새는 없었고, 쨍쨍하는 그 목소리는 가끔 간수의 꾸지람을 받으면서도 간수가 돌아선 뒤에는 곧 그 쨍쨍거리는 목소리로 간수에게 또 욕설을 퍼부었다.

나는 윤 때문에 도무지 맘이 편안하기가 어려웠다. 윤의 말은 마디마디 이상하게 사람의 신경을 자극하였다. 민에게 하는 악담이라든지, 밥을 대할 때에 나오는 형무소에 대한 악담, 의사, 간병부, 간수, 자기 공범, 무릇 그의 입에 오르는 사람은 모조리 악담을 받는데 말들이 칼끝같이, 바늘 끝같이 나의 약한 신경을 찔렀다. 내가 가장 원하는 것은 마음에 아무 생각도 없이 가만히 누워 있는 것인데, 윤은 내게 이러한 기회를 허락지 아니하였다. 그가 재재거리는 말이 끝이 나서 '인제 살아났다.' 하고 눈을 좀 감으면 윤은 코를 골기 시작하였다. 그는 두 다리를 벌리고 배를 내놓고 베개를 목에다 걸고 눈을 반쯤 뜨고, 그러고는 코로 골고, 입으로 불고, 이따금 꺽꺽 숨이 막히는 소리를 하고, 그렇지 아니하면 백일해 기침과 같은 기침을 하고, 차라리 그 잔소리를 듣던 것이 나은 것 같았다. 그럴 때면 흔히 민이,

"어떻게 생긴 자식인지 깨어서도 사람을 못 견디게 굴고 잠이 들어서도 사람을 못 견디게 굴어."

하고 중얼거릴 때에는 나도 픽 웃지 아니할 수가 없었다.

"저 배 가리워. 십오 호, 저 배 가리워. 사타구니 가리우고. 웬 낮잠을 저렇게 자? 낮잠을 저렇게 자니까 밤에는 똥통만 타고 앉아서 다른 사람을 못 견디게 굴지."

312

하고 순회하는 간수가 소리를 지르면 윤은,

"자기는 누가 자거디오?"

하고 배와 사타구니를 쓸며,

"이렇게 화기가 떠서, 열기가 떠서, 더워서 그래요!"

그러고는 옷자락을 잠깐 여미었다가 간수가 가 버리면 윤은 간수 섰던 자리를 그 독한 눈으로 흘겨보며,

"왜 나를 그렇게 못 먹어 해?"

하고는 다시 옷자락을 열어젖힌다.

민이 의분심에 못 이기는 듯이,

"왜, 간수 말이 옳지. 배때기를 내놓고 자빠져 자니까 밤낮 똥질을 하지. 자네 비위에는 옳은 말도 다 악담으로 듣기나 봐. 또 그게 무에야, 밤낮 사타구니를 내놓고 자빠졌으니!"

그래도 윤은 내게 대해서는 끔찍이 친절하였다. 내가 몸을 움직이지 못하는 병인 것을 안다고 하여서, 그는 내가 할 일을 많이 대신해 주었다.

"무슨 일이 있으면 내게 말씀하시란게요. 왜 일어나시능기오?"

하고, 내가 움직일 때에는 번번이 나를 아끼는 말을 하여 주었다. 내가 11)사식 차입이 들어오기 전, 윤은 제가 먹는 죽과 내 밥과를 바꾸어 먹기를 주장하였다. 그는,

"글쎄, 이 좁쌀 절반 콩 절반, 이것을 진상이 잡수신다는 것이 말이 되능기오?"

하고 굳이 내 밥을 빼앗고 제 죽을 내 앞에 밀어 놓았다. 나는 그 뜻이 고마웠으나, 첫째로는 법을 어기는 것이 내 뜻에 맞지 아니하고, 둘째로는 의사가 죽을 먹으라고 명령한 환자에게 밥을 먹이는 것이 죄스러워서 끝내 사양

사식(私食) 교도소나 유치장에 갇힌 사람에게 사사로이 마련하여 들여보내는 음식.

하였다. 윤과 내가 이렇게 서로 다투는 것을 보고 민은 미음 양재기를 앞에 놓고, 입맛이 없어서 입에 댈 생각도 아니하면서,

"글쎄 이 사람아. 그 쥐똥 냄새 나는 멀건 죽 국물이 무엇이 그리 좋은 게라고 진상에게 권하나? 진상, 어서 그 진지를 잡수시오. 그래도 콩밥 한 덩이가 죽보다는 낫지요."

하면 윤은 민을 흘겨보며,

"어서 저 먹을 거나 처먹어. 그래두 먹어야 사는 게여."

하고 억지로 내 조밥을 빼앗아 먹기를 시작한다.

나는 양심에 법을 어긴다는 가책을 받으면서도 윤의 정성을 물리치는 것이 미안해서 죽 국물을 한 모금만 마시고는 속이 불편하다는 핑계로 자리에 와 누워 버린다.

윤은 내 밥과 제 죽을 다 먹어 버리는 모양이다. 민도 미음을 두어 모금 마시고는 자리에 돌아와 눕건마는 윤은 밥덩이를 들고 창 밑에 서서 연해 간수가 오는가 아니 오는가를 바라보면서 입소리 요란하게 밥과 국을 먹고 있다.

민은 입맛을 쩝쩝 다시며,

"그저 좋은 배갈에 육회를 한 그릇 먹었으면 살 것 같은데."

하고 잠깐 쉬었다가 또 한 번,

"좋은 배갈을 한 잔 먹었으면 요 속에 맺힌 것이 홱 풀려 버릴 것 같은데."

하고 중얼거린다.

밥과 죽을 다 먹고 나서 물을 벌꺽벌꺽 들이켜던 윤은,

"흥, 게다가 또 육회여? 멀건 미음두 안 내리는 배때기에 육회를 먹어? 금방 뒤어지게. 그렇지 않아도 코끝이 빨간데. 벌써 회가 동했어. 그렇게 되구 안 죽는 법이 있나?"

하며 밥그릇을 부시고 있다. 콧물이 흐르면 윤은 손등으로도 씻지 아니하고 세 손가락을 모아서 마치 버러지나 떼어 버리는 것같이 콧물을 집어서 아무 데나 홱 뿌리고는 그 손으로 밥그릇을 부신다. 그러다가 기침이 나기 시작하면 고개를 돌리려 하지도 아니하고 개수통에, 밥그릇에 더 가까이 고개를 숙여 가며 기침을 한다. 그래도 우리 세 사람 중에는 자기가 그 중 몸이 성하다고 해서 밥을 받아들이는 것이나 밥그릇을 부시는 것이나 밥 먹은 자리에 걸레질을 하는 것이나 다 제가 맡아서 하였고, 또 자기는 이러한 일에 대해서 썩 잘하는 줄로 믿고 있는 모양이었다. 더구나 아침이 끝나고

"[12]뼁끼 준비!"

하는 구령이 나서 똥통을 들어 낼 때면 사실상 우리 셋 중에는 윤밖에 그 일을 할 사람이 없었다. 그는 끙끙거리고 똥통을 들어 낼 때마다 민을 원망하였다. 민이 밤낮 똥질을 하기 때문에 이렇게 똥통이 무겁다는 불평이었다. 그러면 민은,

"글쎄, 이 사람아. 내가 하루에 미음 한 공기도 다 못 먹는 사람이 오줌똥을 누기로 얼마나 누겠나? 자네야말로 죽두 두 그릇, 국두 두 그릇, 냉수두 두 주전자씩이나 처먹고는 밤새도록 똥통을 타고 앉아서 남 잠도 못 자게 하지."

하는 민의 말은 내가 보기에도 옳았다. 더구나 내게 사식 차입이 들어온 뒤로부터는 윤은 번번이 내가 먹다가 남긴 밥과 반찬을 다 먹어 버리기 때문에 그의 소화 불량은 더욱 심하게 되었다. 과식을 하기 때문에 [13]조갈증이 나서 수없이 물을 퍼먹고 그러고는 하루에 많은 날은 스무 차례나 똥질을 하였다. 그러면서도 자기 말은,

"똥이 나왈 주어야지. 꼬챙이로 파내기나 하면 나올까? 허기야 먹는 것

뼁끼 변기(便器)의 일본식 말투.
조갈증(燥渴症) 입술이나 입 안, 목 따위가 몹시 마르는 느낌.

이 있어야 똥이 나오지."

이렇게 하루에도 몇 차례씩 혹은 민을 보고 혹은 나를 보고 자탄하였다.

윤의 병은 점점 악화하였다. 그것은 확실히 과식하는 것이 한 원인이 되는 것이 분명하였다. 나는 내가 사식 차입을 먹기 때문에 윤의 병이 더해 가는 것을 퍽 괴롭게 생각하여서 이제부터는 내가 먹고 남은 것을 윤에게 주지 아니하리라고 결심하고, 나 먹을 것을 다 먹고 나서는 윤의 손이 오기 전에 벤또 그릇을 창틀 위에 갖다 놓았다. 그리고 나는 부드러운 말로 윤을 향하여,

"그렇게 잡수시다가는 큰일 나십니다. 내가 어저께는 세어 보니까 스물네 번이나 설사를 하십디다. 또 그 위에 열이 오르는 것도 너무 잡수시기 때문인가 하는데요."

하고 간절히 말하였으나, 그는 듣지 아니하고 창틀에 놓은 벤또를 집어다가 먹었다.

나는 중대한 결심을 하지 아니할 수 없었다. 그것은 내가 사식을 끊어 버리는 것이었다. 그래서 나는 저녁 한 때만 사식을 먹고 아침과 점심은 관식을 먹기로 하였다. 나는 아무쪼록 영양분을 섭취하지 아니하면 아니 될 병자이기 때문에 이것은 적지 아니한 고통이었으나 나로 해서 곁엣사람이 법을 범하고, 병이 ¹⁴⁾더치게 하는 것은 차마 못 할 일이었다. 민도 내가 사식을 끊은 까닭을 알고 두어 번 윤의 주책없음을 책망하였으나, 윤은 도리어 내가 사식을 끊은 것이 저를 미워하여서나 하는 것같이 나를 원망하였다. 더구나 윤의 아들에게서 현금 삼 원 차입이 와서 우유며 사식을 사 먹게 되고 ¹⁵⁾지리가미도 사서 쓰게 된 뒤로부터는 내게 대한 태도가 심히 냉랭하게 되

더치다 낫거나 나아가던 병세가 다시 더하여지다.
지리가미 '휴지'의 일본말.

었다. 예전에는 내가 충고하는 말이면,

"선생님 말씀이 옳아요"

하고 순순히 듣던 것이 이제는 나를 향해서도 눈을 흘기게 되었다.

윤은 아들이 보낸 삼 원 중에서 수건과 비누와 지리가미를 샀다.

"붓빙 고오쮸(물건 사라)."

하는 날은 한 주일에 한 번밖에 없었고, 물건을 주문한 후에 그 물건이 올 때까지는 한 주일 내지 십여 일이 걸렸다. 윤은 자기가 주문한 물건이 오는 것이 늦다고 하여 날마다 하루에도 몇 차례씩 형무소 당국의 태만함을 책망하였다. 그러다가 물건이 들어온 날 윤은 수건과 비누와 지리가미를 받아서 이리 뒤적 저리 뒤적 하면서,

"글쎄, 이걸 수건이라고 가져와? 망할 자식들 같으니. 걸레 감도 못 되는 걸. 비누는 또 이게 다 무어여, 워디 향내 하나 나나?"

하고 큰 소리로 불평을 하였다.

민이, 아니꼬워 못 견디는 듯이 입맛을 몇 번 다시더니,

"글쎄, 이 사람아. 자네네 집에서 언제 그런 수건과 비누를 써 보았단 말인가? 그 돈 삼 원 가지고 밥술이나 사 먹을 게지 비누, 수건은 왜 사? 자네나 내나 그 상판대기에 비누는 발라서 무엇 하자는 게구, 또 여기서 주는 수건이면 고만이지 타월 수건을 해서 무엇 하자는 게야? 자네가 그따위로 소견머리 없이 살림을 하니까 평생에 가난 껍질을 못 벗어 놓지."

이렇게 책망하였다.

윤은 그날부터 세수할 때에만은 제 비누를 썼다. 그러나 수건을 빨 때라든지 발을 씻을 때에는 웬일인지 여전히 내 비누를 쓰고 있었다.

윤은 수건 거는 줄에 제 타월 수건이 걸리고, 비누와 칫솔과 16)치마분이

치마분(齒磨粉) 가루로 된 치약.

있고, 이불 밑에 지리가미가 있고, 조석으로 차입 밥과 우유가 들어오는 동안 심히 호기가 있었다. 그는 부채도 하나 샀다. 그 부채가 내 부채 모양으로 합죽선이 아닌 것을 하루에도 몇 번씩 원망하였으나, 그는 허리를 쭉 뻗고 고개를 젖히고 부채를 딱딱거리며 도사리고 앉아서 그가 좋아하는 양반, 상놈 타령이며 공범 원망이며 형무소 공격이며 민에 대한 책망이며, 이런 것을 가장 점잖게 하였다. 윤은 이삼 원어치 차입 때문에 자기의 지위가 대단히 높아지는 것을 느끼는 모양이었다. 간수를 보고도 이제는 겁낼 필요가 없이 '나도 차입을 먹노라.'고 호기를 부렸다.

윤이 차입을 먹게 되매 나도 십여 일 끊었던 사식 차입을 받게 되었다. 윤과 나와 두 사람만은 노긋노긋한 흰밥에 생선이며 고기를 먹으면서 민 혼자만이 멀건 미음 국물을 마시고 앉았는 것이 차마 볼 수 없었다. 민은 미음 국물을 앞에 받아 놓고는 연해 나와 내 밥그릇을 바라보는 것 같고, 또 침을 껄떡껄떡 삼키는 모양이 보였다. 노긋노긋한 흰밥. 이것이 이 세상에서 가장 귀하고 고마운 것인 줄은 감옥에 들어와 본 사람이라야 알 것이다. 밥의 하얀빛, 그 향기, 젓가락으로 입에 넣어 씹을 때의 그 촉각, 그 맛. 이것은 천지간에 있는 모든 물건 가운데 가장 귀한 것이라고 느끼지 아니할 수 없었다. 쌀밥, 이러한 말까지도 신기한, 거룩한 음향을 가진 것같이 느껴졌다. 이렇게 밥의 고마움을 느낄 때에 합장하고 하늘을 우러러 '모든 중생으로 하여금 밥의 즐거움을 골고루 받게 하소서!' 하고 빌지 아니할 사람이 있을까? 이때에 나는 형무소의 법도 잊어버리고 민의 병도 잊어버리고 지리가미에 한 숟갈쯤 되는 밥 덩어리를 덜어서,

"꼭꼭 씹어 잡수세요."

하고 민에게 주었다. 민은 그것을 받아서 입에 넣었다. 그의 몸에는 경련이 일어나는 것 같고 그의 눈에는 눈물이 글썽글썽하는 것 같음은 내 마음 탓일까?

민은 종이에 붙은 밥 알갱이를 하나 안 남기고 다 뜯어서 먹고,

"참 꿀같이 달게 먹었습니다. 어쩌면 그렇게도 맛이 있을까? 지금 죽어도 한이 없을 것 같습니다."

하고 더 먹고 싶어 하는 모양 같으나, 나는 더 주지 아니하고 그릇에 밥을 좀 남겨서 내놓았다. 윤은 제 것을 다 먹고 나서 내가 남긴 것까지 마저 휘몰아 넣었다.

윤의 삼 원어치 차입은 일주일이 못 해서 끊어지고 말았다. 윤의 당숙 되는 면장에게서 오리라고 윤이 장담하던 삼십 원은 오지 아니하였다. 윤이 노상 말하기를, 자기가 옥에서 죽으면 자기 당숙이 아니 올 수 없고, 오며는 자기의 장례를 아니 지낼 수 없으니, 그러면 적어도 삼십 원은 들 것이라, 죽은 뒤에 삼십 원을 쓰는 것보다 살아서 삼십 원을 보내어 먹고 싶은 것을 먹으면 자기가 죽지 아니할 터이니 당숙이 면장의 신분으로 형무소까지 올 필요도 없고, 또 설사 자기가 옥에서 죽더라도 이왕 장례비 삼십 원을 받아 먹었으니 친족에게 폐를 끼치지 아니하고 형무소에서 화장을 할 터인즉 지금 삼십 원을 청구하는 것이 부당한 일이 아니라고, 이렇게 면장 당숙에게 편지를 하였으므로 반드시 삼십 원은 오리라는 것이었다.

나도 윤의 당숙 되는 면장이 윤의 이론을 믿어서 돈 삼십 원을 보내 주기를 진실로 바랐다. 더구나 윤의 사식 차입이 끊어짐으로부터 내가 먹다가 남긴 밥을 윤과 민이 다투게 되매 그러하였다. 내가 민에게 밥 한 숟갈 준 것이 빌미가 됨인지 민은 끼니때마다 밥 한 숟가락을 내게 청하였고, 그럴 때마다 윤은 민에게 욕설을 퍼붓고 심하면 밥그릇을 둘러엎었다. 한번은 윤과 민 사이에 큰 싸움이 일어나서 차마 입에 담지 못할 욕설을 서로 주고받고 하였다. 그때에 마침 간수가 지나가다가 두 사람이 싸우는 소리를 듣고 윤을 나무랐다. 간수가 간 뒤에 윤은 자기가 간수에게 꾸지람 들은 것이 민 때문이라고 하여 더욱 민을 못 견디게 굴었다. 그 방법은 여전히 며칠 안 있

으면 민이 죽으리라는 둥, 열아홉 살 된 민의 아내가 벌써 어떤 젊은 놈하고 붙었으리라는 둥, 민의 아들들은 개돼지만도 못한 놈들이라는 둥, 이런 악담이었다.

나는 다시 사식을 중지하여 달라고 간수에게 청하였다.

그러나 내가 사식을 중지하는 것으로 두 사람의 감정을 완화할 수는 없었다. 별로 말이 없던 민도 내가 사식을 중지한 뒤로부터는 윤에게 지지 않게 악담을 하였다.

"요놈, 요 좀도적놈. 그래 백주에 남의 땅을 빼앗아 먹겠다고 재판소 도장을 위조를 해? 고 도장 파던 손목쟁이가 썩어 문드러지지 않을 줄 알구."

이렇게 민이 윤을 공격하면 윤은,

"남의 집에 불 논 놈은 어떻고? 그 사람이 밉거든 차라리 칼을 가지고 가서 그 사람만 찔러 죽일 게지, 그래 그 집 식구는 다 태워 죽이고 저는 죄를 면하잔 말이지? 너 같은 놈은 자식새끼까지 다 잡아먹어야 해! 네 자식 녀석들이 살아남으면 또 남의 집에 불을 놓겠거든."

이렇게 대꾸를 하였다.

하루는 간수가 우리 방문을 열어젖히고,

"구십구 호!"

하고 불렀다.

구십구 호를 십오 호로 잘못 들었는지, 윤이 벌떡 일어나며,

"네, 내게 편지 왔능기오?"

하였다. 윤은 당숙 면장의 편지를 간절히 기다리는 마음에 구십구 호를 십오 호로 잘못 들은 모양이다.

"네가 구십구 호냐?"

하고 간수는 소리를 질렀다.

정작 구십구 호인 민은 나를 부를 자가 천지에 어디 있으랴 하는 듯이 그

320

옴팡눈으로 팔월 하늘의 흰 구름을 바라보고 누워 있었다.

"구십구 호, 귀먹었니?"

하는 소리와,

"이건 눈 뜨고 꿈을 꾸고 있는 셈인가? [17]단또상이 부르시는 소리도 못 들어?"

하고 윤이 옆구리를 찌르는 바람에 민은 비로소 누운 대로 고개를 젖혀서 문을 열고 섰는 간수를 바라보았다.

"구십구 호, 네 물건 다 가지고 이리 나와!"

그제야 민은 정신이 드는 듯이 일어나 앉으며,

"우리 집으로 내보내 주세요?"

하고 그 해골 같은 얼굴에 숨길 수 없는 기쁜 빛이 드러난다.

"어서 나오라면 나와. 나와 보면 알지."

"우리 집에서 면회하러 왔어요?"

하고 민의 얼굴에 나타났던 기쁨은 반 이상이나 스러져 버린다.

간수 뒤에 있던 키 큰 간병부가,

"전방이에요, 전방. 어서 그 약병이랑 다 들고 나와요."

하는 말에 민은 약병과 수건과 제가 베고 있던 베개를 들고 지척거리고 문을 향하여 나간다. 민은 전방이라는 뜻을 알아들었는지 분명치 아니하였다. 간병부가,

"베개는 두고 나와요. 요 웃방으로 가는 게야요."

하는 말에 비로소 민은 자기가 어디로 끌려가는지 알아차린 모양이어서 힘없이 베개를 내던지고 잠깐 기쁨으로 빛나던 얼굴이 다시 해골같이 되어서 나가 버리고 말았다. 다음 방인 이 방에 문 열리는 소리가 나고 또 문이 닫

단또상 '단또'는 '담당'을 이르는 일본말로, 여기에서는 교도관을 일컬음.

히고 짤깍 하고 쇠 잠기는 소리가 들렸다. 나는 민이 처음 보는 사람들 틈에 어리둥절하여 누울 자리를 찾는 모양을 눈앞에 그려 보았다.

"에잇, 고 자식 잘 나간다. 젠장, 더러워서 견딜 수가 있나? 목욕이란 한 번도 안 했으닝게. 아침에 세수하고 양치질하는 것 보셨능기오? 어떻게 생긴 자식인지 새 옷을 갈아입으래도 싫다는고만."

하고 일변 민이 내버리고 간 베개를 자기 베개 밑에 넣으며 떠나간 민의 험구를 계속한다.

"민가가 왜 불을 놓았는지 진상 아시능기오? 성이 민가기 때문에 그랬던지 서울 민×× 대감네 [18]마름 노릇을 수십 년 했지라오. 진상도 보시는 바와 같이 자식이 저렇게 독종으로, 깍정이로 생겼으닝게 그 밑에 작인들이 배겨날 게요? 팔십 석이나 타작을 한다는 것도 작인들의 등을 쳐 먹은 게지 무엇잉게오? 그래 작인들이 원망이 생겨서 지주 집에 [19]등장을 갔더라나요. 그래서 작년에 마름을 떼였단 말이오. 그리고 김 무엇인가 한 사람이 마름이 났는데요, 민가 녀석은 제 마름을 뗀 것이 새로 마름이 된 김가 때문이라고 해서 금년 음력 설날에 어디서 만났더라나. 만나서 욕지거리를 하고 한바탕 싸우고, 그러고는 요 [20]뱅충맞은 것이 분해서 그날 밤중에 김가 집에 불을 놨단 말야. 마침 설날 밤이라, 밤이 깊도록 동네 사람들이 놀러 다니다가 '불이야!' 소리를 쳐서 얼른 잡았기에 망정이지 하마터면 김가네 집 식구가 죄다 타죽을 뻔하지 않았능기오?"

하고 방화죄가 어떻게 흉악한 죄인 것을 한바탕 연설을 할 즈음에 간병부가 오는 것을 보고 말을 뚝 끊는다. 그것은 간병부도 방화범인 까닭이었다.

간병부가 다녀간 뒤에 윤은 계속하여 그 간병부들의 방화한 죄상을 또 한

마름 지주를 대리하여 소작권을 관리하는 사람.
등장(等狀) 여러 사람이 이름을 잇대어 써서 관청 같은 곳에 올려 하소연함. 또는 그 일.
뱅충맞다 약간 똑똑하지 못하고 어리석으며 수줍음을 타는 데가 있다.

바탕 설명하고 나서,

"모두 흉악한 놈들이지요. 남의 집에 불을 놓다니! 그런 놈들은 씨알머리도 없이 없애 버려야 하는 기라오."
하고 심히 세상을 개탄하는 듯이 길게 한숨을 쉰다.

일 방에 윤과 나와 단둘이 있게 되어서부터는 큰 소리가 날 필요가 없었다. 밤이면 우리 방에 들어와 자는 간병부가 윤을 윤 서방이라고 부른다고 해서 윤이 대단히 불평하였으나, 간병부의 감정을 상하는 것이 이롭지 못한 줄을 잘 아는 윤은 간병부와 정면충돌을 하는 일은 별로 없고 다만 낮에 나하고만 있을 때에,

"서울말로는 무슨 서방이라고 부르는 말이 높은 말잉기오? 우리 전라도서는 나이 많은 사람보고 무슨 서방이라고 하면 머슴이나 하인이나 부르는 소리랑기오."
하고 곁눈으로 나를 바라본다. 나는 그가 묻는 뜻을 알았으므로 대답하기가 심히 거북살스러워서 잠깐 주저하다가,

"글쎄, 서방님이라고 하는 것만 못하겠지요."
하고 웃었다. 윤은 그제야 자신을 얻은 듯이,

"그야 우리 전라도에서도 서방님이라고 하면사 대접하는 말이지요. 글쎄, 진상도 보시다시피 저 간병부 놈이 언필칭 날더러 윤 서방, 윤 서방 하니 그래 그놈의 자식은 제 애비나 아재비더러도 무슨 서방 무슨 서방 할 텐가? 나이로 따져도 내가 제 애비뻘은 되렷다. 어 고약한 놈 같으니."
하고 그 앞에 책망 받을 사람이 섰기나 한 것처럼 뽐낸다.

윤 씨는 윤 서방이라는 말이 대단히 분한 모양이어서 어떤 날 저녁엔 간병부가 들어올 때에도 눈만 흘겨보고 잘 다녀왔느냐 하는, 늘 하던 인사도 아니하는 적도 있었다. 그러다가 하루 저녁에는 또 '윤 서방'이라고 간병부가 부른 것을 기회로 마침내 정면충돌이 일어나고 말았다. 윤이,

"댁은 나를 무어로 보고 윤 서방이라고 부르오?"

하는 정식 항의에 간병부가 뜻밖인 듯이 눈을 크게 뜨고 한참이나 윤을 바라보고 앉았더니, 허허 하고 경멸하는 웃음을 웃으면서,

"그럼 댁더러 무어라고 부르라는 말이오? 댁의 직업이 도장장이니 도장장이라고 부르라는 말이오? 죄명이 사기니 사기장이라고 부르라는 말이오? 밤낮 똥질만 하니 윤 똥질이라고 부르라는 말이오? 옳지, 윤 선생이라고 불러 줄까? 왜 되지 못하게 이 모양이야? 윤 서방이라고 불러 주면 고마운 줄이나 알지. 낫살을 먹었으면 몇 살이나 더 먹었길래. 괜스리 그러다가는 윤가 놈이라고 부를걸."

하고 주먹으로 삿대질을 한다.

윤은 처음에 있던 호기도 다 없어지고 그만 수그러지고 말았다. 간병부는 민 영감 모양으로 만만치 않은 것도 있거니와 간병부하고 싸운댔자 결국은 약 한 봉지 얻어먹기도 어려운 줄을 깨달은 것이었다.

윤은 침묵하고 있건마는 간병부는 누워 잘 때에까지도 공격을 중지하지 아니하였다.

이튿날 아침, 진찰도 다 끝나고 난 뒤에 우리 방에 있는 키 큰 간병부는 다음 방에 있는 간병부를 데리고 와서,

"흥, 저 양반이, 내가 윤 서방이라고 부른다고 아주 대노하셨다나."

하며 턱으로 윤을 가리키는 것을 보고 키 작은 간병부가,

"여보! 윤 서방. 어디 고개 좀 이리 돌리오. 그럼 무어라고 부르리까? 윤 동지라고 부를까? 윤 선달이 어떨꼬? 막 싸구려판이니 어디 그 중에서 맘에 드는 것을 고르시유."

하고 놀려먹는다.

윤은 눈을 깜박깜박하고 도무지 아무 대답이 없었다.

본래 간병부에게 호감을 못 주던 윤은 윤 서방 사건이 있은 뒤부터 더욱

미움을 받았다. 심심하면 두 간병부가 와서 여러 가지 별명을 부르면서 윤을 놀려먹었고, 간병부들이 간 뒤에는 윤은 나를 향하여,

"두 놈이 옥 속에서 썩어져라."

하고 악담을 퍼부었다.

이렇게 윤이 불쾌한 그날그날을 보낼 때에 더욱 불쾌한 일 하나가 생겼다. 그것은 정이라는, 역시 사기범으로 일 동 팔 방에서 윤하고 같이 있던 사람이 설사병으로 우리 감방에 들어온 것이었다. 나는 윤에게서 정 씨의 말을 여러 번 들었다. 설사를 하면서도 우유니 달걀이니 하고 막 처먹는다는 둥, 한다는 소리가 모두 거짓말뿐이라는 둥, 자기가 아무리 타일러도 말을 듣지 않는 꼭 막힌 놈이라는 둥, 이러한 비평을 하는 것을 여러 번 들었다. 하루는 윤하고 나하고 운동을 나갔다가 들어와 보니 웬 키가 커다랗고 얼굴이 허연 사람이 똥통을 타고 앉아서 싱글싱글 웃고 있었다.

윤은 대단히 못마땅한 듯이 나를 돌아보고 입을 삐죽하고 나서 자리에 앉아서 부채를 딱딱거리면서,

"데이상, 입때까지 설사가 안 막혔능기오? 사람이란 친구가 충고하는 옳은 말은 들어야 하는 법이여. 일 동 팔 방에 있을 때에 내가 그만큼이나 음식을 삼가라고 말 안 했거디? 그런데 내가 병감에 온 지가 벌써 석 달이나 되는디 아직도 설사여?"

하고 똥통에 올라앉은 사람을 흘겨본다. 윤의 이 말에 나는 그가, 윤이 늘 말하던 정 씨인 줄을 알았다.

똥통에서 내려온 정 씨는 윤의 말을 탄하지 않는, 지어서 하는 듯한 태도로,

"인상, 우리 이거 얼마 만이오? 그래 아직도 [21]예심 중이시오?"

예심(豫審) 옛 형사 소송법에서, 공소 제기 후에 피고 사건을 공판에 회부할 것인지 여부를 결정하고 아울러 공판에서 조사하기 어렵다고 생각되는 증거를 수집하고 확보하는 공판 전의 절차.

하고 얼굴 전체가 다 웃음이 되는 듯이 싱글벙글하며 윤의 손을 잡는다. 그러고 나서는 내게 앉은절을 하며,

"제 성명은 정홍태올시다. 얼마나 고생이 되십니까?"

하고 대단히 구변이 좋았다. 나는 그의 말의 발음으로 보아 그가 평안도 사람으로서 서울말을 배운 사람인 줄을 알았다. 그러나 저녁에 인천 사는 간병부와 인사할 때에는 자기도 고향이 인천이라 하였고, 다음에 강원도 철원 사는 간병부와 인사를 할 때에는 자기 고향이 철원이라 하였고, 또 그다음에 평양 사람 죄수가 들어와서 인사하게 된 때에는 자기 고향은 평양이라고 하였다. 그때에 곁에 있던 윤이 정을 흘겨보며,

"왜 또 해주도 고향이라고 아니했소? 대체 고향이 몇이나 되능기오?"

이렇게 오금을 박은 일이 있었다. 정은 한두 달 살아 본 데면 그 지방 사람을 만날 때 다 고향이라고 하는 모양이었다.

정은 우리 방에 오는 길로,

"거 방이 더러워 쓰겠나!"

하고 벗어부치고 마룻바닥이며 식기며를 걸레질을 하고 또 자리 밑을 떠들어 보고는,

"이거 대체 소제라고는 안 하고 사셨군? 이거 더러워 쓸 수가 있나?"

하고 방을 소제하기를 주장하였다.

"그 너무 혼자 깨끗한 체하지 마시오. 어디 그 수선에 정신 차리겠능기오?"

하고 윤은 돗자리 떨어내는 것을 반대하였다. 여기서부터 윤과 정의 의견 충돌이 시작되었다.

저녁밥 먹을 때가 되어 정이 일어나 물을 받는 것까지는 참았으나, 밥과 국을 받으려고 할 때에는 윤이 벌떡 일어나 정을 떼밀치고 기어이 제가 받고야 말았다. 창 옆에서 음식을 받아들이는 것은 감방 안에서는 큰 권리로

여기는 것이었다.

정은 윤에게 떼밀치어 머쓱해 물러서면서,

"그렇게 사람을 떼밀 거야 무엇이오? 그러니깐두루 간 데마다 인심을 잃지. 나 같은 사람과는 아무렇게 해도 관계치 않소마는 다른 사람보고는 그리 마시오. 뺨 맞지요, 뺨 맞아요."

하고 나를 돌아보며 싱그레 웃었다. 그것은 마치 자기는 그만한 일에 성을 내는 사람이 아니라는 것을 보이려 함인 것 같았으나, 그의 눈에는 속일 수 없이 분한 빛이 나타났다.

밥을 먹는 동안 폭풍우 전의 침묵이 계속되었으나 밥이 끝나고 먹은 그릇을 설거지할 때에 또 충돌이 일어났다. 윤이 사타구니를 내놓고 있다는 것과 제 그릇을 먼저 씻고 나서 내 그릇과 정의 그릇을 씻는다는 것과 개수통에 입을 대고 기침을 한다는 이유로 정은 윤을 책망하고, 윤이 씻어 놓은 제 밥그릇을 주전자의 물로 다시 씻어서 윤의 밥그릇에 닿지 않도록 따로 포개 놓았다. 윤은 정더러,

"여보, 당신은 당신 생각만 하고 다른 사람 생각은 못 하오? 그 주전자 물을 다 써 버리면 밤에는 무엇을 먹고 아침에 네 식구가 세수는 무엇으로 한단 말이오? 사람이란 다른 사람 생각을 해야 쓰는 거여."

하고 공격하였으나 정은 못 들은 체하고 주전자 물을 거진 다 써서 제 밥그릇과 국그릇과 젓가락을 한껏 정하게 씻고 있었던 것이다.

이 모양으로 윤과 정과의 충돌은 그칠 사이가 없었다. 그러나 정은 간병부와 내게 대해서는 아첨에 가까우리만치 공손하였다. 더구나 그가 농업이나 광업이나 한방 의술이나 신의술이나 심지어 법률까지도 모르는 것이 없었고, 또 구변이 좋아서 이야기를 썩 잘하기 때문에 간병부들은 그를 크게 환영하였다.

이렇게 잠깐 동안에 간병부들의 환심을 샀기 때문에 처음에는 한 그릇씩

받아야 할 죽이나 국을 두 그릇씩도 받고, 또 소화약이나 고약이나 이러한 약도 [22)]가외로 더 얻을 수가 있었다. 정이 싱글싱글 웃으며 졸라 대면, 간병부들은 여간한 것은 거절하지 아니하였다. 그리고 이따금 밥을 한 덩이씩 가외로 얻어서 맛날 듯한 것을 젓가락으로 휘저어서 골라먹고 그리고 남은 찌꺼기를 행주에다가 싸고 소금을 치고, 그러고는 그것을 떡 반죽하는 듯이 이겨서 떡을 만들어서는 요리로 한 입 조리로 한 입 맛남직한 데는 다 뜯어 먹고, 그리고 나머지를 싸 두었다가 밤에 자러 들어온 간병부에게 주고는 크게 생색을 내었다. 한번은 정이 조밥으로 떡을 만들며 나를 돌아보고,

"간병부 녀석들은 이렇게 좀 먹여야 합니다. 이따금 달걀도 사 주고 우유도 사 주면 좋아하지요. 젊은 녀석들이 밤낮 굶주리고 있거든요. 이렇게 녹여 놓아야 말을 잘 듣는단 말이야요. 간병부와 틀렸다가는 해가 많습니다. 그 녀석들이 제가 미워하는 사람의 일은 좋지 못하게 간수들한테 일러바치거든요."

하면서 이겨진 떡을 요모조모 떼어먹는다.

"여보 그게 무에요? 데이상은 간병부를 대할 때엔 십년 만에 만나는 아저씨나 대한 듯이 살이라도 베여 먹일 듯이 아첨을 하다가, 간병부가 나가기만 하면 언필칭 이 녀석 저 녀석 하니 사람이 그렇게 표리가 부동해서는 못쓰는 게여. 우리는 그런 사람은 아니여든. 대해 앉아서도 할 말은 하고 안 할 말은 안 하지. 사내대장부가 그렇게 간사를 부려서는 못쓰는 게여? 또 여보, 당신이 떡을 해 주겠거든 [23)]숫밥으로 해 주는 게지, 당신 입에 들어왔다 나갔다 하던 젓가락으로 휘저어서 밥 알갱이마다 당신의 더러운 침을 발라 가지고, 그리고 먹다가 먹기가 싫으닝게 남을 주고 생색을 낸다? 그런 일을

가외(加外) 일정한 기준이나 정도의 밖. 표준 밖 또는 한도 밖.
숫밥 손대지 않은 깨끗한 밥.

328

해선 못쓰는 게여. 남 주고도 죄받는 일이어든. 당신 하는 일이 모두 그렇단 말여. 정말 간병부를 주고 싶거든 당신 돈으로 달걀 한 개라도 사서 주어. 흥, 공으로 밥 얻어서 실컷 처먹고, 먹기가 싫으닝게 남을 주고 생색을 낸다—웃기는 왜 웃소, 싱글싱글? 그래, 내가 그른 말 해? 옳은 말은 들어 두어요, 사람 되려거든. 나, 그 당신 싱글싱글 웃는 거 보면 느글느글해서 배 창수가 다 나오려 든다닝게. 웃긴 왜 웃어? 무엇이 좋다고 웃는 게여?"[24]

이렇게 윤은 정을 몰아세웠다.

정은 어이없는 듯이 듣고만 앉았더니,

"내가 할 소리를 당신이 하는구려? 그 배때기나 가리고 앉아요."

그날 저녁이었다. 간병부가 하루 일이 끝이 나서 빨가벗고 뛰어 들어왔다. 정은,

"아이, 오늘 얼마나 고생스러우셨어요? 그래도 하루가 지나가면 그만큼 나가실 날이 가까운 것 아니오? 그걸로나 위로를 삼으셔야지. 그까진 한 삼사 년 잠깐 갑니다. 아 참, 백 호하고 무슨 말다툼을 하시던 모양이던데."

이 모양으로 아주 친절하게 위로하는 말을 하였다. 백 호라는 것은 다음 방에 있는 키 작은 간병부의 번호이다. 나도 '이놈 저놈' 하며 둘이서 싸우는 소리를 아까 들었다.

간병부는 감빛 기결수 옷을 입고 제자리에 앉으면서,

"고놈의 자식을 찢어 죽이려다가 참았지요. 아니꼬운 자식 같으니. 제가 무어길래? 제나 내나 다 마찬가지 전중[25]이고 다 마찬가지 간병부지. 흥, 제 놈이 나보다 며칠이나 먼저 왔다고 나를 명령을 하려 들어? 쥐새끼 같은 놈 같으니. 나이로 말해도 내가 제 형뻘은 되고 세상에 있을 때에 사회적 지위

창수 '창자'의 사투리.
전중 '징역'의 사투리.

로 보더래도 나는 면서기까지 지낸 사람인데. 그래 제 따위 한 자요, 두 자요 하던 놈과 같을 줄 알고? 요놈의 자식, 내가 오늘은 참았지마는 다시 한 번만 고따위로 주둥아리를 놀려 봐? 고놈의 아가리를 찢어 놓고 26)다릿마댕이를 분질러 놀걸. 우리는 목에 칼이 들어오더라도 할 말은 하고 할 일은 하고야 마는 사람이어든!"

하고 곁방에 있는 '백 호'라는 간병부에게 들리라 하는 말로 남은 분풀이를 하고 있다. 정은 간병부에게 동정하는 듯이 혀를 여러 번 차고 나서,

"쩟쩟, 아 참으셔요. 신상 체면을 보셔야지, 고까짓 어린애 녀석하고 무얼 말다툼을 하세요. 아이, 나쁜 녀석! 고 녀석 눈깔딱지하고 주둥아리하고 독살스럽게도 생겨 먹었지. 방정은 고게 또 무슨 방정이야? 고 녀석 인제 또 옥에서 나가는 날로 또 뉘 집에 불 놓고 들어올걸. 원, 고 녀석, 글쎄 남의 집에 불을 놓다니?"

간병부는 정의 마지막 말에 눈이 뚱그레지며,

"그래, 나도 남의 집에 불 놓았어. 그랬으니 어떻단 말이여? 당신같이 남의 돈을 속여 먹는 것은 괜찮고 남의 집에 불 놓는 것만 나쁘단 말이오? 원, 별 아니꼬운 소리를 다 듣겠네. 여보, 그래 내가 불을 놓았으니 어떡허란 말이오? 웃기는 싱글싱글 왜 웃어? 그래 백 호나 내가 남의 집에 불을 놓았으니 어떡허란 말이야?"

하고 정에게 향하여 27)상앗대질을 하였다.

정의 얼굴은 빨개졌다. 정은 모처럼 간병부의 비위를 맞추려고 하던 것이 그만 탈선이 되어서 이 봉변을 당하게 된 것이었다. 그러나 정의 얼굴에는 다시 웃음이 떠돌면서,

다릿마댕이 '다릿마디'를 속되게 이르는 말.
상앗대질 '삿대질'의 본말.

330

"아니 내 말이 어디 그런 말이오? 신상이 오해시지."

하고 변명하려는 것을 간병부는,

"오해? 육회가 어떠우?"

"아니 그런 말이 아니라, 신상도 불을 놓으셨지마는 신상은 술이 취하셔서 술김에 놓으신 것이어든. 그 술김이 아니면 신상이 어디 불 놓으실 양반이오? 신상이 우락부락해서 홧김에 때려죽인다면 몰라도 천성이 대장부다우시니까 사기나 방화나 그런 죄는 안 지을 것이란 말이오! 그저 애매하게 방화죄를 지셨다는 말씀이지요. 내 말이 그 말이거든. 그런데 말이오. 저 백호, 그 녀석이야말로 정신이 말짱해서 불을 논 것이 아니오? 그게 정말 방화죄거든. 내 말이 그 말씀이야, 인제 알아들으셨어요?"

하고 정은 제 말에 심이라는 간병부의 분이 풀린 것을 보고,

"자, 이거나 잡수세요."

하며 밥그릇통 속에 감추어 두었던 조밥 떡을 내어 팔을 기다랗게 늘여서 간병부에게 준다.

"날마다 이거, 미안해서 어떻게 하오?"

하고 간병부는 그 떡을 받았다.

간병부가 잠깐 일어나서 간수가 오나 아니 오나를 엿보고 난 뒤에 그 떡을 한 입 베어 물었다.

아까부터 간병부와 정과의 언쟁을 흥미 있는 눈으로 흘끗흘끗 곁눈질하던 윤이,

"아뿔싸, 신상 그것 잡숫지 마시오."

하고 말만으로도 부족하여 손까지 살래살래 내흔들었다. 간병부는 꺼림칙한 듯이 떡을 입에 문 채로,

"왜요?"

하며 제자리에 와 앉는다. 간병부 다음에 내가 누워 있고 그다음에 정, 그다

음에 윤, 우리들의 자리 순서는 이러하였다. 윤은 점잖게 도사리고 앉아서 부채를 딱딱 하며,

"내가 말라면 마슈. 내가 언제 거짓말했거디? 우리는 목에 칼이 오더라도 바른말만 하는 사람이어든."

그러는 동안에 간병부는 입에 베어 물었던 떡을 삼켜 버린다. 그리고 그 나머지를 지리가미에 싸서 등 뒤에 놓으면서,

"아니, 어째 먹지 말란 말이오?"

"그건 그리 아실 것 무어 있소? 자시면 좋지 못하겠으닝게 먹지 말랑 게지."

"아이, 말해요. 우리는 속이 갑갑해서, 그렇게 변죽만 울리는 소리를 듣고는 가슴에 불이 일어나서 못 견디어."

이때에 정이 매우 불쾌한 얼굴로,

"신상, 그 미친 소리 듣지 마시오. 어서 잡수세요. 내가 신상께 설마 못 잡수실 것을 드릴라구?"

하였건마는 간병부는 정의 말만으로 안심이 안 되는 모양이어서,

"윤 서방, 어서 말씀하시오."

하고 약간 노기를 띤 언성으로 재차 묻는다.

"그렇게 아시고 싶을 건 무엇 있어요? 그저 부정한 것으로만 아시라닝게. 내가 신상께 해로운 말씀 할 사람은 아니닝게."

"아따, 그 아가리 좀 못 닥쳐?"

하고 정이 참다못해 벌떡 일어나서 윤을 흘겨본다.

윤은 까딱 아니하고 여전히 몸을 좌우로 흔들흔들하면서,

"당신네 평안도서는 사람의 입을 아가리라고 하는지 모르겠소마는 우리네 전라도서는 점잖은 사람이 그런 소리는 아니하오. 종교가 노릇을 이십 년이나 했다는 양반이 어 그 무슨 말버릇이란 말이오? 종교가 노릇을 이십

년이나 했길래로 남 먹으라고 주는 음식에 침만 발러 주었지, 십 년만 했더면 코 발러 줄 뻔했소그려? 내가 아까 그러지 않아도 이르지 않았거디? 사람에게 먹을 것을 주려거든 숫으로 덜어서 주는 법이여. 침 묻은 젓가락으로 휘저어 가면서 맛날 듯한 노란 좁쌀은 죄다 골라먹고, 콩도 이것 집었다가 놓고 저것 집었다가 놓고, 입에 댔다가 놓고, 노르스름한 놈은 죄다 골라먹고, 그러고는 퍼렇게 뜬 좁쌀, 썩은 콩만 남겨서 제 밥그릇, 죽 그릇, 젓가락 다 씻은 개숫물에 행주를 축여 가지고는 코 묻은 손으로 주물럭주물럭해서 떡이라고 만들어 가지고, 그런 뒤에도 요모조모 맛날 듯싶은 데는 다 떼어먹고 그것을 남겼다가 사람을 먹으라고 주니, 그리고 벼락이 무섭지 않어? 그런 것은 남을 주고도 벌을 받는 법이라고 내가 그만큼 일렀단 말이여. 우리는 남의 흠담은 도무지 싫어하는 사람이닝게 이런 말도 안 하려고 했거든. 신상, 내 어디 처음에야 말했가디? 저 진상도 증인이여. 내가 그만큼 옳은 말로 타일렀고, 또 덮어 주었으면 평안도 상것이 '고맙습니다.' 하는 말은 못할망정 잠자코나 있어야 할 게지. 사람이란 그렇게 뻔뻔해서는 못쓰는 게여."

윤의 말에 정은 어쩔 줄을 모르고 얼굴만 푸르락누르락하더니 얼른 다시 기막히고 우습다는 표정을 하며,

"참 기가 막히오. 어쩌면 그렇게 빤빤스럽게도 거짓말을 꾸며 대오? 내가 밥에 모래와 쥐똥, 썩은 콩, 티 검불 이런 걸 고르느라고 젓가락으로 밥을 저었지, 그래 내가 어떻게 보면 저 먹다 남은 찌꺼기를 신상더러 자시라고 할 사람 같아 보여? 앗으우, 앗으우. 그렇게 거짓말을 꾸며 대면 혓바닥 잘린다고 했어. 신상 아예 그 미친 소리 듣지 마시고 잡수시우. 내 말이 거짓말이면 마른하늘에 벼락을 맞겠소!"

하고 할 말 다 했다는 듯이 자리에 눕는다. 정이 맹세하는 것을 듣고 나는 머리가 쭈뼛함을 깨달았다.

어쩌면 그렇게 28)영절스럽게 곁에다가 증인을 둘씩이나 두고도 벼락 맞을 맹세까지 할 수가 있을까? 사람의 마음이란 헤아릴 수 없이 무서운 것이라고 깊이깊이 느껴졌다. 내가 설마 나서서 증거야 서랴? 정은 이렇게 내 성격을 판단하고서 맘 놓고 이렇게 꾸며 댄 것이다. 나는,

"윤 씨 말은 옳소, 정 씨 말은 거짓말이오."

이렇게 말할 용기가 없었다. 내게 이러한 용기 없는 것을 정이 빤히 들여다본 것이다. 윤도 정의 엄청난 거짓말에 기가 막힌 듯이 아무 말도 없이 딴데만 바라보고 앉아 있었다.

간병부는 사건의 진상을 내게서나 알려는 듯이 가만히 누워 있는 내 얼굴을 들여다보고 있었다. 내게 직접 말로 묻기는 어려운 모양이었다. 내게서 아무 말이 없음을 보고 간병부는 슬그머니 떡을 집어서 정의 머리맡에 밀어 놓으며,

"옜소, 데이상이나 잡수시오. 나 두 분 더 쌈 시키고 싶지 않소."

하고는 쩝쩝 입맛을 다신다. 나는 속으로 '참 잘한다.' 하고 간병부의 지혜로운 판단에 탄복하였다.

그러나 이 사건은 정의 윤에게 대한 깊은 원한을 맺히게 한 원인이었다. 윤이 기침을 하면 저쪽으로 고개를 돌리라는 둥, 입을 막고 하라는 둥, 캥캥하는 소리를 좀 작게 하라는 둥, 29)소갈머리가 고약하게 생겨 먹어서 기침도 고약하게 한다는 둥, 또 윤이 낮잠이 들어 코를 골면 팔꿈치로 윤의 옆구리를 찌르며 소갈머리가 고약하니깐 잘 때까지도 사람을 못 견디게 군다는 둥, 부채를 딱딱거리지 말라, 핼끔핼끔 곁눈질하는 것 보기 싫다, 이 모양으로 일일이 윤의 오금을 박았다. 윤도 지지 않고 정을 해댔으나, 입심으론 도

영절스럽다 아주 그럴듯하다.
소갈머리 마음을 쓰는 속 바탕, 즉 '마음보'를 낮잡아 이르는 말.

저히 정의 적수가 아닐뿐더러 성미가 급한 사람이라, 매양 윤이 굶아떨어지는 것 같았다. 코를 골기로 말하면 정도 윤에게 지지 아니하였다. 더구나 정은 이가 뻐드러지고 입술이 뒤둥그러져서 코를 골기에는 십상이었지마는 그래도 정은 자기는 코를 골지 않노라고 언명하였다.

워낙 잠이 많은 윤은 정이 코를 고는 줄을 모르는 모양이었다. 간병부도 목침에 머리만 붙이면 잠이 드는 사람이므로, 정과 윤이 코를 고는 데에 희생이 되는 사람은 잠이 잘 들지 못하는 나뿐이었다. 윤은 소프라노로, 정은 바리톤으로 코를 골아 대면 나는 언제까지든지 눈을 뜨고 창을 통하여 보이는 하늘의 별을 바라보고 있을 수밖에 없었다. 더구나 정은 윤의 입김이 싫다 하여 꼭 내 편으로 고개를 향하고 자고, 나는 반듯이밖에는 누울 수 없는 병자이기 때문에 정은 내 왼편 귀에다가 코를 골아 넣었다. 위 확장 병으로 위 속에서 음식이 썩는 정의 입김은 실로 참을 수 없으리만큼 냄새가 고약한데, 이 입김을 후끈후끈 밤새도록 내 왼편 뺨에 불어 붙였다. 나는 속으로 정이 반듯이 누워 주었으면 하였으나 차마 그 말을 못 하였다. 나는 이것을 향기로운 냄새로 생각해 보리라, 이렇게 힘도 써 보았다. 만일 그 입김이 아름다운 젊은 여자의 입김이라면 내가 불쾌하게 여기지 아니할 것이 아닌가? 아름다운 젊은 여자의 뱃속엔들 똥은 없으며 썩은 음식은 없으랴? 모두 평등이 아니냐? 이러한 생각으로 코 고는 소리와 냄새 나는 입김을 잊어버릴 공부를 해 보았으나 공부가 그렇게 일조일석에 될 리가 만무하였다. 정더러 좀 돌아누워 달랄까, 이런 생각을 하고는 또 하였다. 뒷절에서 울려오는 목탁 소리가 들릴 때까지 잠을 이루지 못하는 날이 많았다. 새벽 목탁 소리가 나면 아침 세 시 반이다. 딱딱딱 하는 새벽 목탁 소리는 퍽이나 사람의 맘을 맑게 하는 힘이 있다.

"원컨대는 이 종소리 법계에 고루 퍼져지이다."

한다든지.

"일체 중생이 바로 깨달음을 얻어지이다."

하는 새벽 종소리 구절이 언제나 생각났다. 인생이 괴로움의 바다요 불붙는 집이라면, 감옥은 그 중에도 가장 괴로운 데다. 게다가 옥중에서 병까지 들어서 병감에 한정 없이 뒹구는 것은 이 괴로움의 세 겹 괴로움이다. 이 괴로운 중생들이 서로서로 괴로워함을 볼 때에, 중생의 업보는 '헤어 알기 어려워라.' 한 말씀을 다시금 생각하지 아니할 수 없었다.

새벽 목탁 소리를 듣고 나서 잠이 좀 들 만하면 윤과 정은 번갈아 똥통에 오르기를 시작하고, 더구나 제 생각만 하지 남의 생각이라고는 전연 하지 아니하는 정은 제가 흐뭇이 자고 난 것만 생각하고 소리를 내서 책을 읽거나 또는 남들이 일어나기 전에 먼저 마음대로 물을 쓸 작정으로 세수를 하고 전신에 냉수마찰을 하고, 그러고는 운동이 잘 된다 하여 걸레질을 치고, 이 모양으로 수선을 떨어서 도무지 잠이 들 수가 없었다. 정은 기침 시간 전에 이런 짓을 하다가 간수에게 들켜서 여러 번 꾸지람을 받았지마는 그래도 막무가내였다.

떡 사건이 일어난 이튿날 키 작은 간병부가 우리 방 앞에 와서 누구를 향하여 하는 말인지 모르게 키 큰 간병부의 흉을 보기 시작했다. 그것은 어저께 싸움에 관한 이야기였다.

"키다리가 어저께 무어라고 해요? 꽤 분해하지요? 그놈 미친놈이지, 내게 대들어서 무슨 이를 보겠다고. 밥이라도 더 얻어먹고 30)상표라도 하나 타 보려거든 내 눈 밖에 나고는 어림도 없지! 간수나 부장이나 내 말을 믿지 제 말을 믿겠어요? 그런 줄도 모르고 걸핏하면 대든단 말야. 건방진 자식 같으니! 제가 아무리 지랄을 하기로니 내가 눈이나 깜짝할 사람이오? 가만히 내버려 두지. 이따금 빡빡 긁어서 약을 올려놓고는 가만히 두고 보지. 그러면

상표(賞表) 상장이나 표창.

똥구멍 찔린 소 모양으로 저 혼자 [31]영각을 하고 날치지. 목이 다 쉬도록 저 혼자 떠들다가 좀 잠잠하게 되면 내가 또 듣기 싫은 소리를 한마디 해서 빡 긁어 놓지. 그러면 또 길길이 뛰면서 악을 고래고래 쓰지. 그러고는 가만히 내버려 두지. 그러면 제가 어쩔 테야? 제가 아무러기로 손찌검은 못할 터이지? 그러다가 간수나 부장한테 들키면 경을 제가 치지."

하고 매우 고소한 듯이 웃는다. 아마 키 큰 간병부는 본감에 심부름을 가고 없는 모양이었다.

"참, 구 호(키 큰 간병부)는 미련퉁이야. 글쎄 햐꾸고오상하고 다투다니 말이 되나? 햐꾸고오상은 주임이신데, 주임의 명령에 복종을 해야지."

이것은 정의 말이다.

"사뭇 소라닝게. 경우를 타일러야 알아듣기나 하거디? 밤낮 면서기 당기던 게나 내세우지. 햐꾸고오상도 퍽으나 속이 상하실 게요."

이것은 윤의 말이다.

"무얼 할 줄이나 아나요? 아무것도 모르지. 게다가 [32]흘게가 늦고 게을러 빠지고 눈치는 없고……."

이것은 키 작은 간병부의 말.

"그렇고말고요. 내가 다 아는걸. 일이야 햐꾸고오상이 다 하시지. 규고오상이야 무얼 하거디? 게다가 뽐내기는 경치게 뽐내지. "

이것은 윤의 말이다.

"그까짓 녀석 간수한테 말해서 쫓아 보내지? 나도 밑에 많은 사람들을 부려 봤지마는 손 안 맞는 사람을 어떻게 부리오? 나 같으면 사흘 안에 내쫓아 버리겠소."

영각 소가 길게 우는 소리.
흘게 매듭·사개·고동·사북 따위를 단단하게 조인 정도나, 어떤 것을 맞추어서 짠 자리.

이것은 정의 말이다.

"그렇기로 인정간에 그럴 수도 없고 나만 꾹꾹 참으면 고만이라고 여태껏 참아 왔지요. 그렇지만 또 한 번 그런 버르장머리를 해 봐라, 이번엔 내가 가만두지 않을걸."

이것은 키 작은 간병부의 말이다.

이때에 키 큰 간병부가 약병과 약봉지를 가지고 왔다.

키 작은 간병부는,

"아마 오늘 전방들 하시게 될까 보오."

하고 우리 방으로 장질부사 환자가 하나 오기 때문에 우리들은 다음 방으로 옮아가게 되었으니 준비를 해 두라는 말을 하고 무슨 바쁜 일이나 있는 듯이 가 버리고 말았다.

키 큰 간병부는 '윤 참봉', '정 주사', 이 모양으로 농담 삼아 이름을 불러 가며 병에 든 물약과 종이 주머니에 든 가루약을 쇠창살 틈으로 들여보낸다.

윤은 약을 받을 때마다 늘 하는 소리로,

"이깐 놈의 약 암만 먹으면 낫거디? 좋은 한약을 서너 첩 먹었으면 금시에 열이 내리고 기침도 안 나고 부기도 빠지겠지만……."

하며 일어나서 약을 받아 가지고 돌아와 앉는다. 다음에는 정이 일어나서 창살 틈으로 바짝 다가서서 물약과 가루약을 받아 들고 물러서려 할 때에 키 큰 간병부가 약봉지 하나를 정에게 더 주며,

"이거 내가 먹는다고 [33]비대발괄을 해서 얻어 온 게요. 애껴 먹어요. 많이만 먹으면 되는 줄 알고 다른 사람 사흘에 먹을 것을 하루에 다 먹어 버리니 어떻게 해? 그 약을 누가 이루 댄단 말이오?"

비대발괄 딱한 사정을 하소연하면서 간절히 청하여 빎.

"그러니깐 고맙단 말씀이지. 규고오상, 나 그 알코올 좀 얻어 주슈. 이번에 좀 많이 줘요. 그냥 알코올은 좀 얻을 수 없나? 그냥 알코올 한 고뿌 얻어 주시오그려. 사회에 나가면 내가 그 신세 잊어버릴 사람은 아니오."

"이건 누굴 경을 치울 양으로 그런 소리를 하오?"

"아따 그 햐꾸고오는 살랑살랑 오는 것만 봐도 몸에 소름이 쪽쪽 끼쳐. 제가 무언데 제 형님뻘이나 되는 규고오상을 그렇게 몰아세워? 나 같으면 가만두지 않을 테야!"

"흥, 주먹을 대면 고 쥐새끼 같은 놈 어스러지긴 하겠구."

정이 이렇게 키 큰 간병부에게 아첨하는 것을 보고 있던 윤이,

"규고오상이 용하게 참으시거든. 그 악담을 내가 옆에서 들어도 이가 갈리건만…… 용하게 참으셔…… 성미가 그렇게 괄괄하신 이가 참 용하게 참으시거든."

하고 깊이 감복하는 듯이 혀를 찬다.

얼마 뒤에 키 큰 간병부는 알코올 솜을 한 움큼 가져다가,

"세 분이 노나 쓰시오."

하고 들이민다. 정이 부리나케 일어나서,

"아리가도오 고자이마쓰(고맙습니다)."

하고는 그 솜을 받아서 우선 코에 대고 한참 맡아 본 뒤에 알코올이 제일 많이 먹은 듯한 데로 삼분의 이쯤 떼어서 제가 가지고, 그리고 나머지 삼분의 일을 둘로 갈라서 윤과 나에게 줄 줄 알았더니, 그것을 또 삼분 갈라서 그 중에 한 분은 윤을 주고 한 분은 나를 주고 나머지 한 분을 또 둘에 갈라서 한 분은 큰 솜 뭉텅이에 넣어서 유지로 꽁꽁 싸 놓고 나머지 한 분으로 얼굴을 닦고 손을 닦고 머리를 닦고 발바닥까지 닦아서는 내버린다. 그는 알코올 솜을 이렇게 많이 얻어서 유지에 싸 두고는 하루에도 몇 번씩 얼굴과 손과 모가지를 닦는데, 그것은 살결이 곱고 부드러워지게 하기 위함이라고 한다.

저녁을 먹고 나서 전방을 할 줄 알았더니 거진 다 저녁때가 되어서 키 작고 통통한 간수가 와서 철컥 하고 문을 열어젖히며,

　"뎀보오, 뎀보오!"

하고 소리를 친다. 그 뒤로 키 작은 간병부가 와서,

　"전방이요, 전방."

하고 통역을 한다. 정이 제 베개와 알루미늄 밥그릇을 싸 가지고 가려는 것을,

　"안 돼, 안 돼!"

하고 간수가 소리를 질러서 아까운 듯이 도로 내놓고, 간신히 겨우 알코올 솜 뭉텅이만은 간수 못 보는 데 집어넣고, 우리는 주렁주렁 ³⁴⁾용수를 쓰고 방에서 나와서 다음 방으로 들어갔다. 철컥 하고 문이 도로 잠겼다. 아랫목에는 민이 우리가 들어오는 것을 보고 어린애 모양으로 방글방글 웃고 앉아 있었다. 서로 떠난 지 이십여 일 동안에 민은 무섭게 수척하였다. 얼굴에는 두 눈만 있는 것 같고, 그 눈도 자유로이 돌지를 못하는 것 같았다. 두 무릎 위에 늘인 팔과 손에는 혈관만이 불룩불룩 솟아 있고, 정강이는 무르팍 밑보다도 발목이 더 굵었다. 저러고 어떻게 목숨이 붙어 있나 하고 나는 이 해골과 같은 민을 보면서,

　"요새는 무얼 잡수세요?"

하고 큰 소리로 물었다. 그의 귀가 여간한 소리는 듣지 못할 것같이 생각됐던 까닭이다.

　민은 머리맡에 삼분의 이쯤 남은 우유병을 가리키면서,

　"서울 있는 매부가 돈 오 원을 차입을 해서 날마다 우유 한 병씩 사 먹지요. 그것도 한 모금 먹으면 더 넘어가지를 않아요. 맛은 고소하건만 목구멍

용수 죄수의 얼굴을 보지 못하도록 머리에 씌우는 둥근 통 같은 기구.

340

에 넘어를 가야지, 내 매부가 부자지요. 한 칠백 석 하고 잘살아요. 나가기만 하면 매부네 집에 가 있을 텐데. 사랑도 널찍하고 좋지요. 그래도 누이가 있으니깐, 매부도 사람이 좋구요. 육회도 해 먹고 배갈도 한 잔씩 따뜻하게 데워 먹고, 살아날 것도 같구먼!"

이런 소리를 하고 있었다. 그는 매부가 부자라는 것을 자랑하기 위해서 이런 말을 하는 모양이었다.

또 민의 바로 곁에 자리를 잡게 된 윤은 부채를 딱딱거리며,

"그래도 매부는 좀 사람인 모양이지? 집에선 아직도 아무 소식이 없단 말여? 이봐, 내 말대로 하라닝게. 간수장한테 면회를 청하고 집에 있는 세간을 다 팔아서 먹고픈 것 사 먹기도 하고 변호사를 대어서 ³⁵⁾보석 청원도 해요. 저렇게 송장이 다 된 것을 보석을 안 시킬 리가 있나? 인제는 광대뼈꺼정 빨갛다닝게. 저렇게 되면 한 달을 못 간단 말이어. 서방이 다 죽게 돼도 모르는 체하는 열아홉 살 먹은 계집년을 ³⁶⁾천량을 남겨 주겠다고, 또 그까진 자식새끼, 나 같으면 모가지를 비틀어 빼어 버릴 테야! 저 봐. 할딱할딱하는 게 숨이 목구멍에서만 나와. 다 죽었어, 다 죽었어."

하고 ³⁷⁾앙잘거린다.

"글쎄, 이 자식이 오래간만에 만났거든 그래도 좀 어떠냐 말이나 묻는 게지, 그저 댓바람에 악담이야? 네 녀석의 악담을 며칠 안 들어서 맘이 좀 편안하더니, 또 요길 왔어? 너도 손발이 통통 분 게 며칠 살 것 같지 못하다. 아이고, 제발 그 악담 좀 말아라."

민은 이렇게 말하고 한숨을 쉬고는 자리에 눕는다.

이 방에는 민 외에 강이라고 하는 키 커다랗고 건장한 청년 하나가 아랫

보석(保釋) 보석 보증금을 받거나 보증인을 세우고 형사 피고인을 구류에서 풀어 주는 일.
천량 개인 살림살이의 재산.
앙잘거리다 작은 소리로 원망스럽게 종알종알 군소리를 자꾸 내다.

배에 붕대를 감고 벽에 기대어 앉아 있었다. 나중에 들으니 그는 어떤 신문 지국 기자로서 과부 며느리와 추한 관계가 있다는 부자 하나를 공갈을 해서, 돈 천육백 원을 빼앗아 먹은 죄로 붙들려 온 사람이라고 하며 대단히 성미가 괄괄하고 비위에 거슬리는 일은 참지를 못하는 사람이 되어서 가끔 윤과 정을 몰아세웠다. 윤이 민을 못 견디게 굴면 반드시 윤을 책망하였고, 정이 윤을 못 견디게 굴면 또 정을 몰아세웠다. 정과 윤은 강을 향하여 이를 갈았으나, 강은 두 사람을 깍쟁이같이 멸시하였다. 윤 다음에 정이 눕고 정의 곁에 강이 눕고 강 다음에 내가 눕게 된 관계로, 강과 정과의 충돌할 기회가 자연 많아졌다. 강은 전문학교까지 졸업한 사람이기 때문에 지식이 상당하여서, 정이 아는 체하는 소리를 할 때마다 사정없이 오금을 박았다.

"어디서 한 마디 두 마디 주워들은 소리를 가지고 아는 체하고 지절대오? 시골구석에서 무식한 농민들 속여 먹던 버르장머리를 아무 데서나 하려 들어? 싱글벙글하는 당신 상판대기에 '나는 거짓말쟁이요.' 하고 뚜렷이 써 붙였어. 인젠 낫살도 마흔댓 살 먹었으니 죽기 전에 사람 구실을 좀 해 보지. 댁이 의학은 무슨 의학을 아노라고 걸핏하면 남에게 약 처방을 하오? 다른 사기는 다 해 먹더라도, 잘 알지도 못하는 의원 노릇을랑 아예 말어. 침도 아노라, 한방의도 아노라, 양의도 아노라, 그렇게 아는 사람이 어디 있어? 당신이 그따위로 사람을 많이 속여 먹었으니 배때기가 온전할 수가 있나? 욕심은 많아서 한 끼에 두 사람 세 사람 먹을 것을 처먹고는 약을 처먹어, 물을 처먹어, 그러고는 방귀질, 또 똥질, 트림질, 게다가 자꾸 토하기까지 하니 그놈의 냄새에 곁엣사람이 살 수가 있나? 그렇게 처먹고 밥주머니가 늘어나지 않어? 게다가 한다는 소리가 밤낮 거짓말─싱글벙글 웃기는 왜 웃어? 누가 이쁘다는 게야? 알코올 솜으로 문지르기만 하면 상판대기가 예뻐지는 줄 아슈? 그 알코올 솜도 나랏돈이오. 당신네 집에서 언제 제 돈 가지고 알코올 한 병 사 봤어? 벌써 꼬락서니가 생전 사람 구실 해 보기는 틀

렸소마는 제발 나 보는 데서만은 그 주둥아리 좀 닫치고 있어요."

강은 자기보다 근 이십 년이나 나이 많은 정을 이렇게 몰아세웠다.

한번은 점심때에 자반 멸치 한 그릇이 들어왔다. 이것은 온 방 안에 있는 사람들이 골고루 나누어 먹으라는 것이다. 멸치라야 성한 것은 한 개도 없고 꼬랑지, 대가리 모두 부스러진 것뿐이요, 게다가 짚 검불이며 막대기며 별의별 것이 다 섞여 있는 것들이나 그래도 감옥에서는 한 주일에 한 번이나 두 주일에 한 번밖에는 못 얻어먹는 별미여서, 이러한 반찬이 들어오는 날은 모두들 생일이나 명절을 당한 것처럼 기뻐하였다. 정은 여전히 밥 받아들이는 일을 맡았기 때문에 이 멸치 그릇을 받아서 젓가락으로 뒤적거리며 살이 많은 것은 골라서 제 그릇에 먼저 덜어 놓고 대가리와 꼬랑지만을 다른 네 사람을 위하여 내놓았다. 내가 보기에도 정이 가진 것은 절반은 다 못 되어도 삼분의 일은 훨씬 넘었다. 그러나 정의 눈에는 그것이 멸치 전체의 오분지 일로 보인 모양이었다.

나는 강의 입에서 반드시 벼락이 내릴 것을 예기하고 그것을 완화해 볼 양으로 정더러,

"여보시오, 멸치가 고르게 분배되지 않은 모양이니 다시 분배를 하시오."

하였으나 정은 자기 그릇에 담았던 멸치 속에서 그 중 맛없을 만한 것 서너 개를 골라서 이쪽 그릇에 덜어 놓을 뿐이었다. 그러고는 대단히 맛나는 듯이 제 그릇의 멸치를 집어먹는데, 그것도 그 중 맛나 보이는 것을 골라서 먼저 먹었다.

민은 아무 욕심도 없는 듯이 쌀뜨물 같은 미음을 한 모금 마시고는 놓고 또 한 모금 마시고는 놓고 할 뿐이요, 멸치에 대해서는 아무 관심이 없는 모양이었으나 윤은 못마땅한 듯이 연해 정을 곁눈으로 흘겨보면서 그래도 멸치를 골라먹고 있었다. 강만은 멸치에는 젓가락을 대어 보지도 않고 조밥 한 덩이를 다 먹고 나더니마는 멸치 그릇을 들어서 정의 그릇에 쏟아 버렸

다. 나도 웬일인지 멸치에는 젓가락을 대지 아니하였다. 정은 고개를 번쩍 들어 강을 바라보며,

"왜 멸치 좋아 안 하셔요?"

"우린 좋아 아니해요. 두었다 저녁에 자시오."

하고 강은 아무 말 없이 물을 먹고는 제자리에 가서 드러누웠다. 나는 강의 속에 무슨 생각이 났는지 몰라 우습기도 하고 궁금하기도 하였다.

정은 역시 강의 속이 무서운 모양이었으나 다섯 사람이 먹을 멸치를, 게다가 소금 절반이라고 할 만한 멸치를, 거진 다 먹고 조금 남은 것을 저녁에 먹는다고 라디에이터 밑에 감추어 두었다.

정은 대단히 만족한 듯이 싱글싱글 웃으며 제자리에 와 드러누웠다. 그러더니 얼마 아니해서 코를 골았다. 식곤증이 난 모양이라고 나는 생각하였다. 아무리 위장이 튼튼한 장정 일꾼이라도 자반 멸치 한 사발을 다 먹고 무사히 내릴 리는 없을 것 같았다. 강도 그 눈치를 알았는지 배의 붕대를 끌러 놓고 부채로 수술한 자리에 바람을 넣으면서 픽픽 웃고 앉았더니, 문득 일어나서 물 주전자 있는 자리에 와서 그것을 들어 흔들어 보고 그러고는 뚜껑을 열어 보았다. 강은 나와 윤에게 물을 한 잔씩 따라서 권하고, 그러고는 자기가 두 보시기나 마시고 그 나머지로는 수건을 빨아서 제 배를 훔치고, 그러고는 물 한 방울도 없는 주전자를 마룻바닥에 내던지듯이 덜컥 놓고는 제자리에 돌아와 앉았다.

강이 하는 양을 보고 앉았던 윤은,

"강 선생, 그것 잘 하셨소. 흥, 이제 잠만 깨면 목구멍에 불이 일어날 것이닝게."

하고는 주전자 뚜껑을 열어 물이 한 방울도 아니 남은 것을 보고 제자리에 돌아와 앉는다.

정은 숨이 막힐 듯이 코를 골더니 한 시간쯤 지나서 눈을 번쩍 뜨며 일어

나는 길로 주전자 앞으로 달려갔다. 그러나 주전자에 물이 한 방울도 없는 것을 보고 와락 화를 내어 주전자를 내동댕이치고 윤을 흘겨보면서,

"그래, 물을 한 방울도 안 남기고 자신단 말이오? 내가 아까 물이 있는 걸 보고 잤는데-그렇게 남의 생각을 아니하고 제 욕심만 채우니깐두루 밤낮 똥질을 하지."

하고 트집을 잡는다.

"뉘가 할 소리야? 그게 [38]춘치자명이라는 것이어."

하고 윤은 점잔을 뺀다.

"물은 내가 다 먹었소."

하고 강이 나앉는다.

"멸치는 댁이 다 먹었으니 우리는 물로나 배를 채워야 아니하오? 멸치도 혼자 다 먹고 물도 혼자 다 먹었으면 속이 시원하겠소?"

정은 아무 말도 아니하였다. 그러나 목이 말라 죽을 지경인 모양이었다. 그는 누웠다 앉았다, 도무지 자리를 잡지 못하였다. 그가 가끔 일어나서 철창으로 복도를 바라보는 것은 간병부더러 물을 청하려는 것인 듯하였다. 그러나 간병부는 어디 갔는지 좀처럼 보이지 아니하였고, 그동안에 간수와 부장이 두어 번 지나갔으나 차마 물 달라는 말은 나오지 않는 모양이었다. 그동안이 퍽 오래 지난 것 같았다. 이때에 키 작은 간병부가 왔다. 정은 주전자를 들고 일어나서 창으로 마주 가며,

"햐꾸고오상, 여기 물 좀 주세요? 도무지 무엇을 먹지 못하니깐두루 [39]헛헛증이 나고 목이 말라서. 물이 한 방울도 없구면요."

하고 얼굴 전체가 웃음이 되어 아첨하는 빛을 보인다.

춘치자명(春雉自鳴) 봄철의 꿩이 스스로 운다는 뜻으로, 제 허물을 스스로 드러냄으로써 남이 알게 된다는 말.
헛헛증 배 속이 빈 듯한 느낌. 또는 그런 증세.

"여기를 어딘 줄 아슈? 감옥살이를 일 년이나 해도 감옥소 규칙도 몰라? 저녁때 아니고 무슨 물이 있단 말이오?"

백 호는 이렇게 웃어 버린다. 정은 주전자를 높이 들어 흔들며,

"그러니까 청이지요. 목마른 사람에게 물 한 잔 주는 것도 급수 공덕이라는 말을 못 들으셨어요? 한 잔만 주세요. 수통에서 얼른 길어 오면 안 되오?"

"그렇게 배도 곯아 보고 목도 좀 말라 보아야 합니다. 남의 돈 공으로 먹으려다가 붙들려 왔으면 그만한 고생도 안 해?"

하다가 간수 오는 것을 봄인지 간병부는 얼른 가 버리고 만다. 정은 머쓱해서 주전자를 방바닥에 놓고 자리에 와 앉는다. 옆방 장질부사 환자의 간호를 하고 있는 키 큰 간병부가 통행 금지하는 줄 저편에서 고개를 기웃하여 우리들이 있는 방을 들여다보며,

"정 주사, 물 좀 줄까? 얼음냉수 좀 줄까?"

하고 환자 머리 식히는 얼음주머니에 넣던 얼음 조각을 한 줌 들어 보인다. 정은 벌떡 일어나서 창 밑으로 가며,

"규고오상? 그거 한 덩이만 던져 주슈."

하고 손을 내민다.

"이건 왜 이래? 장질부사 무섭지 않어? 내 손에 장질부사균이 득시글득시글한다나."

"아따, 그 소독 물에 좀 씻어서 한 덩어리만 던져 주세요. 아주 목이 타는 것 같구료, 그렇잖으면 이 주전자에다가 물 한 [40]구기만 넣어 주세요. 아주 가슴에 불이 인다니깐."

"아까 들으니까 멸치를 혼자 자시는 모양입디다그려. 그걸 그냥 삭여야

구기 술이나 기름, 죽 따위를 풀 때에 쓰는 기구. 자루가 국자보다 짧고, 바닥이 오목하다.

지 물을 먹으면 다 오줌으로 나가지 않우? 그냥 삭여야 얼굴이 반드르해진단 말야?"

그러고는 키 큰 간병부는 새끼손가락만 한 얼음 한 덩이를 정을 향하고 집어던졌으나, 그것이 하필 쇠창살에 맞고 복도에 떨어져 버리고 말았다. 그러고는 키 큰 간병부는 얼음주머니를 가지고 방으로 들어가 버렸다.

정은 제자리에 돌아와 고개를 숙이고 앉았다.

"소금을 자슈. 체한 데는 소금을 먹어야 하는 게야."

이것은 강의 처방이었다. 정은 원망스러운 듯이 강을 한번 힐끔 돌아보고는 입맛을 다셨다.

"저 타구에 물이 좀 있지 않아? 양칫물은 남의 세 갑절 쓰지? 그게 저 타구에 있지 않아? 그거라도 마시지."

이것은 윤의 말이었다.

"아까 짠 것을 너무 자십디다. 속도 좋지 않은 이가 그렇게 자시고 무사할 리가 있소?"

하며 민이 자기 머리맡에 놓았던 반쯤 남은 우유병을 정에게 주었다.

"이거라도 자셔 보슈."

"고맙습니다. 그저 병환이 하루바삐 나으시고 무죄가 되어서 나갑소사."

하고 정은 정말 합장하여 민에게 절을 하고 나서 그 우유병을 단숨에 들이켰다.

"사람들이 그래서는 못쓰는 것이오. 남을 위할 줄 알아야 쓰는 게지. 남을 괴롭게 하고 비웃고 하면 천벌을 받는 법이오. 하느님이 다 내려다보시고 계시거든!"

정은 이렇게 한바탕 설교를 하고 다시는 물 얻어먹을 생각도 못 하고 누워 버리고 말았다.

"당신이 사람은 아니오. 너무 처먹어서 목이 갈한 데다가 또 우유를 먹으면 어떡하자는 말이오? 흥, 뱃속에서 야단이 나겠수. 탐욕이 많으면 그런 법입니다. 저 먹을 만큼만 먹으면 배탈이 왜 난단 말이오? 그저 이건 들여라 들여라니 당신 그러다가는 ⁴¹⁾장위가 아주 결딴이 나서 나중엔 미음도 못 먹게 되오! 알긴 경치게 많이 알면서 왜 제 몸 돌아볼 줄만은 몰라? 그러고는 남더러 천벌을 받는다고. 인제 오늘 밤중쯤 되면 당신이야말로 천벌 받는 것을 내가 볼걸."

강은 이렇게 빈정대었다.

이러는 동안에 또 저녁 먹을 때가 되었다. 저녁 한때만은 사식을 먹는 정은 분명히 저녁을 굶어야 옳을 것이언만, 받아 놓고 보니 하얀 밥과 섭산적과 자반고등어와 쇠꼬리 국과를 그냥 내놓을 수는 없는 모양이었다.

"저녁을랑 좀 적게 자시지오?"

하는 내 말에 정은,

"내가 점심에 무얼 먹었다고 그러십니까? 왜 다들 나를 철없는 어린애로 아슈?"

하고 화를 내었다.

정은 저녁 차입을 다 먹고 점심에 남겼던 멸치도 다 훑어 먹고, 그렇게도 그립던 물을 세 보시기나 벌컥벌컥 마셨다.

"시우신(취침)!"

하는 소리에 우리들은 다 자리에 누워서 잠을 기다리고 있었다. 정은 대단히 속이 거북한 모양이어서 두어 번이나 일어나서 소금을 먹고는 물을 마셨다. 그러고도 내 약봉지에 남은 소화약을 세 봉지나 달래서 다 먹었다.

옆방에 옮아온 장질부사 환자는 연해 앓는 소리와 헛소리를 하고 있었다. 집으로 보내 달라고 소리를 지르고,

장위(腸胃) 창자와 위를 아울러 이르는 말.

"아주머니, 아주머니!"

하고 목을 놓아 울기도 하였다. 이 젊은 장질부사 환자의 앓는 소리에 자극이 되어서 좀체로 잠이 들지 아니하였다. 내 곁에 누운 간병부는 그 환자에 대하여 내 귀에 대고 이렇게 설명하였다.

"저 사람이 ×전 출신이라는데, 지금 스물일곱 살이래요. 황금정에 가게를 내고 장사를 하다가 그만 밑져서 화재 보험을 타먹을 양으로 불을 놓았다나요. 그래 검사한테 십 년 구형을 받았대요. 십 년 구형을 받고는 법정에서 졸도를 했다고요. 의사의 말이 살기가 어렵다는걸요. 집엔 부모도 없고 형수 손에 길리었다고요. 그래서 저렇게 아주머니만 찾아요. 사람은 괜찮은데 어쩌다가 나 모양으로 불 놓을 생각이 났는지."

장질부사 환자는 여전히 아주머니를 찾고 있었다.

정은 밤에 세 번이나 일어나서 토하였다. 방 안에는 멸치 비린내 나는 시큼한 냄새가 가득 찼다. 윤과 강은 이거 어디 살겠느냐고 정에게 핀잔을 주었으나 정은 대꾸할 기운도 없는 모양인지, 토하는 일이 끝나고는 뱃멀미하는 사람 모양으로 비틀비틀 제자리에 돌아와 쓰러져 버렸다.

이것이 빌미가 되어서 정은 이틀이나 사흘 만에 한 번씩은 토하는 증세가 생겼는데 그래도 정은 여전히 끼니때마다 두 사람 먹을 것을 먹었고, 그러면서도 토할 때에 간수한테 들키면 아무것도 먹은 것은 없는데 저절로 뱃속에 물이 생겨서 이렇게 토하노라고 변명을 하였다. 그러고는 우리들을 향하여서도,

"글쎄 조화 아니야요? 아무것도 먹은 것이 없는데 이렇게 물이 한 타구씩 배에 고인단 말이야요. 나를 이 주일만 놓아 주면 약을 먹어서 단박에 고칠 수가 있건마는."

이렇게 아무도 믿지 아니하는 소리를 지껄이는 것이었다.

민의 모양이 시간 시간 글러지는 양이 눈에 띄었다. 요새 며칠째는 윤이

아무리 긁적거려도 한 마디의 대꾸도 아니하였고, 똥통에서 내려오다가도 두어 번이나 뒹굴었다. 그는 눈알도 굴리지 못하는 것 같고 입도 다물 기운이 없는 것 같았다. 우리는 밤에 자다가도 가끔 그가 숨이 남았나 하고 고개를 쳐들어 바라보게 되었다. 그래도 어떤 때에는 흰밥이 먹고 싶다고 한 숟가락을 얻어서 입에 물고 어물어물하다가 도로 뱉으며,

"인제는 밥도 무슨 맛인지 모르겠어. 배갈이나 한 잔 먹으면 어떨지?"

하고 심히 ⁴²⁾비감한 빛을 보였다. 민은 하루에 미음 두어 숟갈, 물 두어 모금만으로 목숨을 부지하고 있었다. 하루는 의무 과장이 와서 진찰을 하고 복막에서 고름을 빼어 보고 나가더니 이삼 일 지나서 취침 시간이 지난 뒤에 보석이 되어 나갔다. 그래도 집으로 나간단 말이 기뻐서, 그는 벙글벙글 웃으면서 보퉁이를 들고 비틀비틀 걸어 나갔다.

"흥, 저거 인제 나가는 길로 뒈지네."

하고 윤이 코웃음을 하였다. 얼마 있다가 민을 부축하고 나갔던 간병부가 들어와서,

"곧잘 걸어요. 곧잘 걸어 나가요. 펄펄 날뛰던데!"

하고 웃었다.

"나도 보석이나 나갔으면 살아날 텐데."

하고 정이 통통 부은 얼굴로 싱글싱글 웃으면서 입맛을 다셨다.

"내가 무어라고 했어? 코끝이 고렇게 빨개지고는 못 산다닝게. 그리고 성미가 고따위로 생겨 먹고 병이 낫거디? 의사가 하라는 건 죽어라 하고 안 하거든. 약을 먹으라니 약을 처먹나, 그건 ⁴³⁾무가내닝게."

윤은 이런 소리를 하였다.

비감(悲感)**하다** 슬픈 느낌이 있다.
무가내(無可奈) 도무지 융통성이 없고 고집이 세어 어찌할 수 없음. 막무가내.

"흥, 똥 묻은 개가 겨 묻은 개 흉본다. 댁이 누구 흉을 보아? 밤낮 똥질을 하면서도 자꾸 처먹고."

이것은 정이 윤을 나무라는 것이었다.

"허허, 허허. 참 입들이 보배요. 남이 제게 할 소리를 제가 남에게 하고 있다니까. 아아, 참."

이것은 강이 정을 보고 하는 소리였다.

민이 보석으로 나가던 날 밤, 내가 한잠을 자고 무슨 소리에 놀라 깨었을 때에, 나는 곁방 장질부사 환자가 방금 운명하는 중임을 깨달았다. 끙끙 소리와 함께 목에 가래 끓는 소리가 고요한 새벽 공기를 울려오는 것이었다. 그 방에 있는 간병부도 잠이 든 모양이어서 앓는 사람의 숨 모으는 소리뿐이요, 도무지 인기척이 없었다. 나는 내 곁에서 자는 간병부를 깨워서 이 뜻을 알렸다. 간병부는 간수를 부르고, 간수는 비상경보 하는 벨을 눌러서 간수 부장이며 간수장이 달려오고 얼마 있다가 의사가 달려왔다. 그러나 의사가 주사를 놓고 간 뒤, 반 시간이 못 하여 장질부사 환자는 마침내 죽어 버렸다.

이튿날 아침에 죽은 청년의 시체가 그 방에서 나가는 것을 우리는 엿보았다. 붕대로 싸맨 얼굴은 아니 보이나 기다란 검은 머리카락이 비죽이 내민 것이 처량하였다. 그는 머리를 무척 아낀 모양이어서 감옥에 들어온 지 여러 달이 되도록 머리를 남겨 둔 것이었다. 아직 장가도 아니 든 청년이니 머리에 향내 나는 포마드를 발라 산뜻하게 갈라붙이고, 면도를 곱게 하고, 얼굴에 파우더를 바르고 나섰을 법도 한 일이었다. 그는 인생 향락의 밑천을 얻을 양으로 장사를 시작하였다가 실패하자, 돈에 대한 탐욕은 마침내 제 집에 불을 놓아 화재 보험금을 사기하리라는 생각까지 내게 하였고, 탐욕으로 원인을 하는 이 큰 죄악에서 오는 당연한 결과로 경찰서 유치장을 거쳐 감옥살이를 하다가 믿지 못할 인생을 끝막음한 것이다. 나는 그가 어느 날 밤에 집에 불을 놓을 결심을 하던 양을 상상하다가, 이왕 죽어 버린 불쌍한 젊은 혼에게 대하여 미안한 생각이 나서, 뒷문으로 나가는 그의 시체를 향하여 합장하고 고개를 숙였다. 그 시체의 뒤에는 그가 헛소리로까지 부르던 아주머니가 그 남편과 함께 눈물을 씻으며 소리 없이 따라가는 것이 보였다. 그를 간호하던 키 큰 간병부 말이, 그는 죽기 전 이삼 일 동안은 정신만 들면 예수교식으로 기도를 올렸다고 하며, 또 잠꼬대 모양으로,

"하나님, 하나님."

하고 부르고 예수의 십자가의 공로로 이 죄인을 용서하여 달라고 중얼거리더라고 한다. 그는 본래 예수교의 가정에서 자라서, 중학교나 전문학교를 다 교회 학교에서 마쳤다고 한다. 생각건대는 재물이 풍성함으로 사는 것이 아니라는 예수의 말씀이 잘 믿어지지 아니하여 돈에서 세상 영화를 구하려는 데몬의 유혹에 걸렸다가 거의 다 죽게 된 때에야 본심에 돌아간 모양이었다.

이날은 날이 심히 덥고 볕이 잘 나서 죽은 사람의 방에 있던 돗자리와 매트리스와 이불과 베개를 우리가 일광욕하는 마당에 내어 널었다. 그 베개가 촉촉이 젖은 것은 죽은 사람이 마지막으로 흘린 땀인 모양이었다. 입에다가 가제 마스크를 대고 시체가 있던 방을 치우고 소독하던 키 큰 간병부는 크레졸 물에다가 손과 팔뚝을 뻑뻑 문지르며,

"이런 제에길, 보름 동안이나 잠 못 자고 애쓴 공로가 어디 있나? 팔자가 사나우니깐 내 어머니 임종도 못 한 녀석이 엉뚱한 다른 사람의 임종을 다 했지, 허허."

하고 웃었다.

그 청년이 죽어 나간 뒤로부터 며칠 동안 윤이나 정이나 내나 대단히 침울하였다.

윤의 기침은 점점 더하고 열도 오후면 삼십팔 도 칠 부 가량이나 올라갔

다. 그는 기침을 하고는 지리가미에 담을 뱉어서 아무 데나 내버리고, 열이 올라갈 때면 혼몽해서 잠을 자다가는 깨기만 하면 냉수를 퍼먹었다. 담을 함부로 뱉지 말고 타구에 뱉으라고 정도 말하고 나도 말하였지마는 그는 종시 듣지 아니하고 내 자리 밑에 넣은 지리가미를 제 마음대로 집어다가는 하루에도 사오십 장씩이나 담을 뱉어서 내던지고, 그가 기침이 나서 누에 모양으로 고개를 내두르며 캑캑 기침을 할 때에 곁에 누웠던 정이 윤더러 고개를 저쪽으로 돌리고 기침을 하라고 소리를 지르면 윤은 심사로 더욱 정의 얼굴을 향하고 캑캑거렸다.

"내가 폐병인 줄 아나, 왜? 내 기침은 폐병 기침은 아니어. 내 기침이야 깨끗하지. 당신 웩웩 올리는 게나 좀 말어, 제발."
하고 윤은 도리어 정에게 핀잔을 주었다.

정은 마침내 간병부를 보고 윤이 기침이 대단한 것과 함부로 담을 뱉으니, 그 담에 균이 있나 없나 검사해야 될 것을 주장하였다.

"검사해 보아, 검사해 보아. 내가 폐병일 줄 알고? 내가 이래 뵈어도 [44]철골이언. 이게 해수 기침이지 폐병 기침은 아녀."
하고 윤은 정을 흘겨보았다.

그 문제로 해서 그날 온종일 윤과 정은 으르렁거리고 있다가 그 이튿날 아침 진찰 시간에 정은 의사와 간병부가 있는 자리에서, 윤이 기침이 심하고 담을 많이 뱉고 또 아무 데나 함부로 뱉는 것을 말하여 의사의 주의를 끌고 윤에게 망신을 주었다. 방에 돌아오는 길로 윤은 정을 향하여,

"댁이 나와 무슨 원수야? 댁이 끼니때마다 밥을 속여, 베개를 셋씩이나 베어, 밤마다 토해, 이런 소리를 내가 간수보고 하면 댁이 경칠 줄 몰라? 임자가 그따위 개도 안 먹을 소갈머리를 가졌으닝게 처먹는 게 살이 안 되는

철골(鐵骨) 굳세게 생긴 골격.

게여. 속에서 푹푹 썩어서 똥구멍으로 나갈 게 아가리로 나오는 게야. 댁의 상판대기를 보아요. 누렇게 들뜬 것이 저러고 안 죽는 법 있어? 누가 여기서 먼저 죽어 나가나 내기할까?"

하고 대들었다.

담 검사한 결과는 그로부터 사흘 후에 알려졌다. 키 작은 간병부의 말이, 플러스 플러스 플러스, 열십자가 세 개나 적혔더라고 한다. 윤은 멀거니 간병부와 나를 번갈아 쳐다보며,

"플러스 플러스는 무어고, 열십자 세 개는 무어여?"

하고 근심스럽게 물었다.

"폐병 버러지가 욱시글득시글한단 말여."

하고 정이 가로맡아 대답을 하였다.

"당신더러 묻는 말 아니어."

하고 정에게 핀잔을 주고 나서 윤은,

"내 담에 아무것도 없지라오? 열십자 세 개란 무어여?"

하고 간병부를 쳐다본다.

간병부는 빙그레 웃으며,

"괜찮아요. 담에 무엇이 있는지야 의사가 알지 내가 알아요?"

하고는 가 버리고 말았다.

정이 제자리를 윤의 자리에서 댓치나 떨어지게 내 쪽으로 당기어 깔고,

"저 담벼락 쪽으로 바짝 다가서 누워요. 기침할 때에는 담벼락을 향하고 담일랑 타구에 뱉고. 사람의 말 주릴 하게도 안 듣네. 당신 담에 말이오, 폐결핵 균이 말이야, 폐병 버러지가 말이야, 대단히 많단 말이우. 열십자가 하나면 좀 있단 말이고, 열십자가 둘이면 많이 있단 말이고, 열십자가 셋이면 대단히 많이 있단 말이야. 인제 알아들었수? 그러니깐두루 말이야, 다른 사람 생각을 좀 해서 함부로 담을 뱉지 말란 말이오."

하는 말을 듣고 윤의 얼굴은 해쓱해지며 내게,

"진상, 그게 정말인 게오?"

하고 묻는 소리가 떨렸다. 나는,

"내일 의사가 무어라고 말씀하겠지요."

할 뿐이요 그 이상 더 할 말이 없었다.

다 저녁때가 되어서 키 작은 간병부가 와서,

"윤 서방! 전방이요, 전방. 좋겠소, 널찍한 방을 혼자 맡아 가지고 정 서방하고 쌈도 안 하고. 인제 잘 됐지. 어서 짐이나 채려요."

하는 말에 윤은 자리에 벌떡 일어나 앉으며 간병부를 눈 흘겨보면서,

"여보, 그래 댁은 나와 무슨 웬수란 말이오? 내 담을 갖다가 검사를 시키고, 그리고 나를 사람 죽은 방에 혼자 가 있게 해? 날더러 죽으란 말이지? 난 그 방 안 가오. 어디 어떤 놈이 와서 나를 그 방으로 끌어가나 볼라오. 내가 그놈과 사생결단을 할 터이닝게. 그래 이따위 입으로 똥 싸는 더러운 병자는 가만두고, 나 같은 말짱한 사람을 그래 사람 죽은 방으로 혼자 가래? 햐꾸고오상, 나를 사람 죽은 방으로 보내고 그래 댁이 앙화를 안 받을 듯싶소?"

하고 악을 썼다.

"왜 날더러 그러오? 내가 당신을 어디로 보내고 말고 하오? 또 제가 전염병이 있으면 가란 말 없어도 다른 사람 없는 데로 가는 게지, 다른 사람들까지 병을 묻혀 놓으려고? 심사가 그래서는 못써. 죽을 날이 가깝거든 맘을 좀 착하게 먹어. 이건 무슨 통명이야."

간병부는 이렇게 말하고 코웃음을 웃으며 가 버린다.

간병부가 간 뒤에는 윤은 정에게 원망하는 말을 퍼부었다. 제 담 검사를 정이 주장하였다는 것이다. 그는 정이 죽어 나가는 것을 맹세코 제 눈으로 보겠다고 장담하고, 또 만일 불행히 제가 먼저 죽으면 죽은 귀신이라도 정

에게 원수를 갚을 것을 선언하였다. 정은 아무 말도 아니하고 고소한 듯이 싱글벙글 웃기만 하고 있더니,

"흥, 그리 마오. 당신이 그런 악한 맘을 가졌으니깐두루 그런 악한 병을 앓게 되는 게유. 당신이야말로 민 영감을 그렇게 못 견디게 굴었으니깐두루 민 영감 죽은 귀신이 지금 와서 원수를 갚는 게야. 흥, 내가 왜 죽어? 나는 말짱하게 살아 나갈걸. 나는 얼마 아니면 공판이야. 공판만 되면 무죄야. 이거 왜 이러오?"

하고 드러누워서 소리를 내어 불경 책을 읽기 시작한다.

정은 교회사를 면회하고 『무량수경』을 얻어다가 읽기 시작한 지가 벌써 이 주일이나 되었다. 그는 순 한문 경문의 뜻을 알아볼 만한 학문의 힘이 없는 모양이었으나 이렇게도 토를 달아 보고 저렇게도 토를 달아 보면서 그래도 부지런히 읽었고, 가끔 가다가 제가 깨달았다고 하는 구절을 장한 듯이 곁엣사람에게 설명조차 하였다. 그는 곁방에서도 다 들리리만큼 큰 소리로 서당에서 아이들이 글 읽는 모양으로 낭독을 하였고, 취침 시간 후이거나 기상 시간 전이거나 곁엣사람이야 자거나 말거나 제 맘만 내키면 그것을 읽었다. 한번은 지나가던 간수가 소리를 내지 말라고 꾸중할 때에 그는 의기양양하게 '자기가 읽는 것은 불경이라'고 대답하였다. 그가 때때로 설명하는 것을 들으면 『무량수경』 속에 있는 뜻을 대충은 아는 모양이었으나, 그는 그것을 실행에 옮길 생각은 아니하는 것 같아서, 불경을 읽은 지 이 주일이 넘어도 남을 위한다는 생각은 조금도 나는 것 같지 아니하였다. 한번은 윤이,

"흥, 그래도 죽어서 좋은 데는 가고 싶어서, 경을 읽기만 하면 되는 줄 알구. 행실을 고쳐야 하는 게여!"

하고 빈정댈 때에 옆에서 강이,

"그러지 마시오. 그 양반 평생 첨으로 좋은 일 하는 게요. 입으로 읽기만

하여도 내생 내내생쯤은 부처님 힘으로 좀 나아지겠지."

이렇게 대꾸를 하였다.

"앗으우. 불경 읽는 사람을 곁에서 그렇게 비방들을 하면 지옥에를 간다고 했어."

이렇게 뽐내고 정은 왕왕 소리를 내어 읽었다. 사람 죽은 방으로 간다는 걱정으로 자못 맘이 편안치 못한 윤은 정의 글 읽는 소리에 더욱 화를 내는 모양이어서 몇 번 입을 비쭉비쭉하더니,

"듣기 싫어! 다른 사람 생각도 좀 해야지. 제발 소리 좀 내지 말아요."

하는 것을 정은 들은 체 만 체하고 소리를 더 높여서 몇 줄을 더 읽고는 책을 덮어 놓는다.

윤은 누운 대로 고개를 돌려서 내 편을 바라보며,

"진상요. 사람 죽은 방에 처음 들어가 자면 그 사람도 죽는 게 아닝게오?"

하고 내 의견을 묻는다.

"사람 안 죽은 아랫목이 어디 있어요? 병원에선 금시에 죽어 나간 침대에 금시에 새 병자가 들어온답니다. 사람이 다 제 명이 있지요. 죽고 싶다고 죽어지는 것도 아니고, 더 살고 싶다고 더 살아지는 것도 아니구요. 그렇게 겁을 집어 자시지 말고 맘 편안히 염불이나 하고 누워 계셔요."

나는 이것이 그에게 대하여 내가 말할 수 있는 마지막 기회인 성싶어서 일부러 일어나 앉아서 이 말을 하였다. 내가 한 말이 윤의 생각에 어떠한 반향을 일으켰는지 알 수 있기 전에 감방 문이 덜컥 열리며,

"쥬고고, 뎀보오."

하는 간수의 명령이 내렸다. 간수의 곁에는 키 작은 간병부가 빙글빙글 웃고 서서,

"어서 나와요. 짐 다 가지고 나와요."

하고 소리를 쳤다. 윤은 자리 위에 벌떡 일어나 앉으며,

"단또상, 제 병이 폐병이 아닝기오. 제가 기침을 하지마는 그 기침은 깨끗한 기침이닝게."

하고 되지도 아니할 변명을 하려다가, 마침내 어서 나오라는 호령에 잔뜩 독이 올라서 발발 떨면서 일 호실로 전방을 하고 말았다. 윤이 혼자서 간수와 간병부에게 악담을 하는 소리와 자지러지게 하는 기침 소리가 들려왔다. 정은,

"에잇, 고것 잘 갔다. 무슨 사람이 고렇게 생겨 먹었는지. 사뭇 독사야 독사. 게다가 다른 사람 생각이란 영 할 줄 모르지. 아무 데나 대고 기침을 하고 아무 데나 담을 뱉어 버리고. 이거 대소독을 해야지, 쓸 수가 있나?"

하고 중얼거리면서 그래도 윤이 덮던 겹이불이 자기 것보다는 빛깔이 좀 새로운 것을 보고 얼른 제 것과 바꾸어 덮는다. 그리고 윤이 쓰던 알루미늄 밥그릇도 제 밥그릇과 포개 놓아서 다른 사람이 먼저 가질 것을 겁내는 빛을 보인다. 강이 물끄러미 이 모양을 보고 앉았다가,

"여보, 방까지 소독을 해야 된다면서 앓던 사람의 이불과 식기를 쓰면 어쩔 작정이오? 당신은 남의 허물은 참 용하게 보는데, 윤 씨더러 하던 소리를 당신더러 좀 해 보시오그려."

하고 핀잔을 준다.

정은 약간 부끄러운 빛을 보이며,

"이불은 내일 볕에 널고 식기는 알코올 솜으로 잘 닦아서 소독을 하면 고만이지."

하고 또 고개를 흔들어 가며 소리를 내어서 불경 책을 읽기를 시작한다.

정은 아마 불경을 읽는 것으로 사후에 극락세계에 가는 것보다도 재판에 무죄 되기를 바라는 모양이었다. 그러길래 그가 징역 일 년 반의 선고를 받고 와서는 불경을 읽는 것이 훨씬 덜 부지런하였고, 그래도 아주 불경 읽기

를 그만두지 아니하는 것은 공소 공판을 위함인 듯하였다. 그렇게 자기는 무죄라고 장담하였고, 검사와 공범들까지도 자기에게는 동정을 가진다고 몇 번인지 모르게 뇌고 뇌다가, 유죄 판결을 받고 와서는 재판장이 야마시다 재판장이 아니요 나까무라인가 하는 변변치 못한 사람인 까닭이라고 단언하였고, 공소에서는 반드시 자기의 무죄가 판명되리라고, 공소의 불리함을 타이르는 간수에게 중언부언 설명하였다. 그는 수없이 억울하다는 소리를 하였고, 일 년 반 징역이라는 것을 두려워함이 아니라 자기의 일생의 명예를 위하여 끝까지 법정에서 다투지 아니하면 아니 된다고 비장한 어조로 말하였고, 자기 스스로도 제 말에 감격하는 모양이었다.

얼마 후에 강도 징역 이 년의 판결을 받았다. 정이 강더러 아침 절반으로 공소하기를 권할 때에 강은,

"난 공소 안 할라오. 고등 교육까지 받은 녀석이 공갈 취재를 해먹었으니 이 년 징역도 싸지요."

하였고, 그날 밤에 간수가 공소 여부를 물을 때에,

"후꾸자이 시마스, 후꾸자이 시마스(복죄합니다)."

하고 상소권을 포기하였다. 그리고 이튿날 아침에 그는 칠십이 넘은 아버지 어머니 걱정을 하면서, 복역 중에 새사람이 될 것을 맹세하노라고 말하고 본감으로 가고 말았다.

"자식이 싱겁기는."

하는 것이 정이 강을 보내고 나서 하는 비평이었다. 강이 정의 말에 여러 번 핀잔을 주던 것이 가슴에 맺힌 모양이었다.

강이 상소권을 포기하고 선선히 복죄해 버린 것이 대조가 되어서 정이 사기 취재를 한 사실이 확실하면서도 무죄를 주장하는 모양이 더욱 보기 흉하였다. 그래서 간수들이나 간병부들이나 정에게 대해서는 분명히 멸시하는 태도를 가지고 있었다. 게다가 정이 보석 청원을 쓴다고 편지 쓰는 방에 간

것을 보고 키 작은 간병부는 우리 방 창밖에 와 서서,

"남의 것 사기해 먹는 놈들은 모두 염치가 없단 말이야. 땅도 없는 것을 있다고 속여서 계약금을 오천 원이나 받아서 제가 천 원이나 떼어먹고도 글쎄, 일 년 반 징역이 억울하다는구먼. 흥, 게다가 또 보석 청원을 한다고? 저런 것은 검사도 미워하고 형무소에서도 미워해서 다 죽게 되기 전에는 보석을 안 해 주어요."

이런 소리를 하였다. 그 이야기 솜씨와 아첨 잘하는 것으로 간병부들의 환심을 샀던 것조차 잃어버리고, 건강은 갈수록 쇠하여지는 정의 모양은 심히 외롭고 가엾은 것 같았다.

윤이 전방한 지 아마 이십 일은 지나서 벌써 다알리아 철도 거의 지나고 국화꽃이 피기 시작한 어떤 날, 나는 정과 함께 감옥 마당에 운동을 나갔다. 정은 45)사루마다 바람으로 달음박질을 하고 있었으나, 몸을 움직일 수 없는 나는 모래 위에 엎드려서 거의 다 쇠잔한 채송화꽃을 들여다보며 일광욕을 하고 있었다. 아침저녁은 선들선들하고 더구나 오늘 아침에는 늦게 핀 코스모스조차 서리를 맞아 아주 후줄근하였건마는 오정을 지난 빛은 따가울 지경이었다. 이때에,

"진상!"

하고 부르는 소리가 들렸다. 고개를 들어 돌아보니 일 방 창으로 윤의 머리가 쑥 나와 있었다. 그 얼굴은 누르스름하게 부어올라서 원래 가느다란 눈이 더욱 가늘어졌다. 나는 약간 고개를 끄덕여서 인사를 대신하였으나, 이것도 법에 어그러지는 일이었다. 파수 보는 간수에게 들키면 걱정을 들을 것은 물론이다.

"진상! 저는 꼭 죽게 됐는 게라. 이렇게 얼굴까지 퉁퉁 부었능기라우. 어

사루마다 잠방이 비슷한 짧은 아래 속옷. 일본식 팬츠.

젯밤 꿈을 꾸닝게 제가 누런 굵은 베로 지은 제복을 입고 굴건을 쓰고 종로로 돌아다니는 꿈을 꾸었지라오. 이게 죽을 꿈이 아닝기오?"

하는 그 목소리는 눈물겹도록 부드러웠다.

그 이튿날이라고 생각한다. 또 나와 정이 운동을 하러 나가 있을 때에 전날과 같이 윤은 창으로 내다보며,

"당숙한테서 돈이 왔는디 달걀을 먹을 겡기오? 우유를 먹을 겡기오? 아무 걸 먹어도 도무지 내리지를 않는디."

하고 말하였다.

또 며칠 후에는,

"오늘 의사의 말이 절더러 집안에 부어서 죽은 사람이 없느냐고 묻는데요. 선친이 꼭 나 모양으로 부어서 돌아가셨는데요."

이런 말을 하고 아주 절망하는 듯이 한숨을 쉬는 것이 보였다. 그리고 나서 정에게는 들리지 않기를 원하는 듯이 정이 저쪽 편으로 가는 때를 타서,

"염불을 뫼시려면 나무아미타불이라고만 하면 되능기요?"

하고 물었다. 나는 벌떡 일어나 앉으며 합장하고 약간 고개를 숙이고,

"나무아미타불."

하고 한번 불러 보았다.

윤은 내가 하는 모양으로 합장을 하다가 정이 앞에 오는 것을 보고 얼른 두 팔을 내려 버리고 말았다. 그리고 다시 정이 먼 곳으로 간 때를 타서,

"진상! 나무아미타불을 부르면 죽어서 분명히 지옥으로 안 가고 극락세계로 가능기요?"

하고 그 가는 눈을 할 수 있는 대로 크게 떠서 나를 바라보았다. 나는 생전에 이렇게 중대한, 이렇게 책임 무거운 질문을 받아 본 일이 없었다. 기실 나 자신도 이 문제에 대하여 확실히 대답할 만한 자신이 없었건마는 이 경우에 나는 비록 거짓말이 되더라도, 나 자신이 지옥으로 들어갈 죄인이 되

더라도 주저할 수는 없었다. 나는 힘 있게 고개를 서너 번 끄덕끄덕한 뒤에,

"정성으로 염불을 하세요. 부처님의 말씀이 거짓말 될 리가 있겠습니까?"

하고 내가 듣기에도 엄청나게 큰 목소리로, 엄청나게 결정적으로 대답을 하였다.

윤은 수없이 고개를 끄덕끄덕하고 나를 향하여 크게 한 번 허리를 구부리고는 창에서 사라져 버리고 말았다.

이 일이 있은 뒤에 윤이 우유와 달걀을 주문하는 소리와, 또 며칠 후에는 우유도 내리지 아니하니 그만두라는 소리가 들리고, 이 모양으로 어쩌다가 한 마디씩 그가 점점 쇠약하여 가는 것을 표시하는 말소리가 들렸을 뿐이요, 우리가 운동을 나가더라도 그가 창으로 우리를 내다보는 일은 없었다. 간병부의 말을 듣건댄 그의 병 증세는 점점 악화하여 근일에는 열이 삼십구 도를 넘는다 하고, 의사도 이제는 절망이라고 해서 아마 ⁴⁶⁾미구에 보석이 되리라고 하였다.

어느 날 밤, 취침 시간이 지난 뒤에 퉁퉁 하고 복도로 사람들 다니는 소리가 나는 것을 듣고 창을 바라보고 있노라니, 뚱뚱한 부장과 얼굴 검은 간수가 어떤 회색 두루마기 입은 사람과 같이 윤이 있는 일 방 문 밖에 서 있고 얼마 아니해서 흰 겹바지 저고리를 갈아입은 윤이 키 큰 간병부의 부축을 받아 나가는 것이 보였다. 키 작은 간병부는 창에 붙어 섰다가 자리에 와 드러누우며,

"그예, 보석으로 나가는군요. 나가더라도 한 달 넘기기가 어려우리라던데요."

하였다. 그 회색 두루마기를 입은 사람이 윤의 당숙 면장일 것은 말할 것도

미구(未久)에 얼마 오래지 아니하여.

362

없다.

"나도 보석이나 나갔으면!"

하고 정은 길게 한숨을 쉬었다.

　내가 출옥한 뒤에 석 달이나 지나서 가출옥으로 나온 키 작은 간병부를 만나 들은 바에 의하면, 민도 죽고 윤도 죽고 강은 목수 일을 하고 있고 정은 소화 불량이 더욱 심하여진 데다가 신장염도 생기고 늑막염도 생겨서 중병 환자로 본감 병감에 가 있는데, 도저히 공판정에 나가 볼 가망이 없다고 한다.

『문장』 창간호 1939. 2.

핵심 정리	갈래 중편 소설, 상황 소설
	배경 일제 강점기 서울의 감방
	경향 불교적
	시점 일인칭 관찰자 시점
	갈등 구조 자잘한 이익을 둘러싼 수감자 사이의 대립과 충돌
	주제 감옥이라는 극한 상황에서 드러나는 인간의 원초적인 욕망과 갈등
	출전 『문장』(1939)

주요 등장인물 나 사상범으로 보이는 인물. 감방 안의 싸움이나 소란에 개입하지 않으며, 관
찰자의 위치에 있다.

윤 문서 위조 사기단에 도장을 파 준 일로 기소된 인물. 전라도 사투리를 쓰며,
다른 수감자들과 거듭 충돌한다.

민 방화범이며 나이가 많고 과묵하다. 줄기차게 똥질을 하나, 양반이라고 자랑
을 일삼기도 한다.

정 설사병 환자. 언변이 좋다. 간병부와 간수들에게 아첨을 잘하며, 이중인격
자다.

강 전직 지방 신문 기자. 양식 있는 체하나 남녀 추행 사건을 빌미로 금품을 갈
취한 파렴치범이다.

짜임 시간의 흐름에 따라 서술한 단순 구성.

줄거리 '나'는 입감 사흘 만에 병감(病監)으로 옮겨졌다가 C 경찰서에서 같이 있던 윤
을 만난다. 그는 토지 불법 저당 사건의 문서 위조용 도장을 파 준 혐의로 들어
온 사람이다. 그는 방화범 민에게 거듭 악담을 퍼붓지만, 민은 그것을 못 들은
체한다. 윤은 나를 위하는 척하는데, 나의 사식과 제 죽을 바꾸어 먹자고 제의
하고는 혼자 사식과 죽을 잔뜩 먹어 치우곤 한다. 나는 윤의 건강이 더 나빠지
는 것을 보고 사식을 끊는다. 그런데 윤이 차입을 시작하면서 나도 사식을 들
여와 민에게 나누어 준다. 그렇지만 사식 문제로 윤과 민이 싸우게 되어 다시

364

사식을 끊어 버린다.

어느 날 사기범 정이 일 방에 들어오고 윤과 정은 끊임없이 다툼을 벌인다. 정이 심 간병부에게 침을 발라서 만든 떡을 주곤 하는데, 윤이 그 사실을 폭로하자 정은 윤에게 원한을 품는다. 정의 불쾌한 행동으로 윤과 나는 밤새 잠을 설친다. 일 방 수감자들은 장질부사 환자 때문에 옆방으로 옮기게 되고, 거기에서 공갈 취재 혐의로 들어온 강을 만난다. 점심때 멸치가 나오자 정은 그것에 또 욕심을 보이고 수감자들은 그를 골탕 먹인다. 몸이 쇠약해진 민은 보석으로 풀려나고 폐병으로 판정된 윤은 다른 방으로 간다. 정은 제 무죄를 확신한다며 불경을 읽기 시작하고, 강은 징역 2년의 판결을 받는다. 나와 정은 윤이 날로 쇠약해지고 있음을 본다. 윤은 건강을 되찾을 가망이 거의 없는 상태에서 보석으로 풀려난다.

출옥 뒤, 나는 민과 윤은 죽고 강은 목수가 되고 정은 중병으로 공판장에 설 가망이 없다는 소식을 듣는다.

이해와 감상　이 작품은 1939년 발표한 중편 소설로서 이광수 자신의 옥중 체험을 바탕으로 쓴 것이다. 이광수는 이것을 쓰고 나서 "나는 비로소 소설다운 소설을 썼다."라고 말한 바 있다. 이 작품으로 그는 1940년 제1회 조선 예술상을 받았다. 「무명」은 이광수의 여러 작품 가운데 문학적인 격조가 가장 높다고 평가되기도 한다. 일찍이 소설가 박태원은 '춘원 선생 일대의 명작'이라고 극찬하면서, 이 작품으로 해서 한국 문학이 외국 문학에 뒤처지지 않게 되었다고 말한 바 있다.

이 소설은 병감에서 같은 방에 있게 된 여러 수감인의 성격과 삶의 태도 등을 대비시키면서 극한 상황 속에서 드러나는 인간의 욕망과 그로 인한 갈등을 형상화하고 있다. '나'는 관찰자의 위치에 있는 화자로서 뚜렷한 성격이나 특징을 드러내지 않는다. 윤이나 정은 제 못된 버릇은 살피지 않고, 크게 다를 바 없으며 그나마 정도는 덜한 남의 흠만 부풀려서 까발리곤 한다. "남의 생각을 하지 않는다."며 다른 수감자를 나무라면서 정작 자신은 제 위주로만 처신하여 남에게 해를 끼치는 상황이 이어지는 것이다. 윤과 정의 이러한 면모는 인간다운 품위와 인정, 염치도 없이 감옥살이를 하는 저급한 인생살이를 보여 준다. 틈만 나면 남을 헐뜯고 허세를 부리며 빤한 거짓말도 태연히 하면서, 저보다 권세 있는 사람에게는 비굴하게 구는 이들의 작태야말로 '무명' 상태에 빠진 인간의 모습이라 할 수 있다.

　이 작품을 발표할 무렵 이광수는 불교에 심취한 것으로 알려져 있다. 제목 '무명(無明)'은 속세의 헛된 욕망에 집착한 채 살아가는 인간들의 어리석은 미망과 통하는 것으로 보인다. 무명은 잘못된 생각이나 집착 때문에 진리를 깨닫지 못하는 마음 상태를 뜻한다. 그러므로 욕망을 버리지 않으면 밝음을 얻을 수 없다는 작가의 종교관이 투영된 작품이 「무명」이라고 할 수 있다. 그러나 이 작품 속의 '감옥'은 당대의 식민지 현실을 뜻하는 것으로도 보인다. 갇힌 채로 그저 먹고 싸우며 짐승처럼 살아가는 이들의 모습에서 작가는 음울한 식민지 조국의 초상을 본다. 으레 계몽하고 설교하려 드는 초기 작품에서와 달리 「무명」에 이르러 이광수는 한결 냉철하게 거리를 유지하며 감옥 속의 현실을 그림으로써 우리 민족의 피지배 상황을 다시 돌아본 것으로 여겨진다.

생각 넓히기　마찬가지로 일제 치하의 감옥이 배경인 김동인의 「태형」과 비교할 때 두 작품은 어떻게 다른지 생각해 보자.

　두 작품은 모두 감옥 체험을 다루고 있지만, 그 상황이나 등장인물에 대한 시각, 또 드러내고자 하는 주제 의식은 다르다. 김동인의 「태형」은 특정한 상황 속에서 드러나는 인간의 정신적 파멸에 주목한다. 환경이 인간의 윤리 의식을 말살해 가는 과정에 대한 관찰 기록으로, 인물들의 이기심과 냉혹성이 조명되어 자연주의 색채를 띤다. 이와 달리 이광수의 「무명」은 하찮은 욕망으로 파멸하는 인물들을 통해 인간의 어리석음을 드러내는 한편, 과연 어떻게 그 상태에서 벗어날 것인지를 묻는 구도주의의 색채를 보여 준다.

꼭 읽어야 할 우리 소설 1

이광수 외 지음 박동규 엮음

발 행 일 초판 1쇄 2010년 5월 25일
　　　　　초판 2쇄 2010년 6월 15일
발 행 처 평단문화사
발 행 인 최석두

등록번호 제1-765호 / 등록일 1988년 7월 6일
주 　 소 서울시 마포구 서교동 480-9 에이스빌딩 3층
전화번호 (02)325-8144(代) FAX (02)325-8143
이 메 일 pyongdan@hanmail.net
I S B N 978-89-7343-322-3 04810
　　　　　978-89-7343-321-6(세트)

이 도서의 국립중앙도서관 출판시도서목록(CIP)은 e-CIP 홈페이지
(http://www.nl.go.kr/ecip)에서 이용하실 수 있습니다.
(CIP제어번호: CIP2010001510)

저희는 매출액의 2%를 불우이웃돕기에 사용하고 있습니다.